续编英雄走国记

民国武侠小说典藏文库·赵焕亭卷

赵焕亭◎著

（第二部）

中国文史出版社

目　　录

第　三　集

1

第 四 集

2

3

第 三 集

第一回

乌格福趱程凤子峪
祺老仆哄酒白沙岭

　　且说祺寿本是个拧性老儿，因不服气乌格福之故，特讨此差，本想在路上怄怄乌格福，杀杀闷气，不想白搭了许多辛苦，乌格福只是我行我法。他那股火头儿本已不小，今听众兵一席话，不由大叫道："你们只管歇息一天就是，我说了就算着。"

　　正在乱嚷，恰好乌格福一步趸入，问知缘故，顿时大怒，不但将众兵呵斥一顿，并向祺寿道："你是个协办的差使，如何擅自搅乱俺的指挥？明日前途都是些荒僻险地，正要疾趋而过，如何因过节耽搁得？不要说白沙岭那片橡林素为歹人出没之区，便是凤子峪那道长沟也要一气穿过。明日大家正须加倍仔细，鼓气上道，你如何由他们性儿胡闹起来？"一席话听得祺寿只好干瞪老眼。众兵料是歇息过节没指望，便一个个唉声叹气，索性去困闷觉。以为起行时还如往日，哪知五更方敲过却被乌格福吆喝起来，将个祺寿诧异得没入脚处，因向乌格福道："乌哥儿，你真会摆布人玩，晚行也是你，早行也是你，你究竟是葫芦里卖的什么药呢？"

　　乌格福也不理他，即便催促大家匆匆上道。行过一程，方才渐露曙色。那初出的日色已红得鲜血一般，晓风拂面，业已热烘烘的，大家晓得又要酷热，便趁早凉，脚下加紧准备着早歇尖站，以避午热。

　　一路所经果然越走越荒僻，须臾转入山径，弥望都是长林丰草，高下坡垈，那极窄之处仅能容车。这时乌格福精神抖擞，一面策骡跟定车儿，一面高瞻远瞩，四下留神。偶过长林深壑必先去骋望一下，然后回辔催进。瞧得个祺寿只顾冷笑。不多时趸过四十余里，那当头赤日好不火热，众兵走得汗流披面，口干气促，足下是热沙炙趾。偏那骡车儿践行沙路，一步三摇，便如老牛车一般，众兵夹车随护，又不得快走。

　　挨过一程，大家正要觅地暂息，只见乌格福用鞭梢一指道："前面便是凤子峪那道长沟，大家须要一气穿过，不得有误。"

众兵随他鞭势望时，果见迎面不远陡起两座高崖，势如石门，中通一道墨魆魆的深沟。大家才到沟前，业已有一股热风夹着尘沙从沟内扑出。及至大家拥车蜇入那沟，却越走越低，但见两旁高壁中通一径，高壁上草树纠结，虽稍遮毒日，却不透风。大家至此势如处覆盂之下，端的是又闷又热。行未数十步，早已大汗如浇。偏那乌格福扬鞭抖辔，连连叱进。众兵脚下稍为逡巡，那马鞭早已打将来，于是众兵喊一声，拥定骡车一气儿蜇出长沟。

颠得个祺寿在车上正觉天旋地转，眼中发火，只听众兵又是一阵喊，祺寿忙跳下车瞧时，只见众兵都蹲向道旁树荫下，只顾挥汗。那乌格福却从骡儿上向他们挥鞭乱打，喝令快走。这时日色已将近午，端的是一柄火伞一般罩向当空，众兵都面赤筋胀，那臭汗只顾顺脊沟流下，透却单衣，一任那乌格福鞭打，只是不动，却都指着道左不远一处山村，向自己道："祺爷快救命吧，俺们从五更跑到这时，连口水都没呷得。如今正该向山村落店午尖，乌爷偏又不许。难道俺们这趟出差是来卖命吗？"

乌格福喝道："你们还要胡说，这是甚等所在，可是耽误的？前面就是白沙岭，好个尴尬所在，总须过得岭才好午尖哩。"

说着鞭势一起，却被祺寿架住胳膊，冷笑道："乌哥儿，你也听我两句。怎的你们小人儿得个狗屁不值的小差使，便挓挲得山摇地动？你若有我当年的那等功劳，还不把天都翻转吗？我说话便是当放屁，你也须体谅弟兄们。骑驴不知赶脚的苦，咱两个坐车的坐车，骑骡的骑骡，自然是饶上一程通不在乎，须知人家都是两脚打地哩。白沙岭便怎样？难道准是虎穴龙潭吗？你只顾自己卖见识、逞偏性，却拿人当驴子使。那驴子使到筋节上，还须卸套喂把草料，难道人家要落店午尖是不该的？今天大节下你不许人家歇息过节，已然不近情理，如今该午尖又不许人家落店，不是我老头子说个掂斤播两的话，像你这一路上吹胡子瞪眼不知人甘苦的行为，若非我与你从中调和，这班弟兄们都被你使翻了也说不定。如今，咱闲话揭过，且去落店吧。"

说着气吼吼地一抹汗，方要跳上那车，不提防乌格福尽力子向那赶车的背上一鞭，骡儿猛惊，两辆车如飞便跑。众兵究竟恐要犯有失，也便都跳起跟了乌格福撒腿便赶。这里祺寿落在后面，无车可坐，只急得山嚷怪叫，却没人理他。当时众兵趁着一股急劲，跟了乌格福一气儿蜇过七八里，反倒大汗都收，不觉疲倦。正在走发之间，只见前面骡车猛地被一处危坡阻路，咯噔声站住。大家跑向前瞧那所在，不由脚下趑趄。

只见危坡尽处，便接一条穹隆高岭。那岭既高且远，仰望去，势如蛇盘，四外峰峦合沓，草树连天，端的好个气势。热风吹过，隐闻岭上午鸡啼声，大概是有山村人家。当时众兵料这所在便是什么白沙岭。情知拗不过乌格福，只得忍气吞声来护了两辆车子。转过危坡，匆匆登岭。这时乌格福下了骡儿，自牵了，手提马鞭，在前引路，众兵一面护车慢走，一面细瞧那崎岖山径，好不吃力。原来山径间除许多滑韧短草之外，便是漫漫浮沙，车轮碾上去，只顾且前且却，人脚下稍一懈力便要栽倒。大家没奈何，只得左右护定车子，一面推挽，一面跋步。但见那骡儿汗毛如浴，饶是有推挽，还累得气喘吁吁。这时众兵势难中止，便各提一口气，哈了一声，那两个车夫趁势加鞭，一气趱上岭头。

抬头一望，忽觉豁然开朗。但见岭上边山田错落，好一片平坦地势。远近炊烟萦纡于林峦映带之间，是绝好的一片山地，并不见什么险恶之处。再望向前面不远，却有绝大的一处橡树林，间以长松巨槲，一片浓荫，如张绿幄，凉风谡谡，即觉炎暑顿消。偏那林中都是绿油油的短草，夹着野花乱开，一股草木微馨扑人鼻观。众兵见此光景，便如望到清凉世界一般。但是大家心气一舒，反倒觉一股热劲儿登时从亿万毛孔中喷薄而出，那郁久的大汗早已从脊骨上流到腔沟，刹那间，疲倦上来，便是再挨一步也来不得。原来这时大家急劲已懈，又望到绝好的歇息所在，所以顿觉疲倦不堪哩。

当时众兵既见橡林，更不顾什么车子并乌格福，便大家奔向林边，就草地上倒头便卧。有的便脱下单衣，绞拧大汗，气得乌格福跑回来瞧时，大家业已卧得横三竖四，都光着眼向自己直喘粗气，并乱吵道："乌爷，你要命倒现成，要说再走的话，哼哼。"

乌格福顿足恨道："你们这班不知厉害的东西，这是什么所在，容你们胡闹，我就要你们的命。"

说着刚要举鞭，却闻着背后有道："喂，乌哥儿慢着，我这里倒有老命一条，先交代给你吧，你要可怜大家时，就请你高抬贵手，容他们歇息喘口气儿，不然，请你一刀一个，倒也痛快。无论怎的俺是要歇息了。"

众兵听了，一齐大喊救命。慌得乌格福回头张时，早见祺寿跑得一瘸一点，秃脑门上汗气如蒸，一张脸赛如红布，敞开衣襟，扇起两只膀子，一径地奔向林边，箕踞而坐。一面抹汗，一面向自己冷笑道："乌哥儿，你有威风不要使尽了，凡事是拢着办，只顾逼人家的命怎的？我老头子是从枪林箭雨马蹄下滚出的人，有什么识见不如你处？偏是你说的这条乌岭这么凶实，如今这所在正好歇凉，可有什么歹人毛儿。"正说着，林风吹起，众兵都坐起来，欢呼称快。

这时当空赤日如炙，乌格福连累带急自己也是汗如雨下，又见祺寿和众兵的光景，也委实狼狈不堪，因笑道："不是我只顾催走，咱下得岭去，落店后大家心安。你大家要歇息，却不要只管耽搁。"

众兵听了如逢大赦，便有人去系好乌格福手牵的骡儿，并将那两辆车子赶入林中，稍揭蒙布，透透气儿。大家依然就林边坐下来，披襟说笑。那乌格福却提了马鞭自去散步，一面四下瞭望。祺寿喘息略定，望望乌格福，撇撇嘴儿，当即开谈，无非是卖弄自己当年的英雄，大家一面听，一面正觉得十分口燥，只听从前面岔道上一声吆喝卖酒，接着便有人粗声哑气，唱起一支山歌儿道：

> 不会做天莫做天，
> 世情啊，颠倒尽堪怜。
> 那猛虎偏被群羊困，
> 失水的蛟龙啊不如那鲤和鲢。
> 花开无几日，
> 月满不常圆。
> 笑哈哈悟彻浮生理，
> 哭哀哀又上那北邙山。
> 慢笑那荷锸的刘伶昏昏醉，
> 他是恨杀了多事的女娲娘娘把人抟。
> 劝世人今朝有酒今朝醉。
> 卖酒哇，何曾有一滴香醪到九泉。

歌声尽处，又是一声卖酒。大家忙望那岔道上，树影开处，早转出个挑担的汉子，笑吟吟直奔林边来。那汉头戴箬笠，只穿一件棋子纹单布背心，赤起两条精膊，短裤下露着毛腿，脚踹着多耳麻鞋。生得囵团团一张笑脸，一面晃得那担头颤巍巍，一面瞧瞧日影，自语道："快些走吧，地里那班馋猫们等急了，是要骂我的。"说话间踅到林边。

这里众兵望那担内时，不由一个个滴下口涎，不容分说，便呼一声将那汉子围住，先各自向腰中掏钱。原来那担内一头是一桶扑鼻香的好酒，一头是许多角黍，衬着雪页似的蒸馍大饼，好不有趣。当时众兵正在饥渴，又因祺寿祖护大家，乌格福不在左右，未免胆儿放大，于是向那汉子笑道："卖酒的，你来得正好，你有酒时再取些来，俺们一总儿包了你。"

好汉听了，回头望望，方要答语，忽向众兵背后一瞟，忙笑道："俺这酒不是卖的，方才俺因跑得累乏，所以吃喝卖酒胡乱唱个唱儿玩玩。不瞒您说，今天大节下，是种地的佣工吃犒劳，俺这是与他们送午饭去。你们不信时，俺家里的还在后面挑着汤水。但是你们要多出钱，咱这事也有商量。"

众兵笑道："你这汉子，不过想多得钱罢了，却来讲这篇谎，俺们先吃这桶酒再说。"

这时祺寿也自笑嘻嘻蹭过来，便笑道："你有酒只管再取来，酒钱凭你要就是。"因向众兵道，"你们要吃酒就快些动手，省得姓乌的张见又来麻烦，便由我这里起，咱们一人一瓢，轮替着吃。"

那汉听了，不觉回头乱望。这里祺寿伸手抄起酒瓢，撅起胡儿，吹吹酒沫，刚道得一声好酒，但觉肘上啪的一声，瓢落桶内，便有人喝道："是哪个擅敢领头吃酒？你这汉子快去你的，休要讨没趣。"

说话间转过一人，却是乌格福。先举马鞭向众兵一晃，然后奔向酒桶便是一脚，但听扑通哗啦一阵响，这里汉子方叫得苦，众兵也是个个发怔。正在这当儿，却闻前面岔道上有人笑道："你这是怎么了，今天准要利市，却跌出个大元宝哩。"

众兵望去，便见从绿树深处闪出一朵鲜红的石榴花儿。正是：

> 蒲觞氛未涤，榴花红欲燃。
> 佳节虽可赏，疑阵玄复玄。

欲知后事如何，且听下回分解。

第二回

施妙计橡林劫囚车
访故人客途逢壮士

且说当时众兵刚刚地酒要入口，猛见乌格福奔来打落酒瓢，踢翻酒桶，又得那汉子扑地一跤。大家正在发怔，却闻岔道上有人声唤，急忙望时，便见由绿树深处扭扭捏捏闪出个农家媳妇子。青帕包髻，旁插一朵榴花，衬着雪白的喜相脸儿，弯溜溜的长眉，水汪汪俊眼，高颧骨，薄嘴唇。身穿一件对襟纱衫，隐约露出酥胸玉乳。腰束围裙，下面是撒脚短裤，露着一段白嫩嫩的小腿儿，下衬尖翘翘半大脚，踹着双平底凤头鸦青色鞋子。虽是田妇丰姿，却挂三分娇俏，捎一条短绳扁担，担两头各系一个荆筐，内有瓦罐，便见她撒开俏步，奔向那汉子。

一面置下担，将酒桶扶起，一面笑道："你这没用的货，俺紧赶慢赶，却是来看你吃这一跤。如今酒都泼翻，这便怎处？"

那汉道："都是俺这张该打的嘴只管发痒，吆喝卖酒，惹得这班爷们以为俺真是卖酒的，便前来作闹。家里的，快替俺拿着家伙，劈开腿，兜紧了，待俺把淌出的东西给你灌进去。"说着将酒桶解下，置向那妇人跟前。方蹲在泼酒的所在，张开两手，要去抓捧覆酒。

妇人却咯咯地笑道："你这呆子，真怄杀人，你还不去快取酒来，只管耽搁人家地里人的酒饭，是甚意思？酒泼的酒便是收些起来还能吃？"那汉听了，赶忙要拴上酒桶挑担上肩，却吃妇人唾道："你这呆子，可怎么好？昨晚上不该省劲的事，你只贪睡图省劲，如今该省劲你又偏卖气力不省劲了。你巴巴挑担回去，来回一般重，只提这桶去取酒，不省一半劲儿吗？"说着忽见众兵都瞅着自己微笑，不由脸儿略红。

众兵见妇人俏丽之状，正觉有趣。那汉子便道："你说得有理，你且与我看着挑担，待我取酒去。"说着取了酒桶，忙忙地趸回岔道。

这里妇人抹抹鬓角上的汗珠儿，向众兵微微一笑，一面坐向瓦罐旁，却一溜眼波道："也没见你们这班客人们，无端闹翻俺们的酒。这一桶老白干，少说着也须一两银，如今咱是怎么说吧。怪道俺那会子出门踏狗屎，便知晦气来临，却不道遇着你们这班馋汉哩。"说着，手捻脚尖，却哧地一笑。

众兵正瞧得有趣，却闻祺寿气愤愤地道："好嘛乌哥儿，你这会子索性找寻到我头上来了。少时那汉子取酒到，俺算是非吃不可，须知俺却不属你管辖哩。"

众兵回头瞧时，却见乌格福一面瞧着那妇人，一面向祺寿正色道："这所在饮食之物哪里用得？若上了人的当，还了得吗？"

妇人听了，方咦了一声，祺寿大怒道："你没得胡说，依你这说法，大家就须空了肚皮跑路了？如今踢翻人家的酒，不说是快给人家钱钞，却放这等没味的屁。"说着向众兵道，"你们只管跟着我先弄饱肚皮再说。他禁止你们吃酒也罢，难道还禁止治饿肚吗？"

说着趋向瓦罐旁，低头一瞧，只乐得手舞足蹈，众兵跟他望去，原来那罐内竟是浮滟滟的冰梅汤，又凉又甜，外挂着糖桂之香直钻喉咙。这时乌格福久在烈日中奔驰，又和祺寿怄气，真是火冒钻天，汗出如渗。今猛见这样祛暑的梅汤，不由也便笑逐颜开，但是逡巡之间，却又瞧那妇人，只管沉吟。这一来倒招来众兵暗暗好笑。那祺寿却不管他，见那荆筐内置有盏子，刚伸手去取，这里乌格福忙喝且慢的当儿，只见前面岔道上人影一闪，却又踅来个背包裹的徒步行客。戴一顶宽沿凉笠，深覆眉际，生得怪模怪样，黑紫脸子，双睛闪闪，开阔有光。从笠影深映中，露出一嘴虬髯。穿一件正黄葛布衫，敞开胸际，露着毛茸茸的胸腹。腰束板带，下面是漆黑甩脚裤，踹一双软帮薄底快靴。胁下佩刀，手提杆棒。满脸上尘和汗渍往下直滴，似乎是个跋涉长途的模样。一面走一面喊道："挑梅汤大嫂慢走，方才俺在来路上，遇着一位提空桶的大哥，说是你这里有好梅汤，没奈何，且匀给俺两盏，不然就要渴热杀了。"

这里祺寿等听了，正在略怔，那妇人忙向那客人摇手道："不成功，你休听他胡说。俺这梅汤是送与地里佣工们吃，不是卖的。"

正说着，那客人业已踅到荆筐边，不容分说，抄起一只盏子，舀了一盏汤，说声好凉，方要入口，却被妇人劈手夺过倾入桶中。一瞟乌格福，自语道："你们不管是谁，都别吃吧，倒省得上了人的当。"

乌格福见状，不由疑心都释，方才哈哈一笑。祺寿便趁势抢起两只盏子，舀满了汤，递与乌格福一盏。却向妇人笑道："大嫂莫怪，他们嘴上没毛的小人儿家说话不中听，你大嫂且瞧我的面孔吧。"说着一仰脖儿，一盏梅汤入肚。这里乌格福不禁不由也便吃下一盏，于是众兵不待吩咐，

9

一拥齐上，大家抢起盏子。

正争吃得你跌我撞，只见去取酒的那汉子忽地从岔道上奔转来，莽熊似便奔骤车。这里乌格福猛然有悟，喊得一声不好，身形一晃，勉强撑住。方从身畔拔出短刀，便见那妇人拍手笑道："倒也，倒也。"众兵听了，如遇禁咒，顿时横七竖八纷纷倒地。

乌格福转怒之下，料那客人必系歹人同党，方要举刀奔去，只见那客人大喝一声，俨似舌尖上起个霹雳，却大笑道："你们这班狗头，可认识俺魏耕先生吗？"乌格福听了大惊，不暇答话，一摆短刀向客人劈面便剁。无奈腿子酥软，正闪得向前一撞，那妇人却趁势从后面抄起扁担，向他屁股上便是一戳。乌格福一头跄去，恰值那客人趁闪之势，一脚飞起，横腆入他胸腹之间。彼此都各力猛。这一来不打紧，但见客人喝声"起"，脚尖上猛地进力，嗖的一声，直将乌格福踢起丈把高，撒手扔刀。方才落地，那客人一步赶近，就他胁腋上又是啪啪两脚。

这时祺寿和众兵都大睁两眼，转动不得，眼看着那客人将乌格福捆缚停当，便奔骤车。这时那取酒的汉子早取出短刀，挑落蒙布，将祁六公子并腾蛟扶下车来，即便用刀剁开手械脚镣，大家相看，都有惊惕之色。及至见那客人奔到，六公子不由惊叫道："如何魏兄也来到这里，怎便知俺等被捉，特来相救呢？"

魏耕听了更不答话，便向那汉子道："赖兄，你两口儿且和公子等先行一步，待俺来料理这班狗头。"说着，和那汉子取过扁担，端正荆筐紧好，便扶六公子、腾蛟一头一个坐入筐中。

瞧那妇人时，却正在众兵身上搜寻银两，只管大包小包地向怀内揣。趸去一瞧，不由大笑道："白大嫂，你也不嫌污了眼睛，你瞧瞧这是什么样儿。"原来那妇人只顾搜银，将众兵腰胯间都揪拉开，腰兜既脱，裤便都落，每人胯下都大大小小地现出个雅相物儿哩。

当时妇人笑道："可恨这班东西，当俺挑担来时大家都邪眉溜眼的，令人长气。快拿刀来，咱都给他割掉吧。"

魏耕笑道："如此说，俺魏先生真是特来弄鸟了。他们还罪不至此。大嫂快去，俺自有道理。"妇人听了含笑跑去，便挑起那副担子，并那汉子捎起扁担，挑了六公子等便奔那前途岔道。

且说这里魏耕提着脚子，将乌格福揪起来，即便割下车缰，将他缚在一株大树上。那乌格福因吃了梅汤不多，虽然力乏却心下清醒，正在怙悒事儿不妙，却被魏耕夹脑两记耳光，便喝道："你这厮本该杀，却因俺要借你这张嘴寄语穆阿桂，叫他小心着，俺早晚去割他的脑袋。你要瞧清俺的模样，你们要寻魏耕，只我便是。"说着嗖一声抽出佩刀，冷森森寒光正逼得乌格福气息倒噎。哪知魏耕提了刀便奔向众兵身旁，须臾却掴了把血淋淋的耳朵来，随手割了两条长草，穿作两串，一径地挂向乌格福两耳，又喝道："俺索性地一客不烦二主，再烦你寄语何峻，休要因罗姓之案连累好人，须知大堂上那颗人头也是俺挂的哩。"

乌格福听了，只吓得顿时昏去。及至醒来，但见许多老鸦一起一落的，只管就众兵血耳荏上乱啄余血，众兵还都被蒙药困得死人一般。那祺寿却倒撅在地，白胡贴地，却正偎在一个兵的那话儿上。当时乌格福见状真是又气又惊又是好笑，略为定神，只好极力大叫，冀有过往之人前来解救。哪知山深地僻，任你喊得嗓哑，通没相干。

这时正当午际，一轮赤日晒向当头，简直地炙脑欲涸。乌格福当不得，迷迷糊糊又复昏去。也不知经历若干时，忽觉有人用冷水喷面，睁眼瞧时，自己已被几个山村人解放在地下，众兵和祺寿也都醒转来，在旁呻吟。又有一村人拉着个脱缰的骡儿站在车子一旁，一瞧日色，业已转西时分。

原来当魏耕割断车缰之时，那骡儿便跑向橡林中啃草，良久良久趑近一处山村，被一个村人张见，便约会了大家一直赶向橡林旁，这才瞧见乌格福等之状。大家只当是寻常客商被劫，又见众兵等昏迷之状，料是中了歹人的蒙药，所以一面取冷水先喷醒众兵，一面又去解乌格福哩。

当时乌格福向村人等具言来历，并言要犯被劫之状，村人等好不吃惊，便帮着众兵料理好车子，逡巡各散不提。当时众兵每人缺着一只耳朵，彼此乱噪晦气，并那乌格福和祺寿因委顿不堪，每人卧向一辆车子中，且去回见穆阿桂面禀一切。

且说当时六公子和腾蛟坐在荆筐中，见癞皮猫挑了自己，白氏相随，本要急询原委，无奈久困车中，既已十分委顿，又被那荡悠悠的筐子摇得发昏，便索性且不言语。但见癞皮猫两口儿一径地由前面岔道上转入一条僻径，一路上穿林拨莽，甚是曲折。约莫趑过三四里远，却来至一处山坳之中，四外价草树连天，乍望去疑无道路，却从丛莽荟翳中现出一座草结的窝铺。于是癞皮猫奔将去，放下挑担，当由白氏由筐中扶出公子。腾蛟究竟是被困日少，有些气力，便自挣起，和公子趑入窝铺瞧时，只见里面颇宽敞，并有卧具包裹并糇粮日用等物，乱哄哄地堆了半窝铺，似乎是个新移家的光景。

六公子和腾蛟歪歇在草铺上，正在怗惚癞皮猫怎的便移居此间，只见白氏笑嘻嘻地从铺外提到一桶泉水，那癞皮猫也拿了盏子趑将进来，大家各吃几盏泉水，不由暑气全消，精神顿长。

六公子和腾蛟正要向癞皮猫询问原委，只听魏耕在外面大笑道："公子和余兄，你主仆脱此险难，还该拜谢那位雷祖爷才是。若非俺在雷祖神案上睡那一觉，得与赖兄相遇，便真个有些不妙了。"说着，大踏步踅进来，解下所负包裹并佩刀，倚了杆棒，先抢起盏子吃了许多泉水，然后抹抹额汗，哼的声长嘘一口气，即便滔滔汩汩说出一席话来。

你道魏耕真个有掐指一算心血来潮的神通，便赶来搭救六公子等吗？这其间自有一段近情近理的情节，却非弄神闹鬼之事。因为作者著书向来是从情理中落想，是不许有荒唐笔法的，诸公勿躁，且听我道来。

原来魏耕自从在临海镇和六公子等分手之后，本拟即赴雪窦山暂时隐晦起来，一面开垦山田，经营致富，为异日散金结客之用，一面再精研那《魏子新书》，俟有一机会，便当用兵法部勒山民，一来可以保卫地面，二来一遇机会，便有其他作用。想得得意，一径地行了两日，忽然在半路上想起一个故人来。因为这个故人且耕且读，是个讲乘天之时尽地之利的人物，在农业耕植上颇有心得，并著有耕牧等书。自国变之后，他便穷居深山中，和魏耕相别亦复有年。当时魏耕一来思晤故人叙叙契阔，二来想就他领教些耕植之法，以便开垦山田。便兴冲冲迂道行去。

但是一路上适值清兵初定全浙，不但分兵徇下各处，并严剃发之令。魏耕晓得他那故人是因避剃发才逃居穷山的，暗忖他这时或移居他处亦未可知。一路怙惙，到得那故人所居的山中，仔细一望，不由色然而喜。只见他所居左近，许多山田都整理得沟壑井然、田苗蔚蔚。问起田中农人来，都说是用某先生种植之法，这田苗方如此茂盛。魏耕暗想那故人既教给农人种田，一定是不曾移居。及至到那故人门前，只见暗淡斜阳映着那双扉白板，静悄悄的，气象荒凉。有一群野雀儿在土墙上争啄草颗，见人来，扑啦一声飞了。当时魏耕就门前石块上放下行装，整整尘容，上前叩门。啪啪啪敲了半响，没人答腔。正没做理会处，只听背后有人道："魏老伯吗，您如何这时才来？先严临终时，只恨不曾见老伯一面。如今且请进内相叙吧。"

说话间，那人踅到自己跟前，倒身便拜，却是故人之子，身着白衣，景况贫凄，提着一篮粟米，兀自泪眼莹然。魏耕料事不妙，便一面扶起他，一面忙问道："莫非令尊已经病故了吗？"

故人之子拭泪道："正是哩，先严自居山中，本抱羸疾，益以悲吟侘傺，气体日衰。今因感触剃发之令，便为文告墓，愿削发为僧，以免辱体。当时一痛晕绝，从此便病势不起。如今方过三七，停柩在堂。小侄因瓶粟告罄，方从邻家贷些米来，便是这般苦楚。"

魏耕听了，一团高兴顿时索然。正在十分伤感，那故人之子已从外拨开门键，并替魏耕提了行装。魏耕跟他入内一瞧，不觉泪下沾襟，只见草堂上帘帷高悬，漆灯闪碧，端正正停着棺木，好不凄然。并且四壁萧然，只有旁室内破案上堆着些尘湮久渍乱书，并一张断弦琴挂在素壁上。当时魏耕见状，顿触人琴之感，不禁手扶棺木痛哭一场。

当晚饭罢，宿在旁室内，询知故人之子近况贫穷，十分叹息，便从行装内取出些钱两，以为薄赠。及至询问起故人所著的农书来，故人之子却叹道："老伯若早些来时好了，如今却无从见那书了。先严因悲愤之下，焚毁诗稿，又感叹世无知音者用那农书可以富民裕国，便随手儿杂入诗稿都烧掉了。"一句话听得魏耕失声惋惜。

次日，就故人灵前又洒泪一回，别过故人之子，惘惘回途。一路上，又见了些各处避兵的难民，并一队队耀武扬威的清兵，后车上都装满如山的囊箧、如花的妇女，闹得魏耕越发地胸怀作恶。这日行抵一处村店，偏又蒙蒙地落起雨来，魏耕情知登程不得，便想借酒排闷。村店中没得什么食物，只有牛肉白酒并蒸馍大饼之类，当时魏耕就客室中卷起帘子，命店人整备酒饭，独自命酌。

瞧着那帘织细雨，方吃了两杯，觉得有些意思，只听一个店伙在店门面喝道："你这鸟汉，快向别处去赶个门儿，这里没人舍饭哩。"

即闻有人也大喝道："你这厮说什么鸟话？哪个向你要饭？老子生平惯会挨饿，俺自看那客人吃酒，自觉爽快，干你鸟事。"

魏耕停杯望去，却是个体态昂藏的汉子山也似站在店门外，一面和店伙计吵，一面望着自己案上的酒肉，有垂涎之态。那汉子生得剑眉虎目，正在壮年，虽是困瘁不堪，却自威风凛凛。头裹破蓝布，额角间露出一处刀伤疤，身穿蓝布短衣裤，业已破绽得露出黑毛腿胫，脚下却踹着破勒战靴，又有具剑鞘提在手内，似乎做讨饭打狗之用。当时魏耕虽觉那汉意态不俗，以为不过是个江湖落魄的朋友，因正在独酌无聊之下，不由欣然趋出道："朋友，你会吃酒吗，只管呆看哪里能爽快。便请同酌如何？"说着携了那汉便就酒案，一面唤店伙快添酒来。

那汉子直据客位，更不谦逊，便连举大杯，势如鲸吸，一面御肉如填巨壑。须臾，酒案上杯盘俱空。瞧得魏耕正在连赞豪哉，一面乱唤添酒。只见那汉双眸一闪，赛如岩电，却徐徐扪腹道："落魄贱子，今得饱惠，铭德无尽。咱且别过，且期后会吧。"说着，站起拱手，就要趱去。

魏耕见他气概豪爽，因促坐道："朋友慢去，俺看你手提剑鞘，莫非晓得武功吗？但是怎的只剩空鞘，没得剑呢？"

那汉慨然道："剑虽有，因俺突围时杀的满兵太多，剑芒缺折，不堪复用。俺便索性当铁片卖与铁匠，换酒吃了。"于是两膊一张，做个开弓势子，哈哈大笑道，"俺如今虽是败军之将，不敢言勇。当时那些鞑儿们却也吃俺杀得痛快。"说着站起又要辞去，却被魏耕一把拖住，正是：

> 浙中呜咽水，流将志士血。
> 逃将述樽前，语罢风萧索。

欲知后事如何，且听下回分解。

第三回

雷祖庙憩卧闻警耗
祁公子北上说游踪

　　且说当时魏耕一把拖住那汉子，惊问道："如此说，你是个军中壮士了？既杀满兵，想是效命故国。如今鲁王以海逃败在浙闽之交，唐王聿键方号召闽中。朋友，你端的是属于何人部下呢？"

　　正说着，院中那雨一阵紧落，接着刮啦啦一声霹雳，就这声中，那汉子忽地抚膺大哭，声震天宇，更不辨雷声哭声。惊得魏耕正在怅然动色，那汉子早慨然拭涕，说出一篇话来。

　　原来这汉子便是隶属在祁鸿孙部下，从鸿孙奔走以来，甚著勇名。当鲁王退败闽浙之交的当儿，鸿孙领了一彪军马，护驾奔走。其时唐王聿键方被许多遗臣拥护了，亦以监国名义，号召闽中。唐王虽有些励精图治的意思，无奈手下武人们大半是些流寇中的悍将骄夫，晓得什么事体？便觉鲁王忽地挟兵将入闽境，大概是要来侵夺唐王的地位。于是便劝唐王通使于鲁王，名为劳军，且联络彼此相助，其实是觇伺举动。鲁王既见过来使，如礼地打发去了，势须报聘，又因将使重命，须遣重臣，于是特遣鸿孙酌带本部人马，买了礼币书札，前往报聘。哪知此事已被清军侦得，便伏兵于山径隘路清水岩前。待得鸿孙人马到来，一声鼓起，伏兵杀出。这时那汉子押队在后，闻警急难，策马仗剑，闯入重围，保着鸿孙冲突数次，真是血殷袍铠。无奈清军越杀越多，从四外兜裹上来，并且箭似飞蝗。那鸿孙马足一蹶，翻身跌落，可怜一位丹心耿耿的遗臣，竟死于乱军之手。当时那汉子身中数创，幸脱性命，因自己是北方人，便一路间关来到此间，因阻雨却偶遇魏耕。

　　魏耕听罢那汉一席话，方知他是个报国的健儿，正在暗叹遗臣授命，国难未已，只见那汉子慨然袒衣，出示伤痕，想见浴血突围时光景。魏耕见状，不由酒怀郁勃，便止住他悲感道："足下如此忠怀，端的可敬。且进一杯，以尽酒兴。"于是唤到店伙，重整肴酒。

15

两人吃过几杯，魏耕问起鲁王刻下光景，方知被清军蹙迫，已是个强为支拄的局面，护从诸臣虽在间关奔走之中，仍不免彼此排挤、互相嫉视并攘利争权之举。祁鸿孙既死，现时只有个张苍水，苦心尽力地支持一切。

魏耕听得情怀作恶，便连劝那汉数杯，道："休论世局无常事，且斗樽前现在身。请问足下今将安之，可好以籍贯姓氏见示吗？"

那汉慨然折项道："覆军懦夫，只欠一死，还提什么姓氏？但是俺家居黄河之北祖徕山下，此去当归省庙墓。并闻北方草野江湖间颇多有心人，暗结党会，潜植势力，意在伺隙而动，为驱胡之举。俺此后余生不死，或将奔走其间亦未可知。"

魏耕听了，越发肃然起敬。当时两人瞧着那潇潇细雨，酒到杯干。魏耕酒兴上来，直吃得两眼都瞪，须臾和那汉谈及战阵兵法等事。那汉按膝雄谈，语中肯要，什么风云开阖向背孤虚诸法，都是言之井然，竟是个深明韬略之士。这一来却顿时搔着魏耕的痒筋，便乘醉踉跄站起，大笑道："今遇钟期，何惜赏音。不瞒足下说，俺著有兵法一书，在行装中，便当取来请教。"说罢从草榻上打开行装，寻那《魏子新书》时，却影儿没得。当时心下一阵急躁，顷刻酒往上涌，颓然醉倒。

及至醒来，却已被店人扶卧在榻上。院中雨势已住，案上酒具未收。向店人问那汉子时，却已趱去多时了。当时魏耕清醒一会儿，整理行装，这才想起那《魏子新书》，当和祁六公子等分手时，大家整理行装，却被六公子打入自己行装以内了。

当晚魏耕宿在那店中，因思《魏子新书》还须添著，自己又没抄得副本，必须从此且赴山阴梅墅取到此书方好。主意既定，一宿无话。次日且喜天色晴朗，即便付了店资，带了佩剑，背了行装，一路问途，直奔山阴。虽听得人传说驻防左领穆阿桂怎的骄横，并笑面虎罗姓怎的豪霸，却也没在意。

这日问途梅墅，一路趱去。时当午后，赤日如炙。魏耕走得躁热，又因午尖时多吃了几杯村酒，一时间盹倦上来，想要少息倦足。抬头望望四处都是平田茂草，连个树荫也没得，却于岔道上百十步外，望见一段破落庙墙，奔入庙内大殿上瞧时，知是雷祖庙。当时魏耕不暇细望，忙寻歇处。见那东西壁下不堪插足，唯有神龛内尘土较少，并且宽敞可卧，却又碍着雷祖爷当中踞坐。魏耕相度一番，跳上神案，用手推推雷祖，似可摇动，于是将雷祖推向龛的一隅，便就雷祖身上置了行装佩刀，跳入龛中，竟自祖腹高卧。一时间凉风飒然，自外吹入，正要酣然入梦，哪知空院中忽地起了一阵小旋风，呼啦声一片尘沙卷入神龛，都打到魏耕脸上。魏耕暗笑道：不好了，这一定是雷祖嗔我占了他的位子。但是我这恶客，是推不去的。于是爬起来，放下龛幔，这才沉沉睡去。

正在怡然自得之间，却微闻殿上有人徘徊太息。少时并且唧唧哝哝似哭似祝，闻得魏耕耳烦心躁，再也稳睡不得。忙睁眼从幔缝向外瞅时，却见一个短衣小贩，身旁置有挑担，正在神案前且泣且拜。瞧得魏耕正在诧异，恰好一阵微风卷起那幔，你想魏耕那小脸儿本就够漂亮的，再加以这时沉睡方醒，眉儿塌着，眼儿愣着，嘻开了虬髯小嘴，猛地噫了一声，这一来不打紧，那小贩只认是雷祖老爷冷不防地活跳起来，于是啊呀一声爬起便跑。

这里魏耕跳出去却已将他一把拖牢，吓得那小贩不敢回头，便一面力挣，一面噪道："雷祖爷不要怪我日日来咶絮你，皆因我心下这件事委实难受，所以总要求你老人家显个灵验。"说着，极力一挣，却险些儿撞翻那挑担。

魏耕笑唾道："你这汉子敢是呆子？无端惊醒于俺，却还吵什么雷祖。俺是个远方行客，从此赴梅墅祁府，偶然在此盹歇，你有什么难受心事，何妨向我谈谈呢？"

小贩听他说祁府两字，似吃一惊，忙回身，将魏耕端详半晌，然后问道："你这客人是梅墅祁府什么人？向那里去寻哪个？"

魏耕听了，不由心头沉吟，暗想这小贩不知是甚等之人，寻六公子的话，且莫向他说出。正是相逢且说三分话，未可全抛一片心哩，因笑道："俺并非祁府什么人，也非去寻哪个，皆因俺生平好书籍，闻得梅墅祁府藏书甚富，特地到那里不过想借观一二，开开眼界罢了。"

那小贩叹道："你老哥来得迟了，如今祁府休说是书，连姓祁的人都没得，却新来一群王八蛋占据了祁府。刚才俺说心下有难受之事，拜祝雷祖爷爷显个灵验，也就因祁府之事哩。"

于是从头到尾将六公子怎的被罗姓计陷，怎的被穆阿桂捉获，怎的入狱，自己怎的巧遇余腾蛟，腾蛟怎的劫狱救主，主仆怎的又被乌格福捉获，现方被监押在驻防营中等事，说了一遍。并言自己姓名和六公子的交谊。一席话方说毕，直听得魏耕握拳顿足，虬髯乱抖。瞧得那小贩正在诧异，这里魏耕也便一述自己的姓名来历，并特来寻六公子之故。

原来这个小贩却正是癞皮猫哩。当时癞皮猫既遇魏耕，真是又惊又喜，不由纳头便拜，道："如今魏爷恰巧到此，却是祁六公子等命不该绝，五行有救了。便请且到小可家下，商量救取之策。俺曾听公子说起，那位刺伤豫王的谢曼华娘子现赴北京，如今六公子等被监押在驻防营中，守视严备，并且穆阿桂十分了得，魏爷若虑孤掌难鸣时，似宜寻取谢娘子来方好。"

魏耕沉吟道："此事不宜硬劫，端须智取。若去寻谢娘子，恐反误事体。且待俺探探穆阿桂是怎生处置六公子等再做道理。可恨笑面虎那厮却饶他不得，且叫他多活两日就是。"说话间，从神龛中取了佩刀行装，一径地跟癞皮猫来至家下。

那白氏猛见魏耕小模样儿，倒吓了一跳。既彼此厮见过，问知所以，方才欣然，便笑道："不瞒魏爷说，俺们这份穷日子横竖在这里也过不得了。因为六公子和余爷都曾在俺家落脚，倘有些风声吹到驻防兵们耳朵中，俺们左右也是死。今日且喜魏爷到此，咱大家索性想个计较，怎的救取六公子等，豁着干吧。"说着，一面安置魏耕在后院厢室中，一面又说了癞皮猫近日探得六公子等的消息。

据驻防兵们传说起来，豫王处置六公子等的回谕虽尚未到来，大家猜测着，总须押赴南京哩。原来癞皮猫自腾蛟等被捉之后，除日祝雷祖之外，便挑了货担向驻防营左右踅脚，那旗兵们都将捉获腾蛟等这件事当作谈资，所以癞皮猫得知消息。当时魏耕见白氏伶俐豪爽之状，颇为暗暗称奇。

当晚一宿无话。次日便乔装出去，向驻防营前暗探六公子等消息。那旗兵们果然攒三聚五地纷纷谈论，大略如癞皮猫所闻，从此魏耕每日必乔装而出，去探消息，一面思索救取六公子等之策。一连几日，甚是气闷，便索性地夜入祁府，杀掉笑面虎全家六口，挂首于县衙堂前，单瞧穆阿桂并何峻是怎生举动。正在愤懑之下，不想一日里扮作乞丐，傍晚时分却于驻防营前众旗兵口中得知六公子等不日解赴南京的消息，并探得乌格福明修栈道暗度陈仓的计策。

当时魏耕忙忙趱回，向癞皮猫夫妇具言所闻，便笑道："如今还好，亏得被俺探知乌格福的计策，俺始而虑旗兵人众，本想智取。今既是乌格福领人无多，取路小道，谅那乌格福有甚能为？俺只须伏向小道要隘处，劫取六公子等便了。"

癞皮猫跃然道："如此甚好，若说小道上的要隘处，有一所在名为白沙岭。岭上有一片绝大的橡树林，其中正好藏身，凭魏爷本领，怕不马到成功吗？"

魏耕听了，正在称善，那白氏却笑道："依我之意，此事还宜智取方才妥当。左右俺夫妇在此也住不得了，倒不如趁势移居，以免是非。俺倒

18

有个粗计在此，咱们都回白沙岭安置好，给他个如此这般，酒内、食物内、梅汤内都下了蒙药，那乌格福纵然精细，哪怕他不上这恶当？再者六公子和余爷都被人家监押多日，气体困顿，救出后也要有个安顿将息处，所以俺做这般计较。"

魏耕听了颇觉有理，当即如白氏之计。癞皮猫也因山阴地面不可复留，便顿时收拾家具一切，一面请魏耕先行，一面托邻人照看房子，只声言和白氏远出探亲。径自来到白沙岭上那片山坳内支起窝铺，一面准备乔扮行事，一面等候起乌格福来。果然端阳那日竟自得手。挑酒担的汉子是癞皮猫，抢梅汤吃的客人是魏耕，至于那挑梅汤的妇人，不消说自然是白氏了。

当时六公子腾蛟听罢，恍然之下，又是叹息，连忙起身拜谢魏耕等，并问白氏夫妇道："因俺主仆之故，竟致贤伉俪弃家移居，真令人感激无地。"

白氏笑道："公子快不要如此说，俺那一担挑的家当，搬来移去不算什么。换个所在做生意，说不定还许旺相哩。刻下俺先发个小利市，那班旗兵们的腰包都被我掏摸来，连安家买房的钱都在这里了。"说着，从怀里取出许多散碎银包，大大小小，粗估去足有百余两，招得六公子等倒觉好笑。

话休烦絮，从此六公子腾蛟便将养在窝铺中，自有癞皮猫夫妇调理一切。魏耕除向六公子等谈笑外，便时时乔装而出，探听一切，怕有官中人来踏脚。过了月余，却甚是安然。倒闻得山阴地面鸟乱得一天星斗。因为自六公子、腾蛟事起之后，顿时轰动山阴，大家七嘴八舌，谣言百出，有说公子要来报怨，不定早晚便飞剑来取何峻、穆阿桂首级的；有说公子的党徒都到，不日便来攻取山阴，为举义旗之地的。一时间自相惊诧，闹得何峻心摇胆落。

正这当儿，穆阿桂因失却要犯，豫王震怒，奉谕调防他去。后任尚未到来，却有一股山寇窃发，烧掠火光直达城垣，声言是某处的义兵，特来为祁六公子报怨。过了几日，那何峻也自落职而去。当时六公子听得魏耕报说一切，只付之一笑。连日将养之外，便用那趺坐静功，以助恢复元气。

光阴迅速，堪堪地炎夏已过，金风送爽。这日为七月初旬，日西时分，秋意始生，山风健人。六公子和魏耕、腾蛟出得窝铺，一路散步，不觉稍远。须臾转过一处冈头，却来至一曲清溪。两岸上乔木高荫，碧草如茵，又有些磷砢大石错落其间。那溪水被大石厄蹙得盘涡溅沫，鸣如佩环。岸上又有四五株枫树，叶始作赭，乍染秋色，被那淡淡的斜阳映射着，尽有画意。公子至此不由心神一爽，便沿溪趑过数步，大家各选大石歇坐下来。相与四顾徘徊一会儿，公子不由慨然道："真是人生离合有数，俺和魏先生在临海镇一别之后，不料人事相近，又有此番小聚。刻下俺颇觉气体复元，料想分手之期又当不远，且待俺试试气力，看是如何？"

说着站起，就溪边踏开足势，兔起鹘落地试了回拳脚，果然已精神矫健。瞧得腾蛟神气立旺，正在两膊一振，也要放步，魏耕却笑道："公子欲试气力，且举此物，待俺先来试试手段。"说着向左右一望，恰好临溪有一块青花卧石，约有数百斤重，便奔去，两手撮牢，却笑道："石老兄，别只管睡糊涂觉，如今腥膻世界，且请你醒醒吧。"说着一挺腰儿，喝声"起"，那石块霍地起向当胸。

这里魏耕略矬身，方要趁势上举，不想那石苔滑滋，咕咚声却落在岸边污泥中。招得腾蛟正在好笑，只见六公子迈步撩衣，奔向那石，先踏稳骑马式子，然后抡动右臂，单手提石，趁那悠荡之势，用左手轻轻助力，喝声"起"，那石倏地虽已起向当胸，但是公子鬓角上却有两点躁汗直流下来。腾蛟因公子气体初复，恐他努力过当。正在连唤公子住手的当儿，公子早已撒开左手，单臂攒力，趁势一长身形，用一个霸王举鼎的式子，但见那数百斤重的石块，竟已高过头顶。这里魏耕正在喝彩，公子忽微觉臂力略钝，但行得数步，将那石抛向溪中，却叹道："昔人谓忧能伤人，真是不错。俺因屡遭患难，竟致气力上总觉差些儿。如今报国一事无成，便恐蒲柳之质，望秋先零，当复奈何。"说着慨然回顾，不胜唏嘘。

于是三人复就溪边软草上歇坐下来，谈笑之下，公子不由踌躇起此后的行踪，便叹道："俺如今家室已毁，此后行踪漂泊，自不消说。俺初意本拟到家省母之后，便去投敝族人鸿孙那里，相机努力。不意鸿孙已自殉难，浙闽间的支撑局面又无起色，看来南中光景不足回旋。俺幼时时节，闻得先师余母说起燕蓟辽沈间的山川雄丽，人民朴茂而武健，矜意气，重然诺，尽有慷慨悲歌之士混迹于屠贩傭保之间。俺今欲漫游北上，一来去寻曼华助她窥伺机会，二来漫游之余，阴求北方奇士，潜结党徒，以备异日之用。魏先生你道好吗？"

魏耕点头道："公子且游北方的主意端的不差。南中混闹的诸公暮气已深，都是打起义旗的幌子别有所图。我辈志在报国，必须另创局面。便是俺所遇的祁鸿孙先生帐下的那位军官，也说是北方草野江湖间颇有有心人暗结党会潜植势力的。公子北上正好随地留心物色，安知异日咱们不一声霹雳，足使群胡胆落呢？"

说着手舞足蹈，正在掀髯大笑，只听溪边树影中有人喝道："你们好大胆子，竟敢在这里起意造反，来来来，且随俺去见官。"

　　说话间，由树后转出一人，当胸一把先将六公子揪牢，魏耕、腾蛟不由都惊。正是：

　　　　溪上藉草，沙中聚语。
　　　　彼何人斯？致惊侠侣。

　　欲知后事如何，且听下回分解。

第四回

伤国难大侠走风尘
逗闲情店婆撩云雨

　　且说魏耕等猛惊之下，一瞧揪牢六公子的那人却是白氏。身着围裙，眉眼角上还带些面屑，似乎是治炊才罢的光景。大家见状正在都笑，白氏却吵道："你们叫我寻得好苦，如今晚饭已熟，却不去用，只管在这里闲磕牙怎的。"

　　于是大家踅回窝铺，匆匆饭罢。当晚腾蛟既知六公子北游的主意已定，便慨然道："小人如今既不能从，但祝公子此行得意。将来遇有事机欲用小人时，但遣人到富春江畔余母祠旁相寻，小人仍当效力左右。"

　　公子道："不须多嘱，吾与汝名虽主仆，情同昆弟，倘有事机，自当相寻。但是你此去闲居，作何消遣呢？"

　　腾蛟叹道："小人自先世两代即遭患难，又自经国变以来，只觉得世情冷淡，万念灰冷，此去皈依祖母祠旁，除奉视香火练习剑术之外，便当访寻道友，以遣世虑哩。"

　　公子听了，不由默然。便从自己行装中取出那《魏子新书》交还魏耕，又取出百余两银，赠予癞皮猫夫妇，深致谢意，并言自己气体已复，即日北游之意。癞皮猫哪里肯受银两，便道："公子北去远游，哪里不用盘费？便请收回。但是公子气体未必便已大好，还应当将息些时，大家再散才是。"

　　白氏笑道："哟，你这话却没说对。公子说气体已复，真个不虚。他刻下之劲头儿大小，料你不晓得，俺是知道的。因为昨天傍晚时，俺曾在窝铺后面张见他小解，那尿气白蒙蒙，直冲起多高，并且一射老远哩。"

　　几句话招得大家都笑，那癞皮猫还在推辞银两，却被公子将银包塞入白氏袖中。

　　次日癞皮猫情知挽留公子不得，便置酒饯行，公子又和魏耕、腾蛟深谈一番。须臾饭罢，大家各自取了行装刀剑，结束停当，由癞皮猫引路，来至白沙岭下，即便彼此别过。

不提癞皮猫趱转，和白氏收拾家具，下得白沙岭，自向他乡流寓，并那魏耕、腾蛟由岭下岔道上和六公子匆匆分手，各奔前途。且说六公子一路问途，逡巡北上，恐南京盘查严密，便取路湖北，由武胜关北上。一路上或水或陆，无非是晓行夜宿，渴饮饥餐，更于其间探鄂渚之奇，问鹤楼之胜。果然是楚境横天下，那山川险要，又有一番雄胜形势。但是这许多名山胜水，一入六公子目中，顿起新亭之感。

偏偏这时又有一股清兵由湖北南下，去肃清窜入四川的流贼余孽。大军所过，既已闹得地面上人仰马翻，加以地方官征取军需，敲扑苛敛，公人们下乡叫嚣，便如强盗一般。牛马驴骡等物都抓去自不消说，便连那大兵抢剩的鸡狗也都被他们抓去宰吃。有的还成串拴了村民去，百般勒索，连人家接新妇住家的牛车都拉走，剩个花枝招展的新媳妇只好坐在野地里咧着嘴儿叫妈。

公子一路所经，但见墟里萧条，垄亩荒芜。丁男壮夫等或被官中捉去飞刍挽粟，或避捉捕，闭匿不出，只有些憔悴妇孺勉支门户，大有"时挑野菜和根煮，旋斫生柴带叶烧"之势。公子见此光景，端的是触目伤心，益深故国苍茫之感，也便无心瞻玩景物，只一路小心，闷闷趱去。且喜关津间没得缉捕五刺客的榜文，却于落店歇住地，往往闻得过客们讲说五刺客大闹南京之事，都说得离离奇奇，形容得五刺客便如魔怪一般，倒招得六公子暗笑不已。

这日过得武胜关，又行过半月之程，已入河南地界。这河南地面本是南北咽喉，四达之卫，自经流寇屡次蹂躏，益以清兵南下，地面上更为残破不堪。大乱之后，真是群盗如毛，居人不堪其扰，那乡里豪强之士便招集乡众，倡办团练，各立砦寨，用以自卫。一般地筑起长圩，设置卡汛，里面是器械齐备，士马精研。那团长出入也是列队鸣角旗帜前导，每逢会操之期，某砦某寨便先期约会了，择那平原大野间，大家摆开阵式，依次操演毕，然后又合操一次，方才整队各散。

始而办这团练，就为御盗上说，不为无功。但是久而久之，倒成了地面之害。因为各砦寨的头脑人不尽端正之士，便有些土豪恶霸等掺和其间，他便倚仗了团长的气势，十分凶横。不但目无官长，苛敛地面，并且彼此矜逞意气，一语不合，顿时抢拳瞪眼，领众打架，你刀我枪地真杀真斫。往往遮断道途，闹得行旅坐叹，便是官府都禁他不得。

当时公子行到日暮，只这半日程途，已见了几处砦寨，落店时向店人们询问起来，方知是团练的缘故。不由暗想道：果然北方民气强盛，不同南方。这其间就许多有心人，借团练为名，潜植势力，俺倒要问个仔细。于是向店人道："你这里既有许多团练，地面上一定该贼盗绝迹，安静异常了。并且这各砦寨的团长都是些什么人物呢？"

那店人叹道："尊客不晓得，俺这里若想安静，只好去做梦。初立团练时，真个不错，而今却不然了。那团长们只知逗气打降，玩彪劲儿，不然便苛派地面，刮骨剔髓。那强盗的明火只要不烧到他砦寨里，他算是没事一大堆。有时良心发现，便摇旗呐喊地在后面老远地送送强盗。那被盗劫的村庄还须准备牛酒，犒劳那送贼的团众。至于那班人物越发可笑，无非是些戴铁丝帽子的出身，又有本是贼坯，硬威胁村民等举他做团长的。尊客此去一路上倒须小心那团众们四处巡逻，倒专会遇事生风，欺侮行客哩。"

公子听了，不由意兴索然。当晚宿过一宵，次日登程，循途浏览，却与南方风景大不相同。但见地势平坦，土脉衍沃，一处处平川大野，一带带崇阜高林。有时风起，卷得那扑面黄土足有丈把高，使人气息都噎。道路上所见的来往行客，除河南篷儿笨车之外，便是骡马驼骑，铜铃琅琅然，声闻里余。便是青年妇女们也一般地跨驴乘马，髻上蒙着青帕，飘飘然余帕四垂，只露一点点雪白脸儿。你看她挺着腰板梗着脖儿，吱吱喳喳一面叱骑，一面用脚儿磕动驴肚，且是跑得起劲。每过村庄也时有小房茅店，大半都简陋异常，只就门首土墙上用瓷锋划着些某家老店安寓客商的字样，又用红布条儿挂起个破笊篱，便算是店招。每店门首敞篷下，都横七竖八安放几只白木长凳，那矮脚案上杂置些大饼蒸馍并鸡子油条等食物，并有大碗价的苦叶茶晾在那里，以备行客购用。这等店道，男人们都去自做生意，只用店婆看门，一面操作针黹，一面却兜揽住客。越是店婆俏丽些，那门首必有些推车挑担的汉子们歇坐着吃喝，都随便勒出黑毛大腿，箕踞说笑。一面和店婆丢眉溜眼，一面却摊开大饼，卷起鸡子油条，精而且长，赛如驴肾一般，蘸着黄泥碗内的盐汁蒜泥，却吃了个喷儿香。

当时公子一路循览，感慨之下，观不尽的北方风景。是日又经过几处砦寨，要道上都设有卡兵，见有行客，都盱睢作态。公子虽觉店人之话不虚，总觉得其中或有奇士，暗想欲访此中人物，必须耽误些时。正在思量，恰好经过一处长圩，圩上楼橹备具，倒也有些严整气象，遥见圩门外正有几个团兵玩弄拳脚。公子暗想，欲访此中人物，先须觅寓安顿。抬头望望日色，业已日西时分，一片秋阳，十分燥热。那西北角上却堆起一片阴沉沉的乌云，热风拂拂，吹得许多野燕儿贴地乱飞，似个欲雨的光景。公子四望店道不得，正在逡巡，只见那片乌云茫茫漾漾，趁着风势直涌上来，顷刻将日轮遮却半边，只露半边日光，被乌云所映，都变成紫金颜色。公子料是雨至，顾不得望那长坼，正要拔步急赶且寻村落避雨，说时迟那时快，但听嗦嗦啪啪一阵响，几个钱大的雨点落过，接着便落起骤雨。顷刻间凉风透骨，暑气全消。公子本走得躁汗遍体，至此不觉打个寒噤，倒陡觉爽适异常，于是忙忙拔步冒雨奔去。

亏得那雨只落了顿饭时便住，顿时现出雨后长虹，但是那猛晴的日色越发酷热。因为这时正当七月中旬，这秋后的热俗名为秋老虎，是最可畏的。当时公子都不理会，拖泥带水地奔过一程，业已日色将落。却见迎面不远，现出一处小小镇聚，约有百十户人家。从烟树依稀中，却见许多戴笠荷锄的村农，都水淋淋地从各道上直奔那镇，一面说笑在田中遇雨的光景。公子趱去，向他们一问地名，知这镇聚名为集贤镇，于是公子随众趱入镇中。

只见街坊宽敞，除村户外，也有些卖食物的商店，其中一家店内板凳上正斜着身儿坐着个媳妇子，购买酒肉面食等食物，都一一装入提篮中。那媳妇生得伶眉俐眼，颇有几分骚俏，一面收拾各物，一面抬起一只泥污小脚儿向店人等笑道："你瞧我今天才晦气哩，出门一脚便踹在泥坑里，偏偏俺那天杀的又没在家，还须俺上街买物，这是哪里说起？"

众店人听了，都嘻开嘴瞅着她脚儿，其中一人便笑道："王大嫂，快别动，待我与你抹净脚泥，没的这花鞋儿都玷污了。我几时变作泥坑，被你这绵软软小脚儿踏上一下也好。"伸手去刚要握，却被那媳妇脚儿一踢，便有块污泥飞起来，恰好打在那人面孔上，招得大家都正在笑。

又一店人道："王大嫂不要理他，咱们且说正经的。你这会子巴巴地前来买东西，莫非店中有住客吗？"

媳妇笑道："有住客倒好哩，俺有钱赚，便污了鞋子也值得。如今没住客也须准备食物，倒白白踏了两脚泥，你说不晦气吗？"

那店人笑道："如此好了，怎还叫晦气，你放一百个心，少时管保你有客就是。"说着向大家挤挤眼儿道，"这次王大嫂买东西的账，你们只管记我的吧。"

那媳妇听了，始而真个推辞，少时却笑嘻嘻奔过去，向那店人夹脑一掌，便骂："你这厮倒会打趣老娘，难道老娘要你这种客去刷尿盆吗？"于是众店人哄然都笑。

就这声中，六公子已逶巡趱过。须臾将到街尽头，只见从一带槐柳萧疏中又有几处人家。那时残阳一抹，映衬着雨后晴光，甚是有趣。公子一面延望，一面四觅客寓。正这当儿，忽觉肩头上有人轻轻地拍了一下，接着便笑道："你这位客人莫非想寻店寓吗？俺家就在前面，店钱公道，一切便当，正好安歇哩。"说着身影一闪，从背后转过一人。

公子忙望时，便是方才所见的那媳妇子。一面向自己微微含笑，一面指着前面一带短垣道："俺那店是有名的王家老店，再便当没有哩。"

公子料她是个店婆儿，因闻食物店中人唤她王大嫂，便笑道："如此说，你是王大嫂了？"那媳妇诧异道："客人怎的便知俺姓儿？"

公子笑道："方才俺在一家食物店门首踅过，却曾望见你购买食物。"

店婆笑道："可了不得，方才俺也恍惚见你从那里踅过，皆因俺好说好笑，那班人们便向我磕牙斗嘴，却被客人见笑。"说话间眼波一瞟，即便扭捏前导。

不多时到得短垣跟前，推开篱门，公子跟她入去望时，只见里面院宇宽敞，客户净洁，又有一带短篱，界作东西两院，静悄悄的却没得客人。当时公子由店婆引入一处客室中，安置下来，正在坐榻少歇，只听邻家有人唤道："王大嫂哇，你店中住下客人没有？若有时，须嘱咐客人明日别走，因为明日又是那班魔头们发疯之日，横拦在前面大路上，客人们若冲撞他们，恐不便当。"便闻店婆笑应道："就是吧，那群王八蛋有朝一日死绝了，咱们地面上便该安生了。"公子听了也没在意。

不多时，那店婆送进灯烛和茶水，却笑道："合该客人明天须耽搁一天，明日前途十里外蓝靛洼地面，各砦寨的团兵们都在那里会操，不许行人来往。方才俺邻家听得此信，所以知会于俺。"

公子欣然道："如此却巧，俺倒要去瞧个热闹儿。"

说话间吃过一杯茶，无意中将茶杯合置在案。这时店婆儿水灵灵眼儿正睃着公子。忽见公子合置杯子，不由眉欢眼笑地道："原来你这客人倒是个老江湖，晓得明天须歇息一日，便想玩……"说着嫣然道，"既如此，不要耽搁，咱便快快用过饭吧。但是俺这里不比他处，需要两串老钱的开发哩。"

公子只当她说的是饭价，因笑道："大嫂只管放心，只要你叫我得味，钱是不会少的。"店婆听了越发欢喜，即便忙忙踅出客室。

这里公子也没在意，方剪剪烛花，又吃过两杯茶，打开行装，将卧具安置停当，那店婆早已端进酒饭。这时却梳掠得光头净脸，脚下已脱去泥污鞋儿，却换了一双宝蓝色扎花小鞋儿，尖翘翘甚是伶俐。一面就案上安置酒饭，一面从烛影中望望榻上设的卧具，却斜睃了公子一眼，微笑而去。这里公子哪知就里，便坐向案旁且用酒饭。虽是山肴村饭，倒也滋味可口，正在一面吃一面思忖明日去瞧各砦寨会操，倒也是个寻访奇士的机会。只听店婆只管就隔壁室内窸窸窣窣，少时更浪浪的水声响动，并且搓得皮肉啧啧有声，似乎是洗浴的光景。公子听了，也没理会。须臾饭罢，仍由店婆敛具而出。这里公子小坐片时，起身去展开卧具，移动烛台，掩了室内，次第脱光衣裤，叠置榻头，方背着身儿抖开被，忽闻室内吱扭一响，便有人笑道："这热巴巴天气，你抖那榻被做甚，咱便就榻沿玩玩吧。"

说话间，便觉有人从背后肉腻腻地一把抱牢，不容分说，一只尖嫩嫩的手儿竟自探到自己胯下。公子回望去，不由大诧。正是：

世乱年荒，民贫鲜耻。
客邸闲情，疑云疑雨。

欲知后事如何，且听下回分解。

第五回

集贤镇公子滞行程
蓝靛洼尹叟谈逸事

且说公子回望那来人，却是店婆。露着雪白的一身肌肉，乌云乱绾，脂粉薄施，只穿着纱兜肚，脚下是大红软底困鞋儿。业已笑嘻嘻乜斜媚眼，趁公子回头之势便马上去香了个嘴儿，一条舌尖直吐过来，接着那胯下的手只管摸索。却笑唾道："再瞧不出你人精精壮壮，这东西还须人来客气它哩。"

要说六公子什么事体不曾经过？却等闲不曾见过这等阵仗。这一来，慌得公子先拨开她胯下的手，当即回身惊问道："大嫂这是干什么？"

店婆也诧异道："难道你不晓得，却来问我？不恁地时你合置那茶杯做甚？并且连开发都已说明，如今你却装傻起来。快着些，不要耽搁，俺忙碌一日，等你完了事，还要去歇困哩。"

说着索性斜身儿倚入公子怀中，一仰脸儿，竟自云鬟笼情，香腮带赤，却提一捻香钩搭向公子腹股之间。这一来闹得公子只有连连摇头，及至向店婆问明缘故，不由又且笑且叹。原来这集贤镇地面，因连年荒乱，又加以各砦寨团众们种种需索，店民都穷困不堪，无以为生。凡开这等小店的人家，大半都暗操私巢生涯，来往客人有知其底细想寻欢的，便合置茶杯以示己意。那六公子因误置茶杯，所以惹起这场笑话。

当时公子忙推开店婆，引被自覆，便笑道："大嫂不必如此，俺误置杯茶，却不知有此事体。你便快去，俺仍然与你开发就是。"

不提店婆听了光溜溜下得榻来逡巡自去，白提掇得一身火热，悄悄地呷了一碗冷茶，方才睡去。且说公子次早一觉醒来，回思昨晚店婆光景，又是好笑，又是怙惜这各砦寨中毕竟有无奇士。便起身结束，刚要喊店婆早些备饭，恰好那店婆猱头撒脚，困得腮颊上枕痕红红的，送进面水和泡茶。彼此一见，都不觉哧地一笑。公子便道："大嫂快备早饭，俺用罢还向蓝靛洼去瞧热闹哩。"

店婆道："依我说，那是非之地您不去瞧也罢。往年时，他们会操，有个过路客人前去瞧望，他们疑是什么歹人，便捉去打个臭死。他们会什么操？简直是借此为名，刮削地面。等事过后，向地面上敛起会操费，好不凶实哩。"

公子听了，不由意兴稍阻，但毕竟是访奇士的心胜，以为那各砦寨的首领们既能团结起许多人众，总当有过人之才。虽说是鱼龙混杂，又焉知其中没得奇士呢。思忖一番，只好仍去瞧瞧，再做道理。

于是匆匆盥漱罢，用过早饭。到街坊上瞧时，不觉又意兴一阻。原来街坊上有许多人无不愁眉苦脸，大家说起蓝靛洼会操事，各攒眉头。又有些蹲店的行客在店门首垂头耷脑，只顾叹气。公子都不管他，依然鼓起兴致，便向街众们问明道路。出得集贤镇，直奔蓝靛洼而来，一路留神，果见路无行客。约莫趱过八九里，穿过一带树林，却得一隆然高阜。上得阜头望时，只见好一片平川旷野，极目望去，唯见天低若盖，正北向却黑压压地聚拢着许多人，东一团西一簇，蚁儿似的纷纷蠕动。须臾，角声呜咽隐约可闻，那东团西簇之众也便越发乱动，有的摆成方阵，有的列作长蛇，似乎是静待号令。公子料定那里已是会操之所，便匆匆下阜，奔向正北。

约有里余远近，早闻得鼓角悠扬，忙赶登一处高坡一瞧，却又是一番光景。只见正北向就临高之地，搭起一座将台，上面是锦帷绣幔，布置得便如戏场。其中设有桌椅，坐着四五个彪形大汉，一色的黄布包头，身着密扣短衣，下面是腿绑护膝，扎括得便如打手一般，都在那里挺胸腆肚地大说大笑。正这当儿，又出绣幔后转出个大脚婆娘，漆黑的驴脸上薄施脂粉，便如经霜的冬瓜，生得扫帚眉，大环眼，堆腮缩项，衬着一张血盆大嘴，好个怪相。但是结束得却娇模娇样，身穿青袖衫裤，腰束洒花汗巾，从绣花裤脚下，露出径尺的莲船。

望得公子正在诧异，只见台上众汉子一见那婆娘，便如众星捧月般直围上来，都争着揽衣促膝，拖她就座。那婆娘却扭头折项，作张作致。正在分不开许多来拖之手的当儿，却有个汉子从背后拦腰便抱。那婆娘更不回顾，只用屁股尽力子向后一偎，那汉子顿时放手，并且弯了腰子，似乎是禁挡不得。于是众大汉拍掌大笑，向那汉子道："你这胎毛方燥口黄未干的人，竟敢向施老娘弄手掉脚，真是太不自量了。如今且慢玩笑，便请施老娘传令开操，咱玩过这档子，便都向施老娘寨中去吃酒，尽力子乐他一天，明日大家分头还须去敛操费，且是忙碌得很哩。"

说着共拥那婆娘，居中坐定，众大汉两旁列立，便有个汉子从腰间掣出面小白旗，迈了个连环俏步，一径地卓立台边。这一来，望得公子好不诧异，既不晓这班人是何角色，又见他们嬉笑之状，便如儿戏，难道这班人便是各砦寨的首领吗？

正在怯恼，便闻将台下鼓声大作，忽地震天一声喊，似乎是向将台上声喏一般。公子忙望时，几乎失笑。只见台下数队团兵，居然也枪刀簇簇，旗帜鲜明，但是细望去都是些七长八短的村汉，更没得军装，只是寻常打扮，大家挤热羊似的各各屯聚更相背向，却举得旗械麻林似的，有的还口中乱噪。正这当儿，便闻台上屁嘣似的一声号炮，接着台边那汉白旗一举，这一来，台下各队顿时大乱且不去分行列队，却蛆虫般乱钻乱拱，并且互相乱喊道："俺寨众是头队，哪个不知退让的，咱便打他的。"又有攘臂大喝地道："好好，咱便见个高低，哪个怕你的却不是人。"正闹得不可开交，却又有大呼闪路的，闹得公子但见眼前一片人粥，更辨不出什么阵式。直至台边那汉举着白旗向台下大骂道："你们这群混账东西，若再这样不听号令，吾是叫施寨主罚你们洗寨脚布的。"公子听了，更不暇笑。

就这一片扰攘之中，那台下各队已自鸣鼓吹角，胡乱地操演起来。要说六公子深通韬略，什么阵法不晓得？但是这时观阵，却暗含着直了眼儿。只见各队就台下翻翻滚滚，走马灯似的绕台两匝，又胡乱地排作两大队，彼此摇旗呐喊，闹了个土起尘飞，便算了事。瞧得公子正在意兴阑珊，便闻将台上金声一鸣，各队都退却，老远地驻队不去。那台下只剩下几个队长模样的人，一个个摩拳擦掌，甚是威风，都目不转睛地瞅定台上。公子只当是还有什么操法，他们定是静待号令，正要移目台上，便闻哗啦一声响，却由台上撒下许多铜钱。这一来不打紧，那台下几个人顿时哈了一声，奋勇齐抢，四面的驻队也便喊声大作，就这声中，台上那婆娘却鼓掌大笑。公子见状越发莫名其妙。正这当儿，又见台上那几个彪形大汉已自捉对儿打起拳脚。公子望去却是一派的江湖滑腔，须臾打罢各退，那婆娘又卓临当场，丢开身段，扎手舞脚地拉了一个四门斗儿。

公子瞧到这里，不由意兴大阻，暗想这班人若果便是各砦寨的什么首领，真可谓乌合之众，安得有什么奇士呢？正在嗒然之间，忽闻背后草间步履响动，便有人低语道："你这客人想是等候过路的吗？他们这一跳闹总须大半日，不如且向老汉家中歇脚哩。"

说话间趸过两人，却是一童一叟，各负束薪，看光景十分贫穷。公子料他是附近居民，因正要探探各砦寨的底细，于是迎上拱手道："多承老丈盛意，只是打扰不便。"

老叟笑道："不必客气，老汉往年家境富裕时，最为好客。如今虽贫困下来，一杯苦茗还能办得。"

说话间三人蹑下高坡，便趋一条蜿蜒小径。行约里余，来至一处荒凉村落，街坊东头却有一片高大房舍，只是破败不堪，从颓垣断壁中还可想见当年轮焕气象，那丹青剥落的门楣上，还挂着"保卫桑梓"的匾额。

老叟走到那宅前，即便肃客而入。公子一路留神，只见里面宅势十分宏敞，堂轩俱备，只是景况萧索，如破庙一般。各厢室中，连窗纸都没得。五间正厅空洞洞的，里面却杂置柴草，只有最东头一间儿挂着破布帘儿。当时童叟就厅中放下束薪，便由老叟引公子蹑入东间。宾主落座，公子留神瞧时，室内虽是敝几破榻，收拾得倒还干净。须臾，由童子献上茶来，老叟一面敬客，一面展询邦族。公子不便实言，只说姓班，是由此北上的过客，却为团众们会操所阻。及至回询老叟，知他姓尹，和那童子却是祖孙。

当时公子和尹叟酬答数语，即便问起此间各砦寨中有无豪爽人物，尹叟叹道："不要说起，这班人都是地方之害，还讲什么人物？即如方才会操，将台上那群男女便是各砦寨的首领，众汉子都是土豪猾盗出身，当国变时，即便威胁居民，争竖义旗。及至事败，是居民遭殃。他们是各挟苛敛所得的重资，溜之大吉。过此时事体已定，他们又趁势钻出来，借防盗为名，倡办团练。从此便挟盗苛敛，作威作福。那乡中稍梗其命，他便登时给你个见过儿，夜间几处明火，是再准没有。其实那盗徒便是他们手下的党羽，即如将台上那大脚婆娘，名叫施老娘，本是盐枭帮头出身，有一身水牛似的气力，善用双刀，每临敌赤膊跳跃，便如母夜叉一般。曾在某山口截阻官捕，她一人退却官捕百余人，临走时，还赤体秽骂而去。那时，有某寨首领因和某砦中争气不胜，便引施老娘以为己助。虽然借施老娘之力胜了某砦，但是为日不久，施老娘便火并了某首领，自为某寨之主。从此各砦寨都畏其凶，便群奉以为总头儿，所以她在将台上那般张致。即如老汉当年虽不敢说是素封之家，却也尽足温饱。好好一份家业，都坏在他们手中，只落得老弱伶仃，苟延残喘。班兄，你还问他们什么人物？"说罢不胜恨恨。

公子听了，不由将向各砦寨求奇士的一团高兴打退一半，因惊道："那么老丈曾被这班人劫抢吗？"

尹叟摇头道："不曾，但是这事说起来话长了，班兄且慢慢吃杯茶，听俺细述毁家之由。便是前两年时，俺这蓝靛洼地面忽然来了个尴尬汉子，生得凶眉暴眼，高大身量，好个恶相。初来时，只塞驴襁被，随身一口铁单刀，便住在一处古庙中。庙祝虽觉得他来路不明，一来不敢撵他，二来贪他些房金，只得且觇光景。但是那汉子也并没什么诡异行为，不过每月酒醉饭饱之后，时或出去半日方回。庙祝问起他，他只说去访朋友，并且性儿挥霍，银钱随手淌去，都取给于行装之中，往往打酒买肉，命庙祝整治了，相与吃喝，剩下来都与庙祝。庙祝虽觉得他这银钱来得诧异，却也瞧不出什么破绽。一日，那汉忽向庙祝道：'你与我宰一头猪子，打上两瓶好酒，将酒肉整治停当，借用你数十只酒碗，一总儿与我搬入后殿中，俺要夜间会几位朋友。起更之后，你便须避向庙外，切不可窥探打搅。因为俺那些朋友都是杀人不眨眼的角色，你若被他们张见，却大大不便。'说罢把与庙祝一大包银两，即便逡巡趱去。这里庙祝接了钱两，好不怯惬，只得依他的话准备起来。不多时，肉熟酒备都安置在后殿中。傍晚时分，那汉趱来，便喜道：'有劳道长，你且吃个尽兴，解解劳乏。'庙祝不便推辞只得陪他吃过几杯，踉跄而出。一面走，一面怯惬，便就左近相识人家借宿下来。一觉醒来，业已将交三鼓，侧耳庙中，却静悄悄不闻动静。庙祝不由暗想道：那汉子夜间结会朋友，想没什么好事，不如且觇觇光景。果然尴尬时，亟须报知庄众才是。想罢悄悄起身，摸向庙门，却是锁的。便放轻脚步，由庙后墙跳入，才转向殿前，早望见殿上一片灯烛辉煌，忙就隔扇缝向内张时，不由大骇。只见那汉子穿一身奇诡衣服，扎括得非僧非道，气象尊严，端然正坐。手持书轴一卷，一手持笔，两旁列立数十人，装束不一，态度各别。细望去，士农工商并诸般杂色人等，一概都有。这时却视端容寂，就仿佛身临什么盟会一般，一个个肃然鹄立，都偷眼儿望着那汉。便见那汉翻册一页，向左列中一点首，即有一人趋进，由那汉熟视一会儿，即援笔向册似乎注了姓名。那人退后，便有人继进。那汉如前地援笔注册。左列注毕，便依次去注右列。须臾数十人注册都毕，便向那汉一字站定。这时那汉也便捧册起立，众人向册一齐叩首罢，便由神龛后转过一人，手捧一个酒盆，置向神案，众人都撸臂勒袖，乱糟糟围将上去。张得个庙祝心头乱跳、腿子发软的当儿，便见众人各由腿里抽出一柄雪亮的尖刀，齐伸右臂用刀便刺，顿时将鲜血滴入酒盆。这时案上烛光秃秃乱颤，偏巧结了两个绿荧荧紫巍巍鬼眼似的烛花儿，照得众人的脸子便如一群鬼怪一般。那庙祝料他们是歃血结会，恐被他们觉得自己偷张，正想躲避，便见那汉子用手向自己当心一指，又复上指天，下指地，以示此心坚定，天地鉴之之意。众人一齐如式指毕，即便各饮血酒一杯。那汉子一见，面有喜色，便执册正立，向大家朗然数语，似是口号，又似戒条。众人听一句应一句，但是庙祝却一字不懂。正疑惑他们说起江湖黑话，一定是要出去打劫之间，便见那汉子复归旧座，便有人献上酒肉，众人也便就两壁下长案上大吃二喝起来。班兄，你猜那大汉是何角色，如何聚积那班人？"

六公子沉吟道："莫非那大汉是江湖间的盗魁，歃血盟众，去打劫哪里吗？"尹叟道："不是的，他虽不是盗魁，却也差不多，您且听吧。当时那庙祝不敢久窥，便悄悄仍由庙后墙爬出，怙惙所见，一夜也没好生睡。次日到庙入后殿瞧时，但见烛泪成堆，肴骨遍地，两瓶好酒涓滴也无。蹑入那大汉室中一瞧，只见他酣睡如雷。庙祝想起夜间所见，脚下一颤，却触着短凳上所置的铜面盆，当啷一声，惊醒那大汉。一见庙祝变貌变色地瞅定自己，料他是曾夜来窥探，于是慨然不讳，便一述自己的来历。原来那大汉姓洪，名金城，排行第二，江湖上人称洪二哥，又称单刀手。因他善用一柄折铁单刀，端的是变化无穷，泼水不入。他少年时出门求师，不辞辛苦，五年光景，自以为技艺大成。一日入山访友，适遇大雪，山径间堆得半尺厚，金城一面冒雪疾驰，一面寻望避雪处，却见远远的烂银堆似山坳里，现出一座小小茅庵。奔临将近，仔细一瞧，却叫得晦气，原来那庵墙破坏不堪，两扇东倒西歪的门虚掩着，门前并左右一片白皑皑的雪，连个足印也无。金城见此情景，料是无人的荒庵，只好且入去避雪，再做道理。便紧紧背上的行装，提了单刀，正踏着乱琼碎玉直奔那庵。忽闻身旁岔道上有人笑道：'你这笨汉好不知趣，俺这片玉田瑶圃，自己都舍不得踏，你却给我踏烂。出家人不爱财，你便把出十两银赔俺这地吧。'说话间，由雪林影中闪出一人，金城一望，不由倒抽一口凉气。"

公子听至此，正在倾耳，却闻街坊上奔马似一群人跑过，慌得尹叟忙趑向大门去瞅。正是：

孤情一往，物色奇士。
客路逡巡，且闻逸事。

欲知后事如何，且听下回分解。

第六回

学艺术欣逢一点红
巧因缘戏试连珠弹

且说六公子正听得有趣，忽闻街坊上人众奔走，也要跟尹叟去瞧时，那尹叟已攒眉趱回，道："不相干，这是那群魔头们散队，咱且接续前话吧。"

当时洪金城一见那来人光景，又在这荒僻山坳中，不由暗想道：此人有些蹊跷，他虽是一片戏言，索取赔银，倒不可不防备一二。原来那来人却是个三十多岁的尼姑，生得苗条身材，长眉秀目，左鬓角上有鲜红的一点朱痣。虽是半老徐娘，尚自颇饶丰韵。就她眉梢眼间望去，想见当年是个俊人儿。掮着竹杖，上悬竹篮儿，篮内盛着雪里蕻菜并竹笋，笑吟吟望着自己，飘然而来。但是举步翩跹，如不沾地，积雪上一些足迹也无。你想洪金城虽在少年，因久在外边求师学艺，也自略晓江湖上的勾当，今见这尼姑竟有这等轻身提气功夫，又可巧自己行装中有百余两银的资斧，一时未免心下怙惚，但是又不欲避去，示人以弱。又因自负本领，转念之间，也便不以为意。于是向前拱手道："女师父想是此庵庵主了，小可山行遇雪，想借宝庵权宿一宵，便求方便则个。"

女尼笑道："当得当得，小尼独居，正愁着没个伴侣。得居士来，共此寂寞，休说是一宵，咱俩永结个山中伴侣，且是好哩。"说罢嫣然一笑，即便前行导客。

金城跟在后面，见她步履轻俏并自己足迹痴重之势，好不心下踌躇。逡巡间趱至庵门，恰好那女尼一面伸手推门，一面引臂让客。金城欲示勇力，便借谦逊之势，运足右手全力，把住女尼之臂，刚道得一声"师父且请"，那女尼咯咯一笑，便趁金城把握之势，向前面轻轻一带，那金城已身不由己地颠向前面，足下跄跟，方要跌向门槛，那女尼却轻起纤手，向金城背上不即不离地微微一粘，说也奇怪，偌大的个洪金城顿时被人家手风儿粘将起来，便如磁石引针一般。当时金城但觉背上热如火炙，吸力甚大，极力自镇，方才踏稳足势。原来那女尼显的是运用罡气的功夫，便同那百步拳法是一样的道理。那罡气运足，能掣人于百步之外，所以手才粘背，便能将洪金城吸将起来哩。但是这时金城虽觉不妙，毕竟是初生犊儿不怕虎，又恃有单刀绝艺，于是哈哈一笑，即便前行，那女尼也如没事人一般。两人来至庵中，就一处静室中各放下所携之物，相与落座。金城不敢疏忽，却将单刀倚在身边，女尼见了，只微微含笑，一时间起身趄出，自去烹茶。

这里金城将室中仔细一瞧，不由又怃然莫测，只见里面几榻衾具之类无所不备，铺设得便如香房绣阁一般。榻上是衾枕灿然，几上是金猊篆袅，只有几前多着一具蒲团。细看那蒲团，却是龙须细草编就，上作种种花纹，周缘是青缎镶就。用手略移，但觉温软异常，似有香屑霏起。再望到榻头壁上，却挂着一幅小小画像，画中人是个美丈夫，作半文半武的装束，头戴软巾，长袍革带，足下乌皮靴，张弓挟弹，英气勃勃，便如那送子的张仙，只少髭须。金城见那画画得有趣，一面暗忖这女尼不像真正出家人模样。一面趄向榻头，想细瞧那画，忽一眼望见榻里有个小小枕函，非漆非革，函上面精镂着一柄小剑，四围做雷鼓花纹并云气溟漾之状，制得十分精致。金城觉得好玩，便随手拿起那枕函，瞧玩一番。方要开看内贮何物，却吃那女尼从背后抢来，一把夺过置向原处。惊得面目更色，却笑道："你这人好生鲁莽，亏得俺一步赶到。这函儿是等闲开不得的。"说着，气息微促，犹有余悸。

金城见女尼着忙之状，只疑那函中藏有背人的秘器等物，转倒心下好笑。于是转身就座，一面吃茶，一面和女尼攀谈起来。先自家夸张一会刀法武功，并自言姓氏，然后致询女尼为何独自居此荒山。那女尼只笑而不语，却一面秋波送睐，溜溜地瞟将过来。谈笑间，支颐掠鬓，端的是态有余妍。金城见状，虽是越发怙惚，但是见女尼意涉邪媚，反倒将防备她夺取资斧的心放下一半。这时院中雪势已住，当由女尼端进蔬笋饭食，彼此坐下来，一时用罢。须臾天色已晚，女尼导客来至一处敞厅中，里面灯烛已设，长榻上卧具毕陈，虚掩着垂垂锦帐。于是金城就厅隅置下行装，趁势提起单刀，向女尼笑谢道："小可无端来打扰师父，今有薄技献上。一来敬致谢意，二来求方家指示一二。"

说罢，撒开门路，嗖嗖舞起，真个是人影都无，满厅中刀光乱滚。这一来招得那女尼笑作一团。忽地身儿一闪，影儿没得。那金城只顾舞酣，以为女尼见自己的刀法凶实，起了怯意，一定是躲入帐中，以避刀锋。正在得意之下，忽觉脑后总似有个手掌一般，不是戳项，便是捏耳，有时顺着脊骨直划下去，戳到臀缝，闹得金城痒兮兮的甚是诧异。用尽了许多身法，却就是摆脱不得。少时性起，便猛可地倒揕刀锋，从自己胯下向后一戳，却闻窸窣一声，背后有人笑道："居士这刀法果然高妙，若非俺躲得快时，怕不被你戳穿裤裆吗？"

金城忙回身望时，不由恧然自愧，意气顿尽。原来脑后那手掌非别个，便是那女尼。这时方略弯纤腰，手捧小腹向着金城似笑非笑哩。当时金城见女尼如此手法，情知远胜自己，只好丢下单刀，自谢无状。女尼却笑道："居士这刀法虽非正派，也尽可造就，如今且漫谈此道，且请安歇吧。"说着转身一笑，即便踅出。

这里金城随后去关厅门之间，但觉腋下微风飒然，接着榻前几上的烛影略摇，并帐帷略动。当时金城也没在意，且喜那女尼举动间似无恶意，于是放下心来。一面就榻前椅上脱却衣裤，一面又沉吟起女尼说自己刀法非正派的话，赤条条站将起来，一径地揭帐登榻。这一来不好了，却被一人肉腻腻地一把抱牢，只道得一声来哟，那香渍渍的嫩脸儿直偎过来，却是那女尼。一般地精赤条条，更不知是几时钻向帐内的。当时金城大骇，极力想挣脱，无奈四肢被女尼裹抱赛如肉箍，哪里能挣脱得？逡巡之间，那女尼忽漾出万种风情，一味嬲戏。烛影光中，两人一阵白身宛转。

要说金城虽是个凶暴的汉子，却不好女色，今见女尼如此相嬲恼，不由怒起，便正色道："俺洪某也是一条汉子，今因打扰贵庵，何得如此相戏？师父你身入空门，是情欲都尽的人，如何倒如此无耻？你要俺性命都使得，若要俺与你苟合却不成功。"说着连连大唾。

就这声中，那女尼忽地释手，大笑道："好好，你这人端的不错。既有些正气，俺不防教你武功，方才你若肯从我时，你且瞧瞧这家伙，俺早与你准备在此了。"说话间，从褥底抽出一柄匕首，端的锋芒耀目。金城至此方悟女尼是试探自己邪正之意，方才若稍一放荡，早已性命不保了。于是金城骇汗雨下，又料这女尼定是异人，即便光溜溜滚下榻来，叩头拜师。妙在那女尼也行若无事，居然赤条条端坐在榻，受了四拜。从此金城便留庵学艺，与女尼执炊之役，一切的内功外功，经女尼指示，却与从前所学大不相同，那单刀绝技也便从此成就。

转眼三个年头，师徒在庵甚是相得。金城有时问起女尼的俗家来历，女尼仍是笑而不语，有时或微微一叹。那女尼除授艺静坐之外，亦不甚外出。每值岁时令节，必在那画像前供祀茗果，泪眥莹莹，看光景十分伤感。又每过数月，必远行一次，月余方回，只说是去探远亲。但是金城都不敢问，只是潜心学艺。

一日秋风声起，金城就庵外宽敞处试了一回拳脚，自觉顾盼得意。正这当儿，忽见辽空雁行，嘹唳而过，这一来，金城忽有感触，顿起乡心。

　　原来金城还有个亲哥，名叫玉城，却是个多财庸懦、死心瞎眼的角色，真是上床认得白脸的，下床认得黑脸的，在戚族街坊等身上，简直地一毛不拔。娶了个老婆邢氏，偏又是个铁尿沙子，夹一百里地不掉渣子的货儿，因此玉城在乡里间很没人缘儿。但是玉城却畏邢氏如虎，因为邢氏生得十分妖娆，街坊上轻薄子弟见她皮肉白嫩，便给她起个诨号叫玉美人。这邢氏本是个讼师的女儿，讼师门下来往的都是些混账人，不知不觉那邢氏便被那班人勾搭上手。其中有个讼师的邻人名叫毛斌的，生得精精壮壮，是个花拳绣腿的子弟，尤为邢氏所爱。这一来闹得讼师门前抛砖掷瓦委实不成模样。讼师欲去这块膻肉免招群蚁，访知洪玉城多财乡居，便烦人说合愿将女儿配与他。玉城也因多财，欲攀讼师之势，当即娶过邢氏，却不道暗含着晦气。因为金城这时方在挥金结友，逐处学艺，每日里酒肉宾朋，自不消说，并且大把的钱钞把与朋友用。瞧得邢氏好不心痛，于是枕上莺声，分却天边雁影，当即兄弟析居。金城只顾在外寻师访友，打熬气力，和玉城相别有年，所以望见雁行，一时感触起来哩。

　　当时金城望雁徘徊，正在乡心无邪，恰好女尼踅来，问知所以，便叹道："原来你也有个哥哥，这是该去瞧望的。便是俺俗家中也有个哥哥，所以俺每过数月，便去瞧望他。如今你艺业已成，原该回乡才是。只在今晚，俺当与你置酒饯行。"

　　金城听了，不由十分恋恋。那女尼殊不理会，便携了金城就庵后高林边散步一会儿，又讲论了许多武功。当晚月明如画，女尼就庵内静室中置酒，师徒对坐下来，吃过两杯。金城因分手在即，便慨然道："弟子蒙师父造就一场，只是至今还不晓得师父的来历。俺窃观师父光景，一定是因什么事故方才托迹空门，便请见示明白，容弟子异日报答大德。"

　　女尼见问，不由眉头立蹙，扑簌簌落下泪来道："你猜测的话倒也不错，俺委实因一番伤心事体，才看破红尘，要修个来世。说起俺的来历，哪里是蒲团钟磬的生涯，却是杀人放火的勾当。你可知十余年前江湖间有个著名女盗一点红吗？那便是今日的我了。"

　　金城听了大惊，当的声酒杯落案。原来这一点红是当时江淮一带有名的女盗，来去如风，专以单身劫夺来往的富商显宦，用以救恤贫民。官捕们无如之何，因她鬓有朱痣，所以人称为一点红。后来忽地无踪，行旅们至以相庆。在当时一点红的大名是无人不知的，所以金城猛闻惊悚如此。

　　当时金城悚然拭目，一面端详一点红，一面正在发怔，一点红又指那画像戚然道："俺的伤心事体便因此人。当时俺虽喜大仇得复，却已万念灰冷，所以才隐居此间。"于是引杯唏嘘，又说出一番话来。

金城方知那画中人名叫铁弹子金名扬，本领高强，又有一桩联珠弹的绝技，故得此名。本是一名镖师，从少年出马，便无失事。一日偶然访友，策马山行，一面走一面弹打山雀玩耍。正在驰骋，忽闻背后驴行嘚嘚，回头望时，却有个二十余岁绝俊的媳妇，相从在后，穿一身农家衣服，甚是朴素。一面走一面用小脚磕动驴儿，只顾望着自己弹打雀儿微微含笑。名扬见了也没在意，依然纵辔前进。正行间，恰有一群山雀飞噪林间，名扬按辔注弹打去。弹子发出，才至中途，却被背后一石子飞过，啪的声正着弹子，击落在地。名扬初时还没在意，趁群雀惊飞之际，忙又开弓注弹，嗖嗖地连发两弹。说也不信，却不多不少又从背后飞过两石子，击落两弹。这一来名扬大骇，料得事儿蹊跷，一面策马一面回头瞅时，不由心下顿时怙惬，原来后面那媳妇正在驴子上笑吟吟地飞弄石子儿耍哩。当时名扬马上行装中也带有数百银两，见此光影哪敢怠慢？便暗做准备，泼啦啦放马跑去，便闻后面驴子也紧跟下来。名扬至此，更不犹疑，便猛地回身喝声"着"，一弹打去。那媳妇左手起处接个正着。名扬第二弹又到，那媳妇笑一声，只伸右手，用两指轻轻捏牢，正在双挥玉臂，樱口一张，咯咯乱笑之间，这里名扬大喝一声，第三弹直奔那媳妇命门，但听咯嘣一声，却被那媳妇噙弹于口。正在磕动驴子，往前紧赶。那名扬开满弓势，觑得仔细向那媳妇心窝上便是一弹。这时那驴子正跑到一带大树旁，名扬从树影中望那媳妇，这次似已着弹，竟直挺挺仰卧在驴子上，两手乱舞，似乎是痛极之状。

名扬大悦，返辔奔去。一面挂了弹弓，拔刀在手，举起刀还未落下时，但见那媳妇双足一蹴，唰一声一个弹子从两趾间飞出，正打向名扬刀头。闹得名扬悚然勒马之间，那媳妇早跃然坐起，扑地口喷出噙弹，却大笑道："好个名闻远近的铁弹子金名扬，直恁地不知戏耍，倒会欺负俺娘儿们。如今还有两颗铁丸子，快将去卖烂铁吧。"说着两手一扬，那两个弹子竟擦着名扬左右耳根瞥然而过。于是名扬大惊，情知是遇了劲敌，便殷殷请问姓氏，那媳妇笑道："不须多问，你有胆量敢到俺家吃杯茶吗？"名扬听了，虽是怙惬，然又不欲示怯，于是慨然应允，和那媳妇并骑趸去。

须臾来至一山环中，从林木映带中现出一所高大宅舍。门前正有几个彪形大汉在那里试玩刀棍，一见那媳妇引客到来，便上前接过坐骑，旋踵前驱，一片传呼，直入宅内。名扬至此只得把心一横，跟了那媳妇大步前进。方至宅门，早有个威凛凛的男子岸帻出迎，大笑道："阿妹果然好手段，竟引得远客来了。如今里面喜筵已备，且进去谈吧。"

说着向名扬拱拱手儿，即便转身导客。名扬一路留神，只见里面正厅上悬灯结彩，厅外是仆役鼓乐，十分热闹，就仿佛有什么喜庆事一般。须臾来至一处客室内，宾主坐定，仆役献茶退出，名扬方要开口请问男子等的姓氏，只见那媳妇起附男子耳畔含笑数语，男子大笑道："阿妹只管放心，且请回避，此事都在阿兄身上就是。"

那媳妇听了，翩然走出的当儿，这里男子向名扬言无数语，登时将名扬闹得恍恍惚惚，便如做梦一般。于是不禁不由地向男子口称舅兄，彼此拍手大笑起来。

尹叟说至此，略为饮茶，公子却笑道："俺猜这媳妇或就是一点红吧？"

尹叟听了不由一笑。正是：

> 野老闲谈趣，江湖逸事多。
> 会当消意气，奇士费搜罗。

欲知后事如何，且听下回分解。

第七回

觇剑气辞师归故里
复兄仇避捕入红帮

　　且说当时尹叟笑道："班兄猜得不错，那媳妇果然是一点红哩。"原来一点红久慕金名扬是个意气男子，又适值自己新寡，想从此不干那强盗生活，因此有茑萝附松之意。这日恰探得名扬访友山中，所以做此狡狯游戏，引致名扬。那威凛凛的男子便是一点红的哥哥黄天佑，绰号小天王，也是江淮间一名巨盗。但是他却轻易不亲自出马，只稳坐山中，遥领着手下许多党徒，势力非常之大。休说官捕们提起他来魂梦中都怕，便是当地官府们也都暗含着拉拢他，希图他瞧点儿面孔，不在本地作闹哩。

　　当时名扬见那天佑说出姓名并一点红欲嫁自己之意，既凭空得了个俏丽浑家，又可为保镖的劲助，真是喜出望外。当即口称舅兄，一口应允。当时青庐礼数既已早备，即便如礼成亲。过了三朝，名扬携一点红趱回家下，燕尔风光，自不消说。

　　从此名扬保镖便夫妇偕行，端的是威震江湖，强徒敛迹。过得四五年的光景，不想好事多磨，那名扬却中人的狡计，丧了性命。因为名扬一日保了一项重镖，单身独行，出经一处山道中，落店午尖。时当夏月，名扬到店指挥着驮骑人等安置停当，便自卸下弹弓，就院中敞篷下歇息纳凉，一面吃茶。其时棚下别座上先有个短衣汉子，身旁置着小包裹，伏身于几，纳头盹睡。名扬以为也是午尖的过客，殊不介意。便一面拂拭弹弓，一面向送茶的店伙道："前面的道途可还好走吗？"

　　店伙皱眉道："好叫爷台得知，近些日来，前来道途颇不安静，过此的客人们都在小店等候客多了，结成队方敢起程。如今爷台携有镖银，端须小心一二哩。"

　　名扬听了，霍地站起，随手儿开满那弓却大笑道："俺怕他甚鸟，前途若有强人时，且叫他认得俺铁弹子金名扬哩。"

店伙听了，正在改容起敬，却见那短衣汉子猛地醒来，向名扬端详两眼，又瞅瞅弹弓，便由腰中掏出钱钞，置在案上道："伙计，饭钱在此，俺要赶路去了。"说着，提了包裹拔步出店。

这里名扬也没在意，便就椅后倚了弹弓，唤到酒饭，匆匆用罢。但是用饭时光却有个街坊上的顽皮小儿手持一根香火儿，跳蹦蹦地跑入棚内，就自己椅后只顾玩耍。名扬因店道中往往有送香火请吃烟的乞妇孩子等，当时也不理会。不多时开发过店钱，督众起行。

名扬跨马背弓，佩了弹囊出得店来，约莫趱过十余里，行经一处密松林前。名扬见地势荒僻，四外乱山合沓，杳无村落。正在督众急趋，颇有戒心。只听哧啦一声，由林中射出一支响箭，前面驮骑人等刚喊得一声不好，早由林中抢出十余骑高头大马，上面都是雄赳赳的强盗。那短衣汉子亦在其内。一面挥刀如风，一面大叫道："金名扬，你是晓事的，快将镖银留下，饶你不死，不然却莫怪。"

名扬大怒，情知那短衣汉子便是强盗眼线，于是更不答话，忙由背上取下那张铁胎弹弓，注弹于弦，拉个满时，但听啪的一声，叫声苦，不知高低，竟自弓弦立断。细看断弦处，却有烧焦的痕迹，名扬至此方知那要香火的小儿亦系盗党。当时名扬施展不得绝技，只急得手足无措。正要回马跑去，再做道理，却挡不得群盗汉已围裹上来，白刃翻飞，只顾乱斫。名扬无奈，只好拔刀对敌，虽说是本领高强，毕竟一难敌众，可怜支持没多时，一位威名远震的少年镖师竟死于敌刀之下。

当时驮骑镖银一概被劫自不消说，这警闻传入一点红耳中，顿时痛绝在地。但是她悲恨之下，早定计较，便向跟随名扬逃回来的人们问明失事的所在。即日去探踏一切，方知那劫银的盗魁还勾留在山中某处。于是一点红夜入其居，杀却盗魁，并焚其居。虽是血仇已复，却闹得万念灰冷。于是尽散家资于乡里，别却其兄黄天佑，竟自削发为尼，云游各处。末后，爱这山中幽静，便诛茅结庵，久居下来。日月多暇，只修炼剑术以为消遣，不想无意中却遇着洪金城。

当时金城听一点红说罢来历，只有且惊且拜，一点红却笑道："这过眼前尘，提起来但增人感喟，趁此月色大佳，且待俺舞回剑，一识别意如何？"

金城听了，便站起想去取剑。一点红笑道："俺自有剑在此，咱且向庵后去玩耍吧。"

说着起身由复室内取出一个锦袱，打开看时，里面便是金城初到时所见的那个枕函。金城见了，正在怙惚剑在哪里，一点红已擎起枕函，携了自己便由庵后门趄向庵后。

只见一片月华照彻高林，清光穿叶隙而下，遍地上便如筛银簸玉。远望偏东向百余步外有一株森耸古松，横撑一支铁柯，势如虬龙，尤有奇致。金城和一点红并立当场，正在翘首四望，只见一点红徐启枕函，倏地冷风飒然，寒芒簇起，便有一团白花花光彩，明莹无比，如彗经天一般，唰一声，腾起数丈，直穿林表。就高林中略一游走，落叶纷纷，已自下如密雨。那道光彩虽长仅尺余，却与月争辉，在林中高下翻飞，便如闪电，有时嗤然射向金城跟前，逼得人气息都噎。瞧一点红却举手招摇，那光彩便随她手儿低昂远近，一时间，栖雀惊飞，远禽争噪，映射得一天月色都似有些暗淡不明起来。

金城料是什么剑气，正在神惊意悚，只见那光彩倏地奔向那株古松，便闻咔嚓嚓一声声响，惊得金城险些栽倒。急望那横柯时，早斫断在地。于是一点红擎起枕函，那光华忽地一敛，径投函中。金城忙望时，却是一柄寸许长的小剑。当时金城见状，知是剑气合一绝顶的剑术，赞叹之下，便请留居，仍复求学。一点红笑道："欲造此诣，须世情都摒，唯余道念，方能行得。你非此道中人，将来能够除去与人矜胜心，或者可语此道亦未可知哩。"

次日，金城拜别一点红直奔故乡。先到自己家中瞧过，到玉城门前一瞧，不由一怔。原来那宅舍已换新主，玉城死掉，连邢氏也卷了家资嫁了那讼师的邻人毛斌。

当时金城猛见此状，真赛如高楼失脚。及从街众们访知底细，不由又怒气冲霄。原来那邢氏和毛斌旧情不断，恋奸胆大，便索性暗下毒手。两月前，玉城还好端端地出出入入，忽地由邢氏声言得了重病，请医打药地闹过两日，那玉城竟自呜呼哀哉。草草埋葬过，邢氏便红裙重着，嫁了毛斌。至于玉城死的情节，却甚是黯昧哩。

你想金城既知此事，哪里容得？登时夜入毛斌家，闹了出血溅鸳鸯楼。将那邢氏、毛斌一刀一个，并杀却仆妇三名。合该那老讼师一支刀笔害人太多，而今报应临头。当事起时，他正在静室里把笔沉思，要构陷一家富户，左思右想，总要再牵连上几个人，以为诈财之地。正这当儿，却闻得毛斌宅中厮闹，入去张时，早吃了金城一刀。

当时这场血案报向官中，官中侦知是金城所为，便立遣十余捕健前去捉凶。金城又立杀捕健四五人，跳而走免。事体越闹越大，金城亦无家可归。血气既盛，又有本领，要想安生，哪里不能够。于是不多日子，江湖间出了一名捷盗，杀人越货，所做案件不一而足。这人便是洪金城。那官中名捕四出踏缉自不消说，但是金城艺高人胆大，殊不为意。一日，竟至在某道上，劫了某兵备镇将的一项饷银。士卒索饷不得，几乎哗变。于是镇将大怒，立发重兵，围捕金城。金城自知难以安身，突围出后，只得仍去寻一点红。述说一切之下，便求暂居庵中，以避官捕。一点红思忖一会儿，便道："我这里是清净所在，你却安身不得。倘官捕闻风迹至，便连我也不能安居。如今我荐你到我哥哥黄天佑处，必能安身。那官捕们便明知你躲在那里，却不敢正眼相觑哩。"说罢，写好荐书交与金城。金城虽是怙慑，却不便问那黄天佑有何势力，只得怀着鬼胎，匆匆出山。

及至到天佑处，交过荐书，说明一点红遣来相投之意。住了数月之后，方才晓得黄天佑势力颇大，竟是江湖间一种党会的领袖。那潜植的势力最盛于江淮闽浙之间，延及北方各省也有他的党徒。党中规法甚严，团结甚力，一切组织部署极有条理。苟犯党规或泄党秘于外，立杀无赦。党人们不怕远行数千里，如遇着党友，便如自家兄弟一般，金钱衣物皆可相共。并且其中行辈最重，群呼那领袖为老大哥。老大哥有指挥一切生杀予夺之权。这时黄天佑便坐了那党中第一把交椅。

原来这种党会，俗呼为红帮，起初时是当地豪民，大家联合相助，免受官吏的压迫。久而久之，入党的未免良莠不齐，乃至于做了逋逃渊薮，一切亡命无赖悉归之。势力既大，官中只好养痈并且引用些帮中人，借他的势力，以除别盗。帮中人也看破官中用意，便趁势挟盗自重。久而久之，那富家大户并杂色人等，见红帮真能庇护一切，大家便争相入帮，借以支持门户。因此这红帮潜势甚大，蔓延甚广。却还是遣人向各处推行帮务，不遗余力。

其时与红帮势力相等峥嵘相峙的，还有一种党会，名为青帮。其中规法组织略如红帮，所不同的，便是青帮中不许做杀人血案，较为善道些儿。所有帮众也是文墨人为多，大半是些劣幕豪胥猾吏并讼师打游飞的等人。相结着把持官府，吃嚼地面，但讲斗智，不甚斗力的。

这两帮的人各自有口号暗记，无论到哪里，彼此是一望而知的。总而言之，这红青两帮在江淮闽浙间有很大的潜势力。官中虽侧目，却无如之何。

当时天佑见金城本领高强，又做过许多血案，端的是条好汉，便破格录用，登时提拔他做了个二等阿哥。便命他向山东河南一带推行党务，招揽新友入帮，一切便宜从事。原来这二等阿哥，位次仅逊于大阿哥，照例论年辈资格依次递升。天佑因金城本领超群，所以破格提升。当时金城既奉天佑之命，先向山东勾当些时，招了些帮友。后转入河南，方知这所在砦寨颇多，易于招诱。末后，却来至蓝靛洼古庙中，夜集新友，歃血入帮。那许多歃血的人，便是各砦寨的首领。

当时那庙祝听了洪金城一席话，只吓得吐舌不迭，晓得金城不是好惹的，也不敢向庄众报说。但是久而久之，庄众们见那古庙中只管不三不四的人夜聚明散，未免诧异，既探知洪金城招集帮友之故，便有人主张着报官驱逐。大家七嘴八舌商议未毕，这消息已被金城所闻。

"这一来，班兄你道怎的，却不道苦了老汉。"

六公子愕然道："怎么呢?"

尹叟叹道："俗语说得好，哪庙里都有屈死鬼。简断截说，合该老汉败家罢了。

"当时老汉家道稍殷，有个儿子叫尹汝器，当着本村村董。各村庄众集议时，他也在座。不知怎的，那洪金城听说是他力主报官，并且要集合庄众先去搜庙。于是金城大怒，当时离庙。但是没过两天，却伏入于要路，将汝器捉架而去，声言须万金取赎，不然便来领死尸。老汉痛子心切，只得折变田产，如言去赎。小儿因惊悸过甚，到家后为日不久也便死掉。所以老汉如今祖孙们落得这般光景。说罢凄然落下泪来。"

六公子听了，甚为太息，不觉将一腔访求奇士的热心化为冰冷。因愤然道："洪金城这厮也可恶得紧，如今他在哪里? 待俺去寻他，索还银两，老丈便可家道重兴了。"说着以拳抵案，砰的一声。

这一来，倒招得尹叟扑哧一笑道："班兄，像你这样斯文人，便是见了洪金城只好干瞪他两眼。他久已离却这里，俺听得砦寨中人们传说，他早在河南府一带扎住了脚跟，尽力子推行红帮势力，越发闹得凶实了。如今却只剩这班魔头在此搅乱。班兄，你还问他什么人物。"

六公子听了，好不心头作恶，瞧瞧日色业已过午，便谢别尹叟，自循归途。一路暗念尹叟之言，只顾没精打采。正在遥瞩川原，思量无端地耽搁一日好不晦气的当儿，只听背后有人拍手道："飞了飞了。"

公子回望时，却是两个顽童，用箔纸撕作蝴蝶儿作耍，因笑道："你们倒会玩，这箔纸撕碎，不可惜吗?"

顽童笑道："什么可惜?"因指道旁一处荒坟道："这是俺从那坟前拾的化不尽的箔纸。你不晓得今天是中元节，家家祭墓吗?"

44

公子听了，不由心头一跳，看着那处荒坟，几乎落下泪来。正是：

    国亡家破，游子思亲。
    客中节序，触目伤心。

欲知后事如何，且听下回分解。

第八回

感中元伤心野祭
逢隐士起病沉疴

　　且说六公子猛闻顽童说今天是中元节，一时间想起商夫人并祁公等人，不由望着那荒坟呆在那里。正在暗叹一身漂泊、节祭都废之间，两顽童已自跳跃而去。公子一路伤感回到店中，便命店婆去准备鸡酒香楮等物，以便野祭，稍纾哀思。

　　感叹之下，只觉精神不佳，便就榻略为盹息。正在恍惚之间，只听店婆笑道："起，起，俺把邻家王大娘下蛋的老母鸡都与你借来了，这份祭品，你却须多出些钱哩。"

　　公子起身瞧时，业已日色挫西。店婆提着个食榼，身旁站着个毛头小厮，榼中便是祭品。是七长八短的一束紫色香、少颜落色的一叠黄钱纸，瓦壶中盛着浊酒，一个木盘上用荷叶盖好，却是一只肥实实白煮鸡子。公子道："有劳大嫂，便烦再取火种来，俺就去致祭了。"

　　店婆道："火种有在俺身上，待俺同你去。俺这里乞丐混账，你若自己去，他们便把祭罢的鸡酒夺去，咱为甚不留着自己受用呢？"因向小厮道，"小金子，你替俺好好看门，回头俺劈给你一只腿子吃。"

　　小厮笑道："店大娘，就这样割舍不得？你劈给俺两只腿子还罢了的。"

　　店婆道："唉，你这毛头小子，也向人油嘴滑舌。"

　　说话间转身前导，和公子出得店来。公子一路留神，只见街坊上人众往来，颇为热闹。街东头还有座小小席棚，有几个灰扑扑的和尚在那里面装模作样试弄箫鼓。又有些小儿们各持莲灯，在棚前舞上舞下。公子问起店婆，方知今晚街坊上还有小小的盂兰会。

　　须臾迤出街坊，来至一片荒野短林之间。但见衰草凄迷，白杨萧瑟。这时簌簌野风，衬着淡淡斜阳，好不令人意绪悲怆。公子至此正在苍茫四顾，只见店婆就一处高坡草地上置下食榼，将祭品摆列停当，然后撮土插香，由腰间取出火种，一面焚香化楮，一面祝祷："木有根本，水有泉源，无主孤魂不得前来夺食，急急如律令。"说罢，闪向一旁。

这里公子眼含痛泪，酌酒于觞，向纸灰浇奠罢，不由扑地大哭，泪下如雨。只叫得一声"娘啊"，顿时气噎，往后便倒。慌得店婆抢过来搊唤良久，方才哇的声吐出一口稠痰，接着便放声一痛，声震四野。原来公子一肚皮的国忧家难、悲感牢愁，既有皋鱼不禁泣血之哀，又有精卫难填恨海之痛，所以哭得这等悲切。

却不道这时却忙坏了个店婆，既一面乱吵着叱逐野丐，又一面见公子哭得痛切，倒招得自己的眼圈儿红红的。好容易将公子劝住悲声，她却一撇嘴儿，哽咽道："客官不要见怪俺，如今要借用您一炷香，哭哭俺那天杀的哩。"说罢，焚香于地，插烛似的拜将下去。趁势一屁股坐了个四平八稳，然后两手拍地，数数落落地哭道："你这狠心天杀的，抛了我，挺着腿子死掉，如今齐头三年了，你连个好梦也不叫我做。凭良心说，俺无依无靠，应该嫁人，但是只要俺心一动，你就给俺个噩梦。当初一日，俺在你家做童养媳，你在茅厕边柴房里，趁那热巴巴天气，你却诳人和你洗澡儿，洗着洗着你那没人样便发作了。啊呀，我的天哪，俺想起和你那时的光景，还嫁人怎的？但是女人家是没脚蟹，张口货，没得吃穿，少不得有俏皮朋友帮衬，这个你却怪我不得。"

正说着，恰好一阵风过，慌得店婆道："由你怪得，你却不要吓俺。"这一来招得公子颇为好笑，倒减了些悲感。于是仍由店婆收过祭品，提了食檑，慢慢踅回。

公子一脚踏店，却见守店的小厮正在篱笆短界边帮着两个客人在那里安置一辆牛车，车上是行装书簏并琴剑之类。两个客人却是一老一少，老者年有六旬，生得清癯枯槁，两道苍白寿眉，一双炯炯老眼，颔下一部长髯。虽是满面风尘，却自精神矍铄。并且冠服奇古，头戴一项方山高冠，身穿玄色直裰，腰系丝绦，脚踏文履。站在那里，便如古松野鹤一般。那少年有二十多岁，生得白皙俊伟，面目上书气盎然，却身着短衣，手执鞭策，似乎便是御者。

这里公子踅向自己客室的当儿，那老者却向少年道："你可吩咐店家，多注些灯油。昨晚你的书课还未成诵，且须补读哩。"

少年唯唯，便一面就车上置了鞭策，取了行装书簏，跟了那老者，踅过篱笆，径入西院。

公子以为是寻常过客，也没在意。须臾，由店婆掌上灯烛，便去料理晚饭。这里公子一面歇息，却闻得那小厮在灶下向店婆笑道："真是老西爱吃醋，那老客要吃麻汁面，叫多加醋蒜哩。"

说笑间，小厮履声趱入西院，似乎是去伺候客人。不多时，店婆端到晚饭，并且将那白煮鸡子切作一盘，一一摆在案上。却笑嘻嘻与公子斟上一杯，道："你老请用吧。"

公子正在郁闷无聊，因笑道："大嫂忙碌半日，俺且借这酒谢谢你吧。"

说着另取一杯斟满递过，那店婆不觉眼欢眼笑地坐将下来。两人方吃到好处，却闻西院邻家有老妇人唤道："王大嫂，你瞧俺媳妇怎的好端端的不省人事了。"

店婆这时正嚼了一嘴鸡肉，好容易咽下。一面高应，一面向公子道："俺邻家这媳妇好个人儿，就是脾气暴躁些。她丈夫出门三年，昨日方回，两口子不知怎的吵了一场架，气得她丈夫躲出去了，如今却不知闹甚缘故。"说罢匆匆趱去。

这里公子独酌数杯，却听得店婆在那邻家吵道："你这媳妇得了火症，且待俺叫小金子与你请医生去吧。"

说着高唤小金子，便闻那小厮在西院中连连答应，并问明缘故。这时却忽闻那老者哈哈一笑，向小厮说了两句话，小厮道："如此好了，你老既会医道，便跟我去吧。"于是一阵脚步响动，似引老者径入邻家。

这里公子闷饮良久，忽又听得店婆咯咯地笑将起来道："瞧你这位老先生不出，却有这俏皮治法。看起来年轻人儿真了不得，若非遇着你先生，不白搭一条小命儿吗？"

说话间，又有少妇呻吟声、男子和老妇向老者致谢声，良久方静。不多时，店婆趱来，脸上红红的，笑容未敛，乜着眼，向公子哧地一笑，却端起旁几上一杯冷茶，一气灌下去。

公子问其所以，店婆笑道："哟，不说吧，说起来叫人怪臊的。便是邻家那媳妇忽然不省人事，似得火症，方才来的那老者却会医道，他瞧瞧那媳妇的脸蛋儿红得海棠花片似的，又诊诊脉息，便笑道这点小症不须用药，只须就要紧所在，一针便好。"

公子笑道："扎针治病，极是平常，这有什么怪臊的呢？"

店婆道："哟，你没听俺说完便来打岔。当时老者说罢，便向那媳妇的丈夫附耳数语，她丈夫没法儿，只得自到那媳妇房中。原来那症儿名为欲闭，扎的却是那等针哩。"

公子听了不觉一笑，又和店婆吃了几杯酒，觉得微有醺意，方才各自安置。店婆敛具去后，公子觉得酒后躁热，即便披襟当门而坐。一时间夜风习习，好不爽适。但闻街坊上梵唱凄咽并游人讥笑之声，公子知是盂兰会点缀佳节。不由想起自己野祭光景，又是一番伤感。逡巡间，又想起曼华、魏耕等人并自己北上所图等事，闹得心头七上八下，百无聊赖。趁着夜气凉爽，即便小坐盹息，略为蒙眬。及至醒来，业已二鼓将尽，只觉口燥异常，唤店婆取茶来吃，却不见答应。于是欠身而起，到院中想寻店婆。抬头望时，但见好一片皎洁月色，昔人有诗道得好：

> 已分光辉隔岁期，忽看清影堕檐眉。
> 盈盈更觉今宵好，黯黯休忘昨夜思。
> 名士出山宁恨晚，美人开镜未嫌迟。
> 扫除万里浮云净，尘梦昏昏总不知。

当时公子望月徘徊，寻步儿行近篱笆，却闻西院中书声朗然，语音是那少年。隔篱瞅时，客室纸窗上灯光耿然。正在暗想这少年倒如此好学，却闻那老者吟咏有声，似乎是什么诗词之类。少时却击节高歌，那声音始而高朗，继而沉郁，末后却惋怆低回，回肠荡气，并且词句之长短，自成音节。公子细听去，却是读的楚辞中《天问》一篇。少时声住，接着那少年又朗诵起来。这时公子听得分明，却是读的《左传·城濮之战》一篇，那少年口齿清晰，音调铿锵，便如见车驰马奔辙乱旗靡之状。公子至此如临异境，正在暗想这老少客人是甚等人，客店中还要刻苦好学，竟有如此雅致。便闻少年书声顿止，老者却叹道："古人行路，舟车中不废书史，刻学励学，端在此时。如今世界，安得太平？你若待从容时然后为学，却是迟了。为父课你读书。决不为科名富贵，不过叫你稍明圣贤道理，晓得忠孝大节，保存咱家一脉书香，将来为父百年之后，你能不为新朝的富贵利达所诱，安心做个有明的逸民，也就是了。"

公子听了，悚然一惊。暗想此老语气不俗，莫非他也是国变之后的有心人吗？俺正在寻求奇士，岂可失之交臂？想到这里，正要踅入西院，觇个分晓。但闻老者又叹道："你这孩子，却不识俺意，不肯刻苦读书。今日功课又未能成诵，恁地时几时能明道理？一个人，不明道理如何会看重立身大节，将来移志新朝，博取荣显，何事不可为？与其你异日辱亲，不如为父这时敲杀你哩。"说话间，声音甚厉，并脚步响动，似乎是就要杖责，闹得公子方在脚下趑趄。恰有一缕尖风吹过，顿觉浑身起栗，颇觉胸次作恶，忙趱离那里，就僻处小解一回。再到篱笆前张时，只见西院客室中灯火已熄，那老少两客都已安歇。

于是公子徘徊一会儿，便去寻店婆。就灶房门外一瞧，只好赶忙退出。原来那店婆敛具归灶，收拾都毕，便趁锅中热汤洗了个澡儿，这时正四脚哈天，白羊似的睡熟在榻哩。当时公子也不便唤店婆来泡茶，只好就灶房门外水瓮中吃了许多冷水，稍解烦渴，趑转自己室中，即便倒头大睡。这一来不好了，只觉睡梦中寒热交侵，喘促不已，头重心搏，十分难受。闷昏中又醒不得，也不知经历若干时，难受得竟已晕去。魂灵儿飘飘荡荡，只觉两眼欲爆，耳畔轰轰怒响，也不知是风是雨。又似身临高山大海，无端地失足跌落。栗然一惊，又觉似被人捉缚，闭置起来，连气儿都不得舒。

原来公子在癞皮猫处将息初愈，举石试力，却努了些气力，接着便登程奔走，未免劳瘁。将次集贤镇又为暴雨所激，这种种隐患，既已潜伏未发，今日野祭商夫人等，又伤神泣血地闹了一场，再加以一路所闻见难民之困苦、暴民之恣睢，都是叫人情怀闷损的勾当。末后又酒后当风，冷水止渴，有许多诸缘辐辏，所以一时间病来如山倒，竟致阴阳交搏，悠悠晕去哩。

当时公子昏沉沉卧在榻上，虽然半死，睁眼不得，但是耳根听觉未泯，却闻有人在榻前只管来往吱喳乱吵。少时忽觉自己当胸微痛，并两足上涌泉穴也有些热辣辣的，便有人笑道："好了好了，此针下去，少时就醒。店大嫂且去准备粥汤，等他醒来，俺再诊脉息料理药物就是了。"公子听了，好不闷极，便竭力长出一口气，启目一瞧，业已天光大亮，自己卧在榻上，胸次足际还有针艾，店婆和那老者都站在榻前。

原来店婆五更头一觉醒来，出来小解，又与那拉车牛子添些草料，却闻得六公子在室内哼哼有声，似乎梦魇，便提了灯趑入室。本想是唤醒公子，哪知公子面似红布，并且四肢冰冷直挺挺地竟已晕去。店婆料是得了什么暴病，所以请得那老者来医治哩。

当时店婆见公子醒来，便道："阿弥陀佛，你这客人不吓杀人吗，若非这位老先生真个坏了。"

于是将公子病状并请得老者来医治之事一说，公子听了，向老者方要开口致谢，老者摇手道："尊兄且慢开口伤气，这是伏阴搏阳之症，颇损元气，如今起过针艾，亟须药物调理哩。"说话间，起过针艾，诊诊脉息，却笑道："此症伏阴已退，但须扶阳，少时用些汤粥，且请静卧，待药物下去，自当霍然。老夫只好在此耽搁一日了。"说罢退出。

这里公子虽然清醒，却是困顿异常。须臾店婆送进汤粥，公子啜了些儿，略觉气定。将午时分，那老者又趑来，再诊脉息，面有喜色。当即开出方剂，却命那少年打得药来，就室外生起炉火，仔细去煎。闹得公子好生过意不去，要开口致谢，又被老者摇手止住。不多时，公子服下药去，但觉肚内咯咯作响，药气行动，顿然气体安舒，沉沉睡去。

及至醒来，却觉十分内急，入厕屙毕之后，说也不信，竟自神清气爽，所患若失。公子至此不由暗叹那老者，既有那等雅致，又有如此神妙医道，定非常人。感佩之下，即便衣冠趋谒。恰值那老者在室内和那少年讲论到《汉书》内的班彪《王命论》，一见公子神态，便置下书卷，笑迎道："尊兄且喜痊愈，但是俺观尊兄状貌异于常人，一似蕴有重忧，并且脉息间是深通剑术内功的。老夫阅人虽多，却不曾见尊兄这等骨相，便请见教姓名来历何如？"说罢，一面揖坐，一面只顾张起炯炯老眼端详起来。

这一来不打紧，登时闹得公子十分踌躇，因为公子这时逐处里留心，和那老者萍水相逢，颇不便直述姓名哩。但是逡巡之间，那老者似揣知公子之意，因笑道："尊兄不必见疑，老夫是闲散之人，再待俺说出姓氏来历何如？"说着一面命少年献茶敬客，一面娓娓数语，公子不听时还倒罢了，听了时不由口称尊丈，纳头便拜。

看官，你道这老者是哪个？说起此人，大大有名。少而任侠，亦曾结客研仇，老而穷经，不愧大儒之号。节概在夷惠之间，品行居廉让之地。并且驰誉文坛，妙擅诗书画三绝之目，多能鄙事，精研星卜医之书，端的是胜国遗民、当代名士。正是：

鼎革之交，贤人避地。
一肩道义，两间正气。

欲知后事如何，且听下回分解。

第九回

深心有托略访江湖情
客邸无聊小做叶子戏

　　原来那老者祖贯山西，世代儒业，姓傅名山，表字青主。当国变之际，颇欲毁家结客，以纾国难。他是一名响当当的秀才，门徒既多，又有些当地豪猾们想借其声望，号召远近，于是便日夜聚谋。俗语云：秀才造反，三年不成，是再不会错的。当大家沙中聚语、迟疑未决的当儿，早有人报向当道，亏得那当道敬慕青主，又怜他一片愚忠心肠，便网开一面，纵青主跑掉，只捉得两个与谋的豪猾杀掉。从此青主才安心隐居下来。家计贫困，只以卖书自给，并医道济人，人称傅先生。有时出游，便命其子御一辆牛车，家具书籍悉载以从。每值山水会心处，便勾留些日，兴尽才去。先生医理通神，著有医书多种。游迹所经，活人无数。当时所传的逸事甚多，却有一件事最为脍炙人口。

　　便是先生薄游南中时，曾在扬子江头小酒肆中命酒独酌。正在怡然自得，忽闻旁座上一阵哗噪，望时，却是个赤红脸的客人，因为买熟虾下酒，和那小贩争论价钱。先生熟视那客人，并倾耳听他的说话，不由叹了一声，微叹道："可怜这命在旦夕的人，为几文钱还自争执。"

　　其时肆中人有晓得先生深通医理的，料是话中有因，便向那客人一说所闻。那客人登时大惊，当即叩问先生，先生道："俺相你面色，并听你语音，你已得了一种消渴死症，不出十日，便当发作，是无药可医的。你如是外乡人，赶快回家单等命尽吧。"

　　那客人听了，只吓得两泪交流，素知先生医道如神，他既如此说，一定是死症，无法可治的了，于是匆匆趱回一处商店内，即便泣别同伴，星夜登程。一路上凄凄惶惶，噘得一张嘴好拴驴子。

　　这日阻风，泊舟在镇江金山之下。适值金山寺中有所修筑，执事僧人们便持了缘簿向各客舟中募化。那客人自念是该死的人，做个善缘倒也甚好，于是倾出一半儿囊金捐入寺中，便随那执事僧人惘惘登山，且事游览。那寺中主僧因那客人既捐重金，便特请到方丈中待茶。相见之下，那客人言语失对，只顾眉头不展。主僧觉得诧异，询知那客人所患之症并傅先生之言，便笑道："居士不必愁闷，你这消渴死症，贫僧倒有个治法。如今本山上秋梨正熟，你可多多摘取，一路上尽饱啖嚼，便以梨当饮食，管保你到家后，所患便愈就是。"

那客人听了，喜出望外，便一如主僧之语，回到家下，果然好端端的。于是兴冲冲趱回商店，可巧傅先生还未他去。一日，两人相遇于途，傅先生一望那客人面色，死气全消，大惊之下，问知缘故，便登时去拜那金山寺僧为师，从此医道便越发神妙哩。

这时先生与其子方由燕豫间倦游而还，欲取路陕西，借游华岳，不想却巧遇祁六公子。当时公子拜罢，深谢治疾之惠。这才慨然一述自己的姓名来历。青主惊喜道："怪道足下貌异常人，原来你就是山阴祁六，老夫虽未接清颜，却耳名已久。今得晤谈，有幸得紧。"于是宾主大悦，彼此重复为礼，青主并命那少年见过公子。一时间相兴倾谈起来，自然是臭味相投，越说越对劲。

公子说罢自己奔走故国等事，因正色道："先生以老成宿望，精神又健，不知可还有意于故国吗？"

青主叹道："俺年来深玩易理，颇晓些天心世运消长盈虚之道。亡者自有其所以亡，兴者自有其所以兴，天命靡常，世局迭易。仔细想来，也只好听其自然。"因指那篇《王命论》道，"足下但看班彪此作，归重天命，虽是立意在防止僭乱不已，却也说得有些道理。即如而今满洲得王，能说不是天命吗？所以老夫颓然自放，不过做个草野遗民罢了。"

公子听了，不胜叹息。一时间又谈问到北方各省江湖间的情形，青主道："北方民气未尝不盛，却挡不得近接京邑，被压制太甚。虽有豪侠，大半都避匿不出，但是暗中却似有一种结合。近来北方各地面官吏屡有不许聚积教会的告示张贴，便系为此。但是老夫自颓放以来，却无心细探他们闹的是什么教什么会哩。"

公子听了，忽想起尹叟说的洪金城一番话，因一述尹叟所语，并道他们闹的教会莫非也是什么红帮吗？青主道："这个老夫却不晓得了，但是上年时，老夫曾在河南府一带经过，却闻得村落小儿们谣唱道：不吃烟，只吃肉，剩下钱来纳官租。不吃酒，只吃茶，剩下钱来养爹妈。老夫问起当地人来，方知那所在有一种白教，甚是兴旺，入其教者，先戒烟酒，教义是敬重天地，孝顺父母，大略以勤俭耐劳为体，打熬气力为用。至于教中人有无人物，老夫却没留意哩。"

说话间，天色已晚，青主命其子就店婆处端得饭来，三人一同用过，又由行箧中寻出一丸药，递与公子道："足下晚间再服此药，以补元气，切戒过用气力，以防再病。能够在此将息十余日，方能元气大复哩。"

不提青主说罢，殷勤送客。且说公子踅回自己室内，服下那丸药去，安然一觉好睡。次日起来，觉得精神甚健，去瞧青主时，却已从五更头时分登程去了。依着公子也要登程，那店婆却笑道："人家傅先生叫你将息是不会错的，没的辛苦上路，再累病了，就值得多了，你如嫌蹲店难受，俺却有个方法。你只备个小东道，待俺与你寻几个人来，咱大家玩纸牌如何？"

公子笑道："如此也好，但是俺不会玩牌，这便怎处？"

店婆道："不打紧的，待我与你瞧着些就是。"

说着，笑嘻嘻踅出。公子只认她去寻街邻人众，哪知没多时，却嘻嘻哈哈踅来一群老少村俏的婆娘，一个个扭头溜眼，向着自己万福。原来却是街众的老婆们，张大嫂、李大姨之类，都被店婆撺弄了来，其中有个小媳妇，望着公子只管憨笑。店婆便一面设局，一面笑道："不害羞的，你端详人家客人做甚？不消说，你是瞧他有些像你那口子，所以心下小把儿挠的似的。真个的，你那口子在河南府地面学生意，怎的今年平白地没住家，干丢着你呢？"

小媳妇听了，一面赶打店婆，一面笑道："若不是当着客人，我就撕掉你这张嘴。俺当家的因近来河南府道路上竟闹大虫，所以没回家，难道他回家还湿湿你不成？"说笑间大家就座，一个个伸腿拉脚，爬上榻去团坐下来。

公子也只得依法坐好，恰好挨着那媳妇。当时大家抓起牌来，店婆指点公子一会儿，逡巡自去整理酒饭。这里公子两手捧了牌，哪里弄得清爽，偏偏对面坐定个胖婆娘，只顾催促公子发牌，又眼张失落地照应全局，一面向旁坐的一个妇人道："像你这斯文样儿，就该去做娘娘。"

妇人道："你少和我耍嘴子，依我说，你那偷牌的毛病趁早收起来，好的多哩。"

胖婆娘道："没的扯淡，我几时偷过你那张口来？"

说着向公子一挤眼儿，便又有个老太婆微睁着迎风流泪的昏花老眼，一手拎着烟筒寻觅香火，一面笑道："像你们如今的年轻人儿真没法说，当着大男人家便撒村胡嘈。想当年俺和人家玩牌，有个伺候局的毛头小厮在我跟前过，还臊得我什么似的哩。"

众妇听了都各嬉笑，接着便纸牌乱发，闹得公子越发手忙脚乱。正在手拈一牌，沉吟未发，忽觉那媳妇用脚尖触了自己一下。正是：

   香钩触膝，纸牌落地。
   客邸无聊，闲情逸趣。

  欲知后事如何，且听下回分解。

第十回

南阳府公子望缑山
芦花港傅婆款行客

　　且说公子忽觉那媳妇用脚尖来触自己，只认是催促发牌，正想发下，哪知那媳妇趁那胖婆娘回头和人说话的当儿，却来附耳小语道："你且慢发牌，待我理清场面再说。"于是向那妇人一使眼色，那妇人登时置牌于榻，略挪身儿只做去取什物，坐向胖婆娘背后之间。

　　这里那媳妇却手捋鼻梁，向胖婆娘道："我说你这肥婆真是狗改不了吃屎，叫你自己说该罚多少。你快把偷的牌拿出来，算你是识起倒的。"说着咬着牙，勒起胳膊。

　　闹得公子颇觉好笑，连那老太婆也顾不得寻觅香火，拾着烟筒，且自发怔之间，那胖婆娘赶忙将怀揣的手伸出道："耶，你这小蹄子，便恁地捉神拿鬼察看老娘，俺因小肚上只管发痒，回手搔搔，你却这等浪声丧。"

　　媳妇道："呸，不害臊的，你便痒到小肚下干我屁事，你只拿出牌来是正经。"

　　胖婆娘听了，正急得淫妇娟根地乱骂，一面略欠屁股，想要来抓那媳妇。不提防背后那妇人猛地一扳她两肩，胖婆娘咕咚一声往后便倒，短衫一扬，正在亮出雪白的胖肚皮。这里媳妇子不容分说伸过手去，即便捋裤，这时胖婆两手却被那妇人抓牢，正高跷两脚乱踹乱叫之间，但听哧啦一声，裤裆已被撕破。慌得公子赶忙移目，恍惚中却真见有张牌贴在那片乌影影的所在。

　　这时三人业已搅作一团，乱滚乱踹，牌局都乱。吓得那老太婆举着长枪似的烟筒，一面向胖婆娘屁股上乱戳，一面吵道："你们都瞧我吧，当着人家客人剥裤光腚的，这却真有些不大仿佛了。"

　　正乱着，恰好那胖婆娘脚儿一扬，老太婆迷离昏眼，见那脚上的红鞋子，只认是胖婆娘踢起盘香盘儿，于是一伸手，连忙捉住，便噪道："你瞧香盘都耍起，你们还只管闹。且待我就火儿吸筒烟吧。"这一来，招得大家哈哈大笑。

亏得店婆一步蹬入，一面胡乱地拉开大家，一面向公子笑道："你瞧这玩法好不好？你便是蹲上十天店，管保也不发闷哩。"说笑间，大家归座，复又作局。

话休烦絮，便是如此光景，过得三两日，公子却再也忍耐不得，自觉气力可以登程，于是开发过店资，负装佩剑，逶巡就道。一路所见砦寨愈多，但是就居人访问砦寨中的情形，大半如在蓝靛洼所见的一般，闹得公子意兴都尽，只好纵观风物，且宽怀抱。

这日行抵南阳府地面，只见百余里外有一座大山，峇起于苍莽之中，一片峰峦迤逦，好个气概。遥望那首尾盘道之势莫测其际，并且气象深厚，便如巨狮雄踞一般。其中有两个峰头，东西对峙，特为高大。两峰相距，约有十余里之遥，中间是林薄映带，青葱弥望，似是绝好的一片山田，并且两峰下村落颇多。一处处烟树依微，隐隐地环拱着一处长圩，似有砦寨一般。

公子问起居民来，方知那大山坐落在偃师县界，名为缑山，便是王子晋吹笙跨鹤上仙之地。山中风景幽雅，古迹甚多，东峰叫作龙湫，西峰叫作虎峪，都是形势风景绝佳之处。山中居民可数千家，荒田甚多，随意开垦，官府不暇查问，亦不敢查问，所以山民们十分富庶，在山中生聚长养，似乎是另一世界。并且龙湫峰上面有升仙坛、跨鹤岩诸名胜。又有一座子晋祠，祠中有一泓甘泉，用以饮食沐浴，能令人祛疾体健，端的是好座名山哩。

当时公子听罢居民一番话，遥望缑山，不由暗叹道：如今世界，哪里有世外桃源，像此山中也可谓人间净土了。如此名胜，俟到前途时倒不可不去一游。沉吟间，抬头望时，业已日色将落，道两旁芦苇弥望，衬着一曲河汉，公子正在徘徊回顾，恰好有个拾蚌的小童由苇中钻出，公子因道："小哥，俺且问你，前面可有什么村镇并店道吗？"

小童道："前面没得店道，只有个小村儿，便叫芦花港，你到那里去借宿，倒也使得。你要去还须快去，若是迟了，便恐人家都关了门儿，因为近来地面上直闹虎狼。前些日，人家新娶的媳妇都被狼羔子背去。所以大家害怕，早早关门哩。"

说着向前途一指，公子循他指势望去，果见临河汉从竹树苍茫中，透出几缕炊烟，晚风过处并隐闻人家呼鸡唤豕之声。公子料那里便是什么芦花港，于是谢过小童匆匆奔去。

一路暗想近山的地面多有虎狼之患，怪不得玩牌的那媳妇说河南府道上直闹大虫哩。怙悷间到得那芦花港，仔细一瞧，原来却是一处很荒僻的小村儿，约莫有百十户人家，疏疏落落临水而居，四外都是苇塘芦港，又有些蜿蜒岔道。街坊上的人家，果如小童的话，业已都关门大吉，静悄悄的如临墟墓。有的门首还有新化的箔灰，土壁上贴个红纸条儿，上写狼神之位的字样。

公子一面拔步，一面暗想小童之话不虚。这光景，地面上真似有虎狼作闹哩。于是趄过几家，随手叩门，有的任敲破门终不哼哈，有的虽答应着，却没人出来，更有颤抖抖语音直嚷家中没人，并直声撅气开口便骂的。闹得公子一路逡巡，通没做道理处。直至街东尽头，却见一家门首有个二十多岁的妇人在那里探头探脑。那妇人穿一身缟素衣裤，生得喜相，容长脸儿，柳眉杏眼，衬着白净面孔，尖尖脚儿，颇有几分姿色。一面翘首东望，一面自语道："阿弥陀佛，这时节，那挨千刀的还没来，活该俺娘儿们安静一夜，好好村坊被他们搅得这样冷落，这是哪里说起。"说话间，一回头忽见公子，却吓得一哆嗦，打量了公子两眼，赶忙缩身，砰的声把门关了

闹得公子十分踌躇，正要上前叩门乞宿，却闻背后有人喃念道："你这媳妇真没眼色，如何见我回来，倒把门关了。"

公子回头望时，却是个老妈妈。从暮色朦胧中扶杖而来，一径地便奔那门首。公子料她或是那宅的主人，因迎上拱手道："妈妈便是此宅的主人吗？小可是远路行客，无处投宿，欲向尊府打搅一宵，明早多纳房金，便请方便则个。"

那老妈妈听得公子果是远方口音，忙笑道："当得，当得。我老婆子姓傅，便是此宅主人，有个儿子，新近死掉，只剩个寡妇媳妇，好歹和我度日。按理说留客官住宿不便，但是行路的人没个宿处，也是可怜。如今宿便容你宿，但是夜间若有什么响动时，你却不可去瞅望，因为俺这片地面上是没得什么世界的。"

公子听了，以为她说的是地面上真闹虎狼的话，也没在意，于是称谢之下，跟了便走。当由傅妈妈上前叩门，须臾那妇人开门出来，傅妈妈便道："这便是小媳妇。"于是公子上前，彼此见礼，大家进内。公子留神瞧时，只见小小院落颇为宽洁，前院是四合房儿，正房倒做客室，外还有东西厢房。正房靠东，有条小箭道，似乎是还有后院。当时傅妈妈引公子入得到客室，又去取来灯烛茶水，即便趄向正室中。这里公子放下了行装佩剑，就榻上安置停当，小坐歇息。一面吃过两杯茶，一面暗想道：人家老少两个妇人家，肯留住宿已属难得，若再烦劳人家整治饭食，未免有些不识进退。

正在拼着忍饥一宵的当儿，却闻那傅妈妈在正房中道："媳妇呀，你瞧真是万般都是命，今晚那禽兽这时不来，咱们满打算安静一夜，却不想又住下一位客官，没奈何你且去整备饭食。这当儿没处去买肉，倒应了俗语了，杀鸡敬客，再做些粟米饭，也就是了。我老人家熬夜不得，却要歇困了。"

公子听了正在心下不安，便闻那妇人连连答应，一面又和傅妈妈叽喳数语。傅妈妈作恨声道："真个的，那禽兽又相中西村里宋家那女儿吗？怪道他居然没来。想是今晚向西村里作孽去了。像这种大帮的恶匪，怎的得了？难道雷公爷都困杀了，就不刮啦啦打个焦雷，将他们劈得连骨尸渣都不剩吗？"说着恨恨不已。

但闻那媳妇一路脚步声动，趔向后院，并捉鸡砾釜之声，少时方静。这里公子吃过一会儿茶，起先时是没得饭食的指望，也就不觉怎的饿，如今有了指望，那肚皮便会凑趣，居然咕咕地乱响起来。公子好笑之下，只得一杯复一杯地且吃苦茶入空肚，是越喝越饿。

不多时，一壶茶尽，只得就榻歪倒，暂为歇息。神思一倦，即便盹去。但是盹梦中只觉小肚下胀得什么似的，忍了半晌，竟自胀醒，方知是吃茶过多，亟须小解。于是下榻来，出得客室，只见正房中尚自灯火微明。公子想要小解，又恐傅妈妈还未睡去，听得尿声不雅。料那后院中定有僻静所在，于是放轻脚步，趔向箭道，到得后院。就星月微光张时，只见那院落虽是宽敞，却只有东西厢房。东厢中似是柴房，西厢窗儿上灯光明亮，却见那妇人的身影儿在窗上晃来晃去。靠西厢偏南近后墙的所在，却个有敞棚儿，棚壁上挂着昏暗暗的提灯。公子望不清爽，正在逡巡，忽听扑的一声。正是：

　　鸡黍留宾，妇子殷勤。
　　会看帮匪，竭来相寻。

欲知后事如何，且听下回分解。

第十一回

驱狼子拳打飞天蛇
沽美酒憩足十里居

　　且说六公子这时站在东厢前一株大树后，闻得敞棚内扑的一声，也不晓得是什么作响。正要趄向东墙角小解时，却闻妇人自语道："这只鸡子真个禁烂，如今锅滚，想是中吃了。"说话间，由西厢趄出，便入棚下，先剔亮那提灯。

　　这时公子望得分明，只见那妇人鬓云略松，衣襟半开，似乎是盹息方醒。提得高高的撒脚裤，露出雪白小腿儿，脚下踹双平底小鞋儿，倒添了半天丰韵。再望向棚内，方知是个明灶儿炊煮之所，两个灶眼内兀自余火荧荧。灶前有矮矮的长凳并矮几。便见她先揭开左边灶眼上的锅盖，扬扬饭气，然后由灶旁食物橱内取出瓷盘，将右边锅内煮熟的鸡子热腾腾盛置于几，便坐向长凳，一面取过厨刀将鸡子窗割。

　　公子见饭食已熟，料她必端向客室，忙悄悄转回树后，想奔箭道。便闻后墙边扑地略响，即有人笑道："真是来早了不如来巧了，如今向西村去天气还早，且待我吃两盅儿，接接气力。"

　　说话间，由墙头上跳落一人，便奔棚内。公子忙望时，却是个身穿短衣的汉子，秃着头儿，下面是腿绷护膝，结束得不三不四。生得翻眼撩睛，十分精壮。一面敞开短衫，露着胸前刺的一条小蛇，一面就那妇人并肩而坐，先勾住妇人脖儿喷的声香了个面孔，便伸手取起一块鸡子就要入口。

　　望得公子又诧又笑，以为那汉子或是妇人的外遇之类，正想逡巡避去，便见妇人劈手夺过那鸡子，掷入盘中，一面推那汉子道："害邪的，没的馋掉你下巴骨，死后做个饿杀鬼。这是俺与客人整治的饭食，你老实给我搁着。我只道你饶人安生一夜，却不道又来显魂，怎的你那张臭贼皮都没得，难道被人剥脱了吗？俺但盼老天开眼，叫你遇着打兔子的老哥们，也给你个一溜火光，才称人心愿哩。"

公子听了不解所谓，刚要移步，却见那汉子笑道："好人，俺好意惦记着你，你倒不给人些好气。俺因天气尚早，方才在西村宋家后墙外蹲了一会子，便将寡人的龙袍脱下，寄放在草地里，少时再去穿着，岂不便当？如今闲话少说，且待俺吃饱喝足，长长精神，咱两个先快活一回，且是好哩。"

说着又要取鸡子时，却被那妇人连忙拦住，一面捡出几块，抛向他面前，一面唾道："你少向我胡嚼蛆，快捣搋完了滚蛋吧。我看你们这班没天理的几时得个报应。"

说着赌气一转身，恰好面向大树。公子恐她张见身影，只得不敢稍动。这时那汉子却由食橱内寻出一瓶酒来，慌得妇人连忙转身去夺，却被那汉子趁势一把抱住，置向膝头，一面吃喝，一面却摸弄着妇人小腿儿笑道："我不知怎的，就爱你这身白净皮肉，宋家那女儿虽是俏首俐脚，比你娇嫩些，但是若讲到那桩事儿，恐怕一百个不如你哩。少时，还是咱俩来那老对子吧。"说着手势略移，竟自金莲入握，闹得那妇人咬着牙儿正在推搋。

这里公子在树后却再也忍耐不得，因为一来尿急，二来几乎笑出。当时公子略煨身形，便施展出轻身功夫，喇一声蹿回箭道。没奈何只好学女人小解一般，蹲在箭道内悄悄尿毕。趋回客室，不觉暗笑道：莫非人该挨饿也有定数，好容易盼得饭食将到口，偏又遇着人家有体己事儿。这一耽搁，不知到几时。那汉子油嘴滑舌，不消说是夜出乱钻的无赖之辈，满口里不知噪的是些什么。

怙惚间，紧紧腰带，方要就榻，便见窗外提灯光闪，那妇人却笑道："客官，这时可饿透了，俺一个人儿忙不迭，所以饭食迟慢，如今且请用饭吧。"

说话间掀帘趋入，手内托定饭盘，里面是粟饭鸡酒类。慌得公子连忙起迎，一面称谢，一面将酒饭等接置在案。偷眼瞧那妇人，鬓发越乱，两腮上红红的，并且嘴唇上添了个油渍渍的湿圈儿。正在暗笑之下，忽闻偏西向远远的一声狼嚎，因想起那拾蚌小童说闹虎狼的话，便笑道："大嫂，你这里直闹虎狼，夜间不发恐吗？"妇人听了，只微微一叹，当即逡巡趋出。

这里公子匆匆饭罢，自敛器具，置过一旁，也便和衣就寝。刚要蒙眬，却闻得四外远村间隐隐有敲动金器之声，并时或爆竹声响，又有人传呼小心了。其声迤逦远近，似乎是各村互应。公子料是村人们防备虎狼，不由暗想道：可见是北方地面多有野兽，这还是平川所在，业已如此，想那猴山中更不消说，此去往游时倒要小心一二。

一时间思潮起落，只管睡不去，却闻那傅妈妈从睡梦中不断地咬牙呓语。少时，忽大骂道："挨刀的，伤天害理，只管向各处去作践人，早晚叫你真变成禽兽坯子，才显得老天的报应哩。"呓语间，咳嗽了两声，又复鼾声大作。

公子听了颇觉好笑，逡巡间收摄神思，恰待入梦，说也不信，却忽闻远远断续狼嗥，直奔向院后而来。这一来慌得公子赶忙跳起，先取宝剑佩在身边，侧耳听时，却又嗥声顿止。只微闻院后墙边扑通一声，似乎是狼跳入院。须臾，那妇人却喊了一声，公子暗道不好，这家儿只有婆媳弱息，狼子入院，俺岂可坐视不救，于是一跃出室，三脚两步，仍由箭道赶入后院。

瞧时果见那敞棚边似乎是黑黢黢地蹲着一个物件，于是公子挺起剑悄悄蹑去，向那黑物哧一声刺将去。哪知登时剑没至，柄倒将自己手腕扎得生痛，从星月光中仔细一瞧，哪里是什么狼子，却是方才那妇人所烧剩的一堆柴草，上面却蒙着一条裤子。这时那西厢窗上灯光明亮，公子至此，不由好笑，暗想狼子或未入院，人家寡妇家夜深操作，还未熄灯，自己没来由站在这里却有些不大方便。

想至此正要悄悄转身，不好了，忽闻西厢内咕唧咕唧咀嚼得一片声响，并似有蹄爪蹬地之声。公子大骇，以为是狼已入室，忙跑向西厢前，推门入去。先揭起帘儿向里间张时，不由怒从心上起。原来里间内果有一头长大青狼，正在榻沿上用前两爪按定那妇人，似乎是低头咀嚼，一面掀起后胯拖着长长尾巴，只管颠耸，似乎是咀嚼得味，得意一般。但是那妇人却玉股双分，高高举起，晃动得两只脚儿却搭向那儿狼肩背之间，时或一耸，似乎是被咬痛楚之状。这时那咕唧之声越发热闹。

当时公子惊怒之下也不暇细为审视，提起宝剑方要去斫，只见那狼忽地全身扑下，将个后胯也紧紧地挤在榻沿上，一条尾巴拖得笔直，竟自人立起来。这还不算，并且回过一爪，捉住妇人一只小脚，只管把握。瞧得公子登时怔住，正暗想这狼有些蹊跷之间，忽闻那妇人颤笃笃地长出一口气，接着便骂道："你这强盗，在西村作孽还不够，却又来找寻老娘。"说着，一挣身闪得那狼退后两步，一转身儿，这时公子望得分明，越发骇怒，便想捉住那狼且问个分晓。

原来这时室内哪里有什么青狼，只有妇人光溜溜地仰卧在榻沿上，并那个抢鸡子吃的短衣汉子，披了件带头爪的全身狼皮，赤着下体，山精似站在榻前，拖着个粗大的物件，还似乎不够本哩。当时公子一来轻视那汉子，二来恐剑伤他，不便询问，便索性将剑归鞘，提拳奔去。哪知那汉子也自不弱，便喝声"来得好"，忙起左手，格开拳，右手起处，便是个黑虎掏心式，直向公子当胸打来。公子一翻手接住来腕，刚伸左手，想抓那狼皮时，哪知那妇人猛惊之下，却从榻沿颠滚于地。公子手到之际，恰值她尊臀高耸，公子手所触处，但觉黏冷冷滑渍渍的，便顺手向她臀片上一抹之间。这里那男子一抖狼皮，嗖一声跳上高桌，啪一脚踹开窗户，纵身便出。好公子真是惯家，就恐他藏有暗算，便从案上提起茶壶，先飞将出去，随后用一个燕子穿帘式，斜身一掠，飞向院中。两足落地，方闻得那茶壶啪嚓一声摔个粉碎。接着便有块拳大石头，劈面打来，公子忙闪，那石块却中大树，一个反激势又打向柴堆之间。

却闻得傅妈妈在正室中喊道："媳妇哇，你又和他强挣怎的？人家帮大势横，休说咱寡妇人家，便是官府也只好看他横行霸道哩。"说话间，窸窣有声，似乎是穿衣起来。

这时那汉子早甩掉狼皮，赤体挥拳，踊跃而上，拳脚到处倒也十分凶猛。公子转怒，便放开手脚纵横打入。原想是抓住他询问装狼行淫的原故，哪知那汉子拳法颇精，竟自旋风似挥挥霍霍。展眼间和公子来往数合，忽地一紧拳势，并骂道："你这厮竟敢拨撩老子，想是俺们的对头到了。咱两个且小干着，早晚叫你们晓得俺们的厉害哩。"

公子听了也不晓得他噪的是什么，彼此一路盘旋，堪堪地打到后墙边。这时那汉子猛气已泄，业已招架不得，便向公子虚晃一掌，回身便跑，一溜烟似跃落墙外。这里公子喝声"哪里走"，刚矬身形，还未跃起，却被一人从后面抱住腿子，一面吵道："俺媳妇百依百随地由你摆布，你还要追打得她跳墙爬寨，豁着俺一条老命和你拼了吧。"

公子听得是傅妈妈，料她是误会，忙连喊"是我"之间，却听得墙外那汉大叫道："老子装狼玩女人，干你鸟事。你这厮是好些的不要走，咱们是回头再说。"说着一路飞跑，早已去远。

公子这时既被傅妈妈缠住，又想起傅青主切戒过用气力的话，于是便止步不追，和傅妈妈踅向前院客室。一说自己方才所见，并询那装狼的汉子是甚等人，竟敢如此胡为。傅妈妈叹道："说起此事来，真叫人又羞又恨。便是前些日，俺这远近村里大家只管吵有恶狼，便鸣金放炮地夜夜防备。客官你想，俺家只有两个妇人家，自然更为害怕。偏偏地有一夜间，一头青狼直跳进来。俺媳妇当时吓昏，及至醒来，已被那厮玷污了，从此那厮时时来搅。昨晚那厮说，又相中了西村里宋家女儿，今晚是不向俺家来的。不想他忽又撞来，惊了客官。那厮自称为飞天蛇，并说他有大帮的人，有的屯聚着，有的散向各处，真是奸淫抢掠，尽做些无法无天的事，所以俺们只得被他欺负。"

公子怒道："不想此地竟有如此恶匪，可惜俺行路匆匆，不然俺倒要访明底细，也与地方上除却患害。"

傅妈妈惊道："客官你虽有本领，却不要惹事吧。那飞天蛇说得凶哩，他说他是什么红帮中人，还有个大头子，现在左近什么山中，便如山大王一般好不凶实。行路人少生事是正经，客官且歇息，早早上路方好。倘若那飞天蛇真个约人寻你来，怕不连俺们都要晦气。"

不提傅妈妈叹息踅出，自去瞧那妇人。且说公子当时解下佩剑，和衣就寝。只觉两臂软绵绵的，想是元气未复。又思忖什么红帮，或就是尹叟说的红帮之类。看来全是帮匪作怪，哪里是道途间有甚虎狼。暗笑之下，也便沉沉睡去。

次日谢别过傅妈妈，结束登程。一路上只觉得精神欠健，暗想道：亏得昨夜不曾穷追那厮，傅先生之话不错，真是元气未复，不可过用气力哩。于是放慢脚步，从容行去。只见道途间坡垞丛灌，间以沙石，并有平冈小阜，迤逦相属，似乎已近山麓。遥望那缑山山色，越发空翠远涵，照人眉宇。约莫踅过四十多里，业已日色将午，却见前途六七里外拱起一座峻峰山冈，虽不比缑山气象，却也争雄负势。瞧那逶迤之状，似乎是由缑山披下来的一股山脉。问起居人来，方知那冈名响枫冈。因为冈上枫树最多，每值大风起，声如潮涌。过得冈不远，便是茅家铺的大村聚，居民繁盛，颇有旅店。已近缑山脚下，往来游山的人都向那里落脚，为的是一切方便。

当时公子听了，本想过得冈去，再为落店午尖以便游山。哪知没踅过里把地，只觉肚里泛上饿来。正在望着前面不远一处小村儿，足下趖趖，却闻背后人语道："喂，老二呀，咱在前面村里喝两盅，壮壮胆再过冈吧。"

一人笑道："你没得说，大天白日，有的是搭帮行客，用不着壮什么胆子。自是你馋痨发作，想吃好酒罢了。本来那村里十里香的酒端的可口，过得冈去是没得那等酒吃的。既如此，咱就快走，我的请儿如何？"

先语的那人笑道："什么话呢，咱两个都是苦哈哈，如何倒破费你？

咱是各拿酒钱，各治馋嘴，杀杀馋劲，也就是了。须知酒要少吃，还须过冈哩。"

那一人道："不必唠叨，咱是今朝有酒今朝醉，哪里管得许多。"说话间，连臂趱过两人，一径地直奔前面那小村。

公子望时，却是两个小贩模样的人。当时公子见了，不觉顿触酒兴。又想既是好酒，定能增力益气，且沽饮几杯再过冈，倒也甚好，于是跟了两人趱向那小村儿。方到得村头，却又见有两个少年由岔道上说笑而来。前一个生得矮身量，五短身材，肿眉塌眼，模糊两眼，似乎是失眠的神气。后一个生得黑瘦瘦的，疙瘩眉，小眼睛，很透着伶俐。胳膊上却架着大屎鹰。两人一色地敞披大衫，穿一身土色短衣裤，脚下是钩尖洒鞋。

前一个一面走一面呵欠，后一个便笑道："你这没出息的货，昨夜里定是去搂小娘儿，不消说是没命地胡闹，所以这当儿还如此怠懒。"

前一个笑道："别提了，老哥哥就是不好酒字底下那字儿，皆因无端地被人搅了半夜，钱也没赢成，觉也没睡好，这才冤枉冤哉哩。少时歇脚俺再告诉你吧。"

说话间掉臂撞过，慌得公子忙一闪身。再望那两个小贩时，业已没入村树深处，影儿不见。公子只得略辨方向，自行入村。一路留神，只见街坊上望衡对宇，都是些住户人家，又当歇午的时光，十分静悄，只有人家檐下的睡狗，听得人脚步响动，抬头望望，仍然去睡它的。并时有午鸡啼声，从人家篱落里啪啪地直鼓翅膀。公子趱过一会儿，不见店道，却闻得偏西向有啪啪打稻之声。正在四顾徘徊，恰见从一家门内跳出几个放学的学生，一路跃舞，耍得书包儿球儿一般。公子便过去拖住一个，笑道："小哥，我且问你，此间可有吃酒的店道吗？"

那学生一面挣脱，一面道："你这人又不瞎眼，怎么连酒招都瞧不见。"说着向偏西一指，一路横跳，当即逐队而去。

这里公子向偏西望时，果见从绿树浓荫里微露一角酒帘，及至奔向那里一瞧，不由心目开豁，原来那所在无多人家，树木甚茂，一带槿篱，中有高高的一区茅屋。屋后面却是一片稻场，衬着四围的山光辉映，尽有野趣。那槿篱前松棚酒帘下，正有个老店翁坐在短凳上低头打盹，张着嘴，口涎拖下，沾得额须上一颗颗露珠一般。又有一群雏鸡儿啾唧着就店翁脚下乱刨浮土。有的鼓翼跂脚，直跳到店翁脚上，但是那店翁殊不觉得，一颗头直管下低，招得公子颇觉好笑。

趱向他背后，瞧那棚儿内茅屋上还挂一块匾额，上写"十里居"三字。公子见了，正在暗想这酒店名儿起得倒也雅致的当儿，恰好一只鸡子望见店翁须上所沾的口涎，飞起便啄，招得公子哈哈一笑。这一来惊起店翁，回身望见公子，便笑嘻嘻赶散鸡子，说出一席话来。正是：

> 汗漫游踪好，青帘入望遥。
> 但观题额字，酒思已如潮。

欲知后事如何，且听下回分解。

第十二回

十里居略闻红帮迹
深溪虎引出打稻哥

且说那店翁回身忽见公子，便笑道："客官敢是歇脚吃酒的吗？俺这里十里香的酒是到处闻名，并是神仙古迹。饮得这酒，百病皆除。有句口号是：要过响枫冈，先吃十里香。你老尝尝，好体面味道哩。"

公子笑道："正是哩，这里可还带卖饭食吗？"

店翁道："卖卖，酒饭是不分家的，你老只管请用就是。"

说话间，引公子踅进篱门。只见院宇宽洁，衬着些豆棚瓜架，颇有野趣。迎面不远却是一处穿堂草厅，明窗四启，里面设着酒座，却静悄悄的，没得客人。望向厅后，还有一处高高的小轩，可以俯瞰墙外。当时公子进得厅去，拣定座位，就壁角倚了行装佩剑，当由店翁先泡上茶来。公子一面吃茶一面道："店翁，你这里酒既有名，可有什么下酒物吗？"

店翁赔笑道："好叫客官见笑，俺这里叫十里屯。一来是小村儿，二来地面上又有些混抄白食的混混们常来踅脚，所以小老儿不敢准备什么肉食等物，不过是青菜、豆腐并盐卤豆儿等，将就过酒罢了。"

公子笑道："若这样，岂不辜负名酒？老人家，咱且商量，你将那篱下的鸡雏儿杀两只与我下酒好吗？"

店翁笑道："这有什么，只要客官多出些价钱就是。"

说着踅出，须臾取来一角酒并四个碟儿。公子望时，果是青菜、豆腐、盐卤豆等物，那一碟白渣渣的颜色上有鲜红的椒丝。公子举筷拈起块入口，却是过夜的馊凉粉，赶忙吐在地下。斟出酒来瞧时，端的是嫩如鹅黄，色香味三者都绝，入口一尝，却觉得冲虚有余，甘冽不足，因笑道："店翁，这你这里酒虽有名，酒力却薄。"

店翁笑道："可见客官是初尝此酒，却不晓得它后劲儿犯起来凶哩。你老便是极好酒量，吃上两角，哪里不是。"正说着，忽闻篱门前鸡雏儿惊噪，慌得店翁连忙跑出。

这里公子又慢饮了一口酒，方觉得有些意思。忽见篱门外有只屎鹰抓着一只鸡子，冲天而起，旋复落下。便有人大笑道："喂，老伙计，这可不是俺们成心抓鸡吃，活该是俺们的口福。左右这鸡子已被抓杀，你便做个人情，快整治了来，给大爷们下酒吧。"

声尽处，一溜歪斜趑进两人。公子望时，便是方才在村头所遇的那两个少年。那矮子手内还提着一方牛肉，一面走一面向瘦子道："咱们今天口福不错，既赊得这肉来，却又有这肥鸡子吃。"

说话间，两人趑入厅，先瞟了公子一眼，即便就正中座儿上相与落座。那瘦子见座旁柱上有个长钉，便将那屎鹰置在钉上，那矮子一伸懒腰，方将牛肉置在桌上。恰好店翁攒着眉头，先取了两角酒来，却被那矮子劈手夺过道："喂，老伙计，这且不忙，你且将牛肉多加葱蒜给我酱炙了，把来下酒。"

说着提起牛肉向店翁劈面一悠，慌得店翁忙接过，道："不成功的，俺这里单锅小灶炙不得肉。你们白白闹只鸡子也就是了，如何又弄花样？"

那瘦子一瞪眼道："怎么，你问问俺们这行人，曾白吃过哪个？大爷有钱，你敢说不卖酒吗？"

那店翁听了，恨恨提肉趑出去之间，这里矮子却向椅子上一仰，合着眼道："真有你的，你的钱敢好还没铸出哩。你且别来搅，等我养养神，告诉你夜来的笑话。"瘦子听了，脖儿一缩，却向那屎鹰打了两个口哨，一时间静默下来。

这里公子慢饮过两杯，正听得后稻场中有妇孺笑语之声，颇有野趣。忽闻那瘦子小语道："老伙计，快不要声唤，你只搁在桌上就是。"公子望时却是店翁已将一盘肥鸡置向瘦子面前，慌得瘦子眼张失落，一面瞟着盹睡的矮子一面摄过盘，大口直喝肥汁。

招得公子正在暗笑，却闻厅外有人道："店翁在吗？快与俺们来两角酒，俺吃过还过冈哩。"

声尽处，趑进两人。公子望时，却是那会子所见的那两个小贩，一径地就靠柱座上落座。慌得店翁忙去照应。这里瘦子一面大嚼做得意之状，一面却咻咻地吹那热汁，不提防热气冲起，那矮子一个阿嚏，睁眼来，便嚷道："哈哈，你这可是被窝里放屁，要吃独食哩。"于是揉揉倦眼，彼此一笑，即便各自动手。

杯筷乱响地闹过一阵，矮子却笑道："老兄弟，你道我为什么失眠？你再也想不到，俺昨夜却被飞天蛇那色鬼搅了半夜。"

公子听了，连忙停杯倾耳。瘦子便笑道："怎么，莫非他又拉你玩钱去了。"

矮子笑道："玩钱是常事，那算什么。说起此事也诧异，不知从哪里撞来个愣爹，愣敢插胳膊拨撩咱们这行人。据他说起来，那愣爹真还了得，一顿拳头，竟打得他走投无路。你道是怎么回事？便是昨晚上，他在傅家按着那雌儿正在快活到吃紧当儿，不料闯进一人，挥拳便打，直打得他越墙溜掉。于是他气不出，便登时寻见我，要约着赵铁腿和王二愣同去找面子。"

瘦子听了，从鼻孔中一笑道："肮脏事本来该打，你真个同他去了吗？"

矮子耸肩道："我好傻哩，但是当时面子挤住，能说不去吗？那时我正在赌场上玩得高兴，说不得只得跟他就走。不想天凑人愿，两处扑空。赵铁腿是被咱头儿叫了去，准备料理响泉闸那件事去了，及至到得王二愣家，越发好笑。喂，老兄弟，王二愣的老婆，你大概是晓得的。"

瘦子笑道："那是自然，那老婆骚骚的模样，水水的性子，本来怪好的。不过俺这两年改邪归正，不去兜搭她罢了。你提她怎的？"

矮子道："当时飞天蛇寻不着赵铁腿，正没好气，于是奔上去，擂鼓似的一叩门，偏偏里面没人答腔。急得他正在跺脚，哗啦声门儿一开，闪得他一头撞去，却被一人一把揪住，便骂道：'你这天杀的王八，炮够了脚子，就该死在外面。如何又来找寻老娘？你不用觉着你有现成的和事佬儿，等我给你揪掉再说。'于是不容分说，向他胯下便掏。亏得我赶上前，连忙拉开那人。定睛一瞧，却笑得拍手打掌，原来那人便是王二愣的老婆。及至飞天蛇问起王二愣来，方知他两口儿傍晚时光因口角打了一架，王二愣气得躲出，不知钻向哪里去了。当时飞天蛇见没得帮手，只得向我白瞪了一会子，彼此散掉。所以昨夜里闹得我失眠落魄。"

公子听了，正在恍然那飞天蛇没再到傅家之故，只见那瘦子沉吟道："此事也透着异样，那个愣爹他是甚等人？他竟敢惹咱们这行人。便是瓦罐也有个耳朵，难道他不晓得这块土是咱们的世界吗？我想他不是外乡过路的生虎儿，巧了，便是东峰那里的人，特地来挑拨咱们的火儿？本来近些日彼此正准备响泉闸那件事，大家都挤对火头哩。"

公子听了，虽料到这两少年也是什么红帮中人，却不解所谓。正在衔杯怙悢，只见那矮子叹道："无怪人家东峰人们就像抓住理似的，只管瞧咱们不着，和咱们过意不去。你瞧瞧咱们的人，大半像飞天蛇似的到处任意胡闹，只瞒了咱头子。要说咱头子真是响当当的好汉，就是御下不严，听人煽惑，只管和东峰人们做对头。闹来闹去，彼此的火头儿越闹越大。

如今眼看着就要发作响泉闸那件事了。偏偏飞天蛇又闹了这么一档子，这才给人丢脸哩。"

瘦子笑道："管他哩，横竖咱们是稀松平常的小卒角色，头子站不牢，大家散伙。来来来，且闹一盅吧。"说着，又是一阵杯筷齐举。

这里公子一面端详两少年，心下沉吟，一面想唤店翁端取鸡子时，只听扑喳一声，接着靠柱边有人跳起来，骂道："是哪个没人样的，弄个大雀子，不搁在他婆娘海子里，却拉你老子一头屎。"

公子忙望时，只见靠柱下一个小贩一面直抹头上的鹰屎，一面望着钉上那鹰，就想抓打。那瘦子见了却如没事人一般，却眯起眼儿道："活该你头上着屎，大爷那鹰却没搁在你头上，是你瞎了眼钻在鹰屁股下。它不拉你拉鸟不成？"

那小贩越怒道："你这厮还要辩理，你这样发横，难道你是西峰那里下来的人吗？"

瘦子听了，不由一挏鼻头，和那矮子鼓掌大笑。这一来不打紧，登时将两小贩吓得黄了脸儿，便忙向两少年拱手赔笑，谢罪不遑。望得公子正在越发不解，便闻店翁在穿堂后门边唤道："客官且来坐这处雅座吧。"说着趸进来，从壁角下取了公子的行装佩剑，一径地引公子到后院小阁上坐下来。

公子瞧那桌上早已鸡酒停当，命店翁支开阁后窗望时，不由心目豁然。只见院后墙外便是宽宕宕一片稻场，四外是人家映带，竹树蔚然，更有远远的一曲溪流点缀景色。再瞧那响枫冈一片远景，云气苍茫，好不有趣。这时店翁一面料理座位，一面小语道："客官，咱是好鞋不沾臭狗屎，怎么和他们同坐？"

公子听了，正要答语，却闻那瘦子唤道："老伙计，你将那牛肉给俺们收好，明天再来吃。今天这酒账算我的，俺们这就过冈去了。"说话间，脚步乱响，似乎和两小贩一同趸去。

这里店翁倾耳良久，方唾道："账算你的，只好给你写到水瓢把上吧。俺但盼你到冈上遇着那话儿，一口咬你两段才好哩。"因向公子道："客官你不晓得，这班人们仗着人多势众，到处白嚼，小老儿惹不起他，只好白填揬他。"

公子道："俺方才听他们话前话后，莫非他们是什么红帮中人吗？"

店翁道："正是哩，客官且请用酒，等我且取些牛肉来吃吃，反正他们是白抄来的。咱吃些还给他减罪过哩。"于是含笑趸去。

须臾端到一盘喷香稀烂的黄焖牛肉，公子因连日奔走，通没好生用

70

饭，今见酒香肉烂，不由欣然。因自酌一杯，随手斟与店翁一大杯道："老人家，你忙碌半晌，且陪俺吃两杯去。我且问你，这酒虽是不错，怎么还是神仙古迹呢？"

慌得店翁一面捧杯就座，一面笑道："啊呀，这可了不得。如今礼从外来，俺做主人的，倒打搅客人了，只这一杯怕不闹得我前仰后合？当初一日，俺这村中都吃的是苦井水，只有远村中某处有一眼甜水井。那时俺村中有个叫王老呆的，连老婆都不娶，只是与人佣工，养活他的老娘。后来他老娘得了个病渴的症，苦水入口便吐，老呆便日日从远村担一桶甜水来孝敬老娘。但是每担至本村头上，便有个褴褛老道前来乞饮，如此年把光景，老呆殊不厌烦。一日，老呆见老道饮水，不觉唉声叹气，老道便道：'你莫非厌我吃水吗？'老呆道：'不是的，皆因我日日去担水旷了工夫，那主人家想辞掉我不用，我想起老娘的衣食来，所以叹气。'老道道：'这不打紧，俺怜你一片孝心，能将那甜水井移到你家，你既不担水旷工，那主人家便仍然用你了。'老呆听了以为是戏语，也没在意。哪知回到家下，果见后园中涌出一眼甘泉，尝那水味竟与远村的甜水无异，并且另有香冽之味。当时老呆正在骇异，恰好那老道不知从哪里吃得烂醉撞将来，一见老呆便笑道：'你今有此甘泉，便吃着不尽，不必去佣工孝母了，只须卖水为生便好，你不信时，且瞧我变化此水。'说着向泉中探喉便吐，淋漓狼藉，闹得老呆正在顿足可惜，但见泉中酒雾冲起，有似白云，一时间遮了老道，竟自不见。及至雾散瞧时，仍是碧清的一眼甘泉，取水再尝却多了些酒味。于是老呆方悟那老道是个仙人。从此那甘泉酿酒十分香冽，所以而今这十里香还名闻远近。您说不是神仙古迹吗？"

公子听了，不由大笑，即便连饮两杯。店翁惊道："这酒不是这等吃法，须防吃多了要醉倒的，并且客官饭后过冈，更须少吃哩。"

说着拿起酒壶就要趱去，却被公子按住道："老人家，你不要管，难道你开店还怕大肚汉吗？此酒味淡，不会醉人的。你只快取酒来，俺壮壮气力，也就过冈了。"

店翁道："那么你再吃一角酒，多了是要醉的。"

不提店翁一面唠叨，一面又取来一角酒。且说公子当时独坐举杯，临窗四望。只见那响枫冈烟岚树木苍翠如画，虽不及那远远的猴山气象涵盖一切，却也负势争雄，自成格局。公子欣赏不足，只顾吃得口滑，并且风景触目，一时间勾起许多心事。自顾一身亡命，天意苍茫，国既不国，家亦无家，来日大难，殷忧方始。同心死友，既各散迹离群，燕筑吴箫，又复侧身靡所。想到此，不由酒怀浩浩，只顾高瞻远瞩，对着满目山川临风长啸起来。那一角酒不觉斯须而尽。

要说这长啸之法，最能舒怀解郁，所以古来高人逸士，如孙登、阮籍之流，往往以善啸得名。啸有章法，便如词曲一阕一般。古人所传啸的章法，有水龙吟、枯木鸢、武溪月、深溪虎诸名，大抵都是苍凉悲壮的声韵，足使闻者回肠荡气。当时公子啸兴大作，不由手举空壶，一面叩案击节，一面手舞足蹈。少时，啸起深溪虎的章法，这章法共有三折，都是曼声激楚的音调。公子啸到第三折上，提起中气，一气儿转喉促响，直闹得清风四起，梁尘簌簌，便如见山中草木，萧飒有声，里面真有个吊睛白额的大虫。这一来，招得院墙外稻场内许多妇孺都搁下打稻叉棒，光着眼向阁上乱望。

正这当儿，不提防公子舌尖猛地起个霹雳，吓得众妇孺一阵乱跑。其中有个歪髻小女孩因跑慌，却绊住一个穿青衣妇人的脚尖，两人哟了一声一齐跌倒。公子望见，正在抛壶大笑，却闻店翁在阁门边道："啊呀，了不得，俺还以为是阁上又来了大帮的客人，所以如此鸟乱，原来还是您一个人儿。如今您将要吃醉，这酒快端回去吧。"

公子望时，只见店翁又取到两角酒，正要转身趑去。于是公子跟跄赶去，夺过那酒，重复入座。一时间酒兴淋漓，哪里还顾店翁嘱咐少吃的话。当时一杯复一杯，只觉得冲淡可口，殊无醉意。两角酒既尽，哪里肯便罢？自到酒灶下去瞧时，恰好店翁没在那里，却有个鬼脸青的小坛儿放在灶边，里面还有半坛酒。公子大悦，一径地撮入阁中，吃了一回，倒觉精神倍长。

正在怡然自得，只见稻场中那歪髻女孩向那青衣妇人道："嫂嫂，你瞧阁上那鸟汉子，恨虎似的乱叫乱唱，倒吓人一跳，还不如你唱的打稻歌儿有趣哩。如今我与你拍着板儿，咱也唱回吓吓他，你道好吗？"

这时那青衣妇人正背着脸儿，略低髻子，似乎是整理鞋脚，因笑道："憨妮子，别发疯了，大天白日，哼哼唧唧的什么意思。"

女孩道："奇哩，难道你哼哼唧唧有时刻的？总须夜晚了，钻在被窝中，那么只好俺哥子听你哼唧了。你不唱，我唱，这有什么没意思呢？"说着便拍掌按节摇头晃脑地唱道：

　　　　太阳落处西山红，二郎担山快如风。
　　　　虽然脚快赶不上，哪里有光华复旦日再中？

公子听了，不知怎的，便如被人兜心一拳，悚然吃惊，登时触起虞洲陨日之痛。一时间百感交集，哪里捺得住郁勃酒怀？于是索性举起坛儿，咕嘟嘟便是一气，招得稻场中众妇孺一面交头接耳，一面向公子微微含笑之间，那青衣妇人却笑道："你这妮子，倒招得我喉咙作痒起来，你且听吧。"

这里公子放下酒坛，正在目视佩剑，双眉轩动，那妇人却低鬓障袖，一面用脚儿踏节，顿开响亮亮娇喉，曼声唱道：

> 小大姐，手儿巧，顶针续线补破袄。
> 一补窟窿缩，再补窟窿小。
> 窟窿三补刚要完，哧啦一声扯坏了。
> 大姐大姐汝莫羞，窟窿太大难补好。
> 大姐听说红了脸，不怕窟窿大，只怕手不巧。
> 女娲娘娘能补天，何况这件破花袄。
> 窟窿窟窿任你大，凭奴巧手去补好。

公子听了，又是悚然一惊，猛触起自己奔走国难之事。正在霍地站起，想要拔剑起舞，只见众妇孺手笑道："某嫂儿，如此说你倒是会补破袄的巧大姐了？怪不得你们当家的一时也离不得你哩。"

妇人听了还未答语，那女孩却凑向她背后，向众人笑道："什么巧大姐呀？她只管噪窟窿袄，说不定她裤儿里还有个大窟窿哩。"说着两手一扳，撒脚便跑。

那妇人不曾防备，登时两脚一扬，往后便倒，赶忙爬起来，面向小阁，抿抿鬓角，骂得一声死妮子，张得众人正在都笑。

这里公子定睛一望那妇人，不由又猛起一种奇感。正是：

> 落落孤踪，茫茫别绪。
> 对酒怀人，情何能已。

欲知后事如何，且听下回分解。

第十三回

嬲醉客群来打稻妇
拵大虫夜走响枫冈

上回书说到六公子定睛一望那妇人，猛起一种奇感，你道怎的？原来那妇人生得绰约多姿，眉梢眼角间竟有些逼肖曼华。当时公子无端感触堆上心头，既深同心离索之念，复增身世患难之忧。一时间想起曼华刻下在北京不知是何光景，想她梦想不到，一别之后，自己便遭许多变故。此一去彼此相晤之下，又当作何感想。逡巡间，又想到燕市荆高之风或至今未泯，自己此一去，既喜晤曼华，又可以趁此机缘物色奇士，倒也是一桩快事。想至此，不觉手按酒坛，闪电似目光，注定那妇人只管哈哈狂笑起来。

这一来，闹得那妇人红了脸儿，眉儿一挑，回头便走。众妇孺也乱吵道："你这厮好没道理，难道见了你妈妈不成？"说着，各掏土块向阁窗纷纷乱投。公子见了，越发大笑。那稻场中众妇人含怒各去之间，这里公子却望着响枫冈一片烟岚，举起酒坛，嘴对嘴地长鲸一吸，啪的声置下酒坛，刚要喊唤店翁来算饭账，哪知腿子一软，扑通栽倒，顷刻醉卧于地。

可巧那店翁回到灶下不见酒坛，只认是左近混混们瞅个冷子撮得去了，便如飞地赶向街坊，各处里乱骂乱寻。这当儿却便宜公子一觉好睡，也不知经历若干时，公子正在醉梦迷离，蓬蓬栩栩。忽觉身上噼里啪啦一阵乱响，接着又有人唧喳乱吵，并有人骂道："这厮调戏人家娘儿们，还敢在此困自在觉，想也是个不怕打的贼坯贼骨。老娘是不忌生冷的，你们闪开，待我剥光他，打他光屁股。老娘眼里什么东西没见过，何况他这毛头小伙子呢？"说话间，便觉有只手搯搯到胯下。

公子睁眼瞧时，不由好笑。只见阁外日色业已将落，自己卧在酒案之旁，身旁却有一群打稻的妇人，一个个手提木杵，直吵打打。其中有个又黑又胖的麻脸婆娘，正在岔开大脚，骑马式虚跨在自己身上，一面弯腰来拵裤儿，一面向众妇道："你们哪个自觉眼儿净的，便躲开这里，没的在这里蝎蝎螫螫，又要瞅又害臊，倒惹得老娘长气。"

书中交代，你道这班妇人为何突如其来，原来那会子稻场中众妇人见公子目注那青衣妇人，哈哈狂笑，只认是有意调戏，便都气愤愤跑回家中，本想是叫各人们的汉子来打公子，偏巧各汉子都没在家，众妇没奈何，便大家齐合了，亲自出马。又因那麻脸婆娘有些膂力，是个串街捣巷的女光棍角色，所以大家又特地寻着她，推她领队。女人们讲到打架，自然有许多排场，你整整髻子，勒勒胳膊，我紧紧裤带，提提鞋子，既已百忙中料理不清，偏搭着那麻婆娘见众人推她领队，便拿腔作势地笑道："叫俺领队，却不成功。俺知那吃酒的鸟汉子是什么性儿呀？他若被打急起来，一定先掐把我，挨他两拳头倒不算什么，就怕他不管哪里瞎戳瞎捣，啊哟怪没意思的，不去不去。"

便有人笑道："罢哟，我的麻大嫂，你又几时怕起戳来了？上年时，你和王大个打光膊交手架，你低着脑袋只顾闹黄狗钻裆。俺眼睁睁见王大个裆里支得高高的，也不知是什么物儿，只管在你嘴巴子上磨来蹭去，啧啧，你又怕起戳捣来了。"麻婆娘听了，这才依允，便逗起威风，一窝蜂似撞将来。这一耽搁，所以竟至日色将落哩。

当时公子见那麻婆娘来得势猛，又料她们是误会自己狂笑之意，正想爬起分说，不想那麻婆娘脚下一滑，扑哧声却压在公子身上，一张臭嘴正啃到公子面颊，那股气味赛如生屎大蒜，公子酒晕初醒，本就心头作呕，这一来躲避不及，口儿一张，登时回敬，闹得那麻婆娘头儿乱摆，酒秽四溅。

众妇人越发乱吵的当儿，只听院中店翁喊道："住着，住着，怪道俺酒坛不见，原来却被客官撮来吃醉了。你们这伙大嫂们却来厮闹怎的。"

说话间，一步趸入，恰好公子一个鲤鱼打挺跳将起来，翻得那麻婆娘四腿朝天。百忙中，由脸上抓下一把酒秽，只胡乱一甩，合该店翁晦气，嗒的一声却正中面门。于是众妇更顾不得再打，都挂了木杵笑成一片。

好容易闹过这阵，由店翁扶起麻婆娘，公子这时也便向众妇分说出自己狂笑之意。不提众妇听了倒觉好笑，扯个淡道声打搅，便推挽了麻婆娘一哄而散。且说公子当时清醒一会儿，向店翁笑道："你这酒端的是有些后力量，老人家，快些算清饭账，俺趁日色未落，还要赶过冈去，准备明日去游猴山哩。"

店翁失笑道："客官倒会说玩话，这般时光哪个敢去过冈？便请在此宿过一宵，明日结伴过冈就是。"

公子诧异道："这是为何，难道那冈上藏伏着歹人不成？"因顾佩剑道："老人家你来看，俺有此剑防身，怕他什么。"

店翁道："噢，不成功，原来客官在来途上竟不曾听人说起。如今响枫冈出了一只斑斓大虫，专以夜出伤人，在近村人们累次集合猎户前去捕捉，反被它伤了几人。客官单身夜行，哪里去得？"

公子听了，不由哈哈大笑，暗想道：哪里有什么大虫，这不消说，又是什么飞天蛇一类的匪人，装狼扮虎地恐吓行旅。俺此去倘遇着他，正好与地方除害哩。于是不听店翁之语，忙忙地开发饭账，即便负装佩剑拔步便走。慌得店翁跟到门灶边还拦道："客官莫逞性儿，还是住下的好。休说那大虫厉害，便是这酒后力量还没犯完，倘若吃跌在冈道上，那还了得？您若一定去时，且拿条杆棒徬着些儿，也免得登冈吃跌。"说着，由门后取过一条挂门的枣木杆棒。公子见了，倒深感店翁殷勤，于是接过棒，谢别店翁，匆匆便走。

出得村头，早见那一轮将没的红日还涵于暮烟淡蔼之中，却闪出些青红金紫的光气，照得那响枫冈山色明灭，甚是有趣。公子提了杆棒，一路留神，只见道途上真个没得来往行人，暗笑之下，殊不在意。趑过三四里，反觉腰脚轻健，不由暗笑道：想是那老店翁欲留客取资，所以说冈上有大虫，他还说酒的后力量还没犯完，如今俺倒觉轻健，可见他话不尽实了。怙惚间，趑登冈上。驻足望时，却又是一番光景。只见那冈势迤逦，便如一座小山一般的坡坨相属。草树连天，更有怪石嶙峋，便如牛羊散野，远近间泉声潺湲，入耳清澈，并且夹道响枫，青红如画。晚风吹起，便如白杨萧瑟。

公子一路上赏玩不足，正要趁一团暮色一气儿趑过冈去，不好了，忽觉口燥异常，接着便腿子发软，通体无力，只管一步一蹞地且前趔趄起来。公子暗道不好，店翁之话非虚，此酒果然还有后力量。向四外张张，恰见身旁不远有块长方青花石，于是奔了去，放下行装，倚了杆棒坐将下来。本想是暂息足力，即便起行，哪知酒困乏力，既已甚大，又搭着公子自病愈之后，毕竟精神差些。当时公子一阵疲倦，便歪倒在石上。望着四外的枫楸历乱，听着远远的激响泉声，晚风徐起，着体凉爽，又有些点点归鸦争投林际。不觉心神一静，只两眼略合的当儿，恍如仍在那店翁家吃酒谈虎，又如仍在傅妈妈家追打飞天蛇，一下子剥掉他的狼皮。正在蒙眬之间，忽闻耳畔波涛汹涌，自己一身又如乘舟颠簸，十分委顿。倏然醒来瞧时，哪里有什么波涛舟船，却是夜风飘动的枫叶作响并草树萧飒，淡月在天，照得满冈上光影凌乱。距身数步外，却有个黑魆魆的东西，竦身蹲伏。公子大骇，以为果然有虎，于是跳起来，拔剑斫去，只火星一闪之间，公子不由好笑起来。原来那黑东西便是自己倚杆棒的那块顽石。

当时公子将剑归鞘，就石边取了杆棒，徙倚一会儿，精神陡健。瞧那月儿已有夜分时候，正想去取行装，逡巡过冈，忽又口渴异常。听那泉声似乎不远，于是公子姑置行装，提了杆棒循声寻去。偏那泉声若远若近，只引得公子趄过一带坡垞，才辨准泉的所在。仔细望时，却又光景顿异。只见那所在怪石纵横，衬着短草平沙，似乎是个高阜模样。偏南向一片平阳，却有几株槎枒老树，又有一处破庙废基，只剩得半堵颓墙，突兀于榛莽之中。并且足下所践，颇多碎石，莹白可爱。当时公子不暇细看，便随手拾了两枚揣入怀中。一径地趄向偏南，就石隙草丛间寻着泉水，掬饮一会儿，不由燥渴顿解。

提了杆棒，正要趄回原处去取行装，忽闻那废基颓墙边似有人只管打鼾。公子不由暗笑道：天下事真是无独有偶，难道这空山夜静时，还有醉汉不成？俺且去瞧个仔细。怙愒间，用杆棒拨草，转向那颓墙之后。不张时还倒罢了，一张时当不得怒从心上起。顿时回手先从怀中掏出个石子儿。原来那墙后丛草间影影绰绰爬着一头似乎青狼般的东西，将头爪偎在草内，只露着半段毛长尾巴，正打的好鼾声哩。

当时公子一面取石在手，一面沉吟道：这不消说就是店翁哄传了那冈上大虫了，这分明是飞天蛇一类的匪人，又在此作怪。且待我来个倒拨蛇惊起他，先剥这厮的狼皮再讲。想罢，一声大喝，飞石打去。一个箭步蹿过去，用杆棒一分乱草，刚要弯腰去拖那丢长尾巴，不好了，但闻震天价一声吼。顷刻间，山风暴起，树叶乱飞，说时迟那时快，这里公子忙挂杆棒倒退数步的当儿，早由丛草中跳起一只黑花黄脊的斑斓大虫，毛威一抖，凶睛四射，猛地望见公子，便登时两爪据地，连连震吼。一颗头越缩越下，一面价只管倒退，却将那懒龙似的大尾巴鞭得土地啪啪山响。公子大惊之下，一面方信店翁之话不虚，一面料那虎是取搏跃之势。百忙中挺起杆棒，左顾右盼正想暂避其锋，那虎已吼一声，一个悬梁巨跃，直腾起两丈多高，直扑将来。公子虽在仓皇中却不神乱，便一矬身形，竟由虎肚下直抢过去，顺手儿两手举棒，用出全身之力，翻转身来，照虎尻便是一下。但听咔吧一声，棒折两段。那虎负痛就四爪落地之势，猛可一掉尾巴，不但那断棒嗖一声被搅得飞起多高，便连公子手中这段棒，被它尾风所兜也自凭空脱手，并且闪得公子向前略撞，赶忙用手一拄石块方才立稳身形。

这当儿却闻足下碎石间铿然有声，公子只顾了忙伏身石块之后，一面目注那虎掉转身又扑将来，一面回手去拔佩剑。就这刹那间，那虎的前爪已到石块，公子料伏身不得，霍地猛跃起来。原想是剑刺其喉，叫声苦不知高低，哪知那剑已在向前略撞时甩落于地。这时公子不暇计较，只好奋起全力就猛跃之势，来了个蹬倒泰山的式子，向虎头上便是一脚。那虎吼一声，头儿略低。公子真个是目无全虎，便嗖一声纵身丈余，竟由虎脊上腾踏过来，方想着空拳闪向一株槎桠老树之旁，思量着上得树去，再做道理。不想逡巡间却惊起树上的两只老鸹，扑啦一声巢土乱落，恰好迷了公子仰视的眼睛。其中一只老鸹方就树杈上侧翅冲起，那虎一个猛跃势又已翻身扑来。这次却张牙舞爪，迅疾如风，公子要躲哪里来得及。

原来这虎的猛势全在三跃三扑，唯有这末次扑势越发凶猛，过此以往，也便猛势顿减。所以那久惯走山的老猎人们遇着虎时，再没有迎头动手的，必设法避过他这阵锐气，但是公子殊不晓得。当时公子好歹地睁开迷眼，见那虎又已扑到，不由转怒，索性屹然山立，不复躲避，只就它前爪落地，未及抬头的当儿，疾喝一声，伸左手抓住虎额，尽全力往下便按。你想那虎是何等威性，俗语云：虎头上捉虱子。捉个虱子尚且不可，何况它猛被人按住呢？当时那虎只急得四爪乱刨，连连怪吼，竖起挺粗的尾巴，一面乱摇一面挺首欲起，却当不得公子神力，一面力按一面摇晃其首，那铁锤似的右手拳头，也便就它额门耳岔间雨点般打将下来。一时间人虎腾掷，团团乱转。但是公子却拿定主意，不稍松手，更运足腿脚力量，就它胸颔间连连力踢。那虎挣扎不得，只好逞起暴性儿，旋转如风。

少时，气力渐微，恰好牵拖到一块嶙峋怪石之旁。公子至此忽然得计，便索性地双手抓住虎额，猛地向外一推，那虎方随了公子，偏宕出丈把远。这里公子喝声"着"，健腕翻处，引了那虎头向石便撞，便如悠起木桩一般，但听咔嚓一声响亮，不但那虎触石立倒，便连公子也仰跌出丈把开外，顿觉两臂酸麻，浑身无力。正想挣起当儿，忽见那虎就石旁一阵翻滚，直闹得沙土横飞，少时暴吼一声，竟自人立起来。公子大惊，以为它经触不死，又要扑来，赶忙爬起，方才闪向一株树后，但见那虎立而复倒，将尾巴掉了两掉，竟自不动。这时，公子惊定，登时觉神疲力竭。喘息一会儿，到死虎前张时，方才放下心来，暗道一声惭愧。先从左近乱石间寻着那佩剑，再到死虎前仔细一瞧，好不后怕。只见那虎横卧在那里，足有牯牛大小，额门撞裂，嘴岔眼角间都流出鲜血，胸颔间一片白毛业已卷脱得不成模样，想是被脚力所踢。

当时公子靠着石块，略息足力，望着那淡淡月儿，不由暗想道：看起来，酒之为物是不可多吃的。俺若非被酒夜行，哪里便撞着这只大虫。那傅青主先生曾嘱咐俺，不可过用气力。如今果觉得疲乏不堪，须要快快过冈，觅地歇息才是。怙悯间，趑转身便奔回路。刚趑过一带枫林，只见乱石后丛草一分，登时由里面又钻出两颗毛茸茸的脑袋。正是：

才遇山君，又逢於菟。
此中有人，呼之欲出。

欲知后事如此，且听下回分解。

第十四回

王猎户迎虎延宾
田金标搅酒闯座

且说公子力毙那虎，忽见又由草丛中钻出两颗毛脑袋，只认是又有虎至，便猛地退步，大喝道："不是你，便是我了。"刚要拔剑奔去，只听草丛中有人喝道："呔，你这汉子是人是鬼？这是什么所在，便敢单身夜行？难道你不曾听得虎叫吗？"说话间大踏步迎来两人，公子仔细望时，却是两个精壮猎人，一色地身披全具为兽皮，手执镖叉，一见公子都面现惊诧之色。

原来这两个猎人是同胞兄弟，一名王和，一名王顺，便是响枫冈下茅家铺的住户，世代业猎，颇有能名。为人好交友，处事公道，因此在近村的猎户们凡有出猎行围等事，都听他分布指挥。自这响枫冈上出了大虫，茅家铺正当冲要之路，不但行旅裹足，市面萧条，并且村人们的牲畜猪子之类也不知被虎拖去多少。大家又须夜夜警备，提防虎老官夜来拖人。因此村众集议，推王和兄弟为首，由他率领各猎人们前去捕虎。一连几日，不但虎横如故，倒伤了几个猎人在家养伤。这日王和等却踏明那虎出入的道路，就要紧所在下了两处机弩药箭。王和兄弟令大家守望着，自己却巡瞭一切。闻得虎吼发作，赶忙循声寻来。以为是弩箭成功，却不意巧遇着公子。

当时公子见是猎人，放下心来，向王和兄弟问明来历，便笑道："你们来得正好，那只虎却被俺一顿拳脚打杀，俺是行路过客，无所用之，你们且拖去处置吧。"于是将自己被酒夜行，方才搏虎光景一说。

王和等惊道："客官莫说玩话。这只大虫曾吃过茅家铺田金标家的孩子，田某出一千贯钱的赏格，募人捕取都不成功。便是俺等猎友也伤了几人，你这客官敢是天神，一顿拳脚就打杀那虎吗？"

公子笑道："信不信由你，那死虎自在那破庙颓墙后面，你去瞧瞧便知分晓。俺今去取行装，不得奉陪了。"说罢拱拱手就要趱去。

王和兄弟见公子相貌英伟，至此不由不信，于是忙拦住公子。大家一共到那颓墙后面怪石左右张时，王和兄弟不由大惊之下，向公子纳头便拜道："却是好也，如今客官有此惊人本领，为俺这一方除害，且请屈驾到小人舍下，容俺唤集村众，置杯水酒。一来大家稍致谢意，二来还请尊示处置此虎，千祈勿辞。"

公子笑道："一只大虫死了便罢，你们拖去就是。俺行路匆匆，不去打搅了。"

王和道："岂有此理，客官便是不理会这虎，难道辛苦半夜，也不要稍息劳倦吗？"

一句话不打紧，只招得公子呵欠连连。王顺趁势笑道："如何，客官果然劳倦了。您若不肯赏脸到俺舍下，俺便是个王八蛋。"

公子听了不觉扑哧一笑，一来也因疲乏，二来见王顺兄弟殷勤直爽，颇觉有趣。正在踌躇未语，那王和却由怀中掏出口哨，向四外吹动。不多时由四外集拢来几个猎人，一见死虎，都各大惊。当由王和说明就里，众猎人听了，便哄的声围定公子，一个个咂嘴吐舌，闹过一阵便噪道："王大哥只管陪客人先去，这只虎交给俺们就是，俺们提活虎虽不成功，要说拖死虎还将就的。"一句话招得大家都笑。

又有人道："待我也先去知会村众，来接客人。也叫他们知道虎死，多欢喜一霎。"

不提这里众猎人踊跃鼓舞，分头行事。且说公子却不得众人之意，只得和王和等趑向那青花石前去取行装，一路上将个王顺乐得手舞足蹈。将至石前，他却向王和道："阿哥，如今好了。田金标那厮正耻笑咱们没本领捕虎，他虽出千贯的赏钱，都是胡打落的话，谁又能从他手中领到钱呢？咱今偏气他一气。待我先转去，准备了彩绸鼓乐，迎虎入村。一来出出咱们累次被他奚落的鸟气，二来也显得咱们敬客之意。你道好吗？"

王和道："兄弟，依我说你不必理他，那种人讲什么道理？"

公子听了不便致问，少时，到得那青花石前，业已远远地晨鸡喔喔，晓色渐分。趑巡间，王顺已不知何时先自趑去。于是王和替公子取了行装，即便头前引路。公子一路留神，只见晓色霏微，一处处林麓如画。转过两处坡阜，便是下冈之路，却早望见紧临冈下现出一片蔼蔼烟村。王和笑指道："那村儿便是茅家铺，凡是要逛猴山的都在敝村落脚。客官高兴要逛时便在舍下盘桓几日，且是便当。"公子听了连忙逊谢。

须臾下得冈去，早已天光大亮。却望见村头上聚拢了许多人，正在指指画画，望见公子连忙迎来。便是本村父老四五人，一个个衣冠修洁，面有喜色。当由王和指引着和公子厮见，彼此施礼，大家致谢过除虎之惠，客气数语，即便一同进村。方入得村头，早见街上男妇奔走，都是来看打虎壮士的。公子望那街坊端的是十分繁盛，一般的酒楼客店商肆连延，又有些短衣少年辈把臂嬉游，便如热闹镇聚一般。须臾趱至街心，却见坐北朝南有一片高大房舍，浑砖到顶的围墙，十分气概。黑漆大门，衬着左右的上马石。望向里面，迎门价还摆着刀枪架子。又有两个横眉睖目的少年，在迎门照壁下上摩天下托地地试练拳脚。一见大家趱过，都提着拳头盱睢作态。公子以为是村中什么武社所在，正在驻足略望，却被王和一把拖走，道："这所在是他娘的是非之地，咱们快走吧。"

公子听了，正要悄问所以，恰好又有本村某地保从对面迎来，和公子一阵客气。大家已趱过那片大宅，不多时，到得王和门首，当由主人肃客而入。公子仔细望时，虽是一个猎人家，倒十分宽洁。前庭是草厅五间，东西配房又有倒座客室。这时院中早有几个庄汉伺候一切，当即打起客室帘儿，公子随父老等入去。只见里面铺设干净，几榻秩然，满墙上挂着许多兽皮并猎具之类。于是王和放下行装，逊大家落座。庄汉们献过茶，自去奔走忙碌，并一面打酒熏肉地喊成一片。

公子料是主人家备酒敬客，因逊道："小可无端打搅，蒙赐便饭就好，却不要费事。"

一父老便道："不费事的，俺们小村中，来客就是鸡蛋，没得别的吃的。"

公子听了，正觉好笑，又一父老道："你老打杀这虎，便是活吃两只猪子也是该的，还客气什么。"

公子听了这等辞令反倒无话可说，正这当儿，那两个父老又彼此地谈起耕种刨锄。一父老便道："今年地皮总是发干，没的要闹他娘的秋旱吧。"

那一父老正吸着一筒旱烟，便从嘴内掏出烟筒，如鸭子拉屎一般，从牙缝激出一口臭唾，然后攒眉道："可不是嘛，咱们这里的浇薄地，雨多就津水，是老鸦摸种，雨少便裂缝，是蛴螬嚼根。顶折腰收成好了，闹个宽绰谷种，便是老天嘉惠。哪里比得人家山里面响泉闸左右的地，仗那水利旱涝无忧呢？这也就无怪那两伙人们历年价拼命争闸了。"

公子听了，简直满盘不懂，却忽想起在十里屯酒肆内所见的两少年，说什么准备响泉闸的话，正要问这响泉闸是什么所在之间，忽闻街坊上欢呼奔走，并小儿们乱吵道："看大虫去呀。"接着便闻邻舍妇女们嬉笑乱跑，有的道："小妥子呀，你瞧大虫离远些儿，它若还起性来可不是玩的。"有的道："某大嫂，快来吧，别扎括了，等你扎括成活娘娘，大虫也就过去了。"又有一面跑一面笑地道："紧赶慢赶还是来晚，俺刚到后院撒泡尿，还没淋拉完，慌得俺……"便闻扑通一跤，众妇女一阵喧笑。于是拍掌声、拖拽声、掸衣声、乳儿惊啼声、妇人啊哟声既已闹成一片。百忙中，又有老太婆拐杖声，接着便笑道："你瞧你们小人儿家，真是听见锣鼓上墙头，就这么慌热闹。一个死掉的山猫儿什么稀罕。你瞧我老人家就不理会。"说着又诧异道，"你们哪个身上不干净便这等臭？"即闻众妇大笑道："你老人家慌得拎了粪叉当拐杖，还说不理会瞧热闹哩。"大家哗笑之下，似已跑向街坊。

这里公子和王和等料是猎人们抬到那虎，正要踅出去瞧，早闻得街坊上人众喝彩，鼓乐喧天。大家起身到大门外瞧时，只见夹道男女业已拥挤得人山人海，都一齐翘首向西，指指画画，一面价失惊道怪。便见街西头尘头大起，先跑过许多观者，随后便是一班鼓乐，一色地挂彩披红。鼓乐后面，左有王顺，右有某地保，某地保是拿出官人威风，一路吆喝。王顺是雄赳赳，精神抖擞，就仿佛这只虎是他打杀的一般。诸人过后，方是那几个猎人并迎去的庄汉。大家用粗绳穿杠，抬定那只大虫。那大虫自首至尾足有丈余，满身花斑，好个威相，头上都是彩绣，虽是睡眉塌眼，依然余威可怕。

这里公子正要瞧王和等指挥安置，却当不得门前观者十分拥挤。百忙中众妇女们水灵灵的眼光也都射向自己，并且一面瞧一面交头接耳地秋波萦转，有的还嫣然一笑，似乎要搭讪着向自己说话一般。这一来闹得公子很不得劲，于是趁闹中自回客室。神思一倦，本想是就榻暂息，哪知身才歪倒，竟已模糊入梦。恍惚中却闻得院中并草厅中人众热闹，似乎是安置那虎，并有庄汉们往来奔走调理桌椅之声。须臾稍静下来，又似王和兄弟踅入客室，王顺便道："噫，如今庄众都到，就吃酒，这客官却睡着了。"即闻王和道："人家踢跳半夜，怎会不盹？吃酒还须待一霎儿，且莫唤他。如今却有桩事向你商量。便是咱村中田金标曾出过一千贯的赏格募人捕虎。他是说话无信的人，咱也不希图他的赏钱。但是咱今天敬谢这位客官，大家吃酒是请他不请他呢？依我说，同村住着，出入间面面相关还是请上他，似乎面子上周得些。方才俺命庄汉去悄探探，说是他没在家，向邻村里白相去了。兄弟，你道这事怎么办好呢？"

公子恍惚中微睁二目，只见王顺就临窗案上，啪的一声一挂拳头便道："那小子横不说理，晓得什么面子？没的他见了这只虎倒生枝节。这只虎连皮带骨肉开剥了去卖，怕不比一千贯还值得多。无端地招惹他做

83

甚?"说着忽见公子醒来,便笑道:"俺兄弟只顾说话,倒惊了客官的觉了。"于是将田金标为人一说,公子方知他却是本村的一个土豪,街中那片大宅舍便是他家。当时公子一笑,也没在意。

不多时,草厅上酒筵齐备,当由王和兄弟邀公子到草厅内瞧时,只见众父老和庄众们都已齐簌簌拱立而待,是正中并列两席,东西各列两席。厅外阶下,有并皮的矮凳置了那虎。于是王和执杯逊客就座,是公子和王和兄弟占了正中左席,众父老占了右席,其余庄众们便就东西席上纷纷落座。一时间庄汉奔走,酒炙迭进,虽没得蜜醴兰馐,倒也是肉山酒海。大家举杯彼此道声请,但听满厅中噂沓有声,杯盘乱响,风卷残云似的闹过一阵。这才慢慢地谈笑细酌,一时光景无非是大家谈虎并夸赞公子。

少时,酒过三巡,食供两套,王和便站起道:"如今这虎怎生处置,便请客官示下,以便办理。这虎肉不消说,自然便宜俺们庄众,至于这虎皮虎骨卖向皮行药行中,当得善价。不知客官尊意,是自己去卖,还是托俺们去卖呢?"

公子大笑道:"王兄如何这等说?此虎俺本不要,由你们处置就是。"

王和听了,尚未答语,众人哄然道:"岂有此理,尊客拳毙此虎,与俺们一方除害,俺们已感谢不尽,如何又叨受这等厚惠。如今不必商议,只请客官暂留两日,容俺们将此虎卖掉,交您原价便了。"

王和道:"正是,正是。客官不必再辞,俺们落得饱吃虎肉,已是再好没有了。"

大家听了,都各欢笑之间,公子却正色道:"诸位别乱,俺今倒有个处置法,想还使得。俺听王兄说,此虎伤残了几位猎友,便请将此项虎价分给各家,以做医养之费,岂不甚好?"

王和等听了,正在鼓掌称善,却闻院中奔马似的一阵大乱,接着便有人狂笑道:"王老大,你不对呀,你吃这等快活酒,如何不唤俺一声?来来来,且罚你三杯。"说话间蹿进一人。大家见了,登时满厅大乱。正是:

　　嘉客衔杯,屠沽入座。
　　无理取闹,一场打落。

欲知后事如何,且听下回分解。

第十五回

茅家岭金标夺死虎
猴山口帮众挂人头

且说当时六公子见蹿进的那人，生得凶眉暴眼，兔耳鹰腮，青尪面皮，油而且亮，一颗脑袋赛如巴斗，却衬着一条松搭皮的长细脖儿，袅袅然十分好笑。头顶上因生恶疮，发都脱落，只扎个一撮毛的朝天刷子。穿一身青绸短衣裤，外披长衫，脚下踹双抓地虎薄底快靴。便见他入得厅来，先回头骂道："你们这些上不得台盘的东西，且就厅外蹲蹲，待我抄两杯酒吃再说。"

公子眼内正见厅外一群打手模样的人哄然嗷应。便就那虎凳前齐齐一站的当儿，这里那人一甩长衫，便奔正中右席，便如茂州庙谢九太爷初上酒楼一般，一个旋风兜势，早吓得众父老赶忙离座。他却啪啪地踹开左右的座位，虎也似的直踞正座，一面向左席上瞟得一眼，一面哈哈狂笑道："王老大，叫你自己说，该罚多少酒？俺田金标住在这里，并不曾开罪朋友。今天你得了虎，吃快活酒，按理说应该俺做主人才是。因为这虎俺曾出过赏格，自然是虎当归我。你得虎，不去知会俺还不算，连吃酒都不请俺。哈哈，好嘛，王老大，你一向不曾这样瞧俺不着。今天玩这手干脆，难道你背后有了什么撑脊骨的主儿不成？"说着，目视公子，砰地一拳砸在案上，震得碟碗乱响，便骂道："他娘的，无论那主儿是个什么脑袋，俺大头鬼王田金标却怕他不着哩。"

公子听了，方恍然此人便是那土豪田金标，自报绰号，果然名副其实。听他语意大有夺虎之势，正在眉梢略挑，又气又笑。那王和兄弟早已双双站起，王顺是怒目横眉，王和是满面是笑，赶忙离席，向金标一拱手儿之间，这里王顺却凑向公子耳朵，小语道："这厮就仗着人多势众，愣不说理。平日价抢男霸女无所不为。其实是个厾蛋包，若非家兄怕惹他，我早就打他个王八蛋样儿了。少时他真个夺虎时，你老只管打他娘的。不打紧，我接着你的。"

公子听了，微微一笑。便见王和赔笑道："田爷却不要上门怪人，方才俺本遣人造府，想请您吃酒，因您没在家，只得罢了。如今诸话莫提，算俺忽略就是。来来来，且请吃酒，并请您认识这位打虎的壮士何如？"

说着向公子一指，于是众父老并东西席上的庄众也趁势道："正是正是，今天难得田爷屈驾赏光，且和这位客官厮见过，大家同吃快活酒。却好田爷是属龙的，今来看虎吃酒，便是绝好的一出龙虎斗。今天咱大家这席酒便可称为龙虎会了。"

公子听了，正在暗笑这群庄众也会蜜嘴甜舌，便见金标眯起眼儿，袅动得一颗头十分好笑。长脖上青筋渐起，那朝天刷子也便招摇作态。少时，却冷笑道："你们少和我来这套大江东，今天这席酒，俺本是主人，俺吃酒何须你们来劝。来来来，大家归座，且罚俺个主人迟到如何？"于是将胁下挟的长衫抛向厅外，众打手赶忙接去，一面价目视厅内，摩拳擦掌。

那王和见事不妙，一面向公子使个眼色，意思是请公子不必理会金标，一面笑嘻嘻向金标刚要说话。但见金标一气儿吃过几杯酒，啪的声掷杯于案，猛起一脚踢翻酒案，虎也似的抢向厅外，却向众打手喝道："你们还不动手。"

众打手听了，喊一声，七手八脚正要去抬那虎。这里王和忙喊"且住"，连忙趋出，向金标赔笑道："田爷不要开玩笑，这只虎虽不算什么，却是人家这位客官的。人家扰咱两杯，咱就留人家这只虎，不透着不够朋友吗？俺们还有可说，你田爷的大名要紧，莫被人家见笑了去。"说着拖地一揖，不提防金标就他弯腰之势，嗖的一声，直将王和撅出丈把远，跄跄跄往后便倒。

这里公子方霍地离席，噫了一声，那金标却大喝道："什么开玩笑，老子有言在先，愿出一千贯钱得着此虎。你今擅敢拦俺，难道瞧俺花不起一千贯不成？"

这时王顺见哥子被撅，已自气吼吼赶到金标背后。庄众们恐他两人翻脸动手，正在死命拖拽。忽见金标咯喽一声，大头晃动，旋风似的打了个旋儿。人影闪处，大家忙望时，不由一惊。原来公子已自蹿到当场，这时正轻舒五指，掐定金标的长脖儿。那金标气得暴跳如雷，极力摆脱，却没相干。公子臂势摆动，他那颗大头就须左摇右晃，前仰后合，便如线牵的傀儡一般，但是脑门之上，业已大汗如浇。外挂着龇牙咧嘴，脖儿上红筋胀得一条条屎虫一般，似乎是十分难受。

张得大家正在惊笑，并那王顺只管鼓掌喝彩。便见金标猛地挣开身，大喝道："反了反了，你这厮竟如此放肆。大料着你也不晓得田爷的厉害。"

说罢使个旗鼓，向公子挥拳便打，一路价逞头上脸，倒也有两手狗刨。这时王和因跌得腰胯生痛，略一挣身，想要爬起。百忙中，偏又岔了气，正在攒眉咧嘴，喊唤不出的当儿，只见众人哄然一笑，把个王顺直乐得满院乱跳。急望时，却见公子就从容招架、进退回旋间，只轻伸一指，就金标右胁下猛地一点。说也不信，当时金标那副尊容真真是难画难描，腿儿又着，腰儿哈着，脖儿探着，头儿颤着，并且气喘如牛，汗下如雨。却就是目定口呆，纹丝不动，真闹了个福胎福相。王和大骇，料得公子本领高强，是会用点穴法的，急欲喊唤，却苦于气岔开口不得。

正要极力爬起，上前解劝，只见公子笑喝道："你这厮大头也罢，鬼王也罢，都不干我事。但是你欲得此虎，须先拿一千贯来。不然，且烦你看守此虎，省得别人抬去，你道好吗？"

这时哪想抬虎的众打手见此光景，不待人家来点穴，也自都如木雕泥塑。亏得王和好容易岔气舒转，忙上前向公子附耳数语，公子笑道："既是主人家恐惹是非，不计较这厮，咱放过他就是。"于是向前，猛地向金标大头上啪的一掌，接着又右胁下轻轻一点。这小子真也听话，登时便手脚乱动，哼的声长出一口气，却大叫道："好好，你是好些的不要跑掉，咱们是回头再见。"说着一溜歪斜，竟领了众打手匆匆趑去。

这阵乱过，大家也就没兴吃酒，庄众们有胆小怕事的，即便趁乱中溜之大吉。于是王和一面命王顺将那虎拖入宅后园中，且去开剥，一面陪公子饭罢，便叹道："俺本想留客官多住两日，稍尽地主之谊。如今既惹了那厮，却不宜耽搁了。俗语云：强龙难斗地头蛇。客官虽有本领，总宜避他为妙。况且客官此去，还要游逛缑山，那缑山中还有他的大首领等人，客官此去，也须小心一二。今客官欲避其锋，此去须行小路，防备他率领党徒或从大路上追赶。"说着站起，大有送客之势。

公子知他怕那田金标，又因自己打虎之后，总似觉气力不旺，便不欲争这无谓的闲气，因笑道："既如此，俺便告辞。但是那厮的大首领又是什么角色呢？"

这时王和只顾了去提公子的行装，匆匆中也没言语。当时和王顺送公子来至村头，因遥指道："客官你瞧，从前面那条横溪渡过去，趦过那片杉树林，偏北行去，便是小路。客官切记，从小路走为妙。"

不提王和兄弟送客回头，且说公子负装佩剑，迤逦渡过横溪，果见迎面有处藏烟宿雾的杉林。又去向偏北一望，果有一条蜿蜒小路，弥望的碎石榛莽，十分崎岖，看那光景已渐近猴山山麓。望向偏南的大路上，却平坦宽舒，夹路的松桧交荫，野鸟争啼，一处处幽花吐艳，流泉送响，既已足豁人心目，并且远近间山村映带，鸡犬声闻，似乎直接猴山脚下。当时公子纵目徘徊，不由暗想道：好笑王和说那田金标是什么红帮中的小小头目，怎的凶实，令俺从小路避他追赶。那等狗也似的人，俺怕他怎的。现放着宽平大路不去走，却不是痴？并且王和又说猴山中还有什么红帮中的大首领，俺曾听那尹叟说那洪金城在河南府一带胡闹，莫非那大首领便是此人。并且俺一路上所闻见，红帮中人殊不正道。难道帮中人都是如此吗？俺此去游山，倒要访访那大首领毕竟是何人物，大概便知分晓了。

怙惚间，一径地转向大路。遥望那猴山山色，空翠涵虚，若远若近。公子一路赏玩不足。约莫趱过十余里，刚到一岔口路边，忽闻后面马蹄殷动并人语嘈杂。回头望时，早见里把地外尘头大起，并有雪亮的刀光枪影从尘色薄处耀将出来。公子料是金标率众赶来，一面暗想王和所料不虚，一面向道旁一望。恰见有几株参天大树，上面枝叶纠连，浓荫如盖，足可隐身，于是公子将所负行装藏入深草中，随手拾了几枚石子，即便猱升树巅。方就枝叶密处隐住身体，早见十余骑马率领了一群部下人众，约有百余人，如飞赶到。一包的黄布色头，短衣伶俐，各执明晃晃短刀长枪。马上为首之人正是田金标，横刀四顾，挺得一条长脖儿，袅袅颤动。一面做诧异之状，一面道："难道那厮飞上天去不成？他既是远方过客，哪里晓得去走小路？"

众人哗然道："那也难说，咱且从这岔口路转向小路赶去，看是如何？"说话间，那金标一拨马头，大家便趋向岔路。

这里公子遥望马尘去远，方从容下树，抛却石子，由草中取了行装。抬头望望天色，还不到巳分时候，于是仍由大路迤逦行动。只见步步渐高，坡垃相属，景物愈幽，路渐崎岖，来往的人却觉渐多，大半是山民樵子负载服苦之辈。

不多时，到得猴山脚下，公子抬头细望，不觉胸次一豁。原来这猴山在中州地面，除嵩岳登封林虑龙门之外，也是数一数二的名山胜地。山中形势辽阔深邃，不要说峰峦洞壑，奇景无尽，便是山田沃衍，亦为他山所无。当有明中叶，地方上土寇作乱，曾有汪黄二姓两豪士，率乡人避乱山中，就扼要所在筑起两座堡寨，屡败土寇，也不知保全了多少乡民。事平之后，那汪黄二姓的族人并乡民等见山田沃衍，有不愿出山的，便仍居山中，两堡事宜便由汪黄二族人代代主持。岁月既多，生齿日繁，因此猴山中人地两旺，独异他山。至于天开图画，一片风景，自不消说了。

当时公子一路上高瞻远瞩，步步登高，但见四外价群峰环拱，缭白萦青，目所极处，唯有烟岚映带。不多时将近山口，忽隐隐噪喊之声，公子以为是山民打猎等事，也没在意。刚趑入山口，行得里把地，正在徘徊四顾，只见有两个小贩模样的人，气急败坏，没命地跑来。一见公子，便摇手道："你这客官，快些转去，前面土冈下正在真杀真斫哩，没的你撞了去，被他们夹了馅儿。"说着气喘喘地竟和公子交臂而过。

公子猛惊，一把没拖住他们，便问道："难道那土冈下有劫路的歹人吗？"

一个小贩鞋子都跑落，殊不理会。那一个小贩却遥应道："不是不是，凶哩凶哩，你莫去吧。"公子一怔之间，两小贩已自如飞而去。

这里公子望向前面，果见里把地外有一处峥嵘土冈，上面草树翳如，颇堪伏觑。倾耳听时，果又闻冈那面连连噪喊，并略有兵仗相撞之声。诧异间奔到冈下，方要取路登冈，忽闻震天价一声呐喊，接着便如怒马腾踏，似乎是有人追奔逐北。慌得公子忙登冈上，就草树深处隐住身形，向冈下瞧时，不由一惊。只见一群人约有百十来名，分作两队，一队是黄布包头，一队是白带系腰，似乎是分的徽记。每队人的结束却参差杂乱，也有芒鞋草笠的，也有短衣赤膊的，大概是山民模样。至于手中兵器越发可笑，锄镰钩叉，短刀长棍，一概都有。这时那白腰队众已自战败，没命地窜向一条歧路，后面是黄头队众踊跃紧追，便如一条长蛇似的，顷刻间没入歧路树影之中。那冈下一带平阳，一时间反静宕宕的，唯见丢弃的折棍缺刀，并伤血殷地。看那光景果然是真杀真斫，并且十分凶实。

公子见状正在十分诧异，便见一群乌鸦聒聒地从远林飞来，平铺价落在地下，便啄伤血。公子逡巡间，一面纵目前途，只见不远的便有人家田舍，遥望那山田高下间影绰绰的还有人从容耕地。不由暗想道：真是俗语说得好，一处不到一处迷，这山中人们便如此奇怪。才进山口，地非荒僻，如何便这等持械打斗，难道当地官府便不过问不成？若说是两队强盗因事厮并，如何又山中人家恬然不惊一般地从容耕作呢？

怙慑间，方要抽身下冈，只听歧路上一声呼哨，树影开处，那队黄头队众又已一窝蜂似的趱转来，却一个个持械狂舞，似乎是凯旋得胜光景。其中一个长大汉子生得黑黢黢山精一般，赤起两膊，腰佩一口鬼头斫刀，却舞起两个飞锤似的东西，一面跑一面大呼道："弟兄们慢走，且将这东西留此示众，也叫他们晓得咱们的厉害。"

队众听了，哄应如雷，便随那汉趋向冈下一株大树旁。这时公子望得分明，不由越发地诧异得没入脚处。只见那汉两手舞的竟是两颗血淋淋的人头，血发交缠，却用两条白带系定。公子料他们是杀的白腰队众，正在惊黄头队众好生凶狠，只见队众向冈上望望，却拍手道："咱将这两颗头挂在冈上，且是妙哩。"

公子听了，急忙伏身，手按剑柄，便见那提头汉子哈哈大笑，说出一番话来。正是：

> 未入深山，疑逢不若。
> 彼何人斯？血战肉搏。

欲知后事如何，且听下回分解。

第十六回

望双峰游人觇气象
说古剑浣妇述遗闻

且说公子见队众望向冈上，正在手按剑柄，以防意外，只见那提头汉子大笑道："不须挂向冈上，这里是路口，来往人多，正好示威。俺想今天宰掉这两个，过几日和他们在响泉闸相见时，他们一定要减却多少锐气哩。"

公子听得响泉闸三字，忽想起在十里屯所遇的两少年曾说什么料理响泉闸的话，想忖这黄头队众或又是红帮中人，但不知那白腰队众又是些什么角色。正在怊悢之间，只见那汉子就大树杈上挂头已毕，却一振两膊，作个商羊舞式，随即一路高唱，领了队众趑向冈右边一条草径。

望得公子正在发怔，只见那歧路上丛草晃动，公子以为是又有什么队众。急望时却是两个农家牧童，赶着一群老羊说笑趑来，望见那两颗人头却如没事人一般，一径地就冈下选石歇坐，一任群羊舔那乌鸦啄余的伤血。

一个望望左边树杈上一颗头，便笑道："喂，阿哥，你瞧这脑袋不像东峰里的石大侉吗？"

一个便道："你又卖弄眼亮了，石大侉是个小白脸子，哪里是这死猪头模样。"说着手起一石子，打得那颗头滴溜溜转。

这一来直诧异得公子直了眼儿，于是站起身，取路下得冈，一面唤道："你这两个小哥好大胆子，如何见了厮杀的人头都不怕呢？"

一牧童笑道："你这客人想是逛山的外路人，所以见了厮杀吃惊打怪。不瞒你说，俺这山中厮杀是常事。因为有两起子人，不知怎的见面就红眼，随便遇着就要杀杀斫斫。亏得两下里都不扰山中居民，所以俺们见惯，也就不理会了。"

公子听了，正要进询其故，恰好羊群中有两只老羝因争舔伤血，抵触起来，慌得两牧童跳过去举鞭打开。一路骂着，竟自扬长而去。这里公子呆望半晌，也便逡巡前进。须臾趱过一重岭头，只见山势陡开，豁如旷野，一处处山田高下，青葱弥望。遥望前路数十里外，插天价陡起两座高峰，东西相对，约相距十余里之遥，两峰一般地藏风抱气，含烟笼雾，端的好个气势。那西峰后面，又四无依傍孤丢丢崛起一处稍低的山峰儿，远望去，绝似蜡烛。峰下是云气如絮，望不清爽，便如大海中露的船桅一般。那东峰之下，却接接连连都是崇冈峻岭，就那形势深邃看来，似乎还胜西峰。公子一面游目，一面拔步暗想道：这东西两峰如此气象，想就是俺所闻的什么龙湫虎峪两峰了。俺并闻那龙湫东峰上名胜颇多，并有王子晋祠中的甘泉，能以祛疾健体，俺此去先游东峰倒也甚好。

怙悷间趱过七八里。忽闻鸡犬鸣吠声进耳，从竹树荫中向外张时，却来至一片山村头上。前面横截一道小溪，水清可鉴，溪那面风光开处却从树影中隐约露出一角红墙。这时溪桥边却有三四个村中媳妇，就桥边石上蹲坐浣衣。一面说说笑笑，都勒起雪白的胳膊。有的累得鬓角鼻尖上都是汗珠儿，有的敞开衣襟露着酥胸玉乳。其中有个最幼的，髻子上插朵红绒花儿，一面揉衣一面却惺忪着眼儿，前仰后合似要盹睡的光景。

公子这时颇觉口燥，却见浣衣妇篮上挂着个小小椰瓢，料是吃水之具。正要趱出乞饮的当儿，只见一妇向那幼妇一努嘴儿，却回顾一妇笑道："你瞧瞧，年轻人儿多没出息，就摆出这惫懒浪形儿。不消说，一夜没合眼，只顾快活，却来这里找补觉。不瞒你说，当初一日，俺也当过新媳妇，做此官，行此礼，本须由着人家。早晨起来不怕两条腿子弯不得，还须给人家铺床叠被，打茶做饭，八根线提的似的服侍人家，可容你躲个懒哩。"

那妇人便笑道："你大嫂别说了，如今做新媳妇的都是脸憨皮厚。火腾腾劲儿发作，便不顾累乏，哪里像咱姐们做新媳妇时那么老气。俺还记得俺那起头儿一夜，我就是觍着脸儿，白不理他，你说呀，直急得他跳猴似的，向我只管做丑相。话虽如此说，毕竟咱们是胳膊拧不过大腿，那时俺虽端然不动，但是不多一会儿，已被他摆布得上下精光，我晓得已到吃紧当儿，更索性地背过脸去，只瞧着那明晃晃的蜡烛，不去理他。但是转眼之间，我不觉扑哧一笑，以下的话就不须说了。你想咱们那等老气，还免不得累乏，何况她，大概是自寻累乏。"

先语的那妇人道："哟，你究竟是沉不住气。你若不笑时，大料就免得累乏了。"

那妇人道："你大嫂倒会说，俺当家的是个豁唇嘴，你是晓得的，你想那时他吹那蜡烛咈咈的老黄爷子一般，能不使人发笑吗？"

公子听了好笑之下，正要迈步，只见又一浣妇笑道："你们却不要冤屈人家，皆因咱山中响泉闸地面，不日的又要打饥荒。他当家的是个二愣子性儿，恰好昨夜出去赌博，一夜没回。她怕她当家的混入响泉闸去胡闹，所以夜来失睡。你们两个却这样冤屈人家。"

公子听了，不觉扑哧一笑，慌得众浣妇正在扭头乱望，不提防那幼妇猛地站起来，便唾道："如今也有替俺说公道话的了，你这两个蹄子自家浪张，念旧账却来胡嚼我。"说着一伸两手，向两妇肩头猛地一扳，两妇哟了一声，往后便倒。正在一双脊骨着地，四只小脚朝天，那撒脚裤一直落到腿叉，现出四条玉柱似的腿子之间，这里公子早已大步趱近桥边。于是众浣妇咯咯地一阵乱笑，顾不得再闹顽皮，大家忙抹鬓整衣，依然坐定。

其中一妇却绷起面孔道："你这人放着路不走，只顾藏在树林中蝎螫怎的。"

公子笑道："娘子们莫怪，小可是远来逛山的，因行路口渴，想要借您这椰瓢舀些水吃，不知娘子们可肯方便？"

妇人笑道："如此还罢了，但是你逛山只管逛山，却不要向响泉闸去，皆因……"

公子听了，正在倾耳，那幼妇便道："你这蹄子，哪里有这闲话，快把你夹塞的瓢儿把出来吧。"说着从篮上取了椰瓢舀了溪水，自己先吃两口，却举向两妇人嘴边一触道："你两个也吃些，洗洗你那张烂污嘴。"慌得两妇人连忙摆头，嫩腮上水珠四溅之间，她却一回手儿，递向公子。公子连忙接过椰瓢，谢了一声。因见她伶俐和气，便一面吃水，一面道："请问娘子，这山中风景有好玩的所在吗？"

幼妇笑道："俺这山中好玩的所在多哩，只要你有工夫够你逛半年的。"因向溪桥南一指道，"你瞧那东西两个大山峰儿，东名龙湫，西名虎峪。说起上面的风景古迹，敢好也有两大箩筐。人家说龙湫内藏过生龙，说是因他行雨过量淹杀了许多生命，老天爷生起气来，便罚它在湫内受了三年的罪。这话真个不假，俺这里老年人有见过的，那龙常变个小长虫在泥窝中乱钻，红赤赤的头儿，身上还似有毛儿哩。"说着引手作圈势道，"有这么粗这么长，光溜溜的，好个怪相。"

公子听了，正在微笑，一个妇人却拿起捣衣木杵，向她手圈中一插，但是那幼妇讲得高兴，殊不理会，便随手撂了木杵，向西一指道："若说

93

起那虎峪来，更是有趣。便是当年那峰下住着一位年老婆婆，真是吃斋好善，再好没有。膝下只一个儿子，便靠他打柴度日。有一天，出去打柴竟被老虎吃掉，老婆婆悲痛之下，又感叹行善没好报，于是便日日哭诉于山神庙中。果然诚心感动神明，一夜里忽梦山神见召，自己跪在庭下，又有一只黄虎驯猫似的趴在山神脚下，点头弭耳地似听嘱咐。老婆婆见了，料那黄虎是吃嚼儿子的，正要向前抓打，山神便道：'你儿子命应遭虎厄，俺今怜你行善一生，且叫你无子而有子就是。'老婆婆一梦醒来，再三思忖不解其故。自己既老且寡，难道石头里蹦出儿子不成。但是过了两天，从街上行乞回头，却见破篱笆内丢着半只鹿腿。老婆婆以为是左近好善的可怜自己，暗暗丢置的，还没在意。不想次早一开门又有只死羊置在门外，老婆婆又以为是街众们寄放的，到街上直着脖子喊了半响，通没羊主儿。老婆婆诧异之下，卖掉那些羊，换了钱米。刚刚用度要完，却又有死獐死狼之类丢置庭中。这时老婆婆却暗暗留了神。一日夜间风声大作，老婆婆从窗缝偷张时，正见那只黄虎叼了一口小猪，置向庭中。从此老婆婆方悟山神的话，久而久之，人虎熟习。那黄虎往往夜伏在老婆婆榻下酣睡不去。老婆婆得这虎的供养，不但衣食温饱，并且积有余资，便仍然地行善如故。这年老婆婆九十岁上，还十分康健。不想因为借贷事上，却得罪了个邻村无赖。于是无赖告向当官，说老婆婆养妖虎，吃人猪羊，恐其日久伤人，请拘束老婆婆，以除后患。本来此事奇怪，不容官儿不信，于是便遣役入山，跟了那无赖前去逮人。老婆婆随了官役等行经山神庙前，不由大哭道：'山神山神，这都是你害了我了。'一语方尽，山风暴起，径由庙旁深林里跳出那只黄虎，扑向前咬杀无赖，叼了老婆婆便走。官役们惊魂既定，循踪寻去张时，知老婆婆和那虎都成善果，不由伏地膜拜起来。原来老婆婆业已趺坐化去，一只手还抚着死虎头哩。从此那西峰才叫作虎峪。"

当时那幼妇一面讲一面乱舞木杵，慌得对面一个妇人半蹲半坐地直向后缩。公子正在好笑，那幼妇又笑指桥面南露的红墙道："休说东西峰有好玩的所在，便是那庵中也就好玩得紧。那庵中还藏着一把斩蛇剑。说起那段古事，更是好听。但是俺却记不得了，你且去问她吧。"说着随手将木杵向那对面妇人一丢，恰好触到裆中，闹得那妇人攒起眉头，一面拖出木杵，一面笑且恨道："你这疯小婆子，等着我的。"

因向公子道："你这客官有所不知，皆因老年时，那庵的所在是一片荒草大林，其中藏着一条乌梢蛇，真是头如巴斗，身赛巨蟒，眼闪明灯，口喷毒雾。自它在那里盘踞以来，也不知伤害了多少人畜。大家正在无计可施，却好来了一个救星。当时大家猜度也有以为是何仙姑下界救难的，也有以为是雷峰塔下的白娘娘重复出头来收青蛇的。简短说便是来了一位云游的道姑，那道姑生得如花似玉，身背宝剑，手执棕拂，真是飘然有神仙之概。当时道姑问知乌蛇为患，便笑道：'贫道在某山望气，便见此间毒气上冲霄汉，这孽畜此时不除，将来还通灵变化，此方人民怕不都被它伤尽？'大家听了，越发慌了手脚，便拜叩除蛇之策，道姑道：'你们但与我准备彩带两条、鲜花数朵、雄黄数斤，临时就蛇窟四外，鸣金伐鼓，助俺的气势，看俺斩蛇便了。'大家听了这蹊跷话儿，又见她扭扭捏捏风吹就倒的模样，未免有些不信。但又见她仙风道骨，满面正气，又似乎有些来历，于是欣然应诺，将她所需诸物准备停当。届时，大家都集携了金鼓就蛇窟四外伏定，远远望时，早见那道姑从远林中一路跃舞，便似一朵彩云般直临窟前。髻子上插满鲜花，芳香四射，脱得精光，只穿一件兜肚，露着雪练似一身肌肉，上面用雄黄涂满，一手仗剑，一手舞动肩上披的两条彩带，便就蛇窟前曼声歌唱起来。望得大家正在诧异，便见那窟内毒气喷出，有如灰雾。须臾那乌蛇蜿蜒蹿出，长可数丈，昂起半段身，驰如疾风，一径地奔向那道姑，势欲吞噬。但是道姑殊不理会，越发地且歌且舞，和那蛇盘旋进退，摇动得满头花儿纷纷飘落，每花儿落地，那蛇必奔去俯仰蜿蜒，意似十分欣赏，所喷毒气也便暂小。不多时，道姑歌酣，一片娇音响动山谷。这时那蛇竟似乎听呆，昂起头来，动也不动。于是大家会意，料那蛇性嗜歌舞，一时神痴，减却毒威，便趁势金鼓大作，呐喊连天，便见那道姑娇叱一声，手起一剑，再瞧那蛇时，却似两条屋梁般横在地下。当时大家感念道姑斩蛇之德，便就斩蛇处修起一座庵院，以居道姑。后来道姑化去，那把斩蛇剑便永留庵中，至今成了古迹。客官，你且瞧瞧去吧。但是刻下庵中的道姑子有些异性，不大爱理人，你去瞧剑却不可说是俺们说的。"

那幼妇笑道："什么异性，她专爱搭理小白脸儿。你这客人若去瞧剑，说不定她陪酒搭饭，连留你住都是肯的哩。"

不提这里众妇一阵嬉笑，仍去浣衣。且说公子置下椰瓢，道声打扰，一径地渡过溪桥，便奔那庵。逡巡间又想起当时余母斩蛟之事，今日有缘得观这斩蛇古剑倒也是生平快事。须臾到得庵前，只见松荫满地，仙门静掩，瞧那庵额却大书昙华庵三字。庵门上贴着黄纸对联，是"鸟宿池边树，僧敲月下门"。公子见了颇觉好笑，正要引手叩门，只听里面脚步声动，便有人嘟念道："真他娘的丧气。"公子听了，不由稍为逡巡。正是：

斩蛇闻古迹，看剑趋华庵。
及见翻成笑，唯余败兴还。

欲知后事如何，且听下回分解。

第十七回

观古剑一场笑话
置交箸引起风波

　　且说公子乘了一腔高兴，正要去叩庵门，索观古剑，只听里面有人嘟念道："好丧气，真个把人忙杀，又需做饭，又需给她洗脏裤，她只顾叫人捣弄得快活，却不管人家肮脏。"说话间，晒竿竖起，挑着条女裤，高出墙头。

　　这时公子业已连连叩门，即闻那人道："谁呀？你是施胖子吗，对不住，请你明天来吧。昨晚上俺庵主打发了张胡子，今天早晨又支应了赶热窝的李二官，便是那会子北村里的孙大鼻子也来点卯，你自想想，还有处安插你吗？"

　　公子听了，正在不解所谓，便见庵门开处，从里面踅出个大脚香婆。一见公子负装佩剑，便笑道："可了不得，原来你是个逛山的客官，既到这里，莫非要看斩蛇剑古迹吗？"

　　公子欣然道："正是哩，便烦你引俺去看，俺多给你些香资如何？"

　　说话间正要进庵，不提防那香婆却溜溜瞅瞅，向背后望望，便凑上来低声道："你来得却巧，俺庵主恰在盹睡，俺且给你个便宜。不瞒你说，这庵中没得什么香火用，只靠两桩外进项胡乱度日。一桩呢，便是这斩蛇剑，凡要看这剑须要把出一两头的看钱。如今趁她盹睡，你只须随意给我些钱，这不是老大的便宜吗？"

　　公子笑道："当得当得。"于是从怀中掏出一锭碎银，约有七八钱重，一面递与香婆，一面随口道："这是一桩进项了。那一桩呢？"

　　香婆笑道："你这客人倒会刨根问底，那一桩进项，皆因俺庵主长的小模样得人意，无非是出在她身上罢了。"

　　公子听了，微微一笑，方明白她嘟念的许多话。料这庵中不是什么清净道场的当儿，只听里面又有人娇滴滴地道："你这婆子，干活儿通没正经，晒竿竖在这里，人家不晓得的还认是酒幌子哩。"

香婆听了，忙向公子一挤眼儿。这里公子抬头望时，却见从当门丛花后转出一个道姑，年可三十余岁，生得妖妖娆娆，满面上堆着骚俏。一见自己登时笑逐颜开，便喝香婆道："客人到门，你不说是向里请，却横拦在这里。你少要作诡，你那只手揣在怀里做什么？莫非客人已把过看剑钱了吗？"

香婆听了登时噘了大嘴，只得伸出手将那锭碎银递与她，却嗫嚅道："这是客人给的看剑钱，至于那项钱，多多少少你自家和他交代吧。少时，你用热水时俺却不管，俺在庵里佣份工，却不挂捞……"

道姑喝道："你还胡说。"于是一面挥退香婆，一面肃客人入内。

公子一面走，留神望时，只见庵内松荫鹤径，花木扶疏，倒也颇有幽趣。靠北向有处静室，茜窗玲珑，竹帘垂地，刚一步跨进去，已闻得一股花粉香气。抬头瞧时，不觉好笑，只见室内铺设得便如香房绣闺一般，不但镜台奁具一概都有，并且锦衾鸳枕，灿然横陈，粉墙上还挂着一幅《琴挑》的画儿。至于经卷道书等物，却一些也无。

公子正在四望徘徊，寻觅那把斩蛇剑，忽觉肩头上有人软软地捏了一把，却笑道："客官且请吃茶歇息，放下行装，俟用过中饭，再瞧古迹如何？"

说话间，转过道姑来，置茶于案，一手便来拖坐，并一瞟眼儿，低语道："今天庵内没得人来，客官若觉倦乏，请向榻上盹息一霎也使得的。"说着嫣然一笑，眉目间隐含荡意。

公子忙笑道："俺还忙着去游山，不便打搅了。"

道姑道："既如此，你也要吃杯茶。你且少坐，待我寻取那斩蛇剑来。"说罢，匆匆地踅向后院。

当时公子也没在意，便逡巡自坐下来，吃过两杯茶，良久良久却不见道姑转来，不由暗忖道：既是斩蛇古剑，一定要世袭珍藏。她这一去，定是翻箱倒柜地寻取。俺左右也是呆坐，何不寻她去瞧剑，何必在此呆等呢？想罢，出得室来，恰好撞着那香婆，那香婆四顾无人，却笑道："你这呆子，还没去吗？人家来看剑的，都是借此为由和俺庵主拉交儿。你却只是看剑，她如何还理你呢？"

公子听了，恍然之下不由好笑。但是总想看到剑方是意思，因笑道："如今剑在哪里？你能引俺去看剑，俺再与你一锭银如何？"

香婆听了，只乐得眉欢眼笑，一面接了银，一面将公子引至跨院一处庵堂中，向黑黢黢的屋梁上一指道："客官请看，这把斩蛇剑准不含糊吧。"

公子抬头瞪视良久，方才分明，不由倒抽一口凉气，一言不发回头便走。原来那梁上哪里有什么斩蛇剑，只就梁正中刻着一把八宝攒花的宝剑，白白花了两锭银，他算是瞧见这暗八仙了。

可见天下事是见景不如闻景了，即如作者敝处名为玉田，便是古人阳雍伯种玉得美妇的古迹儿，那种玉处便在麻山。在没到过敝处的人意念中，一定觉得麻山这片地有日暖生烟的风景，山的秀气所钟，定如绿珠井、明妃村一般，山左近所产妇女定然一个个其人如玉。哪里晓得山只是干枯石堆，所产妇女都像丑八怪似的，并且因吃那硬性山水，每人闹个大瘿袋挂在脖儿上。这还不是见景不如闻景吗？哈哈，少说闲话，且叙正文。

且说公子一路好笑之下，出得那庵，便奔山径。一面望着东峰取路前进，一面瞧瞧日色，方才过午，于是缓步下来，慢慢地浏览光景。但见触目苍松翠柏，流泉怪石，路径愈幽，风景愈妙。须臾趱登一处石梁，涧水如雷，飞花溅沫。公子正在徘徊喝彩，恰好趱过一个负薪樵者，公子因问道："借问老哥一声，此去东峰还有多远哪？"

樵者笑道："远倒不甚远，敢好还有三四十里路，你这客官若去逛山须要紧走一程，因为东峰下没得客店还须借宿山家，天晚了怕不便当。"

公子听了，也没在意。下得石梁，即便脚下加劲，望那东峰山色，恍若近在咫尺，哪知趱过一程，那山色依然在若远若近之间。逡巡间，不觉泛上饿来。公子暗想道：俗语云，望山跑死马。真个不错。便是天晚了，明日登峰游览也是一样，只顾紧赶怎的。不多时，趱经一处山村，只见村头上竹树影里，恰好挑出个酒帘儿。公子料是村店，原想到那里胡乱一饱。及至奔到那里瞧时，不由大悦。只见那所在竟是一处很宽大的酒肆。门灶上刀勺乱响，酒伙奔走，里面是松棚草厅。厅内是明窗四启，座位整齐，正有许多酒客在那里大吃二喝，纷纷说笑，三两个酒伙川流不息地端菜送酒，兀自忙个不迭。

于是公子逡巡趱入，自有酒伙过来照应座位。酒伙却笑道："今天小店生意忙，你老若自己吃酒，给你来个自磨刀，还爽快些。"

公子听了，不由一愣，及至问明所以，却是一卖熟食，是四个配碟以外，是肉饼羊汤，一弄儿只卖数百文钱，端的是价廉物美。当时公子笑道："便是如此。"说话间，众酒客纷纷唤酒，慌得店伙先与公子拿来一角酒，且去照应别座。

这里公子就座旁倚了行装，方斟出一杯，却闻有人笑道："俺如今正在忙碌，哪里能闲暇。今天从此过，且抽空吃杯酒去。"说话间，由酒伙引进一人，便就旁座，忙得酒伙一面揩台抹凳，一面向外乱喊泡茶之间，这里公子望那人时，只见那人年可三十余岁，七尺身材，生得黄面微须，长眉细目，顾盼间目光剽锐，委实有些精神。头戴宽沿大笠，身披青绸氅衣，内着土色布密扣短衣。腰佩一柄豁牛短攮子，柄系彩绸，脚下踹双多耳麻鞋。尚自行尘渍满，看那光景似乎行路疲乏。刚就座位，便向酒伙道："你不必忙，但拣可口的菜来过酒，酒饭齐来就是。俺且静静地歇息一霎。"

酒伙赔笑道："就是吧，你老是能者多劳，本来刻下东寨里……"

那人忙一眙眼儿道："少说闲话。"

闹得那酒伙一吐舌儿，一路喊唤酒菜，匆匆跑去之间，这里那人望望众酒客，并瞟得公子一眼，即便摘下大笠伏案盹息。不知怎的，众酒客望见那人登时便静悄许多。有的便交头接耳，有的便逡巡踅去。又有相视以目微笑地道："今天咱们是衣帽自看，莫谈国事。喂，老哥，你那窝小猪儿还没卖吗？"于是大家一笑似乎是相与会意，都望望那人，便又谈锋大纵起来。公子细听去，都是胡拉八扯，无非是些猫拿耗子狗打架、张家媳妇头儿光、李家姐儿脚儿瘦的闲话，却一面价催唤酒菜不迭。公子见了，也没在意，以为那人或系当地混混之类，众酒客怕惹是非，所以说话检点。怙悦之下，吃过两杯白酒，却不见自磨刀到来。

但见酒伙们只管向众酒客座儿上去送酒菜。公子枯坐无聊，便随手拿起两只箸儿来，颠倒拈弄，一面望那人时，却屡屡呵欠，有时向厅内外张得一眼，仍去伏案。正在这当儿，恰好一个酒保给他端到一盘酒菜，是热腾腾四个大碗黄焖鸡、白斩肉、炒鸡杂脍之外，更有一尾鲜亮亮清蒸醉白鱼。这一来，闹得公子口涎一咽，暗叹道：俺自在太湖和邓翁相别以来，不要说人事迍遭并朋友索离之感，便是这样活跳鲜鱼也久已不尝此味了，不意此间却有这样水鲜。想至此，以箸点案，正要喊唤酒保照样来鱼，只见那人猛地一伸懒腰，格吧吧骨节作响，慌得酒保忙一侧身，将盘中的大碗一样样置在案上，随手斟上一杯，却笑道："李爷赶热吃酒吧，再用什么，只管吩咐。"

这时公子点箸只管啪啪响动，那酒保通不理会，反随手用代手给那人略掸衣尘，那人也揉揉眼睛，却笑道："伙计，难得你这里还有这样鲜鱼，来来来，你且陪俺吃一杯酒。"伙计听了，只乐得连连哈腰，赔笑道："您请用吧，俺算计着这两日你老事忙，或从此经过，所以给您留着鲜鱼，不成敬意。俺这小店，一年到晚价哪里不要你老照顾。"说着提了空盘，向公子冷冷地望得一眼，就要踅去。

公子这时呆对着案上白酒，未免心下烦躁，于是随手将两只箸儿交叉着，向杯间一置，拍案道："伙计，这里来，怎的咱那自磨刀还没停当吗？你且与我来尾鲜鱼过酒。"

这一声不打紧，不但那酒保登时应声跑去，便连众酒客也呼的一声卷堂大散。闹得公子正在发怔，却闻那人哈哈大笑道："朋友，俺这里有现成鲜鱼，何妨请来同用呢？"

公子望时，那人已自目光炯炯地拱手站起，一面戴上大笠，一面大步趑过来道："请问尊兄上姓，敢是向东峰去游玩的吗？"说着只管将公子上下打量。

公子见了，也没在意，忙站起拱手道："贱姓班，正想到东峰一玩山景。老哥请便，俺的酒饭也就到来了。"

那人听了，又复哈哈大笑，一面转步一面却道："小弟也正是向东峰去的，你老兄想还在此候人，少时咱前途再见吧。"说着拔步出厅，竟自匆匆趑去。

这里公子望那座位上许多酒菜，竟自一些没动，正在怗惬这人有些呆气，好端端要得酒菜，却又去掉。只见酒伙计狗颠似的端得自磨刀来。这次却殷勤异常，一面向案上摆置各菜，一面笑道："你老大概是从西峰来的吧？俺若早知是你们爷台到此消遣，便先整治这自磨刀。如今劳您久候，却不要见怪，不知者不作罪，你老高高手，俺便过去了。只是你老要的那鲜鱼却没得。"于是笑吟吟与公子斟上一杯。

公子听他一片话，正觉得有些不伦不类，那酒伙向厅外望望道："你老要逛山须要早去，迟了恐怕要落雨哩。"

公子听了，望望天色，却又晴得一丝云彩也无，不由暗笑道：怎的今天所遇的人们都挂些呆气，不要管他，且自吃酒。于是笑道："伙计，俺且和你商量，方才那客人已去掉，你把那鲜鱼卖与我，好吗？"

酒伙忙道："你老这话说远了，你们爷台们要用，只管掇过来吃就是。"于是从那座位上端过鱼碗，又瞟瞟案上交叉之箸，却蝎蝎螫螫地道："你老莫非还在此候客吗？但是小店距东峰颇近，耽不得什么，你老心快眼亮，有什么不会体恤下情的，如果要候客时还请您您您……"

这一来，闹得公子越发不解所谓。因笑道："伙计你好絮叨，俺只一人吃酒，候什么客呢？"

酒伙喜道："如此好了，你老快请吃酒吧，说不定少时就要落雨哩。"说着匆匆出厅，却又一路喊唤道："伙计快把酒帘先收了，少时这位爷台去后，咱就要关门哩。"

不提店伙胡噪着奔向门灶，且说公子就偌大广厅上昂然独坐，只顾遥望那东峰山色，暗暗喝彩。一面价举杯细酌，尝那鱼时，端的是鲜美无伦。既是腹饥，又搭着奔驰口燥，不知不觉酒到杯干，一时间酒意微醺。对了那尾鲜鱼，不由想起在太湖中和邓伯通许多的周旋光景，有时节散步湖滨，垂纶消遣，有时漾舟水曲，观人打鱼，那活泼泼的尺二金鳞端的是日登盘俎。不想散迹以来，人事万变。今日见了这鱼，竟至色然而喜，不知这时伯通在太湖中偶然食鱼，还能念及自己否？想至此，顿觉酒兴郁勃，便两膊一振，做个开弓势，方举起大杯一饮而尽，却闻店伙只管在厅外趦来趄去，公子都不管他。少时又想起曼华在太湖时，和自己荡舟嬉游之乐。有一日顽皮起来，竟自卷卷裤脚，下水摸鱼，被水苔滑跌一跤，还是自己拖她上岸。如今她在北京十丈软红中奔走国难，想一定无此逸兴了。

　　思忖间，连连举杯，正遥望那东峰山色，被那向西的残阳所烘，明灭得十分有趣。只听店伙道："你老还不去吗？那东峰下没得客店，向人家投宿，天晚了是不便当的。"

　　公子听了，望望天色，早已斜阳在树，于是踉跄站起，从怀中去取酒钱。不想手儿一带，有个方锦包落在地下，当即拾起。这时酒伙料得公子将去，早已赶来伺候。不提他收过酒钱送得公子出店，即便匆匆地关了店门。且说公子当时见酒伙仓皇之状，也不解其意，趁着酒兴，大踏步便奔山径。这时那晚晴山色越发入画，但见远近林壑映带，青红变幻，更衬着村墟间炊烟时起，有似云气混漾。公子一路赏玩之下，约莫趱过十余里，过得一处山村，抬头望时，知已近东峰峰脚下，但见林麓豁然，杂以山田高下，好一片雄阔气势。东峰远揭，如张翠屏，前面七八里外，却隐隐现出一片山村，又似乎是极大的一所庄院。烟树苍茫中，还影绰绰地似有寨砦壁垒。

　　这时晚风吹起，着体凉爽。公子酒后走得有些发热，便勒勒袖子，大步前进。刚趱至一处松林旁，忽觉眼前一亮，抬头望时，不由大悦。只见那东峰顶上恰好簇起一片晚霞，绚红眩紫，烘映得烟岚草木都成异态。一时间霏微舒卷，便如天孙断机，从云端里掷下许多七襄红锦一般。那霞气之下，又涌起许多云头，如庬如蠢，如波之回旋，如马之奔腾。正这当儿，晚风大起，吹得那一片云霞顷刻间变幻万态，飞扬萦拂。少时化作丝丝片片，便如许多绛绡白縠飘满天空。须臾，如蛱蜨如游丝，暂没于烟岚回合之中。再望那东峰时，仍是撑青丛碧。少时，晚风猎猎，却隐闻有鼓角之音从那似寨砦的所在因风递到。这时公子心旷神怡，倚在松林旁，只顾了大张着嘴，喝彩山景。哪知一时酒涌上来，正在弯腰大呕之间，不好了，忽闻背后有人走动。公子未及回身，便觉两肩窝奇痛彻骨，一阵酒晕，登时跌倒于地。正是：

> 林莽竟伏戎，乃疑来暴客。
> 不有此机缘，两侠怎会合？

欲知后事如何，且听下回分解。

第十八回

李云鹏捉客东峰道
祁公子惊心辅善堂

且说六公子正在弯腰大呕，忽闻背后有人走动，接着便从后飞到两把挠钩，向自己左右两肩窝只一搭，向后便拖。公子酒晕之下，挣扎不得，往后便倒之间，匆匆从林里跳出四五人，不容分说，当即将自己反缚停当。公子昏眼迷离，还没望清来人，便觉大家七手八脚一齐动手，先有人用蒙布蒙了自己面目，然后夺去行装佩剑，便有人发话道："兄弟们快走哇。果然李爷料事不差，这厮硬邦邦的手脚，哪里像寻常游客？他竟敢单身来弄玄虚，也就好大胆哩。"

又有人哄然道："正是哩，李爷正在等候他究问明白，押赴寨里，咱就快走吧。"说着便左右簇拥了，匆匆便走。

这时公子被他们一阵牵顿，倒觉酒意略消，听他们说什么押赴寨里，大料是山中强盗人们。今既被他捉得，只好跟他去，再做道理。怙悆间但觉脚下盘旋高下，都是些崎岖小径。约莫趱过三四里光景，脚下渐觉平坦。逡巡间似乎趱入一处村落，不但鸡犬声闻，并有许多妇孺笑语之声。一面似追逐瞧望，一面和那四五人瞎三话四。公子听此光景，又觉捉自己的不是什么强盗歹人。正在大惑不解，忽觉那四五人一齐驻步，便闻有两人从面迎来，却笑道："如今李爷正等得着急，你大家且去歇息，这厮便交给我吧。"说着彼此一笑。

公子跟了这两人，留神趱去。不多时，转入一处院落，大家驻步。当即有人跑来揭去蒙布，公子目前乍亮，转觉望不分明，定睛仔细瞧时，不由越发诧异。只见自己身旁站定两个带刀的健汉，对面敞棚下，列立着十余人，一色白带缠腰，各执器械，正中交椅上，大剌剌地坐定一人。生得黄面微须，精神炯炯，便是在酒肆中所遇的那人。当时公子见列立的人们都白带缠腰，不由想起来途所见白腰队和黄头队厮并之事。

正在摸头不着，只见那人倏地站起，冷笑道："朋友，你既到此间，便索性充个硬汉，不必藏头露尾。你分明是红帮中人，前来探俺们的虚实，却充什么游山行客。你是晓事的，便就此间明言底被，俺当酌量情节，开释于你。不然，将你押赴寨中，怕不坏掉你的性命？"

列立的众人一声吆喝，登时将公子闹得目瞪口呆，因那人一番话，公子听了简直地满盘不懂。于是更不管好歹，便大笑道："你这人说甚鬼话，俺是一远方游客，初到山中，本是来游山玩景，却晓得什么红帮白帮，你无端遣人暗算于俺，也就可怪得紧。你若是山中强盗，只好杀剐由你便了。"

那人喝道："你且住口，你若非红帮中人，为甚晓得帮中的暗号？"

公子愕然道："什么暗号？"

那人大笑道："你还要装呆，那会子在酒肆中，是哪个用两箸交叉？那便是红帮中暗示同类的记号，你道俺不晓得不成？"

公子听了，这才恍然误犯了红帮的暗号，情知和他理论不得，只好一语不发，且看他怎生区处。这时天色已将薄暮，便见那人喝道："你这厮既不肯吐实，俺只好将你押赴寨中，须知三五日间，响泉闸那里便有事体。这时你来窥探却容你不得哩。"

公子听了，正在越发不解所谓。那人已喝令那两个健汉，押了公子匆匆便走。公子跟在那人后面，一路留神张时，但见他出得那村，便奔山径，从暮色苍茫中望去，却是取路奔向东峰下那片寨垒。未及半里光景，却已暝色四合，星光动野。公子无奈，只得就昏黑中跟了大家一路好跑。约莫又趱过三二里光景，忽闻道旁草中有人喝道："是哪个？"说着篝灯一闪，却钻出两个持械壮汉，浑身青衣，腰束白带。一见那人，却笑道："原来是李爷捉得奸细来了，请吧请吧。"于是罩了篝灯，仍伏原处。

公子料得是寨中夜伏的巡侦，不由暗想道：这寨中毕竟是些什么人物，便如此布置森严？听那姓李的口气，似乎与红帮人众有些过节儿，却又不知因甚事体。怙惚间，忽闻更锣响亮，抬头望时，但见前面黑蠢蠢的似是寨垣，上面远近间微闪灯火，并有提铃喝号之声。须臾，行抵寨门，当由那李姓上前一报口号。不多时，寨门启处，提灯光闪，却由里面趱出两个门卒模样的人，也一般地系带佩刀，向李姓问知所以，便照照公子，却笑道："这厮好张漂亮脸儿，却挂些晦气。如今咱教长正因在那土冈下被他们坏了两个教友怒气不息。这厮一到寨内，怕不登时斫却脑袋。"

李姓笑道："你这人，无怪人家叫你乱嘴子，便有这些闲话。"

彼此一笑之间，这里公子已被两健汉拥了便走。刚趱得数步之遥，忽觉眼前一亮。原来寨内街坊广阔，不远的便有路灯。两旁人家十分稠密，

105

并有三五成群的庄汉来往，都是一色地白带系腰，手持枪械。当时公子不暇细看，只好随他们纳头奔去。不多时，行抵一处高大宅前，但见八字门墙，黑漆大门，好一片瓦窑似的房舍。宅前正有两列庄汉持械鹄立，一见李姓都拥上来，既问知所以，便有人去飞步入报。这里李姓和众汉纷纷笑语之间，早闻得宅内一片传呼快带奸细。慌得李姓整整衣襟，当头便走。

公子被两健汉簇拥了，入去张时，却又是一番光景。只见一处很广阔的厅院中，蠹灯挂灯点得烛龙一般，满院雪亮。院中靠墙下设有兵器架，又有缚人的木桩绳索等物。看那光景，似是习武并议事的所在。两厢廊下，却有十余个彪形大汉，也都是短衣结束，腰系白带，每人抱口泼风似短刀，比起寨外所见的壮汉们却又精神百倍。那靠北大厅上，却灯烛辉煌，健仆林立。厅廊上一溜明角挂灯，亮如白昼。从一片灯光灿烂中，却现出厅额青郁郁三个大字，是"辅善堂"。那厅廊抱柱上，却挂着一副木刻长联，白地绿字，写得来古劲倔强、龙蛇飞动，是：

海水群飞，衔石独存精卫志
斜阳故国，挥戈谁识鲁阳心

公子见了这副对联的语气，不由心中一动。暗想道：却也作怪，看这寨中人们的光景便不是什么歹人。也无非是山中豪民，结合得一处砦寨，如一路所见的各砦寨一般，却怎的又有这等语气呢？难道这缑山中，还有心存故国如俺祁班孙一流的人物吗？

怙惚之间，早已被两健汉拥至一处木桩之旁。公子以为是要将施拷问，倒也坦然不惧。这时李姓业已趋向厅阶，公子遥望厅内时，但见正中高案明烛下坐定三人。左一人是个三十来岁妇人，生得丰容盛鬓，面貌俏丽。眉敛翠以含威，眼横波而蕴怒。头绾灵蛇高髻，身穿百蝶锦衣，下面不着裙儿，露着撒脚窄裤，衬着尖翘凤头鞋子，十分伶俐。顾盼间荡得两只耳环只管闪烁，似乎是个亢烈性。右边座上是个四十来岁文士模样的人，生得白皙清瘦，眉棱耸拔，目光深敛，若有深湛之思。虽则年方强壮，但是额纹隐隐，眉梢眼角间一团苍老之气，望而知为是个饱经世故忧患的人。着一件大布直裰，十分朴素，脚下是双梁布履。秃头不冠，蓬着一头乱发，却将稍长之发分左右绾作两个桃儿形的髻子，便如世俗画的鬼谷子画像一般，好个怪相。这时正摩挲着案上所置的一柄铁如意，一面沉吟一面向着正中座上那人似欲有语。中座上那人也正低着头儿，以手画案，若有所思，却头戴帔风，深掩眉际，似乎怕风一般，面目不清爽。但见他虎也似踞在座位上，一手按膝，十分雄伟。身着箭袖长袍，足下蹬靴，胁下佩刀。从烛光晃动中，却见他蝟丛丛的一嘴短髯。

再望到妇人背后，还站着两个佩剑的小鬟，一色的窄袖蛮靴，颇有武气，四只俊眼儿一面瞟着李姓拔步登阶，一面却相视微笑。当时公子乍见这一堂奇诡人物，虽是坦然不惧，未免也心下怙惚，悄悄运力，想要猛地挣断绳索，再做道理。无奈缚急，并那簇拥自己的两健汉寸步不离。正在这当儿，便见李姓趋到案前，躬身数语，似是禀白捉获自己的情形。中座和右座上两人听了，还在相视未语。那妇人却拍案道："既是西峰那里的奸细，杀了便罢。"李姓唯唯，刚要转身下厅。

这里公子吃惊之下，正要力振两膊。只见那妇人一挑眉儿，登时俏脸上簇起冷森森一团杀气，却大笑道："今天他们坏了咱们的人，还在那土冈下挂头张致，如今咱也给他个榜样瞧瞧。你们快将这厮开剥了，摘心示众就是。"

李姓并院中大汉听了，正在哄应不迭。这里公子却再也忍耐不得，于是托地略侧身猛起一脚，两健汉顿时都倒。公子趁势一跃丈把高，正在两膊一振，啪的声一股麻绳先断的当儿，院中众大汉业已喊一声，拔刀拥上。公子一矬身形，就地一腿平扫去，趁众人忽地一闪，恰待飞身上房。便见眼前剑光一闪，凉渗渗三尺青锋早已搁在脖颈儿上。接着有人娇叱道："看你不出，也自会些手脚，怪不得胆敢来当细作。"说着用下面小脚轻轻一蹴，公子顿时觉腿胫上如中刀斧一般，不觉虎倒龙颠地跌卧于地。

于是院中众大汉一拥齐上，当即将公子就那木桩上缚紧停当。公子瞧那仗剑之人，便是厅内左座上的那妇人。这时却蛾眉倒竖，杏眼圆睁，撸起两条藕也似的玉臂，锵啷声抛却那剑，向左右大喝道："还不快些将来。"

这里公子自料无幸，也便索性一言不发，给他个瞠目而视。便见从西厢廊下转过个雄赳赳的壮汉，头绾锥髻，腰系油裙，撑起两条毛森森的健臂，端定一个斗口式的红铜镟子，内贮冷水，上横一把照眼亮的牛耳尖刀。公子料得是准备摘心之具，正在把心一横，暗暗长叹自己英雄半生，不料今日死于妇人之手的当儿，便见那壮汉奔到自己面前，单腿一跪，将铜镟举向自己胸腹之间，似乎是准备着接取心血。这时厅上中座和右座上的两人，依然地各自沉吟，若有所思。说时迟那时快，那妇人抢将过来，掣取尖刀，一径地横衔于口，便用两手将公子当胸的衣服咔嚓一裂，顿时现出白馥馥的心窝。公子长叹一声，双目方合，却闻啪嗒一声，接着便当嘟扑通一阵乱响，早有人跌翻在地。正是：

人为刀俎，己为鱼肉。
白虎当头，其欲逐逐。

欲知后事如何，且听下回分解。

第十九回

辨朱旗良朋聚首
遗钢镖凶衲寻仇

上回书交代到公子双目一合，只好待死。这当儿，听书的明公一定起两种心态：一是拍案跺脚，骂天道无知；一是拭涕洒泪，叹好人短命。诸公虽然如此着急，但是细想起来，还不如作者着急，因为六公子是这部书的主人翁，他老人家如果如此收场，作者胡乱唱的这出戏，也只好停锣罢鼓。别的还在其次，但是作者丢掉猢狲没得弄，便成了搁笔穷的局面，你说我怎不着急。哈哈，诸公不必替古人担忧，也不必代作者着急，不是作者吹大气的话，作者自有神妙无方斡旋造化的一支笔来解救公子的困也，但是作者这解救法不是王禅老祖来显神通，也不是黎山老母来拯苦难，都是从本书来龙去脉中落想。

不瞒您说，作者从数十回前，早已伏下这解救法儿了。不过因见小说的老套儿，往往于回末收煞处闹个惊人之笔，所以作者也来效颦，和诸公逗个笑儿，还请诸公原谅，不要骂作者絮叨。咳，作者计字卖文，其中很有难处。如但作欧阳公逸马杀犬于道的简老笔法，不但那短促促老掉牙的文字没人爱看，便是作者饭碗中的饭粒儿也就少来许多了。咳咳，真是没法，且叙起正文要紧。

且说那妇人一手按准公子心窝，一手从口边取起尖刀，正要下手，只听啪一声却从公子腰兜内落下个方锦包儿。那举镢的壮汉却没瞧见，只认是心掉向地，慌得举镢去接时，却正值妇人拾起锦包，后肘一掣，却将壮汉撞跌，所以当当扑通，镢倾人倒。当时妇人不暇理他，忙抛刀于地，抖手打开那锦包瞧时，只见里面却是两个小绣包，一个形圆，一个形长而且扁。先将圆包打开，却有一颗宝珠滚将出来，顷刻间光照满院，奇彩腾踔，惊得厅上正座上那人也自跑来之间，这里妇人惊诧之下又将那长包打开，那人猛地望见，不由大惊。便大步抢去，径从包内掣起一面小朱旗儿。一面审视，一面趋向公子，连喝左右快快解缚的当儿，恰好公子闻闹，双目一张，忽见那人抢到面前，定睛一瞧，便如做梦一般，不由失声叫道："刘毓崑兄，别来无恙。你如何钻在这里，却又遣人捉缚小弟呢？"

那人听了，更不暇去解缚，先自扑翻虎躯，纳头便拜。一面喜极揾泪道："公子端的是想杀毓崑。俺自闻尊公殉国，并公子大闹南京之后，时时遣人探访公子行踪，却就是通没消息。不想今日却在此相遇，但是若非俺往年在徐塘庄赠公子这面旗儿，也就好险得紧哩。"说着站起来，直喜得执旗乱舞，竟自忘其所以。

看官须知无巧不成书。刘毓崑赠公子的这面旗儿本是一向收藏在行装中，自曼华赠珠之后，公子为怀珠起见，便制了个锦包儿，连旗儿也裹在里面，不想今日却救了自己一险。说到这里，便有明公发话道："作者先生，你别瞪眼撒谎了，这分明是你闹的节目的斗笋合缝处，说什么无巧不成书呢？"作者笑道，你老先生，既这样明白，咱就不必饶舌，且听正文吧。

且说当时毓崑喜极忘形，执旗乱舞。那妇人却啊呀一声，奔过来道："这便是你常念诵的那天神般的祁六公子吗？天可怜见的，如今你方才病好，正愁没法应付西峰那里新来的泼辣货，如今却是好也。"

说着将锦包递与毓崑，也便向公子插烛似拜将下去，一面噪道："奴家做梦也想不到你便是祁六公子，不知者不作罪。方才惊了公子，还望你多多海涵。"说着站起来，只顾万福。

妙在这时毓崑仍不上前解缚，只嘻开大嘴，左一揖右一揖地在公子面前乱跳。少时方悟，却一拍妇人肩头，大笑道："傻婆子，真是乐昏了，还不快放下公子来。"

妇人唾道："也不知是哪个乐昏？是哪个先跑向这里，谁又拴住你的手儿不成？"

一句话招得院中众人哄然都笑。连那厅内右座上那人，也一步三摇地扭将过来。于是毓崑和妇人四手齐上，当即将公子解落木桩。这时早有厅内的机灵侍仆捧过一身簇新的衣服，便服侍公子更换停当。毓崑也将锦包交与公子当儿，只听身旁扑通一声，公子望时，却是那李姓直撅撅地长跪于地。

原来这李姓名叫云鹏，便是毓崑手下得力的一名健仆，为人机灵，颇有拳勇。因他腿脚上颇有功夫，曾与人游戏角力，踢断一只牛腿，大家便给他个铁腿鹤的绰号。他本是江湖卖艺出身，适值落拓在河南府一带，所以便投在毓崑手下。毓崑见他机灵，诸事去得，便派他做了一名巡侦，不断地巡侦山内外，并探听官中的诸凡消息。自任事以来，颇称厥职，不意今日却误捉公子。当时公子见状，料他是负荆之意，连忙上前搀起，却笑道："若非足下这误会，怎能巧遇刘爷。按理说俺当谢你才是。"大家听了，都各大笑。

于是由毓崑肃客，都入厅内，先给公子指引着，大家厮见。公子方知那妇人姓姜，名叫佩瑷，便是毓崑的浑家。那文士模样的人，姓毕名方，广西人氏，却是毓崑近年来结识的朋友。当时彼此施礼之下，公子忽蓦地想起那邝湛若来，忙问毓崑道："那年咱们在徐塘庄相见时，还有一位邝先生，如今他在哪里，莫非不在此间吗？"

毕方听了，正在手捻短须，微微而笑。毓崑却顿足道："公子若早来两月，却是好了，如今邝兄赴广西一带有所勾当，便是两月前方才起程。少时咱再细谈吧。"

说话间，大家落座，当由仆人献上茶来。公子吃过两杯，稍定气息，方要向毓崑致问一切，不提防肚内咕噜咕噜一阵山响。原来公子被人家捉缚牵顿，闹了半晌，这时不但酒意全消，并且有些泛上饿了。当时毓崑会意，不由鼓掌大笑，便一面吩咐左右，速备酒筵，一面和佩瑷、毕方邀公子转入厅后一处客室之内。

须臾，嗟咄筵开，酒馔毕陈。宾主坐下来吃过两杯，公子不待毓崑来问，便将自己从徐塘庄和毓崑等分手之后的许多事体，从头至尾说了一遍，并言刻下将向北方游历，及赴北京寻访曼华之意。听得毓崑等又惊又叹，不住地扼腕顿足，又复面有喜色。那毕方一竖大指，望着公子，啧啧不已，以头乱画圈儿的当儿，这里毓崑方要开言，佩瑷却跳起来咯吱一挫牙儿道："好个曼华姐，真叫人佩服得死心塌地。俺几时会见她，先给她磕阵响头。可惜她剑尖略锐，不曾了却凶王性命。但是擒贼当擒王，俺想她既入北京，定然成功。趁你那晴天霹雳、天下震动的当儿，咱大家也就火杂杂地闹将起来。天可怜见，也就许闹出个局面。如今公子忽然到此，这就是老大吉兆，咱大家且先贺一杯。"

说着取壶遍斟上酒，大家含笑举杯之间，只见佩瑷举杯面北，喃喃然若有所祝。公子见了正在诧异，毓崑却笑道："傻婆子，尊客在座，什么样？"

佩瑷道："不关你事，俺自遥贺曼华姐一杯酒儿，祝她成功。几时俺有机会，杀入北京先认认她那小模样儿。可不快活杀我。"说着醮酒于地，翩然归座，又复将酒斟满。

公子见她伉爽之状颇似曼华，正在暗暗称奇。毓崑却笑道："俺猜你这杯酒该贺毕先生了。今天早晨，峰顶上忽起异云，缤纷五色。毕先生望那云气说是当有贵人来助。如今公子果然到来，毕先生还不该吃杯贺酒吗？"

佩瑗摇头道："不相干，俺就不信毕先生那占云望气、打卦占课的许多胡捣鬼。他有本领，为什么叫人家从广西撵到这里？他有手自会吃酒，不须贺的。"大家听了，不由都笑。

又吃过两杯酒，毓崑却目注佩瑗，向公子笑道："往年俺和邝先生在徐塘庄和公子初会时，便已在此间托迹。公子欲知俺在此托迹之由，却因与贱内有一段遇合，但是说起来话长了。公子且慢慢吃酒，听我道来。"与公子斟满一杯，刚要开谈，佩瑗却一撇嘴儿道："你陈谷子烂芝麻的许多笑话，不说也罢。如今你且老疴猪翻旧糠，俺却要与公子安置行装去了。"于是向公子嫣然一笑，竟携了两小鬟转入屏后。

这里毓崑却叉手不离方寸，说出一席话来。哈哈，你瞧刘毓崑多么捣蛋，这种大热天，还须作者挥大笔，出臭汗，给他代述出许多事迹。偏偏他的事迹又挂着些枝枝叶叶绕脖子弯儿。你想这时光人家有钱的阔大爷们都带了如花似玉一掐一股水的姨太太们，向什么北戴河等处避暑。跳舞完了又讲究什么海水浴，飕飕的凉风吹得屁股腿又上都起栗还嫌不适意，作者却拱肩缩背，挥着汗给大家算这本缠不清的旧账。苦乐相去，何啻天渊。想到这里，便几乎扑笔焚砚。但是退步一想，像那战地的百姓们，自处炮火连天之下，命在再造呼吸之间，只怕他们仰望作者吃饱喝足的撰著消遣，还似天上人哩。那么便是多出些臭汗，大料比人家多出眼泪总快活得多。且待我来替刘毓崑说话吧。

诸公要知这段事迹，当先从姜佩瑗述起。原来这偃师县城中有一位老英雄，姓姜名尚义，家宽业大，富有山田，生平仗义疏财，为人望所归。偌大家业都从他两个拳头挣来，一条杆棒打出。因为他少年一出马，便做了一名响当当的镖师，南至江淮，北至辽沈，数千里中，凡是姜家镖到，从来不会失过事的。江湖间人见他老当益壮的气概，便赠他个绰号叫"赛飞熊"。他膝下无子，五十来岁上方得了个女儿，便是佩瑗。

且喜佩瑗生得跳荡不羁，并有膂力，颇有父风。尚义慰情胜无之下，每当歇马家居时，便将自己一身武功传授女儿。真是有虎父就有虎女，那佩瑗不到十七八岁上，早已学得十八般兵器件件皆通，软硬功夫，马上步下，真是全挂子武艺。若说到跃高纵远，更是灵猫儿一般。并且善用一口折铁柳叶刀，舞将起来，端的是泼水不入。尚义见女儿如此英武，足继家声，又因自己年已六旬，余业已创得家成业就，从此善刀而藏，倒也罢了。于是慨然歇马，不再出镖，在家中享起田园之乐。教授女儿之暇时或芒鞋草笠，到缑山中照料自己所置的山田，并在庄院中闲住些时，倒也十分自在。

原来缑山东峰下，这片砦寨俗呼为东寨，便是上文所述汪黄二土豪所留的遗址，卖与尚义。尚义瞧那所在倒好做个庄院，所以又在东峰一带广置山田，招附近山民作佃耕种。所以尚义每当春秋佳日便入山照料一回，这也不在话下。尚义家居年余，正享福儿，不想这时早已流寇大起，国是日非，并搭着满洲日盛，时时入寇。将个老头子闹得心灰意懒，便越发地隐居志定。除好行其德恤贫乏外，又料到流寇奔突可虑，便慨然捐资，请于官中，大治城垣，并倡议缮治守备之具。果然缮治方毕，流冠便到。尚义和佩瑗辅佐官绅，登陴助守。官兵们见尚义父女慷慨英武之状，不由踊跃御贼，勇气百倍。恰有个黄衣贼目衔刀拥盾飞身爬城，方才手攀雉堞，却被佩瑗一刀，一颗头滚落城下。于是官兵乘势出击，城赖以完，从此尚义声闻越发大著。

事平之后，有人夸赞他完城之功，尚义却叹道："流寇譬之疥癣之疾，今独有心腹大患，便是满洲。可惜俺年老气衰，不能为国御侮。但望当道诸公好好做去，不至失落咱太祖爷这片基业，便是天幸了。"

大家听了，以为是老头子有些过虑，哪知没过五六年，真个的崇祯殉国，改朝换帝。老头子私下里痛哭一场，从此连照料田园都没心绪，却时时嘱咐女儿勿忘国仇。

这年尚义恰值七旬整寿，便有当地绅商并左近朋友们约齐了份礼，商量着都来做寿。尚义这时哪里有这种高兴，正想一概辞掉。不想又从四外远方来了许多朋友，不但与他贺寿，并且贺他得了老头子的位子。怎的叫作老头子呢？说起这话来，却是一种教门。

原来北方各处向来有一种民众结合的教门，名为白教，俗又呼为礼教。问其缘起，却不知其所自始。相传当年有一位白姓的异人，隐居某山中，不与人接，却时时著书立说，劝人为善。其议论杂糅释道儒三教之旨，大略以为善归宿。异人殁后，其徒称之为白祖。这便是白教流传下来的说法，至于是否为无稽之谈也就不必深考了。教中规法颇为简易易行。大概是敬天地，孝父母，讲的是信实俭朴，不许懒惰，不许撒谎，更戒的是淫邪行为。每隔些期日，教友们便聚会一次，名为捧斋。其实并不吃素，倒是和廉颇、班超为一人，讲的是善饭食肉，并且讲究喝茶，人人有卢全七碗之风。教友们互相过从，往往都拎着大茶壶，甚是可笑。到了捧斋期，其中有所谓首座的便就位，先宣扬会儿教义，如念经一般。然后垂眉定息、五心朝天地打起坐来，这便名为坐斋。只要一上坐，痰嗽便尿皆所不许，泥塑似的从朝至暮。这点儿罪本已够受，更有叫首座难受的，便是无论来多少教友，每人须敬首座一大碗茶，首座例不许辞，都须装在肚里。然而首座的肚皮却休休有容，更不起尿。这其间，人家说是有点儿神秘道行。这就无从下论断了。

其所谓老头子的便是主教，这个位子颇不易得。因为他有总揽全教之权，例由教友们公举，不论年纪，不论角色，须素服众望的方能入选。尚义自中年后，便入白教，久有声闻。当首座时又整理了许多教务，这时适值教中老头子死掉，所以大家便公举了他，并来相贺哩。

当时尚义见大家都到，一来情面难却，二来因得了老头子的位子，也自心下高兴。原来尚义自经国变之后，便蓄了一番深心，欲联合教众为将来乘机起义以复国仇的准备。每见了教友，便暗暗地慷慨陈说，勉以大义。教友们大半都是些直性汉子，并且对于首座是绝对服从，于不知不觉间早被尚义激动血性。于是大家互相劝勉，凡是白教中人，多少不同地都有些报国意念。尚义见事有可为，所以这时得了老头子的位子，颇为欢喜。

当时尚义却不得大家之意，只得定期置酒，做寿受贺。先期撒出请柬，并就宅中准备酒筵，铺设寿堂。酒厅宅门上一概都悬灯结彩，又准备了下饭钱文，为的是打发来贺喜的乞丐等人。及至届期，那当地人众并远方来的朋友和教友们所送的寿礼贺礼来似水流，势如山积。不多时，贺客咸集，济济跄跄，且就客厅落座吃茶。须臾尚义盛服出见。大家望时，只见他红郁郁的脸腔，衬着一部银条似的胡须，端的是精神四照，不愧当个老头子。又因今日高兴，特地将他当年走镖时所用的一把单刀摆设在酒厅中。那刀薄刃厚脊，方从红呢套中抖出，早已光照满堂。于是宾主施礼，客气一阵。当由尚义导客，都入酒厅，依次坐将下来，即便开筵痛饮。

正在酣洽之间，忽闻宅门外一阵喧哗，尚义以为是乞丐等人前来贺喜，方要命左右人前去打发，只听脚步声喧，业已撞到二门。便闻仆人们吵道："你这大师父，好生古怪，既来贺喜，又不肯通名道姓，只说俺家主人自然认得你，这么糊糊涂涂的俺怎的替你通报呢。"

尚义听了，方怙悔自己生平没得方外朋友，便闻有人哈哈狂笑，其声高亮，那仆人又吵道："既如此，你且住着，你这位师父总透着古怪，这硬邦邦的又是甚物儿呢？"说话间，趸入二门。

尚义遥望去，只见那仆人手内掮着个长长的布包。这时众客都觉诧异，眼瞟那仆人，直至席前将包儿呈上，向尚义道："外面有个肮脏僧人，自称是主人的旧友。小人问他姓名，他不肯说，只将这包儿递于小人道：

'你主人一见这包中之物，自然晓得。'"

众客听了，都各纳罕，便见尚义面现诧异之色，抖手打开那包瞧时，不由霍地站起来，大惊道："此人现在外面吗？快快有请。"说罢眼望那把单刀，便要去取。众客见尚义惊绝之状，面色都变，不由越发诧异。望那包中之物，却是一支三棱攒花枣核形的钢镖。虽是照眼雪亮，那镖尖上却隐隐现出多年的血锈。

大家正在相视莫测，只听院中尖厉厉地有人冷笑道："姜朋友，别来无恙。可还记得昔年临清道上一番周旋吗？但恨俺了不长进，当了和尚。今日借花献佛，特来贺你一杯。"说话间，衲衣飘动，直至席前。众客望时，不由好笑。正是：

> 赏心方高会，刻骨却寻仇。
> 惨绝金风指，英雄一旦休。

欲知后事如何，且听下回分解。

第二十回

老英雄毕命金风指
小侠女大战穿花蝶

且说众客望那僧人，结束得破衣拉撒，便如济癫僧一般，却生得身材雄壮，虎面短髯，两道疙瘩眉，一双叠暴眼，更衬着镔铁似的面孔，好个凶相。偏袒起右肩，露着一条虬筋盘结的健膊，叉开五指，俨似钢锥。便见他大踏步趱近席前，更不合掌作礼，只直挺挺踏开步势，向尚义一站，凶睛一闪，势如斗鸡。

再瞧尚义时，也自铁青了面孔，却从骇诧中现出满面笑容道："周朋友，咱往年临清道上一场把戏，至今想来却是笑话。且喜你看破红尘，但是俺也是老了，如今闲话莫提，咱且吃酒。"

说着取杯刚要斟酒，却被那僧人夺过杯子，斟上酒，一面敬向尚义，一面道："姜朋友，咱凡事心照。当年那段小过节儿，子知我知便了。"

说着猛伸中指，向尚义心窝一指。这里尚义激灵灵一个寒战，顿时面色如蜡渣一般。望得众客正在吃惊，那僧人却向大家打个问讯道："贫僧无礼，有惊众位，哪个有不服气的，请向猴山西峰下见访。贫僧恭候台驾就是。"说罢转身出厅，就阶前双足一跺，但听檐瓦微响，已自影儿不见。

这一来众客大骇，料那僧人定是个寻仇的捷盗。因为那西峰下的砦寨遗址，俗呼为西寨，向归黄姓遗族所有。后来黄姓遗族死徙略尽，那西寨便没了主儿。又因地势险僻，残破不堪，连樵牧等人都懒去涉足。一来二去，西寨中便有些来历不明的人盘踞藏伏。且喜他们是时来时去，还不肯骚扰山民，所以山民们也就不大理会。这时众客见僧人说是住在西峰下，所以料到他来路尴尬哩。当时众客且不暇理会僧人，见尚义颓仆于座，只管两手抓胸，竟自言自语不得。于是惊乱之下，一面命人去报知佩瑷，一面纷纷各散。一场热闹盛会好不扫兴。

及至佩瑷闻报趱出，将父亲扶入内室，安卧下来，又服了些定神提气的药方，才精神略转。望望佩瑷，长叹一声，不觉泪下道："我儿不必愁苦，这也是为父合当命尽。方才那僧人用的是金风指法，暗伤于我。这金风指法在武功中最为歹毒，是一种罡气作用，指风中人，有如暗箭。不知他从哪里学得此法，前来报怨。俺如今肺脏已伤，命在旦夕。这僧人当年并非僧人，是江湖间有名的淫盗周三胜，绰号穿花蝶。"佩瑗听了，正在眉梢立挑，那尚义喘息一会儿，又说出一番话来。

原来这周三胜本是江淮间红帮中人，自己既有一身高去高来的本领，又倚仗帮势，真是无恶不作，更可恨的便是专好采花。因在江湖间所做血案太多，又适值污辱了帮友的妻女，为同帮所不容，所以他便窜向山东直北一带。也是尚义合当与他结怨，这年尚义保了镖项，走到山东临清道。落店之后，用罢饭业已上灯时候。尚义偶在街头散步，忽见一个短衣汉子只管就一家门首踅来晃去。你想尚义久走江湖，何等的眼光，一见那汉子伶俐鬼祟的神气，便晓得是个黑道上的朋友。因自己方在走镖，不欲多事，暗笑之下正要转步，只见那家儿提灯一闪，却踅出个绝俊的妇人。真是态若行云，姗姗莲步，后跟一个十五六岁的小鬟，也生得苗条动人。两人说说笑笑，竟转向一条小巷而去。这里尚义在一处黑影中，正在心下一动，只见那短衣汉子又从一处岔路口上踅回来。一径地趋向那家门首，徘徊观望一会儿，却拾起块碎瓦片，塞向墙缝，然后掉臂踅去。尚义见状越发料得那汉子是个歹人，这分明是记清门户，准备夜深前来做活。逡巡间踅回店来，料理会儿驼骑并明晨上道等事，也便将所见这事忘掉。

不想事有凑巧，这时别的客室里却有几个客人相与谈天。大家谈起江淮大盗周三胜来，说他怎的来去如风，每去采花能将妇女们用被单裹定挟起，翻越数重深院。又说他善使一条九节纯钢软索鞭，舞开来风雨不透，一向不曾遇着对手。尚义听了，不觉触起自己所见，暗想道：那短衣汉子便不是什么周三胜，大概也是个邪性歹人，今晚那美妇人倒委实可虑。既落在俺姜尚义眼里，难道便容他放肆？且待俺惊走他，保全那妇人也是好事一件。

想罢携了单刀，走向街坊，直奔所见的那家儿。这时方二更敲过，在尚义之意，以为那汉子这时光还不敢便入人宅。自己先入去，伏在暗处，待他来时惊走他也便罢了。哪知方跳入那家内院，早闻得正室内一片呻楚之声。尚义就窗隙张时，不由怒转从心上起。原来里面呻楚的却是那小鬟，正赤条条地被那汉子按在榻上，婉转欲绝。再瞧那美妇人，业已花憔柳困，白羊似的蜷伏在榻脚头，只有抖颤的份儿。那榻前小几上，却置着一盘九节索鞭。当时尚义想不到那汉子便是周三胜，今忽见索鞭，倒要瞧瞧这著名的淫盗是何模样。无奈这时三胜正背着脸子，狗也似趴在小鬟身上。于是尚义心生一计，一面掏镖准备，一面叩窗大呼道："周朋友，是好些的快些出来。俺姜尚义在此恭候领教。"

慌得三胜丢掉小鬟，一面结束衣裤，一面猛一转脸。这时尚义望得分明，喝声"着"，抖手一镖，由窗中打去。只听啪的一声，却中榻柱。尚义大怒，正要摆刀闯进，忽地眼前一暗，室中灯火俱灭。接着便闻室后窗上啪嚓一脚，那三胜却在后院中喊道："姜尚义，你自走你的镖，俺周某不曾失掉江湖义气，你偏无端多管闲事，既如此，咱们前途再见。"

及至尚义飞身登屋赶向后院，那三胜早已跑掉。于是尚义转怒，也不暇去理会那家妇人，便从院后墙赶将出去。寻了一会儿，没得踪影，只得愤愤回店，也没把周三胜搁在心上。

哪知次日登程傍晚时分，刚行至一片深林高阜之旁，忽闻一声鸣镝，顿时由林中抢出七八个彪形大汉，不由分说，各摆兵器，拦住去路。为首的一人正是周三胜，哗啦啦一抖索鞭，大叫道："姓姜的莫怪，这是你自寻晦气，却莫怨俺塌你面孔。"

原来三胜的同伙都藏伏在临清左近，昨夜三胜跑掉，便连夜去知会同伙，专等在此劫镖哩。当时尚义惊怒之下，一面跳下马，命伙友拉了，且自退后，一面拉刀便奔三胜。顷刻间鞭来刀去，杀作一团。若说三胜索鞭委实有些功夫，打出去赛如银龙探爪，收回俨似怪蟒翻身，纯用的是兜缠绞勒厉害招数。无奈遇见了姜尚义，偏是个单刀名家，因为破这索鞭必须单刀能手，搪开他缠舞之势，直斫人去。那索鞭是御远不御近的兵器，只要被人闯入门户，便立失其用。凡各种厉害兵器都有一种兵器破它，不独索鞭为然哩。

当时两人交手半晌，那三胜施展出浑身本领，一条索鞭使发，端的是盘上际下，呼呼风响。却再料不到尚义通不理会，一柄刀上下翻飞，便如穿云闪电一般，只就一团鞭影中神出鬼没，并且闪跃如风。那三胜用尽手法，不但得不到半点儿便宜，并觉得尚义刀势眼睁睁斫将进来。于是三胜大骇，情知不敌，方想卖个破绽跳出圈子再做理会，说时迟那时快，尚义刀光起处，一个背手翻花式，嗖的声削落鞭头，接着便顺了索势，唰一刀点到三胜胁下。那三胜也自矫健，急挈剩索挡开来刀，方翻身拔步，奔出数十步，却闻后面尚义大笑道："周朋友，慢走，待俺且送你一程。"声尽处一镖飞到，正中左肩。当时三胜身形一晃，连忙忍痛带镖逃去。这里尚义也便将群盗杀散。这段事已隔了十几年，不料三胜怀恨不忘，却从此遁迹方外，又学得金风指法，今日竟来报怨哩。

当时尚义述罢和三胜结怨之由，啊呀一声，即便昏卧于榻。佩瑗也不

118

暇致问那红帮是甚事体，只得忍了痛愤，且事医药。果然金风指十分霸道，过得两日，尚义自料不起，便将佩瑗叫到跟前，洒泪道："为父年至七旬死不为夭，今俺有几句遗言嘱咐于你。周三胜虽致死我，却是私仇，你不要轻身去报复，或致不测。为父但愿你勿忘国仇，将来再能得一同志的婚配，为父便含笑地下了。"说罢拊胸大叫，竟自瞑而逝。

于是佩瑗扑地大哭，晕绝良久方醒。那股至性达天的义愤哪里按捺得下？只想和三胜生死相拼，更不计较自己力量并尚义嘱咐不要轻身的话。当时忙忙地棺殓过尚义，更不去通知白教中朋友们，只结束停当，佩了那口折铁柳叶刀，就尚义灵前慷慨洒泪，默祝一番，即便潜赴猴山西峰下。先侦察那周三胜的踪迹，在佩瑗之意，以为周三胜既报住址一定是在废寨中准备对敌，当时佩瑗趱到寨前，倒也不敢大意，便步步留神逡巡入寨。抬头望时，但见荒烟蔓草，一处处零砖断瓦，颓屋残基，直将各处踏遍却没得三胜的影儿。于是佩瑗出得寨来，又向四外幽静所在寻迹一番。瞧瞧天色业已夕阳将落，遥望前面，从乱山合沓中，远远地现出一片烟村。佩瑗暗想，今日既寻仇不着，只好且向那烟村中借宿一宵再做打算。便紧紧腰身，从容趱去。

这时斜阳晚景，望之如画，但是佩瑗火腾腾一腔悲愤，哪里有心情赏玩。须臾，趱经一处破窑跟前，佩瑗手按刀柄，纳头沉吟，业已趱过数步之遥。忽地心中一动，正要翻转身向破窑寻望时，忽闻后面丛草中有人大喝道："你这妮子，竟敢捋虎须，也就好大胆哩。"佩瑗猛吃一惊，忙抽刀转身，只见窑门边乱草开处，突地跳出个手提索鞭的长大和尚，谁说不是周三胜呢？这一来，只气得佩瑗脸儿都白、牙儿乱挫，真是仇人见面，分外眼红。便一摆柳叶刀，用个莺梭穿柳式，一耸娇躯，向三胜劈面便剁。这时三胜索鞭也自抖舞得游龙一般，唰唰唰一气儿直向佩瑗上中下三路直裹上来。好佩瑗更不畏怯，一来复仇心切，二来仗了家传刀法，便抖擞精神，挥刀扫战。这时一抹斜阳四围山色之中，一个莽和尚，一个俏佳人，一个是刀光飘瞥，乱飏梨花，一个是鞭影回旋，横冰匹练。两人这一场呹呹喝喝，拼命厮杀，也就少有。

但是佩瑗究竟是个未经大敌的女儿家，怎挡得和尚那条家伙出没无常，伸缩自如，并软硬劲头儿使发了，好不歹毒。未及数十回合，早已闹得佩瑗香汗津津、娇喘细细，勉强支持良久，越发气力不佳。这一来三胜大悦，便抖开索鞭，手法一变，只全力地兜取佩瑗下路，意在兜翻佩瑗，捉个活的，这其间他的用意就不问可知了。但是这时佩瑗也便把心一横，一面蹿耸如飞，一面想窥隙跳出圈子，再做道理。无奈三胜一条鞭一点儿破绽也没得，那佩瑗使尽身法，通没相干，只累得香汗如浇、芳心乱颤。百忙中瞧瞧天光业已向晚，于是佩瑗急中生智，趁三胜一鞭打空，忙就地一滚，爬起来回头便跑。这时也顾不得云发散乱，鞋儿倒褪。刚急匆匆跑到一岔路口边，回头望时，不由大惊。正是：

　　　　疲马值危坡，坏舟逢绝岸。
　　　　险哉不可逃，生死须臾判。

　　欲知后事如何，且听下回分解。

第二十一回

刘毓崀巧救姜佩瑗
太虚观忽逢南海客

　　且说姜佩瑗战三胜不下，跑到一处岔路口，以为三胜没赶得来，哪知回头一瞧，那三胜已大步赶临切近。佩瑗大惊，赶紧地越过岔路。方在四顾张皇，却见如牤牛阵一般由岔路上横跑来一群牛，接着便闻铁笛悠扬，后面却是个骑牛的汉子，芒鞋草笠，意态潇洒，腰中掖着老长的牛鞭。一面吹笛一面望着佩瑗，顷刻停吹，噫了一声的当儿，恰好三胜手抢索鞭，如飞赶到。群牛猛惊，一阵乱跑。那骑牛汉子忙一手执笛一手取下牛鞭，挡向路口，大笑道："喂，你这和尚好没道理，手抢凶器，追赶人家妇女们已然不像话，如何又惊散俺的群牛。闲话少说，你将群牛都与我追拢来是正经。"说罢，一摆牛鞭，声如霹雳，神态间甚是暇逸。

　　佩瑗望那牛鞭头儿结着个杯子大的疙瘩，正在暗诧这汉子不像寻常的牧人。便见三胜大喝道："你这厮快闪路，俺追这妮子，自有缘故，哪个要你来多问？"

　　那汉笑道："你不要忙，你且说出缘故，待我与你们评个理儿。你果然有理时，我帮你去捉她。不省得你出家人动这么大气吗？"

　　佩瑗听了，正在暗道不好，只见三胜大怒道："你这厮想是找死，还不闪路。"

　　说罢，一抖索鞭，刚要动手，却不提防那汉大笑道："你这秃厮，但看你两只贼眼就不像好人，深山中追赶人家妇女，更是可杀。不要走，着家伙吧。"说着催动那牛，向三胜抖手一牛鞭，啪的声正中秃头，顷刻坟起如卵。这一来三胜越怒，一个渴龙取水式子，一撒索鞭，方打向那汉。这里佩瑗忙望时，不由暗暗喝彩，便见那汉就牛上略闪身势，弃掉牛鞭，趁势抓住索鞭，哈的声猛地一顿，即便飞身下牛。牵得三胜顺索势连颠数步，几乎以头抢地。正要踏稳足势，不提防那汉猛一撒劲，闪得三胜趔趄趔连退数步。恰好足下有块大石，也是这小子恶贯满盈，临死之时，还要吃一大跌。当时三胜收脚不住，喊一声，往后便倒，嘭一声正将后脑撞向石块，及至赶忙跳起，说也不信，那猛撒的鞭头又甩过来，啪一声恰中脑门。这一前后着标不打紧，只痛得三胜一跳丈把高，顿时没头没脑便如血葫芦一般。便索性弃掉索鞭，由腿裏中抽出一柄雪亮的短攮。佩瑗这时气儿一壮，正要提刀杀转，便见那汉子抡动铁笛赶将过去，便和三胜交手。三胜虽是负伤，但是乘着急痛之气，真是恨不得一攮将那汉戳个透明窟窿。两人这时各用短兵，一阵腾掷攫拿，便如猛虎争食一般。没得十来回合，却将佩瑗看得呆了，一时间竟忘掉去助那汉，两只俊眼只顾随了那汉团团乱转起来。

原来那汉子使发铁笛，端的是风旋电掣、变化多端，饶是佩瑗这等的武功眼力，竟瞧不透那汉所用的是什么家数。但见他招招出奇，迥非寻常。佩瑗惊叹之下，不由暗想道：这个汉子定非寻常牧人，不但武功了得，并且意态间颇有英雄气概。如今国变以后，焉知不是什么异人志士混迹樵牧呢？芳心中正在辗转，恰见三胜业已支持不得，正要回身逃跑，却被那汉子一脚放翻。趁势踏住前胸，刚要捆缚，这里佩瑗赶过去，一刀早落，扑哧一声，那颗圆彪彪的秃头颅滚落之间，佩瑗仰天一痛，款扭娇躯，向那汉纳头便拜。

这一来倒将那汉惊呆，忙道："你这姑娘好生鲁莽，怎的便杀他一命？俺正要缚住他，问其追杀你的缘故哩。"

佩瑗听了，不由放声大哭，便将自己姓名来历并和三胜厮杀之故说了一遍。那人愤然道："既如此，这秃厮却死有余辜。原来你便是姜老镖师的姑娘，俺一向流落江湖间，久闻其名，却是无缘拜识。今姑娘遭此家难，端的可叹。如今天色已晚，又恐三胜或有余党，姑娘且到小可寓处权住一宵如何？"

佩瑗听了，不觉脸儿微红。那汉自觉出言冒昧，方踏然不安，佩瑗却道："俺蒙足下拯救之惠，自当到尊寓拜谢，如今且请去搜那厮的余党要紧。那会子他是从一处破窑中闪出，那窑中或伏余党，亦未可知。"

那汉道："既如此，咱就快去。"于是拾起牛鞭，略略鸣动。顷刻间群牛四集，那汉便将牛鞭插向高树丫权上。说也奇怪，那群牛便如兵士们望见集合的旗帜一般，都一个个弭耳四伏，动也不动。佩瑗见了，不觉称奇。那汉笑道："这无非是牛与人习之故，不足为奇。昔人驯象驯牛，用作战助的颇多。小可山居多暇，不过略仿古意，做个消遣罢了。"佩瑗听了，越觉那人语气不俗。

两人说话间即便趱向破窑。到得那里，早已天色曛黑。那汉不敢冒昧，先投石入窑，听得没动静，然后束枯草为炬，取出随身火种点亮，和佩瑗入窑张时，哪里有什么余党。但见里面黑洞洞的，甚是逼窄。靠破壁下有处稻草铺，上面放着件小小行李，打开看时，里面除几件僧衣并一包碎银外，还有一张似文牒的东西，上面有隐空两字，想是三胜的释名。又乱画着些符篆似的记号，大概是红帮中的暗记。两人搜寻一会儿，见没得什么，方要趑出，忽闻一阵酒香发越。那汉寻香搜去，却从壁角凹内得着个食物篮儿，里面是只鸡瓶酒、熟肉馍饼之类，一弄儿俱全，并有松明蜡烛等物。再探向凹深处，又有个小包儿，那汉打开瞧时，不由连连大唾道："三胜这淫贼，真是死有余辜，他在此窑中还挟有妇人亵物。"说着正要抛掉，却被佩瑗一把夺过那包，便坐向草铺收拾一会儿。那汉见了只好且别转头去，取起两支蜡烛，就草炬上点着插在地下，顿时满窑通明。这时佩瑗早将莲钩收拾停当，俏生生站将过来。

看官，你道那包中是甚物事？却是一双半新旧的平底女鞋儿，约有四寸长短，甚是伶俐。佩瑗因奔走厮杀，鞋子磨穿，所以便把这双鞋儿套在脚上，但是刹那之间，芳心中又不知起了一种什么感想，见那汉正蹲在明烛下，取那篮中的酒肉食物，便趑去伸出一只小脚，却笑道："你瞧这双鞋子，正好做俺的套鞋哩。"哪知那汉子瞅都不瞅，只顾了大把撕那鸡子。佩瑗见了，暗暗心喜。见他撕罢鸡子，张着两只油手没做理会处，便将自己腰间的汗巾丢与他。这时两人不觉相视一笑，又因都在饥困当儿，于是便相与就草铺上坐来，随意饮啖。但是却没得杯子，只好彼此递瓶，每人一口，便如吃交杯盏一般。但是那汉子饮酒之后，越发地气象豪迈，佩瑗一面吃一面留神端详，这才问他的姓名来历。

诸公阅到这里，请掩卷一想，想还记得本书中刘毓崑在山海关地面得遇张琳仙的那段情节，原来这牧牛汉子，便是刘毓崑。自和张琳仙别后，仍在辽沈直北各处游历，却也没甚际遇。国变作后，却闻得山东刘泽清坐镇淮扬，颇有英雄声望，士多归之。毓崑欲附以有为。于是杖策渡淮，想投泽清。哪里晓得名刺未投，却早闻得一件事儿，不由令毓崑嗒然兴尽。

因为这时山东长山有一豪士刘孔和，号节之，端的是文武兼资，气雄万夫。他本是名相之子，累代簪缨，称得起故家乔木。自国变作后，他便毁家结客，有众数千人，雄踞长山某山寨，竖起义旗，一时刘公子的大名哄传大江南北。清军方兵临山东，徇下各处，却不暇去理会孔和。那孔和拥众虽多，未免资粮不济，于是探得清军有一项粮饷道出山下。孔和暗派人，就要路口埋伏停当，待至粮饷一到，伏众四起，不但尽数劫夺上山，并将押粮饷的数百旗兵杀掉大半。这一来驻扎济南的清帅大怒，便要克日兵剿长山。孔和自料不敌，便自毁山寨，率领了数千人众，火杂杂大反山东，去投泽清。

这消息传到泽清那里，便有献计于泽清的道："刘公子拥众来投，其意叵测，不如勿留。但尽宾主之礼，善遣使去。"

泽清笑道："刘公子不过是个文人罢了。他虽拥众，不足为虑。俺正慕他的诗才，在此和俺做个诗友，岂不甚好。"

原来这刘泽清虽是武人，却专好学秀才风味，作些狗屁不通的诗，夸示于人。人若赞他一声，他算是高兴极了。当时泽清高兴之下，闻得孔和将到，即便盛具仪卫，到郊外摆队相迎。一时间明盔亮甲，旌旗蔽空，那一番士马精妍的光景，泽清自觉得意非常。原想是震炫孔和，令他夸赞一气。哪知孔和见泽清没有岸帻笑迎之风，只闹些井底之蛙的臭排场，早已暗笑不已。当时主客相见，孔和连正眼也不去瞅那队伍。泽清虽是不悦，毕竟敬他是个当代名士，于是迎入幕府，待以上客之礼。过得月余，方要设法安插他所领的人众。

事有凑巧，一日里却值泽清置酒，大筵幕下文武。一时间是觥筹交错，济济跄跄，泽清昂然高坐。左顾是猛将如云，右盼是谋士似雨。不由动了横槊赋诗的豪兴，于是命侍座美人捧过文房四宝，即席成诗，以示宾客。慌得大家正在没口子称赞不迭，那孔和时已被酒，却鼓掌大笑道："我公建旄树节，坐镇名区，富贵适意，殊不负丈夫平生。便不复谈诗，也未为缺欠。孔和不会面谀，便请我公不谈此调何如？"众客听了，正在相顾变色，那泽清却哈哈大笑，忙举酒相属，宾主仍饮至极欢方散。

原来泽清为人阴鸷，凡要杀人，却不露声色。当时孔和酒醒后，颇悔失言，却不以为意。哪知没过得数日，竟被泽清寻事杀掉。便如祢衡遇黄祖一般，这事发作了才三五日，却值毓崑到来。当时毓崑既知得此事，料泽清如此狭量忌才，不足有为，于是慨然他去。

历谒其余三镇，都无所合，却偶在山东某邑得遇江南大儒顾炎武亭林，两人握手之下不由各倾怀抱。这时亭林方经营治生畜牧等事，便叹道："我辈此时且宜潜晦，徐观世变。刘兄能从我经营耕牧，暂抑壮志吗？"

原来这顾先生亭林是江南崑山人氏，真是学究天人，无所不通，生平践履笃实，颇有用世之志。所学的都是经世学问，如天文地理、兵法战阵等事，又复经术湛深，道德纯备，不事科举俗学。虽是布衣，却名重当代，真是个儒而兼侠的角色。自国变后，即便慨然北游，历观各边寨要隘，并物色北地贤豪，潜蓄报国之意。先生常言南方民习文弱，不足有为，所以想就北方有所计划。但是游历之余，不废学问，每至亭障险隘处，必从土人老卒询其地理，并当年屯兵设险之意。然后发簏中书籍，考证一切。先生流转之下，无所寄其奇气，于是又仿范蠡之意，随处治生，以足财用，累致千金，随手散尽。这时方又经营耕牧，所以先生向毓崑如此说法。当时毓崑听了，甚是佩服先生高识，又因自己也有些倦游，于是便从先生暂居下来，学治耕牧等事，倒也觉得很有意思。

不料顾先生因与人作了一篇序文，却被怨家诬告在当道跟前，说先生语多诽谤，宜坐大逆不道。这时清初定鼎，正在防猜汉人，当时四方名士以文字构祸的不一而足。此事既起，当道的提捕公文到某县后，毓崑便慨然要同去，以便照应一切。先生笑道："兄且留此，与我照料耕牧，俺自有法脱此罗织。"于是别过毓崑，即随公人就道，直赴济南。

这里毓崑怙惙数日，还要赴济去望先生时，却得了先生的来书，并附以诗道：

人生中古余，谁能免尤悔。
况予庸驽姿，侧身涉危殆。
窫窳起东嵎，长鲸翻渤海。
斯人且鱼烂，士类同禽骇。
禀性特方刚，临难俱可改。
伟节不西行，大祸何由解。

行行过瀛莫，前途憩广川。
所遇多亲知，摇手有敢言。
尔本江海人，去矣足自全。
无为捋虎须，危机竟不悛。
下有清鱼水，上有沧浪天。
旦起策青骡，夕来至华泉。

苦雾凝平皋，浮云拥原隰。
峰愁不注高，地畏明湖湿。
客子从何来，彷徨市边立。
未得诉哀情，已就南冠絷。
夜半鸺鹠鸣，势挟风雨急。
廷尉望山头，嗟哉亦何及。

天门诀荡荡，日月相经过。
下悯黄雀微，一日抉网罗。
平生所识人，劳苦云无他。
骑虎不知危，闻之元彦和。
尚念田书言，此举岂足多。
永言矢一心，不变同山阿。

那诗后略叙契阔，并有数语道："顷者狱事将解，然此邦之人不可与处。吾亦将从此逝矣。"过了几日，顾先生安然趱回，却想回南去一省庐墓，于是两人惘然相别。

这时毓崑手中颇有积蓄，因闻得河南地面有一种大刀会众，据江湖间传说着很有势力。毓崑思量会中人或有奇士，于是逡巡入豫。历观龙门伊阙之胜、黄河孟津之险，又到嵩岳遨游一番。虽然山水襟怀为之一豁，但是说到访求奇士，不由又意兴嗒然。原来河南那大刀会有名无实，无非是些椎埋恶少并无赖青皮等人所组织的一个恣为奸究的机关，哪里晓得什么潜蓄势力，并报国的大义？

毓崑起初不知，贸然往谒。与那大刀会总抵掌谈论之下，略略说以报国的言辞，不料倒招起那会总的疑忌来，便伏人于要路想捉杀毓崑。亏得毓崑逃而走免，从此便漫游豫中，初无定址。这日游行到河南府城中，恰值太虚观前香火大会，真个是游人如蚁，红尘杂沓。毓崑就观里观外逛过一圈，但见些赶庙场的行商坐贾并各档的江湖杂耍，一处处棚幕连云，一带带锣鼓喧天。又有些乔乔画画逛庙会的妇女们，都扎括得花鹁鸽一般，在各杂耍场中嘻嘻哈哈，有的便拖出胖乳去喂孩儿，有的便叉腿蹲裆，坐在摊边大吃蒜包，大钱厚的尘土都沾在油嘴圈上。又有些弹压庙会的公人们，手提马棒横着膊子乱撞。

当时毓崑游目多时，觉得没意思，便信步由观后趱出，却是宽宕宕一片广场，并远近间疏落落一带人家。四外高槐茂柳，清风四拂。游人至此，业已稀少，却见距观不远一处竹林前树荫中，围拢着一丛人，一个个倾耳微笑。毓崑以为是什么说家声的，正想趱去，忽闻泠然一声，余音肃穆，招得众人哈哈一笑之间，这里毓崑走去张时，只见那人群中摆着一张破几子，有个寒士模样的人正在那里危坐调琴，泠泠地拨动七弦。那张琴断纹斑驳，形色甚古。细瞧那寒士，却生得通眉长爪，白皙清癯，风神简傲，虽是衣冠暗淡，却另有一种矫矫不群之致。毓崑见了，正暗诧此人不像寻常游士，便见他挥动指法，纯如一声，只余音摇曳之间。那围拢的观

126

众竟止不住大笑起来。正是：

独弹古调，别有精神。
矫矫此士，剑胆琴心。

欲知后事如何，且听下回分解。

第二十二回

识英雄一客听琴
诛劫盗海滨亡命

　　且说当时众人大笑道："冤枉冤枉哉，俺们直着脚子站了大半晌，指望听个新鲜调儿，你却这样有气没力地半响一声。你先生若没吃饭时，不如吃过饭再弹，或者还有点儿劲儿。"

　　又有笑的道："若这样听玩意，真憋杀人。还不若去听徐大脚弹棉花有点儿火爆气哩。"

　　毓崑听了，正在好笑，便见那贫士形神俱寂，便如没听得众人嘲笑一般。须臾运动指法，一阵吟揉飞走，作了个《公无渡河》的古琴曲。一时七弦泠泠，调高响逸。听得毓崑正在神移，众人也便相与点头道："也还罢了的，但是总不如琵琶弦子叫人听了高兴。"说着抛了几文钱，竟自散去大半。

　　毓崑见了，正在暗叹，只见那贫士回音转调，又弹出几句琴调道：

> 独漉独漉，素心高蹋。
> 明明在天，云阴日没。
> 吁嗟乎，
> 人唯求新，国不如故。

　　毓崑听了，不由大吃一惊。暗想道：怪道此人气象不俗，听他这几句琴诵，分明是个有心之士，却不知怎的流落在江湖之中？想罢正要上前仔细去听，恰值铿然一声，琴歌立止。众人一阵抛钱走散之间，却闻背后有人大笑道："喂，你这人且慢收场，给俺弹个《十八摸》小曲儿。我唱你弹，咱爷儿俩干一下子。你道好吗？"

　　说话间跳过一人，毓崑望时，却是稀烂的醉汉，不容分说，闯上前去，就要抓取那琴。却被那贫士轻轻地举手一隔，醉汉身不由己地顿时闹了个后坐儿，便爬起来大喝道："瞧你不出，你还有两手儿？哈哈，着家伙吧。"

说着，一个黑虎掏心式一拳击去。那贫士只将破衣袖轻轻一拂，一翻手骈起二指，就他手腕上略为一削。望得毓崑又在暗诧那贫士武功不俗的当儿，那醉汉啊呀一声，只顾了乱甩手腕。这一哄，去的众人又趔回大半。大家便劝着醉汉，一哄而去。这时场中却有个老头儿凝神定息地坐在破几一旁，任大家哄闹，通不理会，还似乎领略琴韵一般。

于是那贫士收钱罢，将琴入囊，一面望望挫西的日色，一面向那老头儿笑道："老人家，你倒是个知音之客，竟自这时不去。"

老头儿攒起眉道："你先生好没记性，难道忘掉这张几子是从俺家借来的吗？俺若不为候取几子，早已去掉多时了。"

毓崑听了，也不觉哈哈大笑。这一声惊动那贫士，一望毓崑状貌，也似乎耸然一惊。于是彼此为礼，各问过姓名，毓崑便道："俺观先生仪容，非寻常游学之士，为何操琴鬻歌，混迹市尘呢？"

贫士笑道："此间非讲话之所，敝寓距此不远，便请惠临一谈如何？"

说话间，别过那老头儿，即便抱琴前导。须臾来至一处小客店中，主客重新见礼，相与落座。那贫士先致问过毓崑的来历游踪，十分称叹。便自去烹茶供客，叠起三指说出一番话来。

原来这贫士姓邝名湛若，号雪海。广东南海人士，为人任侠，好击剑，慷慨矜意气，并且词华盖代，是当时数一数二的名士。其时岭南有三诗家，为陈元孝、梁药亭、屈翁山，都是遁迹不出，只以吟咏自适。唯有湛若仍以意气豪于里中。当国变时，湛若曾号召诸生素服哭临于明伦堂，其时已为本县官儿所注目。没过得几日，适值换了一个新官儿，姓吴，贪而且酷，是个刮地皮的能手。到任之后，日事搜刮。也不知是哪个好事的夜间弄块纸匾，与他挂在大堂上，匾文是"天高三尺"。那新官是吏员出身，不大通文墨，见了匾文，还以为是人家称颂他青天父母之意。便有人笑他道："你这是叫人家骂苦了。这是说你刮地皮至三尺深，所以显出天来。"本来这句话儿也过于挖苦，不容那新官不怒。当时那新官羞怒之下，一要访治这挂匾的人，合该湛若晦气，便有那卖弄伶俐的人向官儿道："这匾文大概是邝湛若弄的。若非名手，哪里有这么俏皮尖酸？"官儿听了，虽是盛怒，却还没发作，只记牢了邝湛若三字。

偏偏事儿会挤对，其时南海县中有一项学田，所入甚丰，历年用以廪饩在学寒生。那吴官儿见有油水可捞，便以警备海盗为名，想折变那学田，以做警费，其实是想装入腰包。这消息传出，诸生大哄，便推湛若为首，鸣鼓举揭，闹向县衙。南海大县在学秀才们就有上千的人，再加上些市井豪猾之辈，振臂一呼，市人蜂起。大家这一来，便有数千人火杂杂屯在县门。有的便放声大哭，声言乞命。有的便大骂吴官儿，其中激烈的便摩拳擦掌，要火焚大堂。值事的公人们稍一上前排解，大家的石块土块便雨点似打将去。当时吴官闻警，晓得众怒难犯，只得一如众人之请，不去折变学田。

一场捣乱虽是平息，却恨湛若入骨。过了些时，恰好捉了一班海墙大盗。说也奇怪，那盗首偏是个文绉绉的角色，又能胡诌些近体屁诗，自称往年时曾学诗于邝湛若。吴官大悦，便不动声色，暗差捕健去捉湛若。这时湛若适在某寺中习静读书，寺僧闻信奔告，湛若殊不为意，当晚就院中月下鼓琴，怡然自得。须臾，众捕大集，湛若熟视良久，却笑道："诸君勿涸我清兴，俟俺这一曲毕，随你们到官就是。"

这时寺僧早吓得不知所为。只得让众捕落座吃茶。须臾，湛若琴毕，却向寺僧笑道："俺久扰和尚，无以为意。今当别去，且待俺舞剑以尽别意如何？"说罢，站起挽挽袍袖，即便掣剑舞起。众捕虽素知湛若会击剑，以为文人伎俩，毕竟有限。再没想到湛若舞到酣畅处竟自人剑不分，满院中白气乱滚。大家见事不妙，正要各抄家伙，只听湛若大喝道："对不住，有劳诸位久候，咱便去赴官何如？"说话间，白气一敛，但听咔嚓一声，殿阶石立分两段。再瞧湛若却仗剑卓立阶前。俗语说得好，好汉不吃眼前亏。何况做公的捕健何等眼明心快呢？当时众捕健不敢动手，只得且去回禀本官，以便添人来捉。这里湛若也情知故乡安身不得，只得抱琴出走，且做亡命之客。

原来湛若生平爱琴如命，所宝之琴名为绿绮，是顷刻不离的。当时湛若仓皇出走，黉夜间闯出数十里，方就一处破废更房中稍息倦足。只听后路上马蹄殷动，须臾，火燎如昼，赶到十余骑壮捕健，到更房前，稍为驻足，却互相诧异道："咱的眼线分明见邝某奔向此道，却怎的通没影儿呢？"说着，便有两骑持炬下马，要向更房中观望。慌得湛若正在挺剑准备，忽地呼啦啦从更房后卷起一阵怪风，吹得火燎都灭。接着便尘沙怒舞，即闻众捕健相与跌撞，并乱吵道："这破更房往年时曾被强盗杀掉两个更夫，不吉利得很，咱快他处去避吧。"于是大家拨转马头，驰向岔路。

湛若既脱此险，颇以为得神助，便一路佯狂，沿海岸走去。本想是趁船赴闽，觇觇郑芝龙父子毕竟是个怎样的人物。因为这时芝龙父子方拥兵闽海，颇有海上人豪之誉，方观望时局，便是清将帅也奈何他不得。一时四方贤俊多往归之，所以湛若也想去觇觇光景。哪知路径多歧，湛若不但没趁得海船，又撞到一片乱山海汊之中。但见乱峰合沓，海水冥洞，好一片险僻所在。湛若没奈何，只得拣稍平之路走去，冀逢人问途。哪知趱过半日，唯有猿鸟悲号，路径又越走越僻。日落时分却来至一处海汊岸沙壖之旁，遥望海滩下似有帆影隐隐。湛若以为是过往的海船，也没在意。便就沙壖下歇坐下来。

须臾，初月已上，照得那一片白沙便似烂银铺地。湛若正在望月自叹，又怙惙无从问途的当儿，忽闻笛声嘹亮，起于海汊之下。湛若方在倾耳，又闻有人鼓掌欢笑，湛若暗道好了，既有人来，便不愁问途。于是循着笛音，到那海岸边张时，只见一只高帆快船泊在那里。船面上列坐着七八个短衣男子，一色地帕首带刀，气象凶猛。正在那里团坐吃酒。其中一个彪形大汉似是首领模样，方在吹笛，一见湛若却停吹大笑道："难得嘉宾惠临，能从我辈吃一杯吗？"

湛若见状，料是一班海上暴客。自恃本领，殊不惊惧。并且又在奔走饥疲之下，且乐得扰他们一顿现成酒饭，于是欣然上船。

坐下来连举数杯，那大汉大悦道："豪哉，今日先生来得有兴，俺们方在此候一桩生意，少时你分一份去，也不愁行路少费了。"

湛若听了，只随口唯唯。本想是吃饱去掉，哪知谈话间问起那大汉姓名，方知他便是郑芝龙部下的人，姓马名俊，绰号铁笛仙。奉了芝龙之命，率领了许多部众分散在沿海各处，专以劫掠了金银财宝，大船载往芝龙那里交割。

原来芝龙因养兵太多，裕饷无术，便暗含着做强盗行为。当时湛若听了马俊一番话，不由将去觇郑芝龙的念头闹得冰冷，暗想道：这厮在此候什么生意？大概是劫夺行旅，且觇他怎的行为。趁势除掉这厮这也是好事。怙惙间，忽闻远远的海汊边一阵野雀惊噪，马俊便笑道："先生且在此稍候，少时分些盘费去。"说罢，命湛若登岸，自率众汉子扬帆呼啸而去。

这里湛若就岸上略为徘徊，早闻得那海汊边一阵呼号叱咤之声。须臾，马俊的快船转来，后面却跟了一只老大的商船。湛若不待马俊招呼，置琴于岸，手按剑柄，跃向商船上张望，不由大怒。只见船中客商约有十余人，都猪子似的被缚在舱，水手们却被众盗持刀逼定。那马俊却虎也似踞坐船头，一见湛若也不暇言语，只指挥着两盗并拢那只快船，他却自入舱中，左提右挈地扶出两个美貌妇女。一抖两膊来了个燕儿飞式，方挟了两妇跃上那快船。却不提防眼前人影一闪，有人就自己左右手腕上啪啪两拳，两妇女顿时脱手，一齐跌倒。

131

马俊大惊，忙望来人，却是湛若，因笑道："原来先生还有如此手段，既这样你不须去，便请入伙吧。"一言方尽，只见湛若剑光起处，那马俊一颗头颅早已滚落船面。正是：

> 灭门逢令尹，亡命叹无家。
> 诛盗安行旅，英雄气正赊。

欲知后事如何，且听下回分解。

第二十三回

溪源谷英雄事畜牧
东峰寨父老议修闸

　　且说湛若一剑削落马俊的头颅，趁势剑锋略转，又将驾快船的两盗打落于水，吓得那两妇推开马俊尸身，爬起又倒。这里商船上众盗业已喊一声，一齐跳过船，向湛若举刀便砍。湛若大怒，忙摆剑先将当头两盗打翻，用一个撒花盖顶式闯入去，不消转眼工夫，又削翻两人。于是余盗大骇，便顿时呼哨一声，上岸逃命。

　　湛若都不管他，正要去扶起两妇，那商船上众水手已将众客商解却捆缚。于是大家过船来一面扶起两妇，一面向湛若纳头便拜。湛若问起他们来，方知是一帮赴浙江定海的客商，不想船至此间，却遇马俊劫夺。其中有两客，一姓杜，一姓贾，便是定海人。被马俊所挟的两妇便是杜贾两客的浑家。当时大家叙谈之下，湛若也慨然一说自己的姓名来历。众客听了，称谢之下，又是齐声赞叹。杜贾两客便道："恩公既是茫无所归，且请到俺商店中盘桓些时，容俺们稍尽鄙意如何？"

　　湛若这时一来是到处为家的局面，二来既打退赴闽之意，便想去瞧瞧南都监国毕竟是怎样的个政局。由浙赴苏倒也方便，于是慨然应允。自就岸上取了那琴，大家趱回商船，更不管那快船上血溅尸横，便连夜扬帆而去。

　　湛若舟中无事，试吹马俊的那支铁笛儿，倒颇发音清亮，其中有个老客商问知所以，便惊道："先生不要吹这笛儿了，那厮既说沿海岸其党颇多，没的因这笛儿上再惹起是非。"

　　湛若听了，颇觉有理。但毕竟因舟中寂寞，每当停泊之时，便试吹一曲，解个闷儿。又将琴曲中的《猗兰操》《武溪吟》两曲翻入笛中，吹起来真个是穿云裂石，其声洞心。不想因这笛儿，湛若却见了一桩怪事，可见深山大泽中，是无奇不有了。

　　因为有一晚，船泊海岸，距岸不远却有一处小山，远望去树木蔚然，颇具风景。晚饭后，湛若携笛上岸，趁着初月之光，一步步踏向小山。越走越幽，但见一处处流泉怪石，一带带鸟语花香，又有弥望的玉兰花儿正在盛开，花大如盎，清芬透脑，被晚风一吹，就月光下远近间摆动起来，便如翻倒香雪海一般。湛若一面走，一面暗想这海滨土脉便恁地旺盛，如此好花自开自落，倒也有趣得紧。逡巡间，趱登山顶，但见白石嶙峋、细草如茵，回望那玉兰盛处，俨如白波流动。这时月光大上，照彻山头，松楸历乱，影被地上，便如荇藻交横。湛若就白石上歇坐下来，一时间，人境俱寂，但闻一片海涛澎湃之声。湛若四顾山林杳冥，不由暗想道：怪不得古人学琴，海上移情，不到此境，焉知古人会心之妙。可惜俺没携得琴来，只好用这笛儿写写俺的心曲了。

想罢便擘笛吹起。一声嘹亮，震破空山，端的是余韵流空，调高响逸。因为湛若既怀身世之忧，复感山河之异，那一腔幽恨不觉从笛韵传出。须臾入破，越发地回肠荡气。不但一时间林鸟惊飞，月光暗淡，便连湛若也自觉身世两忘。正这当儿，忽闻一片鼾声起于身后，回头望时，不觉猛吃一惊。原来身后石块上，却危坐着一个毛茸茸的东西，戴着满头的玉兰花儿，正那里瞑目打鼾，似乎是来赏音得意，神恬入梦。慌得湛若置笛站起，方要掏出随身的匕首，去瞧仔细，忽地香风飘处，却被人从后面一把抱牢，顿时有个雪白的面孔直偎将来，并且有力如虎，竟将自己掀坐石上，伸手便掏胯下。

湛若定睛一瞧，不由骇绝。原来却是个搽脂抹粉的媳妇子，穿着一身古老彩衣，满头上都是通草花儿。看那打扮就如扮社会的花娘子一般，虽然眉目如画，但是两只眼儿却白瞪得怕人。更奇的是彩衣下面只露着一只雪白的光腿，脚上踹着破草鞋子，好个怪相。当时湛若料得是个山中怪物，便竭力地推开她，掏出匕首。那媳妇子却不理会，依然地独足跳起，张手来扑。湛若忙闪身，方要夺匕首刺去，不好了，便闻背后怪笑，那毛茸茸的东西也自跳起扑来。湛若忙向斜刺里一闪，倒闹得两个物儿砰地一撞，彼此地拉了手儿，只顾乱跳。湛若正在张皇时，却闻远林间火枪一鸣，接着又闻来往间锣声响亮，并火燎光耀。这里两物方舍掉湛若，相携了腾踔而去。

须臾火燎趱近，湛若望时，却是杜贾两客领了三四水手来寻。湛若一说所见之异，大家正在吃惊，却闻树影中有人笑道："客官们，不须吃惊，这是俺山中的山公山姑，顽皮些那是有的，却不害人。"

说话间，由树后转出两个持火枪的猎人。湛若向他们一问其异，方知所见的两物名为山魈，介乎人兽之间，便如猩狒一般，性有巧思，能取木为高巢，略似阁室，分上下屋，缀草如垣衣状。远望之，甚是奇特。俗呼雄者为山公，雌者为山姑。往往和山民交易，因能织履编草席，用易米谷。雄者好酒，雌者好脂粉彩衣，皆以交易得之。其所居左近，野兽远徙，山民便之。又善款客护行旅，山行者欲借宿，便诣其巢，长揖申意，山魈便宿客于下层巢中，自于上层瞭望，以防兽类来袭，极尽主人之谊。客临去，有所馈遗，则鼓舞以谢。但是吃酒醉后，却要淘气。山公遇人，唯纠缠不置，山姑便强抱人与合。湛若所遇，想是值山魈等醉后哩。当时大家听了，称异一番。湛若就石上取了笛儿便同大家匆匆回船。

不几日，到得浙江定海，湛若便从杜贾两客暂寓下来。本想是小做盘桓，即赴南京，觇觇政局，却又闻得宁南侯左良玉方坐镇武昌，甚有时誉。于是湛若别过杜贾两客，流转入鄂，趱至半途，却闻得良玉意气颓放，颇有拥兵自重之意，在军中只和清客们博弈饮酒，清谈弥日，殊无连襞自劳闻鸡起舞之志，又闻其与南都马相意见不合。湛若不由叹道："将相但逞意气，焉能有为？此人既已暮气，还去谒他做甚？"于是索然兴尽，就逆旅中徘徊数日，只好且做北游，转入河南地面。

时河南屡经流寇蹂躏，并清兵南下，处处是残破不堪。湛若一路所见，真具是伤心蒿目。那些劫后的残黎只知挣命，哪里还顾什么王法？大则数百为群，小则百十作队，远近间劫掠的火光，或至通夕不熄。又有些极不堪的所在，豪民们公然设有人市并人肉市。那花枝似的少妇长女只卖两串老钱。刮剔得血漉漉的人肉，大块挂在架上，任人来挑瘦论肥，掂斤播两。湛若见状，愈深故国破碎之感。一路上触目感怀，所作诗歌甚多。旅费用完了，只好就热闹市尘上鼓琴乞食。这日来至河南府城中，在太虚观香会上，却遇着毓崐。

当时毓崐听罢湛若一席话，好生起敬。俗语云，惺惺惜惺惺，好汉爱好汉。主客谈笑之下，真是一见如故。毓崐见湛若旅况萧索，便笑道："俺因曾遇顾亭林先生，所以也略晓治生畜牧等事，俺近日有些倦游，颇想寻一相宜所在，也学顾先生所为，暂息劳足。只是没得同心伴侣，今日得遇邝兄，真是天幸，便请邝兄到敝寓同居，余做打算如何？"

湛若听了，欣然应允。当晚便跟了毓崐来至寓处。毓崐置酒，两人衔杯款洽起来。谈论一会儿文事武功，感叹一会儿时艰国难，真是越说越投机，酒逢知己千杯少了。于是两人即便杯酒定交，须臾酒罢。湛若喜得良朋，又鼓琴一会儿以寄兴会。这次琴声却谐畅和悦，俨有嘤嘤求友之意。毓崐听到高兴处，便欲从学，哪里晓得两只凤生荆棘的硬手，再也不听使唤，手才抚弦，早已分拨不清。湛若大笑，便从行装中取出马俊的那支铁笛，教毓崑试为吹弄。毓崑中气本壮，倒吹得声坠梁尘。从此，两人在寓，只以琴笛消遣。

哪知就这消遣中，却会恼了府尊的一个官亲。因为这官亲有个外室，便是毓崑寓所的隔壁。那官亲每到外来寻欢，便听得琴声笛声只管交作，又有人大说大笑。不但被扰得睡梦不安，并疑惑毓崑等是有意调弄他那外室。于是大怒之下，便想告知府尊，驱逐游客。亏得寓主得知信息，报知毓崑等，两人只得离却府城，就一处村落中觅寓住下。却见村人们多半以贩牛为业，问起牛所自来，方知偃师缑山中山民们素讲牧牛之利，山中犊子甚多，都是论洼论谷地牧养起来。一来外贩得利，二来得牛粪用以肥田，真是个治生善法。毓崑听了，不由触起畜牧卜居之念，便与湛若到缑山中，且从事相度觅居。

一入山中，不由颇恨来迟。因为里面风景既佳，又复泉甘土沃，真是绝好隐居之所。两人相度了几日，便就距西峰不远一处山谷中定居下来。谷前有双涧交流，汇为长溪，因名溪源谷，谷内树多草厚，天然的一片牧场。于是毓崑出所携积资，和湛若经营一切。先招集人役筑室起垣，并料理牧场各一切所需，然后购买群牛，雇用贩牛的牧竖等人。毓崑和湛若从事牧业之后，依然地读书掣剑，又留心山民们朴质之性，时时地向他们说些诗书大义，却喜山民们颇能领略。毓崑等居谷中没得数月，山民们提起溪源谷刘邝两先生是无人不知的。这日毓崑跨牛出牧，却无意中救了佩瑗。

当时佩瑗听毓崑说罢来历，知他是个不忘故国、有志的英雄，不由心下暗喜。一时间又想起父亲说的得一同志婚配的话，不知怎的，顿时觉脸儿上热辣辣的，就伸手接取酒瓶之间，却误将毓崑手儿握牢，嫣然一笑。毓崑见她嫩脸霞晕，只认是酒多，便笑道："姑娘如觉困倦便请在草铺安睡，俟明日再到俺寓处如何？"

佩瑗听了，不由心一动。略一沉吟，便懒懒地伸伸腰儿，却笑道："既如此，俺便有僭。"说着便取过柳叶刀，置向草铺，即便和衣卧倒，鼻息数转，业已鼾声微起。

看官你道佩瑗真个吃饱了便睡去吗？原来佩瑗见毓崑是个英雄角色，虽动了择婿之念，却还信不及毓崑的品行，所以特地和他同宿窑中，试他一下子。古人说得好来，逢千金于旷野，遇美人于暗室，是好一块试金石哩。当时佩瑗一面假作睡去，一面偷看毓崑，这才心头一块石落地。

原来毓崑并不曾学那秉灯达旦的光景，只浩浩落落地吃饱喝足，瞧瞧佩瑗横不椰子卧在草铺上，两只脚儿伸在潮湿地下，他便移身近前，唤得佩瑗两声，见没动静，他便抬起佩瑗的两只腿腕，一径地移向草铺，一个呵欠也便老实不客气地和佩瑗并卧下来。展眼之间，便已酣睡如雷，并且模糊地挤向佩瑗，几乎是就以足加腹。这一来，佩瑗虽晓得毓崑是一团正气、不拘小节的人，但是这夜间，一点芳心只顾辗转，却也没好生安睡。

次晨，两人起身，出得窑来。由毓崑引路，先去从那高树上取了牛鞭，驱了群牛到得那溪源谷。佩瑗和湛若相见之下，由毓崑一说所以得遇佩瑗之故，湛若听了，不觉拊掌称快。

不提当时佩瑗在溪源谷逗留一日，毓崑等极尽主人之礼。且说毓崑自送得佩瑗去后，仍然地日事畜牧。哪知合当姻缘天定，过了数日，却有佩瑗族人前来相谢，并提佩瑗的亲事。毓崑这时卜居既定，未免也乐有室家。并且佩瑗也是个巾帼英雄，正合自己的志趣，于是欣然允亲，从此便入赘姜家。那一切嘉礼之繁并燕尔之乐，都不必细表。

过得几日，夫妇偶谈起治生畜牧等事并报国的志向，佩瑗便道："财能聚众使众，既谈到报国，这理财治生自是不可缓的事。好在俺父亲在时，在缑山东峰下置有山田，并东寨的庄院东半壁山中居民们大半都是俺家的佃户。俺父亲每到庄院闲居时，也指点他们些寻常武功，为的是山居自卫。如今咱正好移居那里，经营一切。便是你所办的牧场也可以开拓许多。那溪源谷近于西峰，却不是好所在。因为那废寨中惯藏歹人。但是那佃户们都是俺父亲所领的白教教友，你若去时，便须入教，方能和他们事事融洽，指挥一切。"

于是将白教的大概一说，毓崑听了大悦道："如此真个好哩。俺正因这报国事体，须要暗中有一种结合。今趁此机会，一面治生理财，备使众之用，一面暗将报国大义输入教友们意念之中，将来遇有机会，怕不有可用之众吗？"佩瑗听了，也自欢喜。

于是一面请毓崑到白教中首座那里，如礼入教，一面收拾家资器具并一切的箱箧细软，择日移居。毓崑便先到溪源谷和湛若收拾一切，这一来轰动许多当地教友并东峰一带的佃户山民，凡是在教的，都欢然奔走来襄助一切。因为亡过的老头子姜尚义既有人缘儿，如今佩瑗又能手刃父仇，招得个英雄夫婿，真能给教中人争气。所以大家甚是欢悦，那佃户山民们更是欢迎不迭的。便是因西峰废寨中时有歹人们往来托足，虽不至蓦恼山家，却恐他们聚多了，盘踞不去。今得毓崑夫妇入山来，便是猛虎在山之势，自然有恃无恐了。

当时佩瑗移家热闹，并应酬教友的许多繁文，和那毓崑到东寨后整理寨务，建筑房舍，并以兵法部勒佃户教友等事，这都不必细表。就中单说邝湛若，帮着毓崑料理了个把月，稍静下来，便连日独游山中，踏看地势。过了几日，却被他看得有两样须要料理的事，一样是西峰下地既险僻，又有那座废寨极易藏伏奸盗，倘有股匪等占据起来，便是山中大患，急宜铲平那废寨方好。一样是山中土地虽肥沃，却乏水利灌溉，山中泉涧不少，应当设法潴汇起来，以时壅泄，方能尽地之利。当时湛若向毓崑一陈自己所见，毓崑极口称是，便召集山中父老共议料理这两样事体。

父老等道："这兴水利的事却还不难，只要全山人众不惮烦费劳苦，兴一场工役便可办到。因为山中溪涧这水多半交汇于响泉闸地面，然后漫流四散。那所在为什么叫响泉闸呢？便是当年那所在本有一处旧闸，就为的是壅泄水势，以利田亩。那所在正当东西两峰之间，颇得建瓴之势。今只须规复旧闸，那东西峰下的许多山田便可都得水利了。至于那铲平废寨一事，却不可贸然举行。因为那废寨中颇有些贫户们结庐栖止，都是斫柴割草苦哈哈的生活。一旦铲平那寨，此辈未免可怜。二来那寨主儿黄姓遗族，虽说是死的死，徙的徙，但是未必便死绝。此事似宜先访察徙去的黄族。如无人时，不必说了，如有人时，咱们可集资买过那废寨，然后再从事铲除。如此方觉妥当哩。"

毓崑听了，连连称善。便姑且置下料理废寨，偕同父老们到那响泉闸张时，果然是溪涧交汇，地势建瓴，俯瞰东西峰下许多山田，一处处沟洫遗迹，还似乎隐然在望。那旧闸遗基已不可见，仅仅于榛莽中寻得几块很大的基石。当时大家相度一会儿，又估计一番鸠工庀材建筑等事，即便各散，众父老便分头去唤集山民等商议起来。

本想是克日兴工，规复旧闸，哪知山民等习于苟安，今见兴偌大工程，既须出钱，又须出力，那未来的水利毕竟是眼前见不到的事，今先须如此繁费，大家未免懒懒的，先有些不高兴。于是你来哭穷，我来述苦，大家都说俟得个丰收年头，松松财力再办此事。众父老见此光景，也未便强迫他们，只得据情去回复毓崑。那佩瑗却慨然道："山民们性儿是可与乐成，不可与图始的。若待他们集资修闸，恐不知何年何月。好在俺父亲积有遗资，还可以兴此工程。且待俺独立修闸，以扬先人之惠如何？"

毓崑听了，正在连连称善，只听院中有人道："不可不可。"声尽处趱进一人。正是：

　　既定山居，援谋水利。
　　谁识争端，乃于此启。

欲知后事如何，且听下回分解。

第二十四回

访英豪二客游南
遇孽缘一佣窥秘

　　且说毓崑见趑进的那人却是湛若，于是一面让座，一面道："今贱内欲独力修闸，以谋众利，也是件好事，邝兄怎见得不可办呢？"

　　湛若笑道："不是这等讲，凡事都要熟虑，方才妥善。刘兄夫妇入山不久，诚信未孚。今独力修闸，那晓事的人们知为谋众利，自然歌颂不置。那不晓事的人们未免就疑你攘擅水利，自私其用，嫌猜一起，殊不相宜。依俺之见，还是慢慢地劝导大家，使知水利之溥，自然就众擎易举了。如今山中定居粗粗就绪，刘兄且随俺到南京看看政局，顺便访晤一位当代的佳公子何如？"

　　于是略略一说那公子的姓名家世，并公子之父怎样的人望政声。毓崑听了不由大悦，便暂置下修闸之事，竟和湛若略携行装，佩了刀剑，嘱咐佩瑗仔细措置山中事宜，一径地出得缑山，取路登程而动。

　　看官你道怎的？原来邝湛若自在南海时，久已闻得祁公父子的贤豪大名。入浙以后，更闻人讲说祁公子许多善政并豪侠事迹，因此湛若心仪祁六公子，颇欲访晤结识。本拟由浙入苏便去物色，后因流转到河南，便将此事搁置起来，所以这时又复想起。

　　不提这里佩瑗送得毓崑去后，且自料理山中等事。且说毓崑、湛若一路上饥食渴饮，直赴南京。这时是处处流民载道，盗贼横行，好容易到得南京，觅寓住下。但见些江防兵弁满街上把臂嬉游。问起来，却是阮大铖所管领的。又有些野模粗样的黔兵们出没街市，或穿着不男不女的奇丽衣装，醉后便在街上凶斗，问起来却是马相士英部下用以自卫的。朝廷虽小，仍然日事笙歌，国都初建，业已党派水火。至于文恬武嬉，哪个管家国兴亡？士女扰攘，谁复问河山改易？毓崑等直着脚子跑了些日，不但一个有心人没遇着，倒闹了一肚子鸟气。

　　这时道路口碑只有两个好官，一是坐镇扬州的史阁部可法，那一个便是苏州巡抚祁公彪佳。于是毓崑等离却南京，先赴苏州。事有凑巧，方入州境，却闻得大盗徐元吉十分猖獗，祁公正出赏格，张谕缉捕。那元吉偏偏不惧，竟在徐塘庄聚拢群盗，一面日事劫掠，一面还招纳匪人入伙。毓崑等暗想若捉住元吉，再去抚衙访祁公子，倒是绝好的一样见面礼。于是便更易姓名，投向元吉处。事又凑巧，守得几日，恰值六公子假扮万绅，去赴元吉的人头大会，三人从此才结识起来。这段节目，上文中早有详述，不复再赘。

当时毓崑等别过公子，便赴扬州，见史阁部治军有法，威望肃然，防守得扬州便如铁桶一般，并且招贤纳士，雅有大度。毓崑大悦之下，便烦湛若起草，条陈时务十策，一径地上书于阁部，静候消息。哪知过得数月之久，通没下文。原来这时南下的清军业已逼近苏州境，史阁问逐日里料理防务军事，已自日无暇晷，又搭着高黄两镇因争防扬州的嫌隙，竟自火杂杂厮并起来。那高杰竟伏人于土桥地面，劫杀得功。赖得功饶勇，仅以身免。此事一起，又须史阁部奔走调停，更忙得不可开交。再加以这时无聊的游士等人聚拢在扬州，哪个不希图进用？那上书于阁部的每日总有十来起子。幕府参谋先生们都司空见惯，见了条陈便且置高阁。那史阁部哪里便阅到毓崑等条陈呢？当时毓崑等见没得消息，又见清军日逼，不觉废然思返。不一日，踅回猴山，和佩瑷晤语之下，不由一怔，因为这时佩瑷方忙忙地集合在白教的佃户们，准备和人厮并哩。

看官你道怎的？原来自毓崑等赴南京后，为日不久，西峰下的那片废寨竟被红帮中一个首领领了一帮帮众前来占据了。至于这首领是哪个，便是上文所述的那单刀手洪金城。至于洪金城怎的便来占据呢？却是因有一个黄姓族人，因贫困丢了废寨，流落在河南府城左近，在一处村庄中给人家佣工。这家儿只有个中年寡妇，因为房舍宽大，又有一片很大的菜园，便连着内院，所以雇佣料理。黄姓为人倒也勤朴，又生得精壮，那寡妇见他服役殷勤，甚是欢喜。也是合当孽缘凑合，一日，黄在菜园工作一会儿，觉得口渴，便踅向内院角门边，想进去寻取热水。一瞧角门却是关的，于是啪啪地一阵叩唤，却闻得那寡妇有气没力地连连答应，半响才踅来开了角门，却蓬蓬的发角，红红的腮晕，乜着两只水汪汪惺忪倦眼，一面整理着压皱的衣襟，似乎是盹睡方醒。黄姓本是粗人，见此光景本没在意，便一径地踅向厨灶下，灌了一壶热水，用大碗斟上，慢慢地喝。不想那寡妇跟来吵道："俺方才歇困一霎，你便来打搅。以后你记着，见关着角门便不要叩唤。你快提了热水向园里去喝，俺还要盹一霎。"于是刻不容缓地将黄姓促入后园，砰的声又将角门关牢。

这一来黄姓倒动了疑心，便悄悄从园后门绕向宅前，伏觇动静。良久良久，果然嗖一声从宅门内闪出个长大汉子，生得雄赳赳的，内着青绸短衣裤，外披氅衣，笑眯眯刚下得台阶，却闻寡妇在门内低笑道："方才被那呆子搅得人不高兴，今晚上你早些来吧。"

　　那汉子一面走一面笑道："没准儿，你只虚掩这门等我就是。"说着一径趄去。

　　当时黄姓闪在一旁，不由暗想道：好嘛，你一个寡妇人家，原来玩这等把戏。且待我今晚诈你一注财再讲，满拼着不做这工，什么要紧？主意既定，心下欢喜。到得傍晚时光，便在菜园中沽酒自庆，二来也为的是壮壮胆儿。哪知一杯一杯复一杯，只管吃得口滑，不大时光，竟自醉倒在榻。及至醒来，业已天将四鼓时分，不由自恨道：这张馋嘴好没正经，便耽搁到这时。没的那鸟汉完了事，已自趄去，亦未可知哩。于是匆匆爬起，提了根柴棒，因时方夏月，恐有人在街坊上卧凉，便就宅墙黑影中闪到宅门前，推推宅门，果然是虚掩的，暗喜道：那鸟汉定是还没来，如来时，这宅门一定是关的了。怙惙间入得门来，便就内院正房前隐僻处伏住身体。本想待那汉到来，暴起擒捉，以便诈财。哪知老等良久，通没动静。但见那寡妇房中纸窗上灯光耿然，并微闻鼾声。黄姓不由又暗想道：莫非那鸟汉已困在屋内吗？果然时，俺没来由在此呆等，替他打更，却是笑话。

　　于是逡巡趄向窗下，就窗缝向里一张。这一张不好了，顿时觉得浑身不得劲。正是：

> 豪族之裔，沦为佣保。
> 穴牖窥春，孽缘凑巧。

　　欲知后事如何，且听下回分解。

第二十五回

洪金城率帮据西寨
毕先生贾怨起堪舆

且说当时黄姓向窗内一瞅，那一股酒后的欲火只管焰腾腾地烧将来。这时只顾了想法儿安置那最不得劲儿的所在，早将诈财的念头抛在脑后。

原来屋内那寡妇正仰睡在榻，只用单衾斜盖胸腹，灯光下现出雪白的肌肤，衬着那片松丢丢高鼓鼓乌影影的所在，好不风光动人哩。当时黄姓见此光景，哪里还顾虑什么？于是丢了柴棒，挨身进房，先吹灭灯光，便蹭向榻前，抄手捐起那寡妇两只脚儿，竟自不知所云起来。可巧那寡妇因为久待那汉不至，却独酌解闷，便自醉困，所以这时被黄姓一阵摆布，竟自不觉得。

须臾，黄姓兴致转浓，自然动作有异。正在驰骤加疾之间，那寡妇却模糊醒来。但是这当儿却不暇言语，以为是那汉见自己醉卧，便自擅闯辕门，登时来了个旗鼓相当之势，彼此哑声儿撕揉良久。这时寡妇已经清醒白醒的了，忽觉扼要所在有些不同那汉。疑心一起，自然是加意觉察，刹那之间不由乱扭身儿，惊问道："你是哪个，如何这等大胆？"

黄姓至此已到吃紧当儿，不暇细说，一面乱应道："俺便是你说的那个呆子。"

一句话招得寡妇扑哧一笑，事已至此，只得且自由他。当时两人欢好已毕，那寡妇从此自是善待黄姓。

一日却因扫除房舍，那寡妇跟在黄姓后面，只管指着各处房檐，自夸工程整齐，又指挥细扫各处。黄姓便笑道："你也没见过大房舍，像你这点点窝铺，还不如俺家的茅厕哩。不过俺的房舍破败些儿罢了。"

寡妇失笑道："你说什么梦话？你若有大房舍，还出来与人佣工吗？"

黄姓道："你不晓得，皆因俺那房舍坐落在深山中，想卖掉它得注钱，却没有人，所以俺只得出来佣工。"

于是一说猴山西峰下那片废寨，寡妇喜道："真个的吗？你既有那所在，俺倒可以给你兜揽个买主。"于是一说那买主，黄姓听了，自然欢喜。

看官你道那买主是哪个？原来便是洪金城，因为寡妇相与的那汉子便是金城手下的帮友。这时金城正推行帮务，和一班帮友们来至府城左近，见帮务兴旺，想要觅个相宜之地作为根据久居之地。曾嘱咐帮友们随处留意觅地，那汉子曾向寡妇谈过此事，所以这时寡妇便给黄姓兜揽这项买卖。当时那寡妇向黄姓说过此话，便向那汉子一提此事，由那汉转语金城。金城便跟黄姓到废寨相度一番，不但基址恢廓，整起来足以容众，并且地势险阻，甚便推行帮务。当时大悦之下，没得三言两语，便和黄姓立契成交。那黄姓得价自去，不必细表。

这里金城领了大帮帮友，一窝蜂似的直到废寨，先撵掉傸居的许多贫民，然后大兴土木。一面整理寨垣房舍，一面多遣帮友，就山内外推行帮务，招人入帮。没得十余日光景，竟闹得西峰下喧闹如市。更用善价购置山田，那没主的荒地便命帮友去开垦。这一来山民大诧，起初还疑为是班强盗，及至仔细探听，方晓得洪金城的来历并那红帮中怎样的势力。山民们有甚深思远虑，都仰慕金城气势，除东峰下一部分白教徒之外，大半都入红帮。

但是山中父老们却都抱隐忧，因金城光景不像个善道来头。这其间更气坏了个姜佩瑗，因为父亲姜尚义命丧在红帮人周三胜之手，所以这时一闻红帮二字便恨得牙痒痒。话虽如此说，却也无可如何，只好就料理寨务之暇，留心金城的举动，并劝导山民们不要入红帮罢了。过了数月，倒还彼此相安。

不想因那响泉闸修复旧闸之事，却轩然波起。原来金城于巡览山中之下，也以为那响泉闸堪兴水利，便要独力修复那闸，据为己有。并且不与众谋，定了日期，便要兴工。父老们听得此信，知他是意在专利，不由慌了手脚，便集合了去见金城，请由山民们大家聚资合力修闸。金城哪里肯听，倒将父老抢白一顿，顿时大集帮友，一面招工觅匠，一面携械出入，意在示威。这信息传来，佩瑗大怒，情知金城不可理喻，也便一面招集教徒准备打降，一面遣人去知会金城道："此闸即关系全山水利，理应大家修复，以谋众利，不得存自私之见，据为己有。"这时金城一团高兴，今见佩瑗一个妇人家横来干涉，不由且怒且笑。虽知佩瑗来历并武功了得，却也不以为意。当时竟拒使者于大门之外，并且火腾腾也准备打架。一面扬言于众道："哪个再不知进退，来说屁话，先叫他晓得俺洪某的厉害。"

这一叫阵不打紧，佩瑗一股火头儿直冒得丈把高，更等不得毓崑等回头再做道理，便顿时定期会地，和金城相约打降。两下里这一挤对，眼睁

143

睁就是一场厮并的当儿，可巧有一位游士毕先生，适在山中给山外一位富人寻相基地，闻得此事，便慨然出头，力任调停。正在就两下里奔走说合之间，恰好毓崑等趱回。

以上所述，便是洪金城占据废寨，并佩瑗准备和他厮并之故。交代既明，如今且说毓崑等听佩瑗说罢一切，一时间也没做道理处，只好俟见过那位调停人毕先生再说。当日晚饭后，又向佩瑗说在苏州得晤祁六公子并南京种种败象等事，即便各自安歇。

次日毓崑、湛若料理寨务，正想去访晤那位毕先生，恰好左右进报毕先生到来，于是毓崑、湛若一齐出迎，相让至客室。宾主施礼落座，由仆人献上茶来，彼此道过久仰幸会的客气话。毓崑端详毕先生，形容清古，言辞洒落，不由暗暗称奇。

看官，你道这毕先生是怎的个人物？且待作者转笔述来。原来此人姓毕名方，广西人氏，自幼聪颖好读书，复略学击剑，然而却不为其父所喜。因为其父是广西地面哥老会中的首领，会中人们的子弟都尚武不尚文，所以其父嫌毕方挂些文弱气，将来恐难继其业。什么叫哥老会呢？便是广西地面民人们结合的一种团体。因为广西边省，一来强盗太多，二来是天高皇帝远的所在，那不肖官吏们非法地诛求民人，无所不至，所以大家结起这团体，一来御盗，二来抵抗官吏。其大概也如江淮间的青红帮一般，在地面上颇有势力。

毕方之父所以能得到这首领的地位，却因会中人们曾被人诬告谋反，眼睁睁官中就要举兵剿办，却亏得毕方之父挺身到官，力辩其诬。当时广西大宪庭讯之下，历用种种酷刑，毕方之父却慷慨陈词，意气不挠，颜色不变。终究事情得白，免了一场血淋淋的杀戮大祸。

但是事虽得解，毕方之父出狱后也就剩下奄奄一息。从此会众们见他是条汉子，不但众议立举他为首领，并且大家备了礼物鼓乐，与他送去一面小小的金牌，上刻"急公好义"四字，许其如果不幸殒命，便大家奉毕方为首领，即以此牌为证。那毕方之父见了，虽然欣喜，却又愁着毕方文弱恐难领众。那毕方殊不理会，依然地落落拓拓，终日读书，复好星命医卜等学。既已终日里愣着眼儿，如呆子一般。偏偏那时广西地面有一位道学先生，从之讲学者几数千人，毕方也去受业，留了三年之久。负笈趱回时，却正值其父病笃。满想嘱咐他许多言语，好率领会众。哪知毕方殊不理会，只每日寻些秀才们，大家没头没脑地讲些忠君爱国纲常气节的呆话。其父见他越发呆气，恐他提挈不得会务，便想向会众们辞掉那继任首领，缴还金牌，无奈会众不肯。过得几日，其父病殁，毕方居然继做首领，凡事率由旧章，会众们倒也翕然慑服。

一日毕方偶向郊外闲游，却见一文士模样的人，只管在高下原隰间踱来踱去，似乎是觇玩野趣，又似乎是寻觅诗句。毕方见了，也没在意。隔了两日又到郊外，却又遇着那文士在原间徘徊觇眺，并且一会儿升高点头望远，一会儿咂嘴，面有喜色。少时，竟蹲向一处丛草内，也不知鼓捣的是什么。毕方觉得奇怪，趔向那里张时，却见他将个鸡卵深深地埋入土中，方才将坎陷填平。于是问其所以，那文士笑道："鄙人略晓堪舆之学，连日来踏看此地，气脉极旺，所以用这鸡卵试验地气。足下不信时，请假尊寓暂住一宵，明日这时咱同来瞧这鸡卵，便知分晓。"

毕方性儿本是好奇，及听此话，便要看个分晓，于是欣然邀那文士到家中。次日同去看时，不由大悦，只见那鸡卵外壳都破，竟已孵出个活跳跳的鸡雏。当时那文士见卵已成鸡，也自欣然。谈笑之下，便欲辞去。毕方哪里肯依，便坚邀回家，待以上客之礼，请教堪舆之学。

他本是绝顶聪明，不消数月，早已尽得其奥。那文士去后，他偶然应人之请，为人相地，当时的堪舆名家们都自叹弗如。但是毕方殊不为意，不过偶然借此做个消遣罢了。及至国变事起，毕方痛愤之下，便集合了几个同志的秀才们，就想率领会众起义。俗语云：秀才谋反三年不成。始而大家趁着一股热气，指天画地的倒还有点儿气势。继而究竟是身家念重，大家便一个个颓萎下来。不但没人肯帮助起事，反说毕方不晓厉害，简直地都是胡闹。这一来愤激得毕方性儿越发佯狂离奇。有时闭门累月不出，有时便冠服诡异，狂走于市。往往就酒家酣歌痛饮，醉后或于大哭或径卧酒垆旁。但是他清醒起来仍然整理会事，并晓会众以报国大义。正这当儿，却因一件没要紧的事惹起是非，正是：

多言多败，古有明诫。

快意致讽，祸乃不测。

欲知后事如何，尽在续编四集中披露。

第 四 集

第一回

缑氏山两雄争意气
响泉闸一箭谢调停

上回书说到毕方佯狂家居，却因件没要紧的事惹起是非。你道怎的？原来毕方一日里漫游郊外，信步趄去，不觉已远。须臾来至一片山麓之下，但见山开屏障，沙水分明，仔细望那来龙去脉，竟是绝好的一处郁郁佳城，瞧那茔垣簇新，是新葬的坟地，毕方不由暗想道：真是踏破芒鞋无觅处，得来全不费功夫。不想近郊之间却有这片好地。

正要就左近村人询问这所在是谁氏的墓田，恰好从斜阳影里趄过个荷锄的老头儿。那老者本素识毕方，因笑道："毕先生又来散步吗？瞧这块地端的不错吧？"

毕方笑道："正是哩。老人家，你可知此地是谁家的？此地气厚形美，发富发贵，谁家得到这地，便有些福气。"

老者叹道："什么福气，有这块地的旧主儿，就因这地如今都家败人亡了，还说甚福气。"于是一说。所以听得个毕方十分不平，便从左近人家借来笔墨，就茔垣上大书八字道："此地不发，是无地理；此地若发，是无天理。"题毕大笑，投笔而去。

原来这块地本是山下于姓的世业，于姓父子两人守着这块地，躬耕自给，倒也不愁冻馁。不想闭门家中坐，祸从天上来，这块地却被本县豪绅卞某相中了，要做坟地，便遣人向于老致意，愿出重价得地。于老畏卞某势力，忍个肚子痛，也便要卖与他了。不想于子虽是个粗朴农人，却落落然颇有直气，因素鄙卞某之为人，便向那来人道："卞某虽然有几个臭钱，也道不得强占人世业地位，俗语云：老婆田亩不让人。对不住，你去向卞某说，他能将老婆让与我，我便将这地让与他，干脆，第二句话还是没有。"那来人见话儿来得特杀干噎，情知不是路，只好拂袖而去。

过得个把月，于老父子见卞某那里没甚动静，也便将此事忘掉。不想暗箭难防，一日，于子正在田里耕作，却被一伙公人银铛系项，捉将官里去。于老赶进城，于子已砸镣入狱。及至探明事由儿，只剩了仰天大哭。原来卞某因深恨于子倔强，便去串通狱卒，贿买了一班新捉获的明火劫盗，趁堂供时，将于子攀拉在内。真个是贼咬一口，入骨三分哩。

当时于老痛哭回家，情知解铃还须系铃人，只得忍气吞声，巴巴地寻到先来那人，求他向卞某斡旋此事，自己情愿卖田，但求其子出狱。在于老是心急不堪，那卞某却趁势慢腾腾地勒掯起来，虽许留田，却只管嫌好道歹。终至于闹得于翁持田契登门，叩头哀告，他才略给田价，留下那田。这一耽搁，业已数月之久。于翁估计所得田价，仅够偿其子狱中之费用，但是还指望其子健在。

过了几日，其子事解回家，在虽在，但是虎也似一条汉子，已被狱卒们摆布得奄奄一息。又知得田已入卞某之手，竟自一气而绝。可怜于老既痛子死，又养老无资，便拼了老命，到卞家叫骂一番。回家来，也便一索吊杀哩。

当时毕方趑回家去，也便将题句之事忘掉。过了些时，却听得风声不妙，因为这时哥老会中人有几个不务正业的在乡间去闹明火，却被乡团们捉送到官。那豪绅卞某因恨毕方嘲笑题句，又因毕方是会中首领，便想施展手眼，借这件抢案诬陷毕方是个坐地分肥的窝主。当时会中人们既听得这风声，便都气愤愤地来向毕方道："首领不必害怕，那卞某如果行伤天害理的事，俺们不但聚众去屯衙署联名保你，并且要拖出卞某，打他个王八蛋样儿。"又有攘臂大呼的道："依我看，咱们就打向卞某家，拆他个土平，也不是什么大不了的事。他竟敢欺到咱会中，还了得吗？"说话间，其势汹汹，其中少年辈早已瞪起眼睛，摩拳擦掌。原来哥老会单有这股子横劲儿。对于首领不但敬听指挥，并且死力拥护，真有如手足之护头目哩。

当时毕方见会众动了激愤，诚恐他们做出事来，便一面按住大家，一面暗想道：何苦因自己一人之事牵动会众？倒不如去出门游历，且躲过这场是非。况且如今国变以后，定有些有心志士流落江湖，俺此去得有机缘，结识几人，倒也甚好。想罢，言向大家说明己意，并一面定期大集远近的会众，便命人驰马带了那面金牌，四路号召。这一来不打紧，便如一把烽火，召到各路诸侯。一时间，县城外各道上烟尘抖乱，人骑交驰，都一窝蜂似的聚向毕宅。原来会中首领的号召非同小可，会众们一见，便如官员们奉到玉旨纶音，所以都急急赶来。

当时毕方见了会众，先说明自己要去游历之意，又就会众内选定两人代理首领的事务。那两人一个姓何，一个姓高，也都是意气男子。分派既毕，由毕方置酒，大家欢饮为别。酒酣以后，毕方又勉励会众们几句报国言语，慷慨陈词之下，不由愀然长叹。会众们料得毕方是恐大家志意不坚，不由都披项道："首领但请放心，将来如有用俺们处，俺们只要见到您的金牌，无论千里万里，蹈汤赴火，准不退缩就是。"毕方听了，这才欣然。

大家这一欢饮不知紧要，这期间却吓坏卜某，以为是会众聚齐，要来寻自己的晦气。及至探得没事，方才放下心来。

不提这里何高两人暂摄首领之事，且说毕方次日里略带行装，佩了防身短刀，又藏了那面金牌，别过会众，即便长行去了。一路行程是取路浙江，打算到南京舰觇政局。流转多日，到得南京，所见所闻，无非是叫人伤心败兴。所携旅资既尽，只得借医卜堪舆等术胡乱糊口。便一路价渡江北上，取路河南，想要瞧瞧北京光景，再做出关的壮游。因为毕方既明堪舆之术，便生了一种奇想，见满洲人如此兴旺，他便想到那长白山，瞧瞧满洲发祥之地毕竟是怎生光景。

不想这日来至偃师县地面，却被一个富人留住相地。富人所置的那片地便在緱山中，先有堪舆先生相过，说那地堪做葬用，富人信不及，所以又请毕方复相。毕方入山几日，见那地端的可用，正要去回复富人，却恰值佩瑗、洪金城相约打降的事起，毕方恐两家厮并，山民不安。又听得山民们说起佩瑗夫妇怎的来历、怎的英雄，不由动了个结识的念头，所以才慨然出任调停哩。

且说当时毓崑、湛若听罢毕方自述来历，并出任调停之意，毓崑便恧然致谢道："俺是个粗鲁汉子，和贱内敝友山居避世，称得什么英雄？今观先生气象，方不愧英雄两字。但是先生既慨然来做鲁连，便请以调停之说见教。只要事情持平，俺无不谨遵台命。"

毕方道："俺因你两家既都居此山，总宜和睦为是，却不可轻启争端。依俺之意，你两家是合力合资修复那闸，便由你两家轮年经管，如此便争端既弥，水利亦兴，岂不甚好？"

正说着，佩瑗趱入道："毕先生，你别只管来絮叨，就依你去向那厮说，他依便依，不依时俺自去割他的狗头。"大家听了，都为一笑。于是毕方趱向金城处，又磋议一切。

那金城自到山中，早已闻得东峰下毓崑、湛若的大名，今见毓崑等恰好趱回，那逞豪的气焰不觉挫了一半。当时便趁势下台，一依毕方调停。这场火杂杂的厮并竟被毕方一瓢冷水泼灭。

漫表两家如议，克日价鸠工庀材，各遣去监工人们动工修闸。且说毓崑、湛若连日和毕方欢饮畅叙，气味间甚是相投，不觉各倾肺腑，谈及报国之志。毓崑便道："先生游历行踪本是无定，如不见弃，何妨便同居此间，以待机会呢？"毕方听了，欣然应允。及至给那富人相地罢，便携装入山。自他到毓崑处，那东寨却气象一新。因他素晓形势，就寨垣外又筑起一围长圩，圩门耸然，圩上是楼橹守备之具一切完备，再加毓崑、湛若用兵法部勒教众，耕作之暇，便教以技击武功。没得数月，那东寨在山中便如屹然重镇一般。

但是西峰下洪金城也自整理一切，废寨一新，自不消说，并且续来帮众们，如水之就壑。金城拣骁健些的都分布在西峰左近一带，其余的便令居山外各处，鬼鬼祟祟也不知干些甚事。帮众中却有一人，生得傻大黑粗，大鼻头，攒腮胡，善用两把夹钢短斧，便如梁山泊的黑旋风一般，和人厮杀起，百十来人近他不得。此人姓苗，名沛，绰号儿大力将军。他本是回教徒，在亳州地面领众寇掠，后因奸占教徒们的妇女，为大家所不容，便有人设计，置酒召美妓和他欢饮起来，一面价伏人壁后，本想灌醉他然后动手。哪知他吃得半醉，色心发作，公然就大众前脱得赤条精光，拉脱美妓的中衣，一面嘴内呜呜有声，如猫儿之护食，一面掀起美妓的腿子，就要如此云云。这一来，众人再也忍耐不得，于是群起大呼，伏众悉出，十来把雪亮的钢刀正要一齐攒斫。那苗沛却吼一声，丢掉妓女，踢翻酒案，顺手拔下两只案脚，旋风似直卷过来。但听噼啪扑通一阵乱响，众人倾跌闪避之间，苗沛竟自赤身逃去，从此便流落各处，做了独脚强盗。这时闻得金城招致帮友，特来相投。金城见他猛悍绝伦，便留他在寨，助理一切。

漫表两下里各自整理寨事，徒众日多，并那山民们人性不同，也便各有归附。且说那响泉闸不一日修理工竣，端的是地居扼要，十分壮观，那块独板铁闸，长可丈余，宽有七尺，厚可二寸余，粗估去何止千数百斤重。那水门闸台上设有机捩以便起落。虽借机捩之巧，也须壮夫二十余人，就左右闸台上分拽那闸，方能起落。

当时闸既告成，毓崑、金城等领了徒众都去临观。又彼此定期酬神试闸。先一日，遣人在那里准备了牲酒神筵。这一来轰动山民，届期那日老早地都去等瞧热闹。响泉闸四外山径间，男男女女便如蚁儿一般。

东寨中毓崑夫妇用过早饭，方和湛若、毕方步出圩门，忽地从西面飕飕飕一阵风起，其中有一群乌鹊惊噪飞过，啪嗒一泡稀粪正落在毓崑左肩，闹得佩瑗一面连唤晦气，一面命左右人与毓崑拭去粪秽。那毕方却袖占一课，骇然道："风自西来，其象不吉。咱大家此去，都该小心才是。

须知红帮人们角色猥杂，其心叵测，倒不可大意哩。"

佩瑗愣然道："真个吗？如果洪金城敢闹什么玄虚，咱此去须带器械才是。"

说着立命左右去取刀剑，却被毓崑止住道："洪金城本有些猜忌咱们，今天虽说是酬神试闸，却为的是彼此会会联络和睦，如带械防备，未免叫他笑咱小气。今只须小心就是。"

说话间大家举步，不多时来至闸前，只见洪金城和那苗沛已领了班帮众在神棚内等候。于是彼此厮见落座，佩瑗留神金城等都没带刀剑，也便放下心来。但是却见苗沛圆彪彪两只贼眼只管打量自己，瞧得佩瑗正没好气。当由执事人众，就神棚内端整好酬神祭品。一时间喜鞭响动，大家如仪行过礼，便都向闸前试闸。这时那所在众观者早已拥拥挤挤。但见闸台上执事人等一声喝号，拽动机揿，那面闸一起一落，非常灵便。

大家见了正在拍手喝彩，正见苗沛掉臂登台，却大喝道："你们大家听真，今日却不关洪首领的事，是俺苗某这双拳头要和诸位认识认识。没别的，从今日试闸起，俺敝寨却要先经管一年，你们哪个不服气的，只管向俺动手。"说着，目视毓崑微微冷笑，并且挥退执事人等，一伸健臂，挽住机揿就要独力起闸，以示勇武。

佩瑗大怒，登时嫩脸儿彻耳通红，正想飞身上台，却被毕方一使眼色止住的当儿，只见金城正色道："苗兄弟不得无礼，谁先经管一节，须要两下里共议办法才是。"

那苗沛听了方才敛手而退，于是试闸已毕，大家随意价散步巡览。金城和苗沛只顾就闸左右观玩那水势交汇的光景，这里毓崑夫妇望见湛若、毕方坐在一处大石上相与共语，料是商议谁先经管此闸的事体，正想趁去大家商议，忽见身旁林木里人影一闪，接着便嗖的一声，大家望去，不由都惊，顷刻间一阵大乱。正是：

> 和意初接，争心已见。
> 由来党派之分，势如同器冰炭。

欲知后事如何，且听下回分解。

第二回

据西寨苗沛逞恣睢
盗官室燕娘显身手

　　且说佩瑗猛见从林中飞出一支袖箭，直奔毓崑的咽喉，忙一拖毓崑。那支箭竟擦着毓崑耳根过去，铮的一声却射在一株大树上。佩瑗大怒，丢掉毓崑正要去抓拿金城。只见金城也自大怒道："是哪个擅敢如此无礼？"说罢，大踏步亲自赶向林中，径从深草中捉住个红帮中人。

　　那人生得高头宽膊，颇为雄健，却没口子乱喊道："首领不要误会，俺是用袖箭射野雀玩耍，哪个想怎么样不成？"说着恶狠狠一瞟毓崑，就要挣脱。却被金城一脚踢翻，即命左右痛责四十杆棒。登时叉将出去，然后向毓崑谢过不迭。

　　原来红帮中人类猥杂，向来恣肆已惯。金城虽是颇严约束，但是哪里能事事察到？当时这人因佩瑗拦阻金城独力修闸，所以要暗射毓崑泄恨。当时佩瑗见金城如此一来，也便发作不得。少时大家复聚向神棚，谈到轮年经管此闸谁先接手之事，彼此七嘴八舌吵过一阵，当由毕方建议，就此拈阄为定。及至金城、毓崑拈阄罢，却是毓崑拈得。

　　漫表金城怏怏然率众自去，且说毓崑等回向东寨，一面分派教友去管闸事，一面相与欢宴，庆贺闸成。酬酢之下，谈到林中暗箭之事，佩瑗愤然道："我看洪金城终非好相识，难道那暗箭之事他真个便不知？却来人前做作。"

　　毕方道："金城为人，俺虽只和他数次晤谈，却料他也是个直性汉子，还不是邪僻一流人。因他谈论间颇注意严整帮规，那暗箭之事俺料他是真个不知，但是也难辞失察之责了。将来却怕他约束帮众不严，生起是非，咱只约束本教人，徐察他动静罢了。即如那苗沛，便不像善类，咱大家留意就是。"

　　佩瑗扬眉道："可恨那厮两只大贼眼圆睁睁地只管瞅人头上脚下，那个大鼻头更为讨厌。等遇到节裉上，俺先削掉他再说。"大家听了，都各一笑。

话休烦絮，从此毓崑等一面料理寨务并教务，一面暗察西寨里红帮动静，倒还能彼此相安。不过帮众们小有骚扰山民的事体，无非是偷鸡摸狗的勾当。就中单说那响泉闸，自毓崑命教友们经管以来，端的是启闭有时，壅泄得法，那东西峰下许多山田，果然是禾稼茂盛，都大得利。及至秋收以后，东峰下的山民们都称颂毓崑夫妇，大家便椎牛醮酒，就闸旁择地聚会了。并请得毓崑等到场。先祭过闸神并田祖，大家正在斗酒自劳，兴高采烈地吃秋膢儿。忽闻闸那面哭声迭起，抬头望时，但见一簇簇白衣如雪，有的向闸哭跳，有的向这边酒场戟手诅骂。原来却是西峰下新入红帮的山民们，因为地洼存水，伤了禾稼，他便硬说是经管闸事的人是成心害他的地，所以穿了丧服，来此哭诅。当时大家探知缘故，情知是帮众们暗中指使，意在寻闹。依着教徒们便想请毓崑寻金城讲理，说明对于灌溉东西峰下的山田并无歧视，却被毕方、湛若劝住，且看来年帮众们经管闸事，是怎生光景。

不提当时一场高兴酒被搅得不欢而散，且说毓崑经营寨务田事之暇，更时时出山去，探听些时局的消息并各处教友们的光景。且喜教友们都各安分守规法，唯有时局消息越发不妙。这时南下的清军那前锋兵马将到扬州，偏那睢州总兵许定国又于杯酒之下杀害了镇将高杰，领了所部兵马去投清军。那清军得此向导，后面豫王便挥大军急进，堪堪地就要兵困扬州。毓崑听得闷闷的。

这日回头，因行倦口燥，就一处山村茶肆中吃茶。野茶肆中都开个便窗儿。那窗儿都是矮矮的，吊起窗槅，就窗内设个食物案，摆些烧饼、油条、鸡子之类，为的是卖买方便。这时恰值肆中只有毓崑吃茶，那茶婆伺候泡茶毕，没得事干，便面朝里蹲向便窗食案前就水盆中去洗手巾，搓得咕唧咕唧山响。这里毓崑坐在窗旁肆柱后一处位座上，方吃得一杯茶，忽觉窗外似乎黑影一晃，忙望时早见了漆黑的大胳膊伸将进来，张开大手，抓起四五个鸡子，即便缩回。毓崑以为他是和茶婆稔熟之人前来取货，也没在意。纳头吃茶之下，却闻得窗外咕咕喳喳大嚼有声。偏那茶婆咕唧得手巾也十分起劲，响过一阵，毓崑偶一抬头，却又见那胳膊悄悄探入，嗖一声抓起五七个烧饼外挂着两根油条，倏又缩回。这一来毓崑料得是个抓白食的朋友，猛想起自己当年抓吃枣糕的故态，慨然之下又是暗笑。正在置杯沉吟，只见那胳膊又探进来，却就案上张手乱摸。原来这时案上食物已尽，只剩一个鸡子并一个套环式的油条。那手摸物不着，似乎甚是着急，五指一叉之间，却将鸡子油条都触落下来。恰落在茶婆屁股后面。但是那茶婆还只顾搓洗手巾，也没听得响动。

那胳膊缩回的当儿，这里毓崑不觉好笑，以为这鸡子油条既落案下，便是神偷妙手，也没法抓取了。哪知逡巡间，却见由窗外探进一根老长的秫秸，上面缚着一支铁镖，便如长枪一般，对准那鸡子猛地一戳，意思是想戳起取出。哪知鸡子不禁戳，登时碎在地下。于是那镖尖翻回来，便穿油条，却用的是轻妙手法挑那环孔。无奈环孔大些，挑起又滑落。逡巡之间，那油条已被挑拨得到了茶婆屁股下面。这时毓崑竟瞧得出神，见那镖头只管在茶婆屁股下伸缩，正替她捏一把汗的当儿，便见那油条已到茶婆要紧的所在。那镖头轻轻一抖劲儿，虽然挑起油条，但是茶婆也便啊呀一声，刚道得一声："是哪个？"这里毓崑忍不住哈哈大笑，刚站起想去瞧窗外那人，便闻外面有人喝道："打打，这厮方才在村头上支空架子，没饱得肚皮，却来这里偷吃。"慌得毓崑到窗外张时，早见四五村人围定个褴褛汉子正要捶打。那汉虽困悴之色可掬，却生得面目伶俐，顾盼间颇有精神，只丢掉手中秫秸，一分两臂，来了个大开山架势，那当头的两个村汉业已一齐跌倒。于是毓崑走上前劝开村人，便把那汉入得肆来。

这时茶婆忙摸索着屁股踅来道："客官不要理他，他这两日只管在村中晃来荡去，今天却来抓吃白食。"

毓崑大笑道："他所吃的食物，俺给你钱就是。"

那汉听了不觉赧然称谢。当时毓崑请他吃茶，彼此询问起姓名来历。那汉不觉向毓崑纳头便拜，情愿随侍左右。毓崑见他伶俐并晓武功，当即欣然应允。看官你道那汉是哪个？便是上文中所述的那铁腿鹤李云鹏，这时方江湖卖艺，落魄在此小村中哩。毓崑领云鹏到得山中，便派他巡侦一切。这也不在话下。

转眼间残冬已过，又是初春，经管闸事便该洪金城值年。但是金城因帮务忙碌，又往往出山去奔走各处，哪里有工夫经管闸事？便一任苗沛去派人料理。便是西寨中事也是苗沛专擅一半。这一来帮中规法大松，那红帮帮友本就多亡命之徒，不觉渐渐地旧性发作，只要出山便劫夺淫盗，无所不为。一件件离奇事儿都由云鹏探得，前来报告。毓崑等听了，虽明知此辈不可与之共处，但是一时间既无可如何，又因他们还没在山中无状，因此便姑且相安。但是只这一年由金城经管闸事，那东西峰下在教在帮的山民们便几乎大哄起来。因为苗沛仗着金城并红帮的势力，生心价想挤走教众并毓崑等，以便本帮独占山中。其用意十分阴鸷，不但想挤走毓崑，并且想自厚势力，以便将来排去金城，好唯我独尊。所以这时他一面笼络凶悍的帮众，使之附己，一面却暗嗾司闸的帮众，凡值来东峰下放水灌溉时，不是过量，便是不足量。东峰下人们向司闸的质问起来，他只推说你等田里的沟洫挑挖得不得法，如何赖人放水不好？当时彼此说翻了腔，便起手打了场子小架，于是事闻于毓崑、金城。金城本模模糊糊地不晓闸事，便令苗沛查问司闸的。苗沛是狗拉屎狗知道，却不露出袒护自己所派的人来，便登时另换司闸的，其实新换之人仍然秉承他的意旨。

这年秋收后，东西峰下田亩所入便大相悬绝。于是东峰下人众都愤，未免有些风言风语，要寻金城不依。那苗沛却故意激动帮众道："他们经管闸的，咱们是话没有。咱们经管闸，他们便有许多屁放。"于是帮众亦怒眼睁睁，两下就要大哄。却亏得金城、毓崑都不愿伤和，两下里压派着此事作罢。从此帮众教徒彼此见面便如乌眼鸡一般，随地价拳脚小斗殴，不一而足。

久而久之，帮众们越发无状，如在山外劫夺，并装兽淫人妇女等事，越闹越凶。毓崑曾向金城忠告过两次，请他严管帮众。金城因先入了苗沛的坏话，说是教徒们有意寻帮众的是非，因此不但置之不理，反嗔毓崑是狗拿耗子多管闲事。毓崑亦怒，从此便不去理他。两家头脑人既不相能，不消说两家徒众是越挤对火头越大。再加上苗沛煽动其间，那两家徒众先时随地价拳脚小打或嚷骂一场而散，至此便各拉党羽，往往数十人群殴，继而又持械从事，甚至于打得头破血出。毓崑知得，虽严约教徒们，但是也管不了许多。至此，不在帮教的山民们始而见帮教打哄，还出头调停，继而见惯了，只若寻常，也就不以为意了。但是每逢两家交代管闸之时，山民无不惴惴，因为两家既积有嫌猜，每年到响泉交代闸事，便拥徒众以防意外，乱糟糟刀枪棍棒摆列得麻林一般。

如此三四年光景，那帮众越发猖獗，有时吃醉便向教徒们叫横儿。有时掮出他们帮中大首领黄天佑，以抖威风，有时更叫出惊心动魄的话道："早晚叫你这伙反叛们晓得俺的厉害，俺只须至官中揭破你们，怕你们不滚汤泼老鼠，一窝儿都是死数吗？"原来毓崑自到山中，往往和教友说些报国大义的话。教友们人多嘴乱，没有不透风的墙，自然也被帮众们探得，所以他们便如此乱叫哩。

帮众们既这般猖獗，依着佩瑶视红帮如仇的性儿，早和金城厮并。毕方却持重不肯，总觉金城是个直性汉子，其帮众又厚有势力，将来如果举义时能够说动他们，使为己助，岂不是绝好的膀臂？再加上自己手下的哥老会众，这三项人的潜势力一朝发作起来，彼此响应，这力量也就不在小处。毕方曾将此意从容向毓崑、湛若说知，毓崑等亦以为然。又搭着这三四年中光景，南京监国局面早已破败，清室根基大定，兵力遍及南北，毓崑等越觉得江湖间党派等人不可自相厮并，自孤势力，因此便因循着且不去理会。

帮众这一因循不打紧，不想这年金城那里又来了个母大虫的角色。这婆娘姓鲍，小名燕娘，因她生得娇好白皙，江湖上人都叫她白兰花。说到武功本领甚是了得，至于高去高来，端的是捷似鹰隼。她本是绳伎出身，后来却流入女盗。因为她当绳伎时，不过是借此隐身，流转各处，专以去暗勘富户巨室，夜间便单身去做活儿。仗了来去无踪的本领，哪怕他峻宇高墙、深闺密室，她只如探囊取物一般。在江淮一带闹了些时，却一向不曾犯过事，因为她到处卖技时，只携两个女伴助手做配场，又必拣那极僻静的所在，赁个独院作为寓处。人家见她虽有卖解的武功，究竟是个娇怯娘儿们，哪里想到她会做飞贼勾当？便是各处里许多眼明手快的做公的也都瞧她不出。

但是燕娘还有一宗坏处，便是她是女贼，倒要玩男贼采花的把戏。每夜入人家，见有如意郎君，她定要威吓着与他苟合。那精力不济的，不过春风一度，即便了事。若遇着脸儿漂亮、精力又佳的，她便索性挟入寓处，自在受用。日间出去卖技，便把那人闭置起来，并堵了嘴子，直至她们回头才解放。直至那人精亡或是她玩厌烦了，便将那人悄悄摆布，斩为碎块埋向寓内，其歹毒竟至如此。

也是燕娘合当犯事，有一年春月里，燕娘卖技来至安徽亳州地面，正当牡丹盛开之时。亳州牡丹很有名的，便如河南洛阳一般，真个是千红万紫，异种殊葩，一部牡丹花谱也说不尽。每当花时，锦川缛野，香闻数里。这时照例地有个赏花会，倾城士女都出，春衣乍试，罗袂从风，那油壁车青骢马盘旋于众香国里，一处处张幄野筵，一带带花圃笙箫，喧闹竟日，蜂喧蝶舞。直闹至夕阳将下，方才各簪花满头，缓缓归去。那大家富户更兴高采烈，这日便大开花园门，任人赏玩。又就园中置酒，和妻妾们赏花，当时有题咏牡丹诗的说得好来，是：

> 占尽人间第一香，百花头上独称王。
> 风流最好藏金屋，富贵由来属玉堂。
> 晓醉芳颜含蚁绿，春明艳质晕鹅黄。
> 自从金带围腰后，愿效葵忱捧日光。

漫表那赏花会十分热闹，且说燕娘这日从郊外赏花回头，忽见东关外有一处高大宅舍，接连着一片花园。那花园门前许多红男绿女，出出入入，都嘻嘻嘻地称赞好花。燕娘一面奔将去，一面向游人问时，方知那所在是本州富绅刘公子的住宅并花园。这刘公子拥有上代不赀的官囊，家中堆金积玉。他却不商不宦，只在家中拥妻妾修筑围亭，莳植花木，享神仙似的福。园中牡丹异种极多，堪称本州第一。

燕娘听了，倒不理会牡丹，因闻是个富绅，不由心中早动。当时先趱向那宅左右，只做随意游玩，暗踏明出入的道径。信步入那园中张时，果见许多异样牡丹，烂漫异常。转过一处朱栏小桥，刚立在一处太湖石畔要仔细赏玩，忽闻对面柳荫中有妇女笑语之声。抬头望时，却见从长条披拂中，现出画楼一角，上面是楼窗大启，正有三四个妇女打扮得花枝一般，陪着个美少年在那里临窗饮宴。那少年只有二十余岁，生得面如冠玉，眉目如画，又搭衣冠华丽，体态风流，说什么潘安宋玉？那燕娘眼儿一瞟之间，早已将窃取金资的心暂为抛开。于是向人问询，知那少年正是刘公子，便匆匆回寓，向那两个女伴儿一说所见。那两个女伴儿一名嫣红，一名碧玉，都是绳伎中的俏俊人儿。自和燕娘搭伙，自然是同流合污，但是却不像燕娘狠辣。每见燕娘杀害精亡的少年，便劝燕娘不如放掉他们。当时听了燕娘说罢，也自欢喜，便忙忙地准备枕席，这且漫表。

且说当晚刘公子吃酒半醉，独宿在书斋中。夜半醒来，觉得口燥，正要唤人取茶，忽闻檐前飒然风动，接着便帘儿启处，趱进个夜行好汉。浑身青衣，手执钢刀，生得赤发狞须，好不凶相。刘公子大惊，正在声唤不出，便见那汉趱近榻，举手向自己囟门一按，却贴了一点儿膏药。公子登时觉心神一昏，俨如梦寐。及至醒来，哪里有什么书斋？自己却光溜溜地卧在一处密室的长榻上。案上是红烛高烧，酒馔摆列，有两个美貌妇人，也都脱得赤条条，对坐在案旁，向自己微微而笑。公子大骇，疑是梦境，却苦于转动不得。正这当儿，忽闻室外莲步细碎，两美妇听了，慌忙站起，一妇斟了一杯绿莹莹的酒，趱近榻前的当儿，早见软帘一启，又趱进个赤体妇人，生得妖冶异常。这时云鬟半軃，满面春情，从烛影光中现出了雪白肌肤，下面只着双浅红小鞋儿，好不风光动人。便见她趋近榻前，接过那妇人手中的酒，向自己口便灌，并将膏药揭去。这一来不好了，刘公子酒既入肚，登时觉欲火如焚，刻不可耐。这时那妖冶妇人早已上得榻，玉股双分，跨向自己。于是刘公子不暇言语，便与驰骤，一时间颠颠倒倒自有许多妙相。须臾更及两美妇，以次沓淫毕，公子早已骨软筋酥，且自沉睡歇息。

至于这三个妇人是哪个？看官自然晓得，妖冶的是燕娘，那两妇是嫣红、碧玉了。原来燕娘每出去挟人，必带面具和闷药，手段儿且是神妙哩。

话休烦絮，从此刘公子陷身燕娘寓所，曲尽淫乐。问起她们的来历，她们只说是俺们姐妹三人是得道的狐仙，和你有缘，缘尽自然送你回去。刘公子觉得不像话，留神那碧玉性儿颇为诚实，并且服侍自己颇为殷勤。一晚，恰值碧玉当宿，公子便加意地和她曲尽于飞之乐，趁那吃紧当儿，却套出碧玉的一片实话，公子方知燕娘是个杀人不见血的女罗刹。当时公子大惊之下，暗想自己一朝髓竭，不消说也是名登鬼箓。既想到妻子不面之苦，又愁着碎尸埋地之惨，不由抱定碧玉，那眼泪便如黄河开闸般直淌下来。碧玉也为凄然，却叹道："俺倒有心放你去掉，只怕逃走不脱，连我都是死数。"公子思忖良久，忽得一计，便向碧玉悄悄数语，碧玉大悦应允。

过了两日，恰值燕娘和嫣红出去卖技，于是公子领了碧玉出得那寓所，更不回家，便一径地去投县衙，向官儿告知一切。官儿正因本县直出窃案摸头不着，至此方晓得是燕娘作耗。于是立遣数十捕健，都扮作平人模样，藏了器械到那卖技之所去捉燕娘。这时燕娘正一处奎星阁下做缘竿之戏，彩衣婆娑，方现出凌云姿态，忽见场外观者一阵纷乱。你想燕娘是何等的眼亮心快，当时望见一群汉子闯进，都一个个手掩襟底，似掏家伙。不觉登时瞧科，便就竿上一跃登阁。这里众捕望见大呼，一亮单刀铁尺的当儿，但听砰啪两声，早有两片檐瓦打来，众捕忽地一闪，再望燕娘时已是影儿不见。

原来那奎星阁正靠近城根，燕娘趁大众一乱，竟自跳城跑掉。这时却苦了嫣红，老实实被捕健捉住带回县衙。望见刘公子和碧玉都在衙中，也便瞧科三分，当时惧罪之下，不觉大哭。于是公子向县官从容数语，便携了碧玉、嫣红回家，倒得了一双爱宠。

原来这县官是刘公子父亲的门生，和公子甚是相得。公子许收碧玉为妾，方得逃出，直入县衙。至此见嫣红可怜，所以一并收为妾滕哩。正是：

转祸为福，出险得艳。
一箭双雕，回思心颤。

欲知后事如何，且听下回分解。

第三回

白兰花敛迹入红帮
蜡烛峰悬绲逾绝险

　　漫表刘公子回得家去，恐燕娘寻仇，便多雇护院人防备一切。且说燕娘既被人揭破盗相，便索性丢了绳技营生，径投入一处盐枭帮中，且去胡混。江淮间枭匪甚是猖獗，一帮中便有众数百、快船数十只，只在水路上出没，遇着官捕，便大张旗鼓地厮杀。燕娘所投的那帮头姓黑，是回教人，绰号黑阎罗，真是虎也似一条汉子。但是得燕娘后，没过得数月，已被燕娘腰间的双股剑斩掉，化作牡丹花下之鬼。原来燕娘是蓄意地毁掉他，以便代领其众，便放手摆开花营柳阵，枕席颠倒，卜昼卜夜。那黑阎罗虽在江湖上纵横半世，却等闲没享过这等快乐，不觉得鞠躬尽瘁，终至于死而后已。那燕娘既领枭众纵横水面，所杀官捕甚多。

　　官中势不能制，正没奈何，恰值有人献计官中，道要捉鲍燕娘，非请出红帮大首领黄天佑不可。因为黄天佑既武功了得，并且枭众们大半是红帮中人，他一出头，那燕娘自无可逃了。于是官中便从其计，遣人致礼币于天佑，请捉燕娘。天佑慨然应允，却请命于官中，请待燕娘以不死。当即单身独舸，径造燕娘。

　　这时燕娘方在舟中作乐，和两个美貌少年狎坐饮酒。忽见天佑长袍缓带，闯然入座，一种伉爽气度，殊异常人。以为是个江湖朋友，偶来借盘费，便欣然让座斟酒。天佑更不客气，连举数杯，便笑道："小可此来，特为借点儿物事，不知娘子肯见允吗？"

　　燕娘忙应道："有有。"

　　正要唤人去取金帛，天佑却大笑道："小可所借并非金银财宝，却要借娘子用用。"

　　那燕娘听了，惊怒之下，料是官中遣来的高手能捕，于是跳起来一面撮唇，口哨集众，一面拔剑向天佑劈头便剁。天佑更不躲闪，将头一迎，铮的声那剑滑偏。燕娘大骇，情知是遇着劲敌。正要提剑再斫的当儿，那四面的枭船业已闻哨毕集，各亮刀斧，正要登舟。天佑却一打口号，众枭匪不由一半儿罗拜于地，其余匪众知是红帮大首领到来，也便都呆在那里。于是天佑向燕娘一报姓名，并道来意，便笑道："鲍娘子，你领了这些许人众，纵横水面，毕竟势孤。早晚是吃抓到官，丢了性命，倒不如跟俺去入帮，且是有事体做哩。"

当时燕娘一来见天佑本领高强，二来听他之话十分有理，于是慨然散却枭众，便归天佑。在帮中混了些日，天佑见燕娘十分能干，这时恰值洪金城向天佑报说在猴山中推行帮务，甚是兴旺。天佑恐金城事情太繁，所以特遣燕娘前来帮助。以上所述便是鲍燕娘的来历。

如今且说苗沛自纵容着帮众横行，见毓崑等不甚理会，本已心高气傲，今见燕娘这等一只劲胳膊前来相助，便越发地仗了胆儿，肆行无忌。事有凑巧，那洪金城因推行帮务，须出去料理多日，便将一切事宜托他代行。又恰值毕方因自己结识毓崑等，托迹猴山，想向哥老会中人告知一切，并想将白教人颇知报国大义的情形，告知会众，以便将来联络声气。本想是亲赴广西瞧瞧，不想湛若游兴发作，要借此行到广西游历一番，或顺便到南海，省识庐墓。于是毕方取出那面金牌交与湛若，嘱咐他到那里先寻何姓高姓两个代理会事的首领，替自己报告一切，湛若唯唯。过了两日，整备行装，携了琴剑，径向广西去了。

这事被苗沛探知，觉得毓崑处人少势孤，便扬言明年经管闸事，不须照例交代，仍是西寨接管，哪个不服气，只管前来打降。原来这年恰是西寨值年管闸哩，当时苗沛吹这口大气，本是打欢翅叫叫嘴头子上的响儿。毓崑也知其意，便不去理他。哪知事儿偏又凑挤，过了几日，毓崑却因劳碌感冒，一头病倒，并且为势颇重，那佩瑗只顾了料理医药，毕方正在心下怵惕，李云鹏早探得西寨消息来。原来苗沛闻湛若已去、毓崑病倒的机会，真个要霸占那闸，并已挑选骁悍帮众，派人去唤金城从速回山，以便主持一切。毕方听了，只好不动声色，一面也暗嘱教众们防备意外，一面加意地医治毓崑，盼他速愈。亏得他医道高明，毓崑病势渐渐向痊。

正忙得不可开交，那随处遇着便打斗的东西峰下的山民们又闹起乱子。因为这时西峰下的在帮山民们既知苗沛要霸占响泉闸，便越发气粗，便常向东峰下的在教山民扬言道："早晚俺们霸过那闸，一滴水你们也休想，生生干杀你们。再不然，放出水来淹了你的王八窝，叫你们都成了王八。"教徒们听了，自然是报以恶声，于是彼此越挤火越大。一日两下里打斗，各负重伤。偏是帮众那里因伤重死两个，于是帮众扬言报复。教众为防备起见，每在山中来往，便结队持械而行。

过了几日，形势越来越紧张。亏得毓崑病愈，李云鹏将近些日探得的情形向毓崑一说，毓崑暗想：山民们打斗终非好事。便想先设法调和他们，然后再寻金城，责问他想霸占那闸是何用意的当儿，不想距山口不远一处土冈下，却被帮众杀掉两个教徒，血淋淋的人头都挂在高树上示威。当时佩瑗闻报大怒，便想不待苗沛等来霸占那闸，先兴问罪之师。却是毕方持重，不肯轻启衅端。便一面防备帮众前来侦探东寨，一面遣李云鹏去巡探一切。气得佩瑗摩拳擦掌，恨不得捉住帮众，先夹生地咬块肉。哈哈，有趣得紧，那李云鹏却误打误撞地将祁六公子捉到。

以上所述，便是刘毓崑托迹缑山并和湛若、毕方等结识的缘由。他这篇疙瘩旧账算完，作者也就闹得笔干舌燥。臭屎难吃，稿资难挣。这拿心血换钱的营生，原比不得当道大人们眼睛一瞪就来钱的容易，真是无可如何的事，如今且接叙正文吧。

且说祁六公子听毓崑说罢一切，欣喜之下，不由又颇做踌躇，喜的是毓崑多结同志，身入白教，在此立有根基，将来趁机会颇可有为。踌躇的是和洪金城同居此山，不宜自相厮并，减却江湖党派的势力。正在置杯沉吟，毓崑却鼓掌道："如今好了，俺正因苗沛那厮要霸占那闸的事，心下不得主意。今公子到来，真是天遣来助。便请公子指示，咱究竟是文武两面怎样对他呢？再过几日便是交代管闸之期，咱也要先为准备才是。"

公子听了，尚未答语，只听屏后面佩瑗笑道："你倒是属老妈子的，便有这些蝎螫调调儿，他们既来骑咱脖儿拉屎，咱还对付什么？苗沛那厮不过仗那新来的鲍燕娘，又因你在病中，便来要骨头。如今公子既到来，你的病又好了，咱只须和他们见个高下就是。趁势撵这班疯狗，倒也罢了。待我先捉得那歪刺骨，攘她个透明窟窿再说。"说话间翩然趸入座，便举起公子面前所置的酒杯一饮而尽，遂即斟满，置向公子唇边，却用纤手一拍公子肩头道："好公子，你不要学他们蝎螫调儿，你只帮嫂嫂打架便了。"

慌得公子接酒吃过。只见佩瑗绾着松松的髻子，换了一身晚妆服色，越显得明媚多姿、伉爽不群。于是公子沉吟半晌，却笑道："嫂嫂不要忙，且待我说出鄙意，咱大家斟酌。"

毓崑听了正在点头，佩瑗笑道："俺叫你不要学他们蝎螫，你偏又弄这调调儿，有话快说吧。"说着，就椅上略仰身儿，索性合了眼儿，倾耳去听。大家见了，不由都笑。

这时李云鹏却在厅外也静听公子怎样说法，公子道："依俺之意，不可便贸然和他们厮并，且探探洪金城之为人究竟是怎样，那时再相机区处。据说这金城为人颇为直性，难保他不受苗沛的一切蒙蔽。便是红帮中人所为的无状事体，他也未必一概都知。今贸然和他厮并，殊不相宜。俺想先设法自向他寨内暗探一回，再做道理。因为同是江湖间的党派，只宜联络，以备缓急相助，不可树敌自减势力，凡事宜注目远大，免却鹬蚌之争才是。"

毓崑听了还未答话，忽闻有人砰然击案，连道着"着着"，望时却是毕方，正和佩瑗隔着案对面价仰在椅上，在那里颠头播脑。原来公子之语和他所见略同，所以他便得起意来。

当时毓崑见状，正在好笑，只见佩瑗猛地睁眼，一蹴脚儿便向公子笑道："怎的你和毕先生初次会面，便一个鼻孔出气呢？他常说不可贸然厮并，如今你也这般说。既这样，咱只好由人家任意欺侮，兀的不叫人气破肚皮？"

公子听了，方在哈哈大笑，只见毕方却弯下身去，摸着一只脚，只管龇牙咧嘴。原来佩瑗那一脚正蹴在毕方脚上。当时大家笑过一阵，毓崑便道："公子所见甚是，只是刻下西寨里地既险阻，防备又严，公子若去暗访，殊为不易。"

公子听了，略做沉吟，那李云鹏在厅外听得分明，便趱进来道："公子若要去暗探西寨，却有一条道径。可以从他寨后面入去，那寨后地势特险，所以他们恃险不设防备。不过那条道径十分难走，须要过得西寨后的蜡烛峰方能入去。俺有个朋友，打猎为业，此人姓贺，便住在蜡烛峰下。那峰只有他上得去，公子若不畏冒险，咱可以去寻贺姓商量。"

公子欣然道："如此甚好，俺是一定去暗探一番。"

不提当时议定，云鹏退去，且说当晚公子和毓崑等衔杯谈叙之下，毓崑便请公子且置北游，在此相聚。公子慨然应允。大家谈一回世局，说一回武功意气，端的是酒到杯干，十分欢洽，直吃至夜深时分，方才各自安歇。

次日毓崑等又陪了公子遍观东寨并前后左右的地势，本想是浏览过东峰上的风景名胜，再去暗探。哪知云鹏又已探得洪金城业已回头，却不知怎的忽将帮众中一个叫田金标的用帮中规法几乎打杀，便登时撵出帮去。原来红帮中帮规也是甚是严厉，帮众犯规，若被首领觉察了，轻则杖责，重则令其自裁。

公子听了云鹏报说，忽想起田金标在茅家铺夺虎之事，便向毓崑等一说，越觉得金城为人似乎有些正气，那暗探之事却不便迟延了。于是结束停当，藏了短剑并镖囊应用等物，便和云鹏直奔那蜡烛峰下。

山中道路云鹏非常熟悉，便迂回取路，抛过西寨前，穿林拨莽，大宽转地向西奔去。公子一路留神，但遥见那西寨地据险阻，高垣屹然，布置得十分严密。又有些帮众们蚁儿似的在四外逡巡，大概是防备教众们前来暗探。不多时到得蜡烛峰下，公子仔细瞧时，不由骇然。但见那座峰峭壁直上，凌空拔起，简直地没有路径。休说是猿鸟绝迹，唯有青葰葰苔厚草密，便似根擎天翠柱，但是距离数丈高下，便从石隙壁缝间生有许多老干短松，龙盘凤鬐，千形万态。山风吹动，声如涛涌，遥望去一层层的又似一座翠塔，想寻攀援着脚之处哪里会有？公子自奔走游历以来，虽见过许多奇峰高岳，却没见过这等峰势。正在张望诧叹，云鹏却道："此峰那面虽然一般险势，却还有窄径，可以盘旋上下。唯有这面非那贺姓猎人是上不去的，他自有领公子登山之法，咱且寻他去吧。"

说话间转步前导，趄过一片林蘼，却见一带山家，都是槿篱茅屋，碎石短垣，错落自成蹊径，十分有趣。云鹏走在前面，刚奔向一家门前，却见一小儿从邻家门内跑出，一见公子等，却咬着小指，光着眼乱望。云鹏便问道："你隔壁贺大叔在家吗？"

小儿道："这等好天气，他哪肯坐在家？又向西草洼内打马狐子去了。"说着，忽遥指道，"好巧好巧，你瞧那树林里影绰绰的，不是贺大叔转来了吗？"

公子随他指势望去，早见从身旁林影内转出个渺小丈夫，及至近前，倒将公子吓了一跳。只见那贺姓生得身材矮小，枯瘦如腊，尖嘴缩腮，长削瘦脸上生满茸毛，衬着两只碧莹莹的圆眼，绝似猕猴。但是举步之间却十分伶俐，荷着猎叉，上面挂着一串小雀并两只兔儿，尚自鲜血滴滴。一见云鹏便笑道："李老弟怎的许久不来喝一盅呢？可见是事情忙碌，准备着在响泉闸打饥荒哩。"

于是云鹏迎上去，向他略说来意，并与公子指引着，彼此厮见。贺姓便笑道："洪金城那人，大概是个火燎性没主张的人，不去探他，俺也晓得的。至于苗沛那厮，却是真正混账王八蛋哩。"

公子听了，正暗想这人性儿颇为爽快，贺姓已前行导客。原来这贺姓生有异禀，登山越涧捷似猿猱。洪金城自居山后，曾屡次招他入帮，他因见帮众们行为不正，便婉言谢绝，只在峰下打猎自给。李云鹏既和他相得，也曾招他去入白教，他也是笑而不应，曾向人说道："一入党派，便没得真理真是非，处处是拘于党见，倒不如超然地自由自在哩。"

且说公子、云鹏跟了贺姓到得家下，便就客室落座。贺姓提入雀兔，自去烹茶待客。这里公子瞧那客室中，草榻木几，倒也十分整洁。壁上悬着猎具并兽皮干脯之类。西壁下有只大柜，上置蓑笠等物。公子望望日影，业已过午，那贺姓却不见来，因向云鹏道："李爷，你可去瞧瞧贺兄，不要客气。咱还是早些登峰，还有探寨的事体待办哩。"

云鹏听了，尚未答语，却闻贺姓在院中笑道："公子不要忙，咱日西时再去登峰也不为迟。横竖去探寨，须在夜间。俺已令贱内端正腐饭，咱吃饱肚皮再去还不迟哩。"

说着，笑吟吟端进泡茶。这里公子方要客气，却闻后院内有妇人唤道："当家的快来，如今你弄些大雀子已叫人摆布不开，又剥出大兔子，你快来整治吧。"贺姓听了，便就壁上摘了块干脯，匆匆跑去。这里公子和云鹏吃过两杯茶，不耐久坐，便向宅外散步一回，又觇望那峻绝的峰势。及转来客室中，业已酒饭停当，虽没得蜜醴兰馐，却喜有山肴野味，于是贺姓揖客就座。

大家吃过一巡酒，公子便向贺姓询问那入西寨的路径，贺姓笑道："公子不必虑，那里自有俺与你引路。至于寨中路径，俺也略知大概。因俺常向寨中去卖野味，所以晓得。如今洪金城和苗沛、鲍燕娘等虽同居一处，却分东西二院，金城居东，苗沛等居西。"于是将寨中路径一说，又笑道："像公子这等本领，去探寨倒没难处，但是公子随俺登峰，却须有胆量哩。"

公子听了，不由微笑。云鹏却道："贺兄，若说起公子胆量，只怕将你吓个跟斗哩。"于是略说公子的来历本领。

贺姓喜道："如此却好了，俺这里正怕愱着公子若胆量差些，俺便有引他登峰之法，也怕无从为力哩。"

公子听了，便询怎的登峰。贺姓却笑而不语。正酬酢间，贺姓妻子又送进热腾腾羹饭。公子望时，却是个又白又胖又高又大的妇人，一张银盆大脸，胖得两眼只剩一缝，鼓蓬蓬的两乳支出多远，一走一颤。那贺姓站起来去接置羹饭，越显得瘦猴儿一般。云鹏见了，不觉一笑，便与公子指引着厮见过，大家入座一同用罢饭，业已日色挫西。

不提那妇人敛具自去，且说公子坐息片时，便见贺姓由内院结束出来，穿一身油绿色短衣裤，脚下着双跑山的薄底麻鞋，掖一把皮鞘短刺，此外并无别物。公子方怕愱他怎的登峰，便见他向云鹏笑道："李老弟且在此住一夜，和你胖嫂嫂做个伴吧。她睡熟了好撒愣怔，你却须小心些，常唤醒她。不然一口稠痰堵杀了，大小也是个性命。"说着，从那只大柜内取出个长长的布包儿背向肩头，拔步便走。公子不便问他，只好别过云鹏逡巡跟去。

须臾到得蜡烛峰下，公子方端详攀藤附葛的石隙，一面价紧紧腰身。那贺姓却拽公子就石少息，先置下长包，从腰囊内摸出些松香白矾，令公子涂抹两手并脚底下，他自己也涂罢，即便打开那布包儿，便有一片金灿灿的光华耀目。公子望去，不由一怔，只见那包内却是一束细草绳儿，细才如筋，黄似涂金，用手揣揣却软韧异常，有逾丝绠。贺姓起手抖开来，长可数十丈，敛之却仅盈一握，一头儿却系着鹰爪纯钢钩，颇颇沉重。公子正要问此绳作何用，贺姓却一面折叠起绳，一面笑道："这绳儿便是俺登峰之具。此种韧性之草，俗名葛仙须，便生在本山人迹稀少处，采集非易。打成这根长绳就须三四年的工夫。只要不经刀斧，便是坠千斤之重，也是不会断的。俺自得此绳，才能登峰上下自如。今此峰无路可登，只好仗这绳做个梯阶。少时俺先登，缒下绳儿汲引公子如何？"

公子听了暗暗称奇，便和贺姓趱到峰下。正仰望峰顶没做理会处，只见他手把钢钩抖开那绳，一面觑准上面石隙间一株短松，一面单臂攒力，抡动钢钩，然后踊身一跃，脱手抛去，便如艄公抛锚一般，但听唆啰一声，金光闪动，那绳俨似一道长虹，一径地飞向短松，不偏不倚，那钢钩正搭在短松横干之上。山风微动，摆荡得那绳儿又似一线蛛丝下属于地。公子见了，正在暗赞他手法之妙，技有独得，便见贺姓向自己微微一笑，说出几句话来。正是：

> 力有偏工，技有独至。
> 不逢此士，飞鸟难逾。

欲知后事如何，且听下回分解。

第四回

登峰造极快酌天瓢
飞镖中柱搅翻欲海

　　且说公子见贺姓抛绳神妙，正在暗赞。只见贺姓一面拉绳作势，一面笑道："少时公子若登高目眩，只须闭了眼睛，由我缒你上去就是。"说罢，踊身一荡，攀绳竟登，手移足随，真赛如蜘蛛缘丝，一弹指间业已直达短松横干。那横干既粗且长，又四撑出些槎枒小枝，上面颇可回旋。于是贺姓双手把绳踏稳足势，见下面公子援绳既定，他便如汲井一般，竟将公子缒系而上，却大悦道："公子身体如此轻便，一层层由此上去，俺却不愁费力气了。"原来公子恐他援引吃力，所以暗用轻身法哩。

　　当时贺姓命公子就横干上一旁站稳，然后解下钢钩仍如前法，向上层短松干上抛去。两人仍如前，依次毕登。话休烦絮，两人便如此地登到八九层，那石壁上才现出一线蜿蜒窄径，于是贺姓收绳，仍折叠好带向腰间，然后引公子攀藤附葛，直跻峰顶。

　　公子举目望时，不由眼界一阔，但见全山在望，群峰合沓，烟岚蔚然，端的又是一番气象。下瞰那西峰之阴，但见一处处坡陀起伏，林薄映带，好一片险阻所在。瞧那峰顶上，却颇为平坦，白沙碎石、软草矮松之外，却有一泓清泉，涓涓然出自石隙，流入一处丛草地，凹汇为小池，其色湛绿。池中又翻出许多细泉，连续价跳珠而上。再向四外望望，唯见山云往来，仰睇青旻，便似近在咫尺。

　　公子一面觇眺，一面和贺姓趱近那小池，相与席地而坐，稍息倦足。一时间人境俱寂，不由顿触身世之感，便慨然道："贺兄，你瞧当此乱世，能够在这里结庐隐居，倒也罢了。"

　　贺姓笑道："此地若有能以上下，怕不早就有人占了。这池名为天瓢池，据说着还有一段仙迹。说是当年某仙翁在此炼丹，丹成上升时，遗弃的饮水椰瓢儿，便化为此池。春夏不溢，秋冬不涸。饮此水并能清心明目，咱且试试何如？"于是和公子掬水各饮了几口，果然觉得心目豁然。

这时山风大起，地处高寒凛乎不可久留。便站起来，索性就短松上挂了那绳团儿，然后引公子觅路下峰。足所践处，不是崎岖悬崖，便是欹窄幽径，到那极险处，真有清虚蹑壁，足二分垂外之势。亏得公子神闲气定，都不理会，便跟了贺姓一气儿旋折下去。足才落地，忽见丛草中黑影一闪，慌得公子急忙按剑，仔细一看，却不相干，原来是两只老獾，相逐跑掉。贺姓便笑道："这所在是俺的天然兽囿，寻常价俺不来猎取。专俟秋深草浅兽肥时，俺方来猎取，便就西峰左近卖掉，所以俺的主顾甚多。咱今夜且不愁没得东道住处哩。"

说话间举步前导，不多时转过西峰，但见山田高下，村落相望，足下道径渐就平坦，从前面烟树依微中，早现出一带雉堞隐隐，便是西寨的缭垣。贺姓一面前行，一面遥指道："公子要入寨，便可从那里面入去。垣里面是一片竹林苇塘，极易藏伏。过得那里，便是金城所居的墙后身儿。你只须记清他宅内的东西院便妥。"

说话间趱近那缭垣外，公子就高坡向里面仔细望时，但见竹树茂密，却一些响动也没得。贺姓便道："他这寨后自恃地险，是向来不设防备的。咱且觅地歇息，单等夜间行事吧。"

于是引公子趱离垣外，就一处僻静所在，相与席地倚石箕踞而坐。两人一面端详缭垣，一面瞧着那将落的夕阳，正要稍为盹息，只听林木后有人大喝道："你两个好生大胆，今天俺金头领正没好气，这是什么所在？你两个鬼鬼祟祟，便敢在此趱脚？"

说话间，转出一人，公子只认是逻卒，正要拔剑，却见贺姓眯起眼儿，向那人笑道："老子今天寻兔儿，正没寻着，你来得却正好哩。"

那人听了，哈哈一笑，随手向贺姓脑后便是一掌，却笑瞟公子，向贺姓道："你从哪里搭得这个俏皮伙伴？倒叫俺替胖大嫂有些不放心。"

贺姓笑喝道："休得胡说，这是俺家新来的猎友，你看他俏皮，你便领他到寨中逛逛如何？"

那人笑道："若是往日时，领你朋友去逛逛倒也使得。只是这两日俺们金头领正没好气，又防备着东寨里来人窥探，俺却不敢领生人入去，担此干系。"

于是一说洪金城没好气之故。原来金城这次出山去，耽搁多日，却闻得帮众们所做的许多不法之事，方恍然自己一向疏忽。一气之下，回到寨中便杖逐了田金标，又连日价分班唤集手下小头目申明规法。正闹得乌烟瘴气，偏那苗沛又串合了鲍燕娘，向他诬说毓崑等怎的藐视红帮，要趁接管那闸之时，便宣言此后经管那闸永归东寨，咱不如趁此时机，便霸占那闸，看他怎的。金城本是个粗直人，便听了苗沛等一片话，真个准备临时打降，这时却越发没好气哩。

当时公子和贺姓听那人说罢，不觉相视一笑。那人也没理会，便又向贺姓诙谐了两句，即便徜徉趄去。公子俟他去远，向贺姓问起那人来，却是西寨中的一个门卒，贺姓尝向寨内去卖野味，所以彼此厮熟。

当时两人坐息良久，不觉日落黄昏。须臾，遥闻西寨前铃柝四起，且喜这夜星月明朗，照道路历历可辨，于是贺姓站起，引公子直到缭垣下，却附耳道："公子仔细，少时出来，只轻轻拍掌就是。"说罢，仍趄回原坐处，静听消息。这里公子也便紧紧腰身，用一个平地升雷式跃上缭垣，略略地倾耳四外，方才飘身而下。少为定神，辨清道径，穿过一片竹林苇塘，早来至金城住宅墙后。

不提公子施展出飞行能为，一跃过墙，一路眼观四路，耳听八方，直奔那东西二院，且去暗探一切。且说那鲍燕娘自到西寨以来，见苗沛擅权，本有意和他结好。那苗沛一来想引燕娘为助，又爱其姿色，自然是一拍就合。两人初意结好，还是思量相与排去金城，及至一接之下，不由相见恨晚，原来燕娘枕席间既冶荡异常，偏那苗沛又有嫪毒之具，这期间许多风光自不必叙。

这日晚上，燕娘、苗沛正在西院中吃酒作乐，忽闻金城又在东院中唤集小头目，燕娘以为是金城又查出帮众们什么不法事体，趄去张时却不相干。原来是申明规法，并饬令小头目们传语帮众，准备占闸并打降等事。燕娘听了，暗喜金城听了自己的话，便作张作致地在金城面前献了一回殷勤。小头目等散去后，金城便携了燕娘，送出院门，并一面道："咱帮众们暗地里不守帮规，委实可恨。此后咱大家都要加意访查才是，没的被白教人们耻笑。"

这时燕娘晚妆绰约，髻子上插了一朵山茶花儿，便一面略整那花，一面笑道："首领你真是直性人。你察觉得那些不法事体，也未见得准都是咱帮众做的。须知刘毓崑却不像你直性，焉知不是他暗纵教徒们做些不法之事，却嫁名帮众，以便他据为口实呢？"正说着，忽觉髻子上微风飒然，那朵花略为一摇，燕娘也没理会，便别过金城趄回西院。

这时月光大上，照得满院中花木凌乱。燕娘方趄过一处木槿架前，忽觉足下一绊，鞋儿脱落一只，忙取下壁灯，就架下寻时，那鞋儿竟已没得。燕娘诧异一会儿，只得置灯原处，划了罗袜，先趄向自己房中，换了双鞋子，然后趄向苗沛房中张时，只见案上杯盘狼藉，烛已见跋，却结了个紫巍巍颤秃秃鬼眼似的烛花儿。那苗沛业已脱得一丝不挂，四脚哈天地醉睡在靠床柱的一张躺椅上，正在鼾声大作。烛影光中，却现出个剥兔似的伟物向着自己点头晃脑，似乎是恭迎台驾。原来苗沛燕娘一向是随地淫媾，殊不避人。婢仆等见惯，每逢他俩人吃酒作乐，大家便都避去。那会子苗沛因久待燕娘不至，所以便吃得半醉，裸卧以俟哩。

当时燕娘见状，不由欲心顿起，登时将丢掉鞋儿之事抛开。便一面另换新烛，一面脱却衣裤，一屁股偎向苗沛身旁。一手颠弄那物，一手钩定苗沛的脖儿，将面孔凑上去，却笑道："你这人好生怠懒，怎的不等娘来便要困呢？"

那苗沛醒转来更不答话，便趁势抱定燕娘，抚摸肉麻，一面问明所探金城之状。大悦道："你端的好张巧嘴儿，既说是白教人们嫁名帮众，不愁他不气上加气。一俟打降得胜，咱再设法挤走他，咱两人独霸此山，且是快活哩。"

于是不容分说，又开腿子，将燕娘扶撮上身。那燕娘上面是双弯玉臂搂定苗沛的肩胛，下面是粉臀高耸，雪股双分，跨向苗沛两胁，一面左右价摆动腰肢，凑准吃紧所在，一面咪咪低笑。正要英雄入毂先玩个倒插花的当儿，不好了，忽听窗外嗖的一声，那案上烛影一摇之间，早有一物破窗飞入。燕娘机警，赶忙地一低头儿，牵得苗沛正在人歪椅倒，便闻啪的一响，似有物飞着于柱。好笑苗沛模糊糊地还不理会，便就地上用个黄龙转身式，放翻燕娘，仍要做他夹袋中的人才。却被燕娘挣了起来，两人忙趋就柱前张时，不由大惊，于是更顾不得拨云撩雨，便忙忙地抓着衣裤，大呼有刺客，一面各取刀剑，跳出室来。

这一来，西院人众纷纷都起，顷刻间灯笼火把，亮如白昼。又有人去知会寨众并金城警备一切。当由苗沛、燕娘领了众人，就院中大索良久，却似寻鬼一般，何曾有个刺客影儿。大家吃吃喝喝又聚向苗沛室中，一瞧柱上所着之物，都各吃惊。原来柱上插着一支明闪闪的钢镖，深入寸余，兀的余势犹劲，并且着木处挂着几丝乱发。那燕娘心下了然，不由摸摸髻子，骇汗雨下。正要拖了苗沛去报金城，恰好金城已自闻警，提了单刀，雄赳赳地趱将来。刚一步趱入室，燕娘一望，又是一惊，正是：

> 才讶柱中镖，又见花插帽。
> 妙手何空空，端倪固难料。

欲知后事如何，且听下回分解。

第五回

响泉闸逞气决白打
祁公子显力慑红帮

且说燕娘见金城提刀踅进，一眼便望见他帽后沿上插定自己所戴的那朵山茶花儿，不由暗惊这刺客手段高强，方知那会子出得东院时，人家便跟上自己了。于是走上前，取下那花，向金城说明缘故。金城大骇，便连苗沛听了也惊得直抹臭汗。及至金城看罢柱上那镖，大家只有相视发怔。

少时，金城沉吟一回，却向苗沛诧异道："你们遣人催我回山时，说是刘毓崑现在病中，趁此机会可以霸占那闸。如今这刺客大料是毓崑所使，莫非他那里又新来了能人吗？但看这刺客摘花打柱，似乎是故显手段，手下留情，叫咱知道他本领高强的意思，那么响泉闸打降之事，依我说不如且罢。"

苗沛忙道："首领快不要长他威风，自减锐气，哪里便这般巧？他哪里就来能人？依俺看，这是毓崑用的诡计。他刻下病体新愈，恐咱打降，说不定是遣他浑家姜佩瑷来闹这鬼儿，设此疑阵。咱若就此罢手打降，便正中其计哩。"

金城听了，不觉胆气又壮，便一面传令寨众加意警备，并去探东寨中有无新来的能人，一面命左右提灯引路，和燕娘等就西院中亲自寻望一番，然后踅向东院。刚走到木槿架下，却好有一物碍着帽檐，举灯望时，却是燕娘丢掉的那只鞋儿，端正正挂在架上。这时燕娘和苗沛因送金城，都在背后，于是燕娘大诧，忙取下那鞋儿，一说那会子丢掉的光景，未免也怙惙着东寨中定有新来的能人，却当不得苗沛殊不理会。

看官，你道这刺客闪闪烁烁，屡次地示警于人，真个是姜佩瑷吗？这不须作者来交代，诸公自然晓得这侠客便是祁六公子了。原来公子入得金城宅中，在东院既探明金城的举动，便蹑跟燕娘直到西院。一路上摘花挂鞋，那燕娘竟不觉得。及至跟向苗沛室窗外，本想是细听他两个谈论些什么，不想刚听苗沛说到想和燕娘挤走金城独霸此山的话，两人光溜溜地在躺椅上竟有些不做人样起来。看官须知，夜行人最讲眼净，就忌讳的是这档子事，所以便登时飞镖示警哩。

漫表当时金城等又彼此骇诧了一会子，且自彻夜警备。且说六公子当时镖中那柱，即便循故道一路耸跃，趱出那西寨缭垣，会着了贺姓。当由贺姓引路，且就西峰左近主顾家宿过一宵，次日两人谢别主人，从容取径，趱登蜡烛峰顶。贺姓取了草绳，仍用前法，梯踏短松，缒系而下。方才及地，早见李云鹏和那胖婆娘正在门首张望，当时大家厮见进内。贺姓治饭款客，谈笑之下，公子便请他移居东峰下，也入白教，以便朝夕相聚。贺姓笑道："俺疏散已惯，不耐入什么教会。并且俺不常在山，每年聚积所得的珍贵兽皮，须向北京皮行中发卖一次，一耽搁便是数月，若一入教，未免不得自由。如蒙不弃，公子有暇时，只管来此见访就是。"

漫表当时饮罢，贺姓送客回头自去料理猎事。且说六公子和云鹏循故道趱回东寨，向毓崑等一说所探的情形，并言自己飞镖示警之意。毓崑等方恍然洪金城真个是被苗沛、燕娘所愚弄，只得且觇他动静，再做道理。毕方也揣度着金城经此飞镖之警，那占闸打降的念头或就作罢，便一面款待公子，连日陪着游宴，一面命李云鹏仍去侦候一切。

转眼间交代闸事的日期将到，那云鹏报来的消息金城那里仍然是准备打降。原来那苗沛探得东寨中只新来了个游士，并且文绉绉的书生模样，料想没什么大能为，所以并不将飞镖之事为意。

当时佩瑗闻报，便向公子笑道："都是您只管拿他们当人看，那班狗男女只宜打杀，晓得什么警示？即如那苗沛和燕娘猪狗似的，可还有些人样？这种人咱没的倒去拉拢他，趁此机会，咱火并了他们倒也罢了，不然和他们耳鬓厮磨地同处山中，有个腿粗胳膊硬，怕不随便就生是非？"

公子道："话虽如此说，如今咱江湖间的党派究竟是宜合不宜分，且待和他们相见时，俺自有道理。这事过后，俺还要去说金城和咱们和好，便可同居无虞了。"

毓崑等听了正在点头，佩瑗却一撇嘴儿道："既如此，你就惯着他们，你要去说洪金城，还须长得鲍燕娘那张巧嘴子，不然怕不成功哩。"大家听了，都各大笑。

漫表这里东西两寨各自准备一切，且说那东西峰下不在帮教的山民们闻得金城、毓崑要在响泉闸地面打降，大家晓得西寨中新来的鲍燕娘十分了得，又知毓崑方在病愈，都替东寨捏一把汗，于是不约而同地都要去瞧这场热闹。及至届期，那响泉闸一旁准备的那片打场中，早已围得人山人海。大家但见那场儿紧靠闸台，分东西竖起两面大旗，一红一白，红旗下是帮众的汛地，白旗下是教徒的汛地，两下人众都已到齐。帮众是黄巾裹额，教徒是白带束腰，一色的短衣伶俐，各执器械，都做出摩拳擦掌的神气。闸台之上，却站定二十名司闸的健汉，一般的短衣佩刀，却肩披彩绸，绾起椎髻，上插一朵颤巍巍的红绒儿。原来这二十名健汉都不在帮教，是临时由金城、毓崑共选来的身长力大之士，专司起落闸的机括，准备着哪家打胜，便将闸事交付哪家。至于插花披红，不过是向胜家致贺之意。

当时观众见那打场气势，料那火杂杂一场恶斗就在眼前，正在相与吐舌，只见红旗下一阵大乱，尘头起处，早有两骑马衔尾跑来，便是金城和苗沛。一色的全身劲装，威风凛凛，另有左右人抱定金城所用的折铁单刀，冷森森一片光芒直射多远。这时两人翻身下马，直趋那红旗下的座位。帮众们一齐声喏，恍如雷震之间，鸾铃响处，又是一骑桃花马如飞跑来，由两个短衣女卒左右控定，马上人甩镫离鞍，翩然跳下，便如一朵彩云般直临当场。大家仔细望时，却正是白兰花鲍燕娘。头绾一个松松的麻姑髻，余发散垂脑后，额前簇起一朵白绒花儿，秃秃乱颤。身穿玉色绸密扣短衣裤，腰系流苏鸾带，衬着脚下窄窄的凤头鞋，外披一件猩红色百蝶花女氅衣，端的是相映生辉。但见她生得一张鹅蛋俏脸儿，真是白里套红，红里套白，娇滴滴吹弹得破。说什么眉蹙春山，眼含秋水，只那莲靥间浅浅的两个酒窝儿，嫣然一笑，便已令人销魂荡魄。

当时大家瞧得眼花缭乱，正在都目注红旗下，只听白旗下教众们也便暴雷似的一声喏，回头望时，却见左有毓崑，右有佩瑗，都是全身结束，各佩刀剑，拥定一位少年壮士，径从场外缓步而来，直奔白旗。那壮士生得面如冠玉，河目海口，两道剑眉斜飞入鬓，顾盼间神采四射，端的是凛凛一表，却又长袍缓带，不携兵器，意态间十分暇逸。

大家见了，正在暗诧这壮士气度不俗，便闻两旗下帮众和教徒一声喊起，闸台上众健汉也便大呼助势。就这声中，金城、毓崑早托地跳临当场，彼此一拱手儿，金城却握拳盛气道："刘毓崑，咱同处此山，你如何无端地藐视于俺？又遣人探俺寨中，做那鼠窃的行为？今日之事，不必多话，咱且见个高下就是。"

毓崑听了，冷笑着尚未答语，这里众观者眼光一眩，早见燕娘、佩瑗便如彩凤双翻一般，霍地跳临当场，登时倒竖四道蛾眉，圆睁两双杏眼，略吱吱一挫牙儿，不容分说，各举刀剑，两道寒光倏然飞起。金城、毓崑各略退步之间，那壮士却哈哈大笑，一摆袍袖钻入去隔开二人，却笑道："你们两家且慢着厮并，俺听说这面闸业已机括都坏，起落不灵，你两家

174

何苦争这无用之物？待俺且去试试这闸，果然有用时，再为争斗，还不迟哩。"说罢，就场中双足一跺，用一个鹞子穿云式，早已飞登闸台。

这里燕娘、佩瑗勒起两条玉臂，各抱刀剑，一个是愣了俊眼，一个是嘻开小嘴，只管合不拢来。那闸台上众健汉冷不防地见壮士飞到，一时间惊惶无措，忽地一闪的当儿，那壮士却也已从容价挽起袍袖，直趋机括。要说平日价起落那闸，虽借机括之力，也须用十余个健汉去转捩机括，今大家忽见壮士要独力启机，正在吓得作声不得，说也不信，哪知那壮士更不启机，只站向闸台高处，踏稳足势，两手挽住那闸系机的枢纽，却向台下大家道："有劳诸位瞧个仔细，此闸下面若有坏处，便烦报来如何？"说罢，潜运神力，喝声"起"，那闸倏地上升，下面水势正在雷鸣电逝，壮士手势一松，那闸訇然便落，直激得盘蹙水花飞起丈把高。便这等的四五起落，闸下那水便似禹门激浪一般，连续着几个浪头，直打溪岸。

好笑台下大家都怔得忘其所以，两旗下不约而同地震天价一声喝彩。惊得苗沛目视燕娘正在示意使退，那壮士已释手下台，却向金城、毓崑大笑道："原来此闸并没损坏，如此还值得你两家一场打斗。快请动手，俺且一旁监个场儿，给你两家定个胜负如何？"这一来，惊得红帮人众目定口呆。

正这当儿，却闻场外有人大笑道："今日之事，是不打不成相识。当初俺与你两家调停修闸之事，如今是一客不烦二主，且待俺来再做调停，并请洪兄认识一位朋友如何？"说话间蓦进一人，众观者一瞧，不觉好笑，正是：

戈矛相见，杯酒释怨。
终致两败，依然冰炭

欲知后事如何，且听下回分解。

第六回

毕先生杯酒再解围
西峰寨剑舞娱重客

上回书说到祁六公子施展神力，气慑金城众观者。正见红帮人众都目定口呆，只见踅进场的那人却是毕方。业已吃得面色微醺、脚下跄踉，背后跟定个披发短童，手捧漆盘，上置三杯酒儿，却向金城、毓崑笑道："今日之事，一切莫论，只当彼此游戏一场，俺今特来捧酒解和，且吃罢大家厮见如何？"

说着，先奉酒与六公子，又奉金城次及毓崑，三人饮尽置杯，大家且唱个无礼喏的当儿，只见红旗下马蹄响动，却是苗沛、燕娘先已纵辔驰去。于是毕方鼓掌大笑，便与金城指引着和六公子厮见，却是言明阄事仍照旧地轮年经管。这一场火腾腾的事儿，竟被六公子一瓢冷水泼灭。

不提金城率众踅回西寨，且自埋怨苗沛等轻举妄动，致使自己栽这个小软不硬的小小跟头。且说六公子等领众踅回，佩瑗便向毕方笑道："亏你还向洪金城那厮唱得小花脸儿，趁他被公子吓呆的当儿，依我性儿，先结果那苗沛并那浪婆娘再讲。但瞧他两个的眼睛，便不是好货：一个是贼灼灼，只管瞟人，一个是水汪汪，睃来睃去，浪得令人长气哩。"大家听了，都各大笑。

原来公子是和毕方预定的计策，是趁洪金城等气馁的当儿，便去杯酒解和，以便金城就势下台哩。于是当晚，毓崑置酒，一面和公子等饮宴，一面问起怎的去说洪金城。公子慨然道："俺因金城还是个直性汉子，所以想联络于他。此时去说他，只好以寻常意气并朋友之谊动之，且不可深谈肺腑，说以报国大义。恐他或有漏言于外，反多不便。当俟日久情洽之后，再倾心深谈未迟。"

毓崑、毕方听了，正各称善，佩瑗却沉吟不语。公子便笑道："嫂嫂沉吟怎的？莫非虑俺说金城不下吗？"

佩瑗笑道："俺沉吟不是为此，俺是想红帮人们毕竟难测，公子若单身去说金城，恐不妥当，那么待我陪你去何如？"

公子大笑道："嫂嫂不又多虑？当日俺单身大闹徐塘庄之事，嫂嫂想也晓得，况且金城为一帮众的首领，必非凶盗徐元吉可比，他焉能暗算于我被人耻笑呢？"

毓崑听公子提起徐塘庄之事，不觉一竖大指，连举两杯。正瞧着公子、佩瑗眉飞色舞，那毕方却正色道："刘嫂若要陪公子一行，倒也使得。一来可以觇觇西寨的光景，二来小心没过当。刘嫂若不欲示人真相，只扮个书童跟公子去，且是有趣哩。"

佩瑗欣然道："便是如此。"

不提当时议定，须臾酒罢，各自安歇。且说公子次日里，早饭以后和毓崑在辅善堂大厅上，正谈到去说金城之事，恰好人来报道："金城那里遣人来请公子去会面吃酒。"

公子听了，便笑道："刘兄你看金城之意也有意联络咱们，既如此，嫂嫂不必多此一行，还是俺自去就是。"

毓崑听了，尚未答语，却闻佩瑗在屏后笑道："俗语云：筵无好筵，会无好会。你瞧俺这书童不配跟你去不成？"说话间，霍地跳出。公子、毓崑眼光不由一亮，只见佩瑗粉黛不施，卸却簪珥，将一头香云绾作两个丫角髻子，穿一身青衣，腰系丝绦，脚下玄履，活脱似个伶俐书童。原来佩瑗自昨晚便已将一身行头准备停当，所以这时竟自扎括出来。

当时三人正在相视而笑，恰好毕方蹿入，便笑道："既如此，事不宜迟，公子快去更衣佩剑，也就好前赴西寨了。"

公子笑道："此去既做说客，倒不宜携刀佩剑，咱们就这样去最好。"说罢站起，和佩瑗拔步便走。

不提毓崑、毕方一路价嘱咐小心，送出寨外，且自回头静听好音。且说公子、佩瑗一路价从容缓步，直奔西峰。遥看那一片地势，果然是藏风抱气。佩瑗便笑道："当日俺们初入山时，本想是铲除那西寨基址，以免藏伏匪人，却因事儿耽搁下。不想为日不久，却被金城领了帮众来便占据了。如今他竟敢日益自大，好不可恶。"

公子笑道："嫂嫂凡事宜注目远大，不可但作意气之争。便是此后，嫂嫂也须仔细一切。咱既和金城和好，遇事须要宽假他些。即如那苗沛、燕娘，毕竟是金城手下的人，算不得什么。嫂嫂直然地不必理他们，也未尝不可。"

佩瑗道："哟，你倒会说，他们只要不碍着我，难道我好去理他们不成？"

说话间，两人趱近西寨圩门，抬头望时，端的是十分齐整，但见圩上面楼橹森然，戈矛晃曜。公子料定金城是意在示威，不觉好笑。这时圩门前早有迎候来客的两个头目，一色的劲装佩刀，便来迓客。一声喝号，圩内轰应如雷。接着便一声号炮，圩门开启，便有一队雄赳赳帮众，各抱短刀直迎出来，就圩门前，燕翼排开，一齐声喏。正这当儿，又有两个头裹黄巾、身穿箭袖长袍的帮众，大踏步趱出，每人捧定一根朱红漆棍，向公子躬身为礼，即便旋踵前驱。这时圩门前的帮众又复一声暴喏，便拥定公子一行人，直入圩门。

原来那朱红漆棍在本帮中便如符节一般，便是大首领黄天佑颁给洪金城的，可以用此棍棒杀帮众无论。今日金城特令人赍此棍来迎公子，一来是显自己敬客，如亲身来迎一般，二来也是示威之意。这一来不打紧，却几乎恼了姜佩瑗，正在双眉立挑，却被公子目示止住。

入得圩门张时，却又是一番光景。但见街坊上不远的便有四五帮众持械鹄立，各家门首又有些少年们盱睢作态。公子暗笑之下，殊不理会。不多时，将近金城宅前。只见门宅外分左右价站定两队帮众，一片刀矛光影，好不威武。中有一人正在阶下拱手而立，便是金城。一见公子到来，便含笑抱拳迎上，彼此一揖之间，公子却听得背后喝道："你这小哥，快些止步，且随俺们去用酒饭吧。"

公子回望时，却是佩瑗被两个帮众拦住，其中一人且是促狭，竟笑嘻嘻来拉佩瑗的手儿。公子生恐佩瑗怒起，露出破绽，忙走去拖过佩瑗，然后和金城相逊入宅。

只见由二门直到敞厅前站定了许多头目，一个个挺胸腆肚，横作气势。再望到敞厅上，早已酒筵齐备，只设着主客两座，座后围屏前站定两个侍酒的小鬟，一色的短衣伶俐，一个执拂，一个抱剑。

当时公子一面留神，一面和金城相让入厅，就别座上吃过一杯茶，当由金城肃客就筵，却笑道："今日聊备薄酌草馔，却没得新奇馔品，山中鱼鲜少有，少刻有一味炙鱼倒反可以下酒。"说罢，笑吟吟奉上酒来。公子以为他是寻常酬酢之语，也便随口唯唯。彼此吃过两杯，那金城谈笑风生，却只说些寒燠客气话，更不提昨日打降并申谢调解的话。公子莫测其意，一时间也抓不着话头和他联络情谊。

正在执杯沉吟、略睬身旁佩瑗的当儿，忽见厅外面一阵纷乱，便有两个执刀帮众拥定一个彪形大汉，直至阶下。那汉双手反缚，依然横眉怒目，似乎口内堵物，言语不得。公子仔细望去，不由一怔。原来那汉子非别个，便是那茅家铺的田金标。

当时公子正在怙惔，便见一个头目高报道："田金标抓到！"

金城听得，只如不闻，却从容地与公子斟满一杯，然后向那头目一摆手儿，那两个执刀帮众见了，拥定金标便走的当儿，这里金城却笑道："弟兄们不晓事体。这点点事按帮规处置了就是，却来溷咱吃酒。这汉子名叫田金标，因犯帮规被俺杖逐除名，不想仍冒俺帮中之名，在山外越发胡为，所以俺遣人捉到他，如法处置。"说着，浓眉一挑，又笑道，"足下既同居此山，此后俺帮众们有甚不法事体，尚望见告一二。"

公子听了，一面逊谢，一面暗忖金城是甚用意之间，那佩瑗在旁不觉哧地一笑，慌得公子正在略使眼色，便见厅外又是一阵纷乱，众头目呼啦一闪，便有一人手举木盘高献阶下。盘中血漉漉一颗首级，谁说不是田金标呢？于是金城略一点头，那人退去。

这一来，公子心下恍然，料得金城又是借此示威之意，不觉目视佩瑗，微微含笑，正要趁势进言劝金城整顿帮规，联络情谊，却闻围屏后有人娇嫩嫩地笑道："怎的首领今天宴客，也不知会俺一声？俺今借花献佛，且敬客一杯何如？"

声尽处，转出一人，却是燕娘，业已结束得浑身伶俐，笑吟吟趑近筵旁，与公子斟满一杯，却笑道："如此吃闷酒没得趣儿，且待俺舞剑一回，以助酒兴。"说罢，径从那小鬟手内取起短剑，一个俊鹞翻身式，霍地跳向筵前，撒开身段，即便嗖嗖舞起。端的是寒光凌乱，凉飙四起。须臾剑势泼开来，一个俏身儿直隐入一片白光中，就筵前滚滚飞走。但是那剑锋闪闪跃跃，便如白蛇吐芯一般时时地射向公子。

这时公子都已停杯危坐，金城是面色凛然，目注公子。公子却神色夷然，鼓掌喝彩。厅外众头目一齐手按刀柄、翘首厅内之间，忽见一道刀光径从公子身旁瞥然飞出，顷刻间滚向筵前，也化作一团白气，便和燕娘的剑光捉对儿流走起来。但见东驰西走，乱飐两树梨花，此往彼来，交舞一团白雪。分处似二龙戏水，合时赛匹练横霄。须臾两道光芒越凑越紧，那金城却目注公子神色，不由点头。少时，鼓掌大笑，道："燕娘快来敬酒，重客在座，只管儿戏怎的？"一言未尽，忽地刀光一闪，已到面前。慌得金城侧项一闪，这里公子却大喝道："奴子不得无礼。"说话间，筵前光芒一敛，现出两人，燕娘是倒提短剑，一径地闪入屏后。厅外众头目望那人时，却是那个书童儿，笑嘻嘻藏起短刀，也便站向公子身旁。于是公子、金城彼此一笑，重复饮酒。

须臾，酒过数巡，菜供两套，那金城却望望佩瑗向公子笑道："足下这个贵什，便有这等好刀法，真是强将手下无弱兵。不知足下可肯割爱，将他借与俺使用吗?"一句话慌得公子连忙足蹑佩瑗,令她不要发作之间,只见厅阶下又是一阵纷乱,便有人桀桀大笑道:"俺今一步来迟,且待俺奉敬足下三杯,且尝尝这鱼炙何如?"

说话间,托地跳入一人。公子一望,不由心下沉吟。正是:

险象环生,炊剑渐矛。
江湖结纳,胆气是求。

欲知后事如何,且听下回分解。

第七回

嚼刀头方却鲁莽人
游蕨岭又逢尴尬事

　　且说公子望那来人却是苗沛，头绾椎髻，腰系油裙，赤起两条虬筋健膊，一臂上系着一块彩绸，手托一个青花瓷盘，盘内是香喷喷热腾腾的鱼炙，都切作细脔块儿，上面却插定一柄明晃晃牛耳尖刀。便见他大踏步趄向筵前，置盘于案。单屈一膝打个千儿，便如庖人进馔之状，遂即斟满一杯，奉上公子，却突地双眉一挑，取刀刺炙，大喝道："俺今无以为敬，便请足下试尝此炙如何？"说着，单臂攒力，直揸向公子唇边。

　　这时金城早已霍地站起，佩瑗是手按刀柄，目不转睛，厅外众头目一齐拥到阶下之间。便见公子口儿一张，咔嚓声咬掉刀尖，连鱼炙一阵大嚼。那苗沛猛地一惊，跄踉踉倒退数步，倚向厅柱。这里金城却满面是笑，百忙中连竖大指。厅外众头目正震天价一声喝彩。说时迟那时快，便见公子张口一喷，便有一物直奔厅柱，嚓的声直钉入去，只离苗沛头皮分寸之间。大家望时，正是那刀尖儿。公子却大笑道："苗兄治鱼却不得法，如何连这样大刺都不剔去？亏得俺嚼得仔细，不致扎破喉咙哩。"几句话不打紧，吓得苗沛提了那缺尖刀，摸摸头皮，转身便走。

　　这里金城却挽公子入座，笑谢道："足下胆量意气，真个令人佩服。既是足下昨日里出头调停，从此俺东西寨归于和好就是。"说着，喝退厅外的众头目，即便连连劝酒，于是公子趁势进言，说以江湖间党派宜相联络互助之意，金城唯唯称善，并当筵酾酒为誓。原来洪金城是个直性人，一来佩服公子的意气，二来也觉得江湖间的各党派不宜彼此结怨，所以特请公子来宴会，并令苗沛、燕娘试试公子的胆气哩。

　　不提当时宴罢，金城携了公子的手儿，直送出西寨圩门方才趑转。且说公子和佩瑗回东寨，向毓崑等一说金城愿归和好的情形，大家听了，都各欣然。从此东西寨中时通问讯，两下的帮众教徒也便暂暂地各不相犯。公子、毓崑除整理寨务并日事耕作畜牧之外，便是向教徒们勉以报国大义。金城那里虽说是整理帮规，但是金城不常在山，又加以苗沛、燕娘漫无行止。俗语云：上梁不正下梁歪。久而久之，帮众们未免有些毛病发作。在山外远近间所做的劫掠等事，又复时有所闻。公子、毓崑因不便屡向金城忠告，只好且置不理。

光阴转瞬，公子在山中已是两个年头。且喜教徒们十分兴旺，那湛若又有书来，略言在广西游历的光景，并言哥老会亦日益兴旺，其中颇有有心人心存报国。公子大悦，暗喜事有可为。因久静思动，便想出山去视察各处的教徒光景，并顺便去访魏耕等，以叙契阔，并告以自己刻下的行踪。然后再去访曼华，觇觇她在北京的光景。主意既定，便将此意告知毓崑。正要整备行装、择日登程的当儿，不想西寨里请酒柬到，却惹起一场厮杀。

原来缑山偏南向有一道特起的岭阜，和缑山若断若连，名为苦蕨岭，因为上面多产薇蕨，据说着便是当年伯夷、叔齐采薇之处，所以士人们又叫那所在为首阳山。自来名人胜迹，大家附会不已，这也就不必深考。岭上面风景极佳，松石尤胜，其中有座夷齐庙，地势宽敞，正当山景绝佳处。每年苦蕨发芽时，岭左近的妇女们都扎括得光头净脸，呼姨唤嫂地向那里去采苦蕨，更美其名曰太子菜。说是吃了这菜，一年不会生病的。因为当年伯夷、叔齐两个太子爷吃了这菜，并不曾饿杀，却是尸解上仙的。这等妈妈典故虽是可笑，却很有力量，所以每当挑菜节到，那夷齐庙内外十分热闹。妇女们携篮背筐，都到庙焚香拜过神，然后散向各处挑菜。一处处钗光鬓影，笑语声闻，辉映于山光水色之中，登时便觉山魇欲舒，林花带笑，倒也是个小小胜会。所以每居节时，颇有些人载酒来游，这也不在话下。

且说六公子这日和毓崑等正谈到不日登程的事，忽接到西寨里请酒的柬帖，却是鲍燕娘单请佩瑗到苦蕨岭游玩这挑菜佳节，酒筵便设在夷齐庙中，燕娘已到庙恭候。当时毓崑见了这柬尚在沉吟，佩瑗却唾道："今天一早晨便有个浪老鸦对着我哇哇地叫，我就觉不顺适。果然便有这厮缠事，谁耐烦理那歪刺骨？"因向毕方道："便烦先生给我写个谢柬，回她去吧。"

毕方笑道："刘嫂去上一趟，敷衍过去，也使得。咱东西寨既讲联络，若谢绝她未免有刮人家的面皮。况且近来燕娘见了你便驯猫儿似的，和你亲近不迭，便是那苗沛见了咱们也恭敬非常。上月里，咱大家登西峰游玩，那苗沛狗颠似的在前引路，便如厮仆一般。你这会子若不扰燕娘的酒，不显得面孔上硬些吗？"

原来近些日，东西寨里颇为款洽。有一日毓崑曾邀金城等在东峰上子晋祠中游玩弥日，上月里金城置酒报礼，邀毓崑等去游西峰，小做盘桓。所以毕方如此说法。当时毓崑听了毕方之言，连连称是。佩瑗便笑道："你们既都说去的是，俺便去上一趟。但是不知怎的，俺总看不惯那蹄子的浪样儿。俺到那里，若吃酒多了，有个言语间惹了她，你们却不要怪我。"

漫表佩瑗说罢，便匆匆去结束打扮，携了防身短刀，只带了一名小鬟，便赴苦蕨岭去会燕娘。且说六公子和毓崑等又坐谈了一会子，信步儿趱出东寨，只见天气晴朗，不觉游兴勃然，一时又想到夷齐耻食粟的高风，未免有触自己身世之感。慨然之下，正要转身回寨去寻个识路之人，引自己去瞻拜那夷齐祠，且畅游兴。恰好从背后趱过两个割草的村童，一面跃舞，一面乱唱道："苦菜苦，苦到尽头便是福。当年饿死首阳山，今日大名留万古。"公子听了，不觉浩然长叹，暗想道：昔贤高节，不想妇孺都知，也就难得得紧。因漫问道："小哥，你两个可晓得赴苦蕨岭的道路吗？"

一村童道："那道路俺怎的不知？今天早晨俺娘起来，梳了头洗了脸，穿了簇簇新的鞋子，还对了镜子照了又照，乐得俺爷只管在她背后打旋儿，一面给她舒展衣裳襟儿，便是向苦蕨岭挑苦菜去，那道路俺怎的不知呢？"

公子听了，正要开口，那一村童便拖那村童道："咱快去吧，哪里有这些淡话？咱娘去时说得明白，回头时和咱要两筐草，你只管打落着玩，回头草不够时，却要吃咱娘击爆栗哩。"

两人一路拖拉正要跑去，公子却笑道："小哥慢走，你两个如能引我去游苦蕨岭，我便每人给你一筐草钱。你娘回时，你将钱交她，就说是草已卖掉，不省得你割草费力吗？"说着，从怀中掏出一把零钱，分给两童。

两童跃然道："如此好了，你这相公只要给钱，俺们天天引你去都使得。明日这时，俺们还在此等你如何？"

公子听了好笑之下，两村童早已前行引路。不多时早望见那苦蕨岭，一片山势，地居东西两峰之间，形如伏虎，青葱葱的，端的是风景不俗。公子一面觇望，一面暗笑山居有年，这苦蕨岭近在咫尺，却不曾去游玩，可见这登山临水的小事儿也有因缘。今日若不因佩瑗去赴燕娘之会，还想不起去游这岭哩。小事尚且如此，至于人生遭际、世事变幻的一切大事，不消说更是在因缘中颠倒流转了。想至此，正在慨然趱近一片林木，却忽地不见两童。公子喊唤良久，那两童却从远远的草地中答应，公子趱去张时，只见他两个各已割了半筐草，却向自己做鬼脸道："相公莫怪，俺们随路割些草，多少也卖几文。"公子听了，只好由他。于是一路耽搁，从容行去。

及到岭下，业已日色将午，公子正暗想佩瑗这时或已正在宴饮的当儿，那两童向岭上指明路径，即便跳跃而去。于是公子循路登岭，方到岭半，不觉心旷神怡，但见一处处嘉木流泉，一带带风光云影，加以好鸟鸣时，野花欲笑，大有步步引人入胜之势。那苦蕨芽儿遍地都是。又趄过里把地，已到岭巅，地势豁开，一望无际。这时满岭上花花绿绿，一丛丛一簇簇都是些挑菜妇女，有的笑语往来，有的在争菜地，既已闹得莺喧蝶舞，偏又有些小儿女们一面挑，一面和声儿，唱起自在腔的山歌儿，一片天籁，迤逦远近。那偏南向有一处，依林背涧，树木蔚然，从芳原绿甸中却现出红墙一角，便是那座夷齐庙。

当时公子一路价徘徊瞻眺，便奔庙门。以为深山中古贤祠宇，一定是幽静异常。哪知到庙门望时，却热闹非常。游人络绎中又夹着许多挑菜妇女此出彼入，便如香火庙一般。门首有四株古松，偃蹇支离，各具姿态，便如伟丈夫，擂笏佩剑而立。从浓荫郁郁中，却现出庙额上的"孤竹高风"四字。

这时正有一群妇女嬉笑而出，公子连忙避路。却闻妇女背后有人唤道："怎的公子也来游玩吗？俺娘却没在庙内。"

公子望去，却是跟佩瑗的那小鬟，笑嘻嘻趄来道："俺们早就到庙，酒筵还没停当。俺娘和燕娘坐谈了一会子，燕娘被人唤去。俺娘闷坐了一霎儿，也便出庙游玩，却叫俺在庙等候。今天燕娘是借庙祝的跨院请酒，庙祝避去，跨院中伺应的人都是燕娘带来的，俺不耐她们那贼眼睛只管瞟人，所以想寻俺娘去哩。"说着，便杂入妇女群中，跳跃而去。

公子听了也没在意，趄入庙门，却见里面游人越多，大半就甬道树荫下歇坐笑语。那正殿廊下还稍微清静，却有几个妇女们在殿内烧香。那东跨院是个月洞式的角门，遥望里面，花木扶疏，颇颇幽雅。却闻得刀砧响动并人众奔走之声，公子料是燕娘请酒的所在。逡巡间，趄进大殿。只见里面却十分古朴肃穆，榱桷梁柱一概地不加丹漆雕饰，白木神案上摆着石凿五供。布帏神龛里面塑着夷齐兄弟并坐的神像，一色的幅巾深衣，面容憔悴而肃穆，翠然若有深思。但是肃穆之中，又挂些英毅神态，颇令人想见当年从师旅若林中，直犯黄钺白旄，叩马陈词的光景。

公子见了，不由触动心怀，肃然起敬。忙整衣肃冠拜罢，站将起来，一时间对着神像正在发怔，却闻背后有人道："你这汉子，怎地没眼色，

184

只管石碑似的挡在这里，这是一个财神爷、一个药王爷，他们老哥儿俩在一块儿是很难得的，俺不求发财，还求没病。你且闪开，待俺们磕个头儿吧。"

公子回望时，却是两个媳妇子，已笑嘻嘻站在自己背后。慌得公子连忙闪向一旁，就两壁下徘徊一回。却见满壁上横七竖八、歪歪斜斜都是游客们题的歪诗，其中却有几句谐语甚是有趣，其词道："孤竹君，哭声悲。我的孩儿啊，我只道你兄弟双双，投新主去求富贵。哪知你一对儿做了首阳山的饿死鬼。呆儿呀，你看那孟津河上八百诸侯，哪一个不打杆顺风旗？向新主低颜求媚。你虽摆双肩，担起这万古纲常，却不想痛杀了爷娘一对。"

当时公子见这几句谐语虽是可笑，却不觉有所感触，便太息一声，由神龛后踅入后院，只见有许多游人，却从庙后门连续踅入。公子信步出得庙后门望时，倒觉眼界豁然，心神一爽，只见远近间林木映带，坡陀回互，绝好的一片野景儿。若隐若现的几处山家，望之如画，遥望身旁里把地外，从绿树荫中却影绰绰地挑出一角酒帘。公子暗笑道：有趣得紧，俺今天没人请酒，只好自去沽饮几杯，倒也罢了。于是从容踅向酒帘。

方行得数十步，却微闻那酒帘左近叮当两响，似乎是打铁声音。又行得十数步，只听那声音越发来得清亮。仔细倾耳，竟似乎刀剑相撞，听那声音所自来，却似发于酒帘旁里把地外一片高林中。公子一面走，一面暗想道：这不消说定是燕娘所带的人闲得没干，在那里比试刀剑玩耍。俺久闻洪金城也往往教练帮众们武功，但不知比东寨教徒们的武功如何，且去张张便知分晓。

想罢，便舍却酒帘，循岔路便奔高林。方一脚踏进林边，早见有三条刀剑光影，作一团从林里直卷出来。公子一望，不由大惊。正是：

> 刚蜡游山屐，偏逢试剑场。
> 风波平地起，惊绝祁家郎。

欲知后事如何，且听下回分解。

第八回

恶撮合燕娘丧命
胡挑拨苗沛兴戎

　　且说公子刚一步踏进林边，却见有三人各持刀剑，从林内杀将出来。前一人却是燕娘，业已被杀得丢盔卸甲，散掉髻子，左肋下鲜血淋漓，染得白绸衣裤便似乱撒桃花。但见她咬牙切齿，花容惨变，倒提一柄剑，迈步如风，一个跄踉向前一栽的当儿，公子瞥见刀光一闪，却是佩瑗闪电似从后追来。一张俏脸儿业已尽失常态，不容分说，赶过去向燕娘夹项一刀。那燕娘就地一滚，散却的一头香云被刀斩断，登时平铺在地。公子大骇，百忙中摸头不着，忙大叫且慢动手之间，便闻佩瑗背后一声大喝，一道刀光，瞥然飞到。这里佩瑗拔刀方起，便猛地回身，翻手一刀，恰好那刀锋亦落，但听当哪一声。那持刀的来人喝声好，一个虎扑势直由佩瑗头顶上蹿将过来，趁落脚之势，拨开那满地乱滚撒手扔剑的鲍燕娘，大吼一声，回身便斗。佩瑗大怒，一柄刀直起直落，登时和那人杀作一团。

　　这时公子赶近几步，恰来至林旁，急望那来人时，却是苗沛。这一来公子越骇，料得事体尴尬，便放开喉咙，连唤住手。无奈佩瑗杀得眼睛都直，通不闻得。那苗沛也似发疯一般，跳跃如雷，一边口内秽骂，竟是性命相拼的光景。转眼之间，两人已杀了数十回合。那佩瑗却越杀越勇。这里公子只顾喊破喉咙，他两人哪肯住手？于是公子无奈，便从身旁拔起一株小树，舞动奔去。原想是隔开他两人，且问个仔细。哪知苗沛望见，却大骂道："叫你们这伙男女不要慌，少时咱们再见。"说罢，向佩瑗虚晃一刀，跳出圈外，竟自如飞跑去。但是这里佩瑗气得神色迷惘，被公子拦住，追赶不得，只急得双脚乱跺，却望望公子，落下泪来。

　　看官你道佩瑗怎便和燕娘等相杀？原来燕娘今天请佩瑗游玩吃酒，却是不怀好意。因为苗沛那厮是个色中饿鬼，久已渴慕佩瑗的姿色。起先时起意霸阃，便是想趁毓崐抱病的机会，篡取佩瑗。不想被六公子跑来，气慑金城，两下里言归于好。但是苗沛一片淫心总是不退，曾屡次求计于燕娘。燕娘觉得事不易办，便不去理他。无奈苗沛只管向燕娘死蛇缠腿，又搭着近两年来东西寨彼此的颇颇往来，苗沛越觉得有机可乘。一日两人欢洽之下，苗沛便又提此事，燕娘沉吟一会儿，却笑道："计倒有一条，俺只愁那婆娘恼了，发作起来不是耍处。"

苗沛道："不打紧的，只要俺得了手，她便是恼也只好放在心里。难道这件事她好自己发作不成？"于是涎着脸，问知燕娘之计。却是用一种春药酒迷倒佩瑗，以便自己为所欲为。当时两人计定。过了几日，恰值苦蕨岭挑菜节到，于是燕娘便柬招佩瑗，就夷齐庙跨院中准备一切，并挥退庙祝，以便行事。却命苗沛预伏在这挂酒帘的小酒肆中听候消息。当时佩瑗既带了那小鬟到庙，燕娘接见了，客气半晌，见佩瑗意态和悦，又只带了个小鬟来，便先放了一半心。因酒筵尚没停当，便推故出庙，去寻苗沛报说一切。佩瑗因枯坐闷闷，也便出庙去散步游玩。那小鬟顽皮性儿，自家哪里肯在庙闷坐，待了一霎儿，也逡巡溜出，却在庙门首遇见了六公子。

至于佩瑗怎的便得知燕娘的奸计呢？说来且是有趣。原来燕娘手下有个侍儿，名叫小琐，生得团头大脸，既有憨性，又有些嘴馋。这日燕娘赴庙，便带了她并其余两个侍女。大家见燕娘出庙去了，也便溜出庙来，随意游逛。小琐好吃口儿，便就贩摊上买些果饼之类，一面走一面嚼。恰趑至一处土皁前，那两个侍女便一挤眼儿，猛然道："喂，娘来了！"慌得小琐将食物包抛向皁旁草内，正在张皇四顾，那两个侍女已抢起食物包，嬉笑跑掉。于是小琐大恨又坑食物，不由咧开大嘴，坐地怪哭。正这当儿，恰值佩瑗的小鬟从皁后趑来，问知缘故，便笑道："你这呆妮子，这也值得哭。你这会子填饱肚皮倒是上当。少时俺娘和你娘吃罢酒，剩下好东西，咱不会尽力子吃吗？"

小琐道："你们有福气吃，俺却没份儿。因为俺娘见俺老实，还派俺们候你娘困觉哩。"

小鬟听了不解其意，便笑道："你又来说呆话，俺娘吃罢酒怎的便该困觉？你娘又先派你伺候呢？这倒糊涂杀人。"

小琐听了，忽哧地一笑，却颠头播脑地道："一点儿也不糊涂，你娘吃罢酒准要困觉。不但困觉，还要脱得光溜溜的，不但脱得光溜溜的，还要有个光溜溜的大男人和她同困。俺娘因那两个蹄子不老实，所以特派我伺候，这有什么糊涂的呢？"说着，拍拍屁股就要爬起。

那小鬟猛惊之下，忙一把按住她道："什么大男人，便敢和俺娘同困？你且说个仔细。"

小琐仰起脸儿，憨笑道："不说吧，说出来时不但那大男人不依，便是俺娘也不依。不但俺娘不依，便是你也许不依。"

小鬟听了，料是事体有异，便索性和她对面坐下来道："你只管说出，不打紧的。"于是两手作势道，"少时，俺与你买这么一大包果饼，你道好吗？"

小琐大悦，便一面四下瞅瞅，一面道："真个的吗？但是我告诉你，你却不要告诉你娘。你娘若晓得了，岂不寻俺娘的晦气。她两个打起架来，酒都吃不成，哪里还有好东好西剩下来给咱们吃？"说着手捋鼻梁却笑道，"俺又不是傻子，这个小算计都没有吗？"

这时小鬟不暇笑她的憨态，忙道："就是吧，俺都晓得，你快说吧。"

小琐道："噫，你倒忙了，俺还不忙哩。醋从哪里酸，盐从哪里咸，且待我想个头儿好说起。"于是扶头沉吟一会儿，忽笑道，"有了，便是前几天的光景。有一天晚上，俺娘和那个大男人同洗罢澡儿，只管光着屁股在屋内滚蛋玩。那时俺在厢房中困醒一觉，却听得他两个不滚了，却又笑喘喘地只管喊喳着说话。恰好俺正憋了一泡大尿，便悄悄出得厢房，尿罢到俺娘室外窗下，却被俺听了个仔细。你道是怎么档子事呀？"

那小鬟听至此，恨不得向小琐嘴内去掏话，小琐却摇着头儿道："你真个给我买果饼吗？那么，俺就说与你。"于是凑向前，附了小鬟耳朵，便将那夜里苗鲍两人欢洽时所定摆布佩瑗的计策从头至尾说了一遍。

那小鬟不听犹可，听了时站起便走，一面道："你且少候，俺就与你买果饼去。"

漫表小琐在土阜前坐地呆等，且说那小鬟当时得此消息，直气得恍恍惚惚，百忙中又不晓得佩瑗游向何处。正脚高步低地趔到那酒帘附近，恰见佩瑗从一处矮树后闪出，于是小鬟奔去，气急败坏地一述所闻。在小鬟之意是拉佩瑗就此转去，哪知佩瑗素常价本恨苗沛，当时这一气岂同小可？于是一切不顾，拔出短刀，便奔那酒肆。却正值苗鲍两个还在笑语未去。于是佩瑗一柄刀斫入去，猛不可当。苗、鲍也登时各举刀剑，三人杀作一团，径由酒肆中杀到肆外。要说苗鲍两人不难力敌佩瑗，却当不得佩瑗理直气壮之下，那勇力便增百倍。苗、鲍惊惶之际，未免便气馁三分。那燕娘招架之间，偶一失神，早被佩瑗一刀刺中左胁，只痛得她娇躯一晃，几乎栽倒，只得虚晃一剑，便奔高林。那苗沛正要独战佩瑗，不想脚下一蹶，扑哧声闹了个狗吃屎。及至爬起，那佩瑗追逐燕娘的身影儿业已没入高林。于是他也便提刀赶去，三人就林中又是一场恶斗。那燕娘伤势甚重，如何还支持得来？逡巡间三人杀到林外，却正值六公子趔来哩。以上所述便是佩瑗得闻苗、鲍奸计的缘故。

　　且说佩瑗当时气苦之下，向六公子说明和苗沛厮杀之故。六公子顿足道："不想苗鲍两人便这等混账。此等人死掉本不足惜，但是未免东西寨从此失和，要日寻打斗。咱快瞧瞧燕娘，且抬她到庙中，调理伤势。如幸得不死，俺便亲送她回西寨，面质金城一切，看他如何说法，再做道理。"

　　这时佩瑗还气得眼儿发愕，公子却随手儿拾起燕娘所扔的剑，带在身边。和佩瑗到燕娘跟前瞅时，只见她仰卧于地，面白如纸，两目都合，那胁下伤口之血水只管淌个不住，业已剩了一丝两气。公子忙摸她胸口，且喜还有微温。正这当儿，那小鬟和小琐次第赶来。须臾，在庙中伺候的帮众们闻哄亦到。大家见了燕娘光景，都惊得光着眼乱望，却没做理会处。于是公子命大家七手八脚地抬起燕娘，一行人都踅入庙，就那跨院客室内安置下来。便一面命人去寻止痛的老酒并金疮药，一面命厨下准备汤水，与燕娘用。

　　这一耽搁，已是好半晌，公子瞧燕娘卧在榻上，仍是气微如丝，正在躁得什么似的，没做道理处。佩瑗忽惊道："这事不妙。苗沛那厮跑去，知他向洪金城是怎样胡说？他定然瞒过实情，反说咱们欺侮燕娘，以致杀伤。金城如信他的话，难免不寻向东寨作闹，咱须快去瞧瞧才是。"

　　几句话提醒公子，便忙命帮众小琐等且在庙伺候燕娘，当即提了燕娘那把剑，和佩瑗并小鬟出得庙来，一径下岭，便奔东寨。这时满岭上挑菜的妇女们闻得有厮杀的事，正惊得成群作队各处乱跑。忽见公子和佩瑗各提明晃晃短刀抢将来，于是呼啦一声，都争先恐后地忙着下岭，登时将一条道路闹得拥拥挤挤。公子等飞驰不得，只好挤向人群中，依次下岭。这一耽搁又是好半晌，及至下得那岭，已隐隐闻得东西寨的警号同时吹起。公子大骇，更顾不得佩瑗鞋弓袜小追逐不上，便一矬身形，只用脚尖点地，电也似直奔将去。刚跑近东寨圩门前，抬头一望，不由大惊。正是：

　　　　杯酒方联欢，戈矛顷刻起。
　　　　薰莸臭味殊，终非好相识。

　　欲知后事如何，且听下回分解。

第九回

洪金城气走猴山
确山王假称明裔

且说六公子一气儿跑近东寨圩门张时，早见圩门上杀气腾腾，教徒都满。毕方在上面一面指挥一面向下乱喊住手，下面是帮众教徒两阵排开，各执器械呐喊助威。场中有三人，刀来剑往，正在杀作一团，便是毓崑和金城、苗沛。但见毓崑一柄剑力敌两人，全无惧怯。一片剑光泼开来，呼呼风鸣。那金城单刀使发，亦自不弱，这时放开浑身解数，一路价劈拦钩掠，行不留影，每一移步换形，颇有虎跃龙骧摩天斫地之势，真不愧单刀手三字大名。

于是公子大骇，情知佩瑷所料不差，便接连两箭步蹿向场中。举刀一挥，"住手"两字还未喊出，便见身旁刀光一瞥，那苗沛已自从斜刺里刺将来。公子急挫剑势，格开来刀，方举左手，向金城、毓崑乱摇。金城却大怒道："刘毓崑，你暗使你的人欺侮俺们。如今你的人杀伤燕娘，连燕娘的剑都夺得来，你难道还推诿不知吗？"

毓崑公子听了，都忙得还未及答话，那金城却倏地身势一旋，刀法立变。但见一团白光滚滚流走，并且忽上忽下，莫可端倪。那刀锋出没，便如穿云闪电一般，只管向毓崑兜将裹去。原来这路刀法名为混元一气，刀是采取各路刀法中的最妙招数集合而成，既非江湖派所知，亦非旧刀法中所有，却是金城本师一点红自悟出来，练就的一桩绝技。当金城未遇一点红时，本已单刀有名，后来又学会这混元一气刀，所以越发地横绝一时。这时因战毓崑不下，又见六公子到来，所以便显出绝技，要登时取胜。但是刀法虽新奇，却瞒不得公子一双神眼。当时公子猛见金城使出混元一气刀法，便料他为意非善，骇然之下，忙瞧毓崑虽也是顿变剑法，因势应敌，却当不得金城步步紧逼。正在替毓崑捏一把汗的当儿，好金城忽地大喝一声，刀光顿敛，人影亦无。公子忽瞧毓崑足下时，却平铺了一片白气。但见毓崑两趾间，霍霍刀锋便如乱泉涌地一般，闹得毓崑一面倒揿剑锋，盘僻抵御，一面双脚如蜻蜓点水，乱避刀锋。展眼之间，已有些剑法散乱，招架不迭。公子大骇，料金城这路滚刀法又是个绝户招儿，这时却不暇喊唤住手，急欲挥剑闯上，且拦住金城，却当不得苗沛早已臭苍蝇似的只管缠住自己，公子无奈，只得一面招架苗沛，一面向金城、毓崑大叫住手。

这时圩门前跳颧四只大虫，飞起两团杀气，加以两阵人众呐喊连天。百忙中圩上一人舞起两只大袖，向这边叫声住手，又向那边喊阵慢杀，跳得只管有丈把高，也没人理他，却是毕方。

当时圩前这阵大乱，直闹得烟尘滚滚。那公子向苗沛卖个破绽，虚晃一剑，跳出圈子，正要去拦住金城。不好了，忽见金城就地下拨开毓崑剑势，大喝一声，踊身便起，嗖一声直跃起三丈来高。这里毓崑提剑四顾，未及仰视之间，公子却看得分明，不及赶去，刚叫得一声"刘兄仔细"，说时迟，毓崑方一抬头，那时快，金城喝声"着"，倒揸刀锋，矮身便落。毓崑不及躲避，略偏头颈，足势还在未起，哧一声刀锋早到，正中右肩。公子眼前红光一眩，恍惚见毓崑踉跄便倒。那金城如飞天夜叉，双足才点地的当儿，忽又见金城背后刀光一闪，公子大惊，疑是苗沛抢来，便不管好歹，一个箭步蹿过去，还未及站稳足势，便见那白亮亮来的刀光直奔金城后脊。这时金城只顾了高举单刀，奔向那倒地的毓崑，却不道有人从后下手，及至闻得背后来的刀风，哪里还躲闪得来？只一逡巡之间，早已后背中刀，大叫栽倒。说也凑巧，正吭哧声趴在毓崑身旁。两人都闹得鲜血淋漓，正在就地下，还要揪扭。这里公子短刀起处，早已架住来刀，趁势左手一伸，拖住那人。那人因奔势正猛，收脚不住，两人一阵拖拉，正撞出数步之遥。却见苗沛举刀，向帮众一挥，匆匆便走。于是帮众喊一声，登时跟去大半，只剩几个小头目们和胆小的帮众都惊呆在那里。大家望那刀伤金城的来人，却是佩瑗。原来佩瑗因行步稍迟，及至赶到，却正是金城刀伤毓崑的当儿，所以她一切不顾，便给金城个冷不防哩。

当时公子一面好歹地止住佩瑗，一面喝住两阵的人众。这时毕方亦自下圩，匆匆跑来。大家且不暇说话，忙去瞧毓崑、金城的伤势。毓崑却只是伤及皮肤，已自跳将起来，还气得言语不得。那金城背上连刺带削的刀伤，业已血透重衣，十分凶实，业已委顿于地，势莫能兴，只剩了破口大骂。于是公子当众说明苗鲍两人定计要欺侮佩瑗之事，请金城不要信苗沛的一片谎言，致伤和气。毓崑听了，正气得面色都变。那金城却大叫一声，当即晕去，被大家搯唤良久，方才悠悠醒转。

不提这里西寨内的小头目等领了帮众，且自抬起金城，趱回西寨。且说公子等领众入圩，一面遣李云鹏去探一切消息，一面整备寨务，以防苗沛再来厮闹。当时佩瑗正向毓崑、毕方细说在苦蕨岭所闹的事，恰好那小鬟也便趱来，又细一说苗、鲍的奸计。毓崑听了，愤然之下，只好且听西寨消息。当晚云鹏报到，那燕娘已自伤重死掉。大家愕然相视，以为苗沛必来厮闹。哪知过了两日，殊无动静。却又探得金城伤势十分沉重，已自呕血卧床，那苗沛却走得不知去向。大家猜测一回，正虑着金城伤愈，必不甘休。

又过得几日，一夜里忽遥见西寨方面一片火燎光闪，密如繁星，又夹喧着人喊马嘶之声，随风隐隐。公子大惊，以为有甚警动，便忙忙率众登圩，一面警备一面遥望。只见那片火燎忽离忽合，少时竟似一条烛龙奔向山口方向，斯须不见。但是不多时，却又有许多火光遍满西峰一带，次第都奔向山口。其中人声隐隐，良久方静。大家猜测一回，莫明其故。及至天明遣人到西寨探时，不由一怔，只见偌大一座西寨，只剩几个小头目和十余帮友在山里看守。洪金城并许多帮众一夜之间，忽地尽数去掉。

当时公子等闻报，好不怙悷，便大家到西寨一瞧，果见圩门紧闭，静悄悄的。寻西峰一带住的山民们问时，都道不知其故。当时大家趱转，未免揣度着是金城去勾结别股教徒前来报复，只好一面防备，一面且探底细。

过了些日，且喜毓崑伤痕已愈。这日，大家正猜度金城忽地领众去掉之事，那李云鹏却探得消息报来。原来那苗沛当金城卧床之时，便去寻他大首领黄天佑，具言和东寨厮并之事，大概又架出一片巧言，说东寨寻衅，欺侮帮众。天佑闻报，也没甚言语。过了数日，却自到西寨中来瞧金城的伤势，并潜赴东寨左近暗探了两日。那夜里，便忽命帮众们离开此地，只留几人看守西寨。只说是金城办理不善，人地不宜，须要另派首领来接管西寨，所以一夜之间，大家都去掉哩。

当时公子等闻报，颇觉事儿突兀，又一想，或者天佑为人正道，自来访明了起衅的缘故，真个的撤退金城，另换首领来，也未可知。

过得月余，那新首领却不见到，看守西寨的小头目等也没什么动作。久而久之，大家也便将此事抛开，依然地整理教务，又从新规定按月摆斋之法。居斋期，距山左近的教徒们都到山中聚会一次。除照例地摆斋外，山中教徒们习武功的又会齐了，择宽大场所，刀枪剑戟地操演一回。毓崑有时临观，亲为指点，都用兵法指挥他们坐做进退。虽是寻常操演，颇为有声有色，所以每到斋期，那山口并山中东峰一带甚是热闹，都是来赴会的教徒们。人众既多，哪里都是好性气？便未免有些与居民冲突等事。如进山口时，与人争道，或在山中践踏田亩。久而久之，便有些结社聚众不以好论的口声渐渐传来。

公子曾劝毓崑须要韬晦，免生意外之事，毓崑却不理会。因为这时北方各省早经满洲人压服下来，觉得汉人们在积威兵力之下，是不会滋生事端的。所以各处的大小官吏大半地优游逸豫，剩下的工夫来还要铲挖地皮，却没人注意其结党聚众的事。又搭着这时的河南巡抚名叫噶拉额，虽是满人，却茸阘不堪，只知养尊处优，鬻缺纳赂，却不以整理地面为事。于是属吏承风，大半皆以赂进。这时的偃师县官是满人进禄，更是个茸阘角色，所以毓崑不以意外之事为虑。

但是为日不久，那滑县地面却闹了一桩事体。因为有个姓朱的富户，名叫文秀，是个刚愎自用愚而且骄的角色，生得方面大耳，很透着胎貌不俗。少年时节，便有江湖相士们奉承他，说他贵不可言。乡下人们大半都好抱财主的粗腿，大家每见文秀，不知不觉便说几句燥脾话，恭维几句，于是文秀颇颇自负。他又会些三脚猫的拳脚，又仗了财势，便矜言意气，日事结纳。不论张三李四、秃子瞎子，凡是江湖朋友们来相访，都一概酒肉款待接济盘费。闹了几年，竟被他闹出朱大官的名头。那远近的股匪大盗人等，无不以交结朱大官为荣，甚至于馈送金珠等物。文秀马马虎虎便给他一礼全收。有时便椎牛酾酒，大会匪盗，以联情谊。因为他家居某山之下，地居幽僻，所以敢任意胡闹。如此地过了两年，文秀被大家捧撮得便有些忘掉生日，越发自负。有时引镜自照，真觉自己这副小模样不同常人，但是还没敢起什么妄念。

也是合当闹事，文秀家中积有仓谷，说也奇怪，这年忽然闹起邪气。那仓谷只管外棐，却不见少，并见溢出许多。其实这类的邪气事，北几省中往往有之。据老年人说起来，就叫发邪财，是什么狐仙爷所为。譬如这家旺，它便来凑趣。运衰时，它不但将摄来的财物都摄去，还要加倍地取偿于主人，作践你个什么似的。这本不是件好兆头的事，哪知文秀门下那些巧嘴子会撮臀的人，见了仓谷不竭这事，便夸说文秀洪福齐天，将来不知怎样的福大，所以才感动天命，来示瑞兆。文秀听了这类的话，虽觉有些扎耳朵，但且暗含着却颇颇入脿。高兴之下，又恰值地面上年饥谷贵，他便张出揭帖去，贱棐积谷，以惠穷民。于是朱大官善人义士之声又复洋溢于路。左近县的穷人们提起朱大官来，无不都竖大指，于是文秀胆气越豪，渐渐地收纳亡命，宅中黑夜里不断地置酒高会，出出入入都是些不三不四的人。俗语云：傻子睡凉炕，全凭时气壮。文秀仗了几年歪运，横闹了些时，居然没事。并且当地的胥隶人等因思量揩他油水，便都来交结他。凡官中放个屁，也要来透消息于他。

不想歪运不常，这年文秀却晦气来临。因他宅后园中有一株多年的铁树，忽然开得花山似的花儿。文秀大悦之下，即便治筵款客，并请几个文绉绉的秀才们前来咏花凑趣。本是点缀风光、共赏奇花的意思。不想其中有个泼皮秀才因失了馆穷得要命，这时得此机会，便想恭维文秀，以便常来走动，捞些油水。当时，众秀才到齐，向文秀恭维毕，正要拈毫赋诗，那泼皮秀才却忽地撩袍端带，向文秀舞蹈扬尘，插烛似磕下头去，并正色道："陛下不要亵渎天命，当寻常花卉赏玩。这是陛下受命之符，非常嘉瑞。古谶云：铁树开花，以国为家。岂非陛下龙飞九五之兆吗？"

几句话吓得文秀脸儿都黄，但是逡巡之间却大笑道："怎的先生不曾吃酒却说醉话呢？"于是大家都笑。及至酒罢，当晚文秀困在榻上，不知怎的只管辗转不寐，须臾入梦，居然恍惚是自己高拱九重。及至醒来，却摸着榻上的老婆，当时高兴之下，便一面弄耸一面东宫西宫地封了一阵。及至次日，也便将这炕头上起国号的事忘掉。

哪知事儿偏会挤对。过了些日，有一班股匪为数数百人，在他处被官军剿散，却陆续地蹿聚在某山中。这班人们狗急跳墙，闻得铁树开花之事，正思量拥戴文秀，大家闹个开国元勋。却又事偏会挤，文秀却有不得不闹之势。原来那剿匪官业已跟踪将到，闻得文秀是窝主，先要剿办文秀，然后剿山。因行文于本县官，约以捕健做乡导助剿。这消息在官居的胥隶们先晓得，径来报知文秀。当时文秀见事已至此，只得硬着头皮去干。便即日尽室入山，合了群盗，登时据险立寨，揭竿起事。群盗又一面招得他股匪众，为数可数千人。部署方定，官军掩至，却被文秀一马当先，杀了个落花流水。于是文秀声势震动，旬日之间，各处的群盗猬集。那远近的无赖贫民悉往归之，如水之就壑。那山名为确山，于是群盗共上尊号于文秀为确山王。暂且不攻城池，只就各处村镇劫掠打粮，一俟军实充备，方图大举。

正闹得沸沸渍渍，那泼皮秀才却献计道："凡举大事，宜先正名义，然后可资号召。今天大王朱姓，正宜称明裔，建义旗，谋中兴之大业。一面传檄四方，一面相机掠地，天下不足定也？臣愚以为宜去山王盗号，然后名正言顺。"

文秀见策大悦，于是诡称是明某藩之后，出入间鼓吹张盖，剑戟云从，越发火杂杂地大干起来。但是这等假刘盆子的局面哪里会成事？过了些日，那文秀还不暇黄屋左纛，以应贵相，却早被官军捉去，凉渗渗吃了一刀。正是：

    鼎革之交，民气嚣动。
    觊觎非分，终须毙命。

欲知后事如何，且听下回分解。

第十回

访良朋鸿冥豹隐
游旧地寒坞杨林

　　且说朱文秀正雄踞确山，等尝这黄袍加身的滋味。哪知一日里忽闻山下枪炮如雷，登高望时，但见烟尘抖乱，旌旗蔽空，漫山遍野价都是官兵，业已长围四合，分道直斫上来。文秀大惊，急觅群盗时，已都成了窜山野兔，唯有那泼皮秀才总算不含糊，还跟定文秀道："昔日光武帝，尚有滹沱之厄，这不算回事。且请陛下行幸臣家，吃碗豆儿粥如何？"说着，拖了文秀正要逃走，却早被官军抢到，双双捉下，当时乱定。这君臣两人到官中交代脑袋，自不消说。

　　但是因此事，各县的地方官却大出告示，严禁结社聚会，偃师的县官儿自然也是照样行事。毓崑见了，只付之一笑，依然近期摆斋，整理教务。六公子过了些日，见西寨里没动静，也便放下心来，便又想起去访魏耕等。

　　当时毓崑等置酒祖道，酒酬以往，大家又谈些将来报国的事，佩瑗忽笑："公子你此去还要访曼华姐，那么你带我去好吗？一来俺去瞧瞧她，二来俺也逛逛北京。不知怎的，近些日俺只觉油浇火燎、心头烦躁，到外边舒散舒散或就许好了。"大家听了，都为一笑。

　　须臾酒罢，公子结束停当，背了那件原来的随身行装，佩了宝剑，向毓崑等执手为别。大家不知怎的，一时间惘然相看，就似从此长别一般。那佩瑗竟自眼圈一红，扑簌簌落下泪来，却又笑得抹蜜似的。毓崑便笑道："公子此去，能邀得谢娘子来方好，不然想杀这傻婆子，大小也是个性命哩。"大家听了，都各大笑。

　　漫表毓崑等送公子出得圩门，直望得影儿不见，方才相与踅转。且说公子出得缑山，思量去先访腾蛟，顺便儿一拜余母之祠。于是逶巡取道，便直奔富春江而来。不一日到得江畔，先就客店歇息，用饭安置下行装。

到得那余母祠前，抬头一看，不觉凄然泪下。一阵感想，也不辨酸甜苦辣是何滋味，竟自对着浩浩江流、黯黯残阳呆在那里。原来公子触景生感，猛想起当年余母在此斩蛟的光景。那时自己父母俱存，和腾蛟嬉天哈地何等快活？如今却沧桑易劫，国破家亡，孤单单剩得一身旧地重游来访腾蛟，便是铁石心肠，焉能不凄然生感呢？

当时公子呆了一会儿，因把晤腾蛟在即，不觉又转悲为喜。也不暇细看庙貌，逡巡间进祠张时，只见芳草缘阶，松荫在地，正殿豁开，两厢反锁，静悄悄却没得人。公子虽晓得腾蛟来看守余母祠，却不晓得他住在哪里，只好且唤出人来，以便问询。于是一面迈步，一面声唤。将近西厢前，却见从大殿后转出个朴实实的庙佣，一见公子却笑道："爷台敢是来访余道爷的吗？您却来得不巧，余道爷前些日出门出访道友，不定日几时才回哩。"

公子听了，心头怦地一跳，料是腾蛟看破尘缘，业已当了老道。感慨之下，正在发怔，那庙佣却去用钥匙，开了西厢的锁，肃客入室。公子张时，但见里面草榻木几十分清洁，壁倚长镵一支，案置黄庭一卷，靠榻壁上，却悬着腾蛟所用的那把宝剑。公子见状，正在恍惚如梦，那庙佣却不理会，早已烹茶供客。公子问起他来，方知腾蛟自到祠中，便已着了黄冠，守奉余母香火之暇，只以静坐学道为事，与人谈论，却绝口不提武功。每一出去游山访友，乘兴所之，不计远近，往往累月方回。只命这庙佣守祠。公子听了，好不怅然，只好稍为歇息。瞅了壁上那宝剑，沉吟一会儿，先到大殿上奉香，拜过余母神位，瞻恋一番。又亲手扫净殿中，然后踅回厢房。取过案上纸笔，作书一封，具言自己的行踪并来访之意。写毕，交与庙佣留示腾蛟，惘惘然踅回客店。宿过一宵，料想腾蛟游踪无定，只好且去访魏耕。于是迂回取道，又奔向雪窦山而来。一路上孤行踽踽，感念腾蛟入道，又没晤面，甚是闷闷。满想着快晤魏耕以豁闷怀。哪知却闹了个闷上加闷。

原来公子这日行抵雪窦山下，抬头一望，端的好一片山势，但见连峰复岭，烟云回合，窈然而深。廓其有容，足为高隐之居，不愧避世之地。暗忖魏耕在里面不知开垦了多少山田，教会人几许农业？及至进山口，踅过一段张时，却又不然。只见许多高下山田只如寻常，并且颇有被涧水冲刷之处。公子暗念魏耕好做大言，当日相别时，虽曾说到山开田，讲求农事，或者因添著那《魏子新书》，无暇再及农事也未可知。于是一面觇玩山景，一面沿路上探询魏先生的居址，哪知山中人通不晓得。逡巡之间，来至一处溪桥前，那所在垂柳高荫，衬着潺潺溪流，十分幽静。却有一处野茶肆，外面松棚下摆着座位，有几个农人们科头赤足地在那里吃茶谈天儿。公子因走得口燥，于是也踅入去，向众人拱拱手儿，拣座坐下，彼此客气两句话。公子便道："诸位可晓得此山中有位魏先生住在哪里吗？"

众人哄然道："晓得晓得，俺山中多少事体，哪一件不仰仗着魏先生？怎的不晓得呢？他家离此不远，住着好体面的房舍。少时俺们领你去。你这客官既来寻他，一定是他的好朋友了。那么咱们都不属外，您的茶钱俺们候了吧。"说着，便足恭不迭。

公子暗喜访着魏耕的居址，因笑道："如此好了，便请诸位指明他的居址，俺自去寻他就是。"

一人便笑道："你这会子去也见不着他。他这会子正在城里壮班上李老爹家吃酒，因为李老爹的学生娶得捕班上哈八爷的大闺女，是魏先生的媒人。你这时去寻他，不是白跑吗？"

公子听得口吻有些不对茬儿，正在愕然，便有一人向那人笑道："喂，董二叔，你少说梦话。魏先生行行步步的事都装在我肚儿内，你成年论辈子地见不着他老人家，哪里会晓得他哪会子进城去？还死求白赖地拉我去玩玩。咱觉着人家都是大人大物的吃酒聚会，咱这夹尾巴狗似的，为甚不睁眼跟去打搅呢？所以我没去，不是人家给脸咱不要，凡事当自忖身份，掂掂自己的骨头轻重。人家魏先生看重我，也就在这点子上。"说着，一绷面孔，瞟瞟大家，大家也便含笑点头。

那人又一面伸出大手，向那先语的人一摆，一面笑道："二叔你要晓得魏先生今天在城里谁家吃酒，须来问我才是。今天是城里竹竿巷包办猪捐的霍大下巴霍二爷，因捐的事情请的酬酒。"于是次第屈指道，"请的客有租房项经承、县衙崔队长、南街上阮乡绅、东关的张堡董，还有北关的镖行朋友花胳膊关老六，连咱们魏先生，共是六位客。其中张堡董却因事没到，叫他少爷去的。关老六因行中事忙，只吃过两杯酒，待席上上了大件便去。这些细过节，俺都晓得。至于霍二爷叫的席面，都是满汉全席，外挂烧烤。那烤肉上席时，还嗞嗞地冒油，就别提多么香喷了。说谁见了不馋，真是瞎话。以外还叫来陪酒的姐儿，是口袋胡同吴玉儿姐妹俩、文庙后身的王银儿。霍二爷还嫌不热闹，又将街门口帮闲叶小五的老婆叫去。因为她应酬台面，是个满场飞的角色。这些事该问我才是，你哪里晓得？"

大家听了，正在点头，先语的那人却怫然道："你便是晓得魏先生该怎样？毕竟误不了你拾柴捡粪，难道你就成了魏先生不成？"那人听了，脸儿一红，又要张嘴，却被公子止住，向大家一细问那魏先生，却是山村中的一个地保，方进城去应卯，顺便儿去扰人的酒。

公子听了不觉好笑，便向大家仔细一说魏耕的状貌，问此人现住何处？大家听了正在沉吟，其中一人却拍手道："客官你寻那疯子做甚？你说这魏先生不是长得小模样灶王老爷子似的，外号魏大炮的吗？他原起在山中隐居，便有些疯性。后来出去胡撞些年，两年前忽然趔回，仍在他那片旧草房儿内住下来，没事便向大家说些复仇报国起义造反的疯话，却也没人理他。他又一火心地讲垦田讲水利，成日价把着几本古书向大家指指画画。说是怎的可致富，愣要大家跟他学种田。您想书本上话哪个肯信？他见没人理他，便把他做的什么《魏子新书》施展出来。据他说，此书奥妙无穷，是上好的兵法，便是姜太公的六韬三略都须靠后，孙武子的十三篇，只好给他拾鞋。又愣叫大家跟他学打仗的勾当，说是将来有大用。您想俺们庄稼人，种地纳粮，吃饱了，睡大觉，领了老婆孩子过穷日子，哪个管现在的天下姓张姓李？没来由谁去学打仗呢？"

公子听了，不觉心下暗叹。那人又道："哈哈，真也是笑话。他见这一招儿没人理，便自说自话地发了好几天的怔，白日里便去跑山，说这里可以开沟，那里可以挑淤，又向中天峰崇惠寺里去指天画地，说那寺左右地势好，可以积粮屯兵。那寺里的老和尚本不识字，他却拉人家看什么地理的书，厌气得老和尚什么似的。一到夜里，他便在草屋中念书，高兴时还倒罢了，不高兴，那念的音调就和哭一般。或值月明之夜，他也不管三更半夜，提了一把剑满山乱跑，遇了空场儿便大要一气，闹得狗咬吵吵。村人们从睡梦中爬起来，都当是来了强盗。过了些日，他的高兴渐减，忽地好多日不出门儿。大家觉得诧异，走去悄觑时，原来他却从崇惠寺里借了许多佛经，在那里看一页撕一页，并且一旁摆着酒肉。大家且喜他不出来作闹，方在私相庆幸，哪知偏有个半吊子财主，却去搔他的痒筋。

"原来那财主有片山田，靠近涧水，听他讲水利讲得天花乱坠，便去请教他试法一下。他大悦之下，便兴冲冲指拨那财主挖掘沟淤，引涧水灌田。恰好那年天旱涧水小，那片田真个得利。正乐得他要不得，不想次年夏月阴雨不休，涧水暴发，忽地一股水冲到，不但那片田登时成了鱼塘，还连累了许多别家的地都成了一片明白。他那时却不说疯话了，只行步间自言自语，便如着魔一般。有人跟他窃听，却嘟念的是什么'古人岂欺我哉'一句话，从此他便越发没了人样。有时蓬头垢面钻在草屋内累月不出，有时便狂走山中，去寻野孩子们玩耍。过了些日，越发稀奇，忽然但听得驴叫，他便大哭老友。

“说起来真是有趣，有一日，有个新媳妇在夫家过得三朝，扎括得花朵似的，跨了一头毛驴儿去往娘家。刚走到娘家门首，还没下驴，不提防他老先生从背后跑来，哇的一声，吓得那新妇一跤栽落，爬起来只好乱骂。他那时已吃得醉醺醺，手内还提着一壶酒，便不容分说，掰开驴嘴，提壶愣灌。人和驴正在乱跳，却被那新妇抢过去，抖手便是两记耳光。他当时挨这两下子，若跑掉也便完事，哪知他觉得人家白嫩嫩的小手儿打到脸上怪有趣的，于是嘻开大嘴，倒把嘴巴子舒将过去。那新妇一见，自然红了脸儿，推搡之间，脚下一绊，一张粉脸正合在他脸上。这一来，那新妇大怒，便唤出家中人，原想是打他一顿，哪知他早跑得去了。后来有人知他底细说的，他原先在外面胡撞时，有匹心爱的驴儿，不知怎的丢掉，所以这时每闻驴叫，便大哭老友。客官你想，这不是整个的疯子吗?

“话虽如此说，那时他毕竟还没疯，便是这个把月之前，他却有些真疯了。因为俺这山中，自国变时便从县城内来了两位老先生，因不肯剃头发，到山藏匿，一向也没人理会。前两月时，不知因甚事，得罪了山中没行止的人，那人竟到官中告发。可怜那两个老先生，被官中捉去，逼他剃发，他不从，却冷不防地都一绳吊杀。那魏大炮自见此事，索性地杜门不出，却日夜价作他那《魏子新书》，有时哈哈狂笑，大家便料他或要发疯。果然有一夜，他草屋中焰腾腾地烧将起来，自将所藏古书并室庐焚掉。他只携了一把剑并那《魏子新书》跳将出来，却走向崇惠寺，将那书交与老和尚，道：‘俺要向北方游历一趟，便烦和尚收藏此书。俺若一去不回时，便留此书永镇山门。如今世界除却山阴祁六，是没人能读此书的了。’”

公子听了，正在耸然，那人又道：“客官你瞧，魏大炮多么古怪。他说的这山阴祁六，也不知是个什么人。但是他当时说罢，竟自大笑着仗剑跑去。老和尚没奈何，收起那书，还以为他疯劲儿发作，过两日定转来的。哪知直到今日之下，他竟影儿没得。客官你这会子来寻他，却是迟了。”

一席话不打紧，听得公子呆呆发怔之间，众农人吃罢茶，已自哄然散去。当时公子见魏耕感愤佯狂，一至于此，好生感叹。又一想他既有向北方游历的话，或者去寻曼华，亦未可知。怙惙一会儿，只好付过茶资出肆，一路问讯到崇惠寺，寻见那老和尚。一瞧那《魏子新书》时，却已添著了几章。当时公子太息一回，只得惘然出山。就客寓中踌躇了一夜，只好且去寻陆香儿，和他到太湖中望望刘伯通，再定行止。于是次日起来，即便结束登程。

方到苏州地面，只见一处处集镇城市，商贾热闹，士女嬉游，已复繁华之观，非复萧条之象。原来这时豫王坐镇江南，业已大定，所以商民复业，有些气象。但是公子见了，愈增黍离麦秀之感，一路上凄凄惶惶也不暇流连光景。

这日搭船到一处码头上，下得船来，却见许多人围拢着，就一处壁墙上瞧官中贴的告谕等类。公子踅去张时，只见一条道：通谕军民人等知悉，前据河南巡抚噶关文告苏，因河南偃师县奸民朱文秀等诡托明裔，聚众倡乱事。深恐其党羽散匿各地，再生事端，仰各地方官一体查拿，以清乱源等因。因故谕尔军民。凡隐匿其党羽者，科以同罪，定究不贷。切切此谕。

公子见了，暗笑官中这等官样文章，只好去吓鸟。再瞧时，还有一条却是抄的近日邸报上的一条上谕，是严禁女子缠足，如不遵谕，其家长罪至绞斩。公子见了，不由暗暗点头道：满洲人虽以胡虏崛起，倒也知为政之道、强国之本。缠足一事，虽是习惯的小节，却戕贼生理，其弊足以弱国。今满人竟有见及此，倒也不可轻视于他。一时间想得闷闷的，离却那码头，便取路直向寒山坞而来。

日斜时分，方踅到那片杨林前，只见当日那些拱把粗细的树株，这时都已大可合抱，一片的含烟宿雾，衬着那淡淡斜阳，风叶戚戚，只管作响。公子触起那年藏在陆香儿家，在林中乔装散步得遇魏耕的光景，不由一阵感慨，恍惚如梦。正在略为驻足，徘徊四顾，只见从林边斜道踅来个身穿重孝的媳妇子，手内托着个木盘儿，上面是香烛、纸锭之类。一面走一面低头掩泪，略闪秋波，瞟瞟自去，竟踅向野地而去。

公子见了，也没在意。匆匆过得杨林，不多时，早望见寒山坞那片山光水色，端的是风景如故。公子至此不觉又添了无限感慨，因为自己落落一身，哪里及得陆香儿有家可居，有母可养？遥想陆香儿这时奉母承欢之下，逍遥山水之间，一定想不到自己忽到这里。少时彼此晤面，倒也可喜。怙惘间踅到陆香儿门首，抬头一望，不由又是一怔。只见门径如故，双扉静掩，那门楣上却贴了块白纸条儿，又是簇新的纸色。这一来怔得公子竟自不敢去叩门儿，因为素知陆母家无次丁，只有陆香儿一个孩儿，如今丧白贴出，不消说是他母子不定哪个死掉了。

正在发怔之间，却闻身旁小溪边陆香儿惊唤道："公子一向可好？今天是从哪里到此？兀的不想杀小人？"

　　说话间，如飞跑来，已是泪如雨下，向公子纳头便拜。但是手内还拎着钓竿并一尾鲜鱼。当时公子见陆香儿身穿重孝，头发老长，一张脸儿业已瘦了一半，料是陆母业已逝世。一时间想起陆母当年周旋之谊，又见陆香儿傈然哀戚之容，正在挥泪相看，连忙去扶起陆香儿的当儿，忽见身旁白衣一闪，却又踅过一人。正是：

　　　　聚散无常，生死多变。
　　　　旧地重游，凄然相见。

　　欲知后事如何，且听下回分解。

第十一回

吊陆母公子伤怀
瞰嗣子伯通得疾

上回书交代到公子忽见陆香儿身穿重孝。看官你道怎的？原来陆香儿自从别过公子，便一径地回到寒山坞，奉母安居，极尽孝养。有暇时除了到太湖望望伯通之外，便依依陆母膝下，真是寸步不离。因生计拮据，却学会捕鱼之法，跟人家大帮渔船，在附近溪河中帮个忙儿。虽所入无多，倒也不愁温饱。陆母欢慰之下，便给他娶了个媳妇。娘家姓何，便是左近农家的女儿。过门之后，夫妇甚是和睦。那陆母对此一双佳儿佳妇，正自慰桑榆晚景，不想大限临头，忽地病将起来。慌得陆香儿求医觅药，衣不解带地月余光景，那陆母病势却是日益沉重。一日，陆母自觉不佳，便将陆香儿夫妇叫到跟前道："儿呀，为娘病既如此，已是早晚间的人了。寿尽考终，你们也不必过痛。但是为娘有几句言语你须谨记。如今满人得国，天命已定，人力究不能胜天。你一个草野小民，跟祁六公子奔走国事一场，出生入死，也足以愧杀那些衣冠缙绅们了。若此后再慕义烈，便是蛇足。我死后你只守着我这片坟墓，为娘便含笑地下了。"当时陆香儿含泪唯唯，还指望母病可痊。哪知过得两日，陆母竟自长逝去了。陆香儿夫妇躄踊悲痛，自不消说。公子到来之日，正是陆母三七之期。那何氏赍了香楮，向野地里焚化招魂，陆香儿却因陆母素嗜鲜鱼，便向溪中钓得一尾来，以备晚祭之用，不意趱至溪边，忽望见公子。

且说当时公子正挥泪扶起陆香儿，只见从身旁趱过的那人，便是方才在杨林边所见的媳妇子。彼此一望之间，那陆香儿早拭拭眼泪，一面将鱼和竿递与何氏，即取了公子所负的包裹，一面哽咽着，说罢陆母逝世的光景，并指着何氏道："这妇人便是小人回家后所娶的妻子，公子且请进内，待小人夫妇拜见吧。"说着引公子入内。

公子一眼便张见草堂上穗帐高悬，冥烛闪碧，陆母的灵柩端正正供在那里。公子一见，既深生死之感，又因陆母想起母亲商夫人来，一阵伤心，不由痛泪直泻，于是上前拈香叩拜，大哭一场。那陆香儿跪在灵旁早哭得泪人儿一般，亏得何氏上前劝住公子。当由陆香儿引公子就客室中安置下来，一时间陆香儿夫妇拜见公子已毕，天色已暮。陆香儿问过公子别后的行踪并来此之意。欣然之下，又是感叹道："原来公子竟遭了许多变故，如今却淹留在猴山中，又寻魏先生并腾蛟不着，今幸得小人在家，公子且歇住些日吧。"说话间，和何氏趑出，一面整理祭品晚饭，一面送进面水茶水并灯烛。

公子掸拂行尘，解下佩剑，净面罢落座吃茶。一面瞧那室中，木几草榻十分朴洁，又有农具布机之类杂置壁角，居然是田家光景。公子暗想陆香儿室家完聚，田园自乐，未免自叹不如。正在浏览兴感之间，草堂内却哭声大作。须臾陆香儿夫妇上过晚祭，便请公子到内室中同用晚饭，自有何氏伺候一切。说话间公子说起将由此前赴太湖之意，陆香儿叹道："公子不要去吧，去了时倒添一番伤感，便连那鱼跃鲤也不在太湖了。"于是停箸逡巡，一说太湖的光景。

这时公子正含了一口饭，听得陆香儿话罢，不由投箸于案，两眼一翻，登时噎住。恰值何氏进来送酒，忙跑去捻起拳头，一面就公子背上乱捶，一面嗔陆香儿道："你有话不会等饭罢再说吗？饭噎入肚，做了痞积可是玩的吗？"

陆香儿见状，也便跑过去，帮何氏一阵捶打，公子方才饭咽入肚，缓过这口气来。那两眶英雄热泪不由涔涔而下，只顿足叫得一声邓翁，自呆在座上。

你道公子闻得陆香儿什么话便如此伤感？原来那太湖中邓伯通已于一年前病殁。伯通虽是年老，气体却壮，其病没原因，却是被他嗣子气杀。因为伯通本没亲子，族人又少，只有一个远族侄儿，名叫邓玉圃，一向在辽阳地面某镖行中做些事体，久已和伯通不通音问。伯通但记得他小时的面貌甚是魁伟，像个有出息的孩子。也是伯通合当晦气，自那年送得六公子等出太湖后，伯通自念年老，颇以后嗣为虑，正这当儿，那玉圃恰好由关外转来，拜见伯通。伯通见他业已发变得成了威凛凛一条汉子，吐词伉爽，举止豪迈，真不愧邓家儿，已有三分心喜。及至考问起他的武功，又是全挂子本领，并当场舞剑一回，委实地并非吹牛。伯通又问他些走镖闯江湖的勾当，他也说得头头是道，于是伯通心下又加了几分欣喜。但是老头儿因嗣子大事，须要慎重，还要觇觇他的行止，当时便留他住下来。因自己是太湖渔众的首领，又是苏松太一带青龙帮的头脑，有许多事体。这时伯通便命玉圃代自己去料理一切，玉圃居然能应付得当，并且对大家软硬都有，很有老江湖的样儿。伯通至此不觉心喜到九分，只有一分还未满足。事有凑巧，自己却偶染时症，一头病倒。那玉圃不但伺候医药，日夕不离病榻，并且每晚上焚香祷天，愿减己寿以起伯通之疾，大有涤器尝粪之风。伯通至此不觉心喜到十分满足，因为玉圃为人如此，足继家声，是没得不妥的了。及至病起之后，便慨然大会亲族，将玉圃承嗣过来。在伯通满打算得此佳儿，以娱暮年，哪知平白地却寻了个大气包玩玩。

诸公须知，儿子这东西，好的固然可喜，不肖的简直是附骨之疽，除非你被他气杀，算是了结。作者再奉劝诸公，谁要是老绝户，千万不必过继儿子，自家老两口子享用够了，将家业做些善举义事，留个名儿，不比叫人家赚受了家当，还恨你老而不死、碍手碍目强得多吗？

原来那玉圃为人十分谲诈，这次从关外转来，本是因在那里胡闹得站不住脚。来拜见伯通的初意，是想从伯通骗些钱用，所以做出十分恭谨的样子。不意伯通堕其术中，居然将他过继过来。这一来玉圃真是喜出望外，继嗣初定之时，他还不露本相。只过得年余光景，他便欺伯通老迈，渐渐放肆。始而是酗酒宿娼，滥用银钱，继而是交结无赖，无所不为，却只瞒了伯通。伯通老年人好静，不大问事，左右人又不敢向他说，所以玉圃无状，伯通一些不知。但是邓家声名从此颇坏。跃鲤看不过，曾从容向伯通具言玉圃无状情形，伯通这一气非同小可，当即将玉圃杖责一顿，自己生了会儿闷气，只好且观后效。但是没过得几日，玉圃因恨跃鲤漏言，几乎和跃鲤动了刀子，从此跃鲤也不便向伯通再说，于是玉圃越发地肆无忌惮。伯通耳内亦时有所闻，想把玉圃逐去，又觉得不忍，二来也不好看相。这期间，老头儿憋得闷气可就大了。久而久之，玉圃在关外交结的许多不三不四的人们也往往来寻玉圃。原来玉圃在关外，只当了两年镖师，便流入盗匪之中，在这帮里混些时，在那股中闹一回，通没一定，所以很认得些驴球马蛋的角色。当时邓宅人等恐伯通气坏，每逢那些人来，不但不敢叫伯通得知，还变着法儿替玉圃遮掩，只说是青龙帮中人们来寻玉圃，谈些帮务。伯通暮年人，精神毕竟差些，哪里查问得许多？当时听了大家话，也便信以为实。

如此光景，又过得年余。合该老英雄命尽，一日，伯通心内发闷，坐了小船儿到鱼跃鲤酒店内吃酒消遣。去的时节业已夕阳衔山，既到店内吃了一会儿酒，早已月光大上，照彻满湖。老头儿对此光景，不觉想起往年和六公子等月夜游湖的事，感今思昔之下，又想起曼华在北京，近两月来没得信息，心中一阵闷闷，未免多吃了几杯酒。及至乘船回头，业已将交三鼓。方一脚跨到前庭，却听得玉圃在跨院内大厅上只管怪笑，并且人语嘈杂。伯通一时酒助精神，便想瞧瞧和玉圃所往来的这班人毕竟是何角色。于是悄悄踅入跨院，就大厅窗隙瞅时，只见厅内正在大排筵宴，玉圃坐在主位上，业已吃得醉醺醺，前仰后合，客座上却是四五个凶眉暴眼的男子。伯通毕竟是老眼无花，一瞧这班客便觉有些尴尬，正在心下沉吟，气往上长，只见一男子啪的声捶案道："玉圃兄，你且开怀吃酒，等着你们老爷子挺着腿子去了时，咱们的乐子可就大了。俺们一定都来聚会，咱索性大干一下。据了太湖这地势，又有你们老爷子的威名罩着，请问什么官军敢来寻死？咱们往年在关外，占片山头还没人敢惹，何况这片地势呢？"

伯通听了，料是玉圃在关外所交结的一班匪徒，竟要撺掇玉圃下水，正气得两眼发黑。众男子却哄然道："正是正是，玉圃兄，你不要学你家老爷子古怪性子，又是行侠了，又是尚义了，专好这些没用的虚名。人生一世，大碗的酒，大块的肉，论秤分金银，成套穿衣服，却不快活？再要时气一壮，还许闹出个大局面。你看古来崛起了多少草莽皇帝？来来来，俺们先贺你一杯。"于是哄然站起。那玉圃听了，也便哈哈大笑。

正在鸟乱，只听窗外咕咚一声。玉圃等跑出瞧时，不由一阵大乱。正是：

> 伯通无儿，螟蛉有子。
> 孰意鸱鸮，乃毁我室。

欲知后事如何，且听下回分解。

第十二回

寒山坞陆香谈邓侠
田兴庙公子遇云鹏

　　且说玉圃正和群匪肆言无忌，忽闻窗外声响，大家跑出一瞧，却是伯通栽倒，业已口眼歪斜，喉间痰声大作，只恶狠狠望得玉圃一眼，竟自长逝去了。

　　原来伯通盛怒之下，急气攻心，引动了紧风痰，竟自顷刻毕命。当时玉圃愣了一会子，便挥退群匪，也只得干号了两声，唤集家人且料理丧事。跃鲤闻信赶来，就伯通灵前大哭一场，只剩了暗暗太息。

　　转眼间伯通葬事都毕，跃鲤正怙悷玉圃为人不可与处，思量避向他处的当儿，恰好却有一件事来挤凑。原来那太湖渔众并苏松太地面的青龙帮众因伯通既殁，便要公举跃鲤做个首领。方在大家会议，却被玉圃得知消息。玉圃自知自己不孚众望，也没思量争这首领。却当不得他那班匪友撺他火头儿，道："鱼跃鲤这小子真不够朋友，这首领分明是你老哥世袭的位子。如今老爷子才死掉，他便使手段笼络帮众，举他做首领，形容你是废物。他忘恩负义，不念老爷子待他的好处还倒罢了，这不明摆着向你眼里插棒槌吗？你若不哼不哈，泯而受之，这才是栽个天字第一号的大跟头。简直说，这太湖地面你就让位吧。"

　　几句话不打紧，说得玉圃哇呀呀一声怪叫，便要和跃鲤定期打降。于是跃鲤趁这事儿，去志方决，便一面收拾家具，一面走去谢却帮众，然后躬赍鸡酒，到伯通墓前拜奠哭别过，竟自驾起一叶扁舟，尽室而去。那陆香儿因常去瞧望伯通，所以尽知其详哩。

　　当时公子猛可地又闻此噩耗，呆在座上。一时间又思量起魏耕、腾蛟或狂或隐，竟闹得自己心头一阵冰冷。少时止住泪，向陆香儿问起跃鲤的行踪并太湖近来的光景，唯有浩然长叹。

　　原来跃鲤一去行踪杳然。有人传说他在某处青龙帮中当了首领，也有说他不知去向的。至于刻下的太湖邓庄，业已不成局面。那玉圃虽没敢公然为盗，却庇匪做窝，聚赌招娼，入了无赖行径。太湖渔众并帮众们早又另举了首领，香喷喷的一个邓字，竟被玉圃作践得臭不可闻了。

当时陆香儿说罢，又劝慰公子数语。须臾饭罢，自有何氏摒挡一切。陆香儿和公子就客室中秉烛对谈起来，真是惘然相看，恍惚如梦。须臾，公子问起陆香儿往来太湖时曾否得知北京曼华的消息。陆香儿道："俺曾听邓翁说，谢娘子自到北京后常有信来。除平安问讯外，也没说在北京有甚作为。只说俟事体成后，再当报闻。邓翁也常通信寄款与她，她在京用款甚多，她寄顿在邓翁处的款，邓翁都与她陆续寄去，也不知她做甚用处。但是邓翁临殁的前两月，她忽地没得信来，直到今日，已是数月光景了。"

公子听了，好不闷闷，思量自己不久去寻曼华，见面时定知分晓。于是和陆香儿畅谈一会儿，即便各自安歇。

这一夜里，公子感念老英雄邓伯通，何尝睡稳？次日想是前赴太湖，哭吊伯通一场。陆香儿道："如今邓庄非同昔比，依小人看来，公子不去为是。这时官中缉捕五刺客之事虽说是冷下来，究竟须小心为是。邓玉圃既非我辈，不如远着他些儿。"

公子听了，颇觉有理，只好命陆香儿准备了香楮鸡酒，就野外遥祭伯通一番。公子既感伯通曩年周旋患难的情谊，又慨人生遭际，真是难言，以伯通如此英雄，竟至赍恨以殁。当时一场大哭，好不痛切，亏得陆香儿多方劝住。

次日便要取路南京，过江北去。陆香儿哪里肯依？公子既难却他挽留之意，又因陆母葬事在即，便逡巡住下来。及至陆母葬事过后，公子方要登程北上，合该又有耽搁。那陆香儿却因去合伙捕鱼，与一个伙计因口角彼此吵打起来，也是陆香儿有些坐牢狱的灾眚。当时陆香儿一拳打去，那伙计往后便倒，砰的一声，伙计的后脑勺正碰在溪边石棱子上，登时血流如注，当即死去。大家见出了人命，只得先捉住陆香儿，再瞧那人，虽渐渐醒转来，却伤势甚重，命在呼吸。于是那伙计的家属拖了陆香儿群哄到官。官中验过那伙计伤势，便将陆香儿系押起来。

这消息传来，急得何氏只有哭泣。公子说不得只好变易装束，只说是陆香儿的族人，到官中照料一切。直过得月余光景，亏得那伙计伤好，陆香儿方才被释回家。公子屈指光阴，自出缑山至此时，已是数月的耽搁。当时陆香儿情知再也挽留公子不住，便慨然道："公子此去保重，小人因难离老母的坟墓，只好俟异日到缑山中去瞧望公子了。"公子听了，不胜慨然。当时陆香儿置酒为别，酒酣以往，公子又到陆母墓上拜过，方才负装佩剑，凄然登程。

漫表这里陆香儿送得公子去后，自去看守母墓，过他的安闲岁月。且说公子离得寒山坞，一路上或水或陆，直奔南京。回想起那年和曼华等大闹南京光景，真是俯仰之间，已成陈迹。

这日，渡过大江，来至六合县地面一处山村中，就客店午尖。因待饭来至，逡巡间踅向店外散步。只见许多小儿各携筐筥，都赴山中去拣石子儿。原来这六合山中却产一种文石，花纹诡幻，足供清赏，小儿们拣得来便假冒是雨花台的石子儿出卖。又见村坊上妇女都扎括得光头净脸，各持高香，大家嘻嘻哈哈踅向山径，就仿佛去赶什么庙会一般。公子向村人们问起来，方知这日山中正是田兴庙的庙会，所以有许多男女前去烧香游玩。

原来这田兴是元末时一个大大的英雄，文有良平之智，武有贲育之勇，并且赴义如渴，胸怀大志。少年时节，颇入轻侠一流。后来却折节读书，名闻郡国。见元政日紊，四方群雄竞起，便慨然结客，有提剑以定宇内之志。但是历谒群雄，说以王霸之略，都无所合。及见明太祖朱元璋，不由焰然心折，从此便追随太祖，运筹帷幄。也不知立了多少战功，建了多少奇策，那太祖也倚之如左右手。后来太祖和陈友谅大战鄱阳湖中，正在提剑指挥，却有冷箭遽至，其时有个勇士名叫来柱，连忙拥盾扬刀，格过冷箭，径负太祖跳向别船。足方落下，但听震天价一声响，回视太祖先坐的那只船业已被敌阵中飞炮击碎。及至太祖战胜，便立擢来柱做了个卫兵队长，却嘱咐他道："吾睡后，好做梦魇，时或跳荡不自知。以后汝见吾盹睡时，切勿相近。"来柱听了，也没在意。

一日，适值太祖督战后，解甲酣卧，来柱正在帐外巡逻，忽闻营中远远的有呼噪之声。来柱探悉是敌人乘夜来袭，慌忙之中，哪里还记得太祖的嘱咐？于是飞步入报。方踏近榻前，那太祖却从梦中暴起，举剑竟抉其首。及至田兴率众退却敌人，一瞧太祖仍然酣睡在榻，血剑在旁，地下血泊里却卧着身首异处的来柱。当时众将惊愕之间，太祖醒来，却抚了来柱尸身痛哭不已，即命厚葬来柱，并恤其家。但是此事发作后，没过得数日，那田兴却留书辞别太祖，竟自飘然而去。

原来田兴因太祖杀却来柱之事，看出太祖是个猜忌枭鸷的角色，将来功成之后，一定要大杀功臣，所以他竟自见机远引。当时太祖忽失田兴，真如失却左右手一般，便下令大索，侦骑四出，扰乱了好几日，只好付之长叹。便一面经营四方，一面时时遣人踪迹田兴，却通没影儿。及至天下大定，太祖即位南京，果然不出田兴所料，专寻过失杀戮功臣，如中山、开平诸人，都旦夕惴惴，其余诸臣自不消说。人至此方叹田兴有先见之明，但是他的踪迹却依然鸿飞冥冥。

这时太祖驾坐南京，因欲知民间情状，便时时微服出游。一日，在江边酒楼上独酌，时值五月端阳节，江边竞赛龙舟，倾城士女都去游玩。太祖却听得江边一处草屋中有人读书，太祖暗想：是什么人便如此好学？到那草屋内张时，却有个少年书生，正在危坐读书。一见太祖，连忙站起让座。太祖见那书生虽是衣履黯敝，却品貌不俗，问起他经书来，端的是对答如流，太祖欣然道："你有这样才学，怎的不去应试做官？"

书生道："小子先人原也曾做过某县知县，后因亏累官帑，殁于任所。小子因家贫无力应试，只得在家奉母读书。"

太祖道："这不打紧，刻下某县知县是我的朋友，只须我与你一封信，你去见他借些银两，还是应试做官才是。"说罢，命书生出去烹茶，却提笔作函封固，留于案上，拂衣径去。

及至书生烹了茶来，客已去掉，只有书函在案。于是书生持了书函向老母一说缘故，并言来客奇伟之状。老母道："此客既相貌不俗，想是有些来历，那么我儿你就持函去见某县官，看是如何？"

那书生领了母命，收拾行装，便赴某县。自顾衣冠敝陋，登县门时，未免自惭。哪知书函方传进衙中，登时一阵传呼，中门大开，接着便见那县官亲自迎出，握了自己手儿径入客厅。书生一眼便张见那封书函，高供在中央案上，正在摸头不着，那县官业已苦着脸子，逊客就座。一时间彼此施礼茶罢。书生见县官那副苦嘴脸，正怙惙自己所借之事未必有成。那县官却足恭道："老寅台亲承帝简，来此接任，且请就敝衙小住，待兄弟交代一切如何？"几句话惊得书生大睁两眼。及至县官把话说明，不由又喜出望外。原来那书函中，却是太祖谕令那书生即为某邑令的一道谕旨。

又有一日，太祖微行，时正值元宵佳节，街坊上挂起各样花灯，好不热闹。太祖却见一处灯下围了许多人，只管哗笑。走去张时，不由大怒，立时趑回宫，派人捉到办灯的几个会首，推出杀掉。原来那灯上画着一个大脚娘儿，怀抱一个大西瓜。因为太祖之后马氏是淮西人，那画上却暗含着嘲讽马后是淮西妇人好大脚，所以太祖登时震怒。当时南京人们既知太祖好微行，那酒楼茶肆中的客人们真是说句话都要加十二分仔细。

一日，却因六合山中忽然出了七只大虫，十分凶猛，专啖居民过客，竟闹得山下路绝行人。众客们偶在一处茶肆中谈起此事，便大家各矜异闻。有的说是神虎，是北斗七星下界，是奉上帝玉旨来收拾命当死于虎的人的。有的说是七虎未现之先，有人曾见七个黄衣番僧相与渡江，到六合山下忽地大吼一声，都化为虎，便相与奔向山中。大家一阵七嘴八舌，正说得起劲，便有一客笑道："诸位怎的还只管谈隔年账？须知刻下那六合山中再也安静不过。七只大虫却被一个远来的壮士都打杀了。那壮士到山中时，塞驴襆被而外，只携一囊一剑，闻得山中虎患，便向山中人道：'你等只须与俺准备糇粮，盖起几间草房儿，与俺居处。这几只泼花团，不消十月，俺尽数与你们打杀，除掉此患就是。'大家见壮士气象不俗，即便应诺，那壮士便裹粮提剑，穷搜山中，果然不出十月，七只大虫都被他杀掉哩。"

众客听了，都笑道："你老哥倒会胡诌白拉，像你说法，那壮士不成了三头六臂的神道吗？"

那客道："你们不信便罢。如今那壮士现在山中居住，山中敬爱他真如神道一般，难道俺是说谎不成？"于是一说那壮士的威仪形貌。众客听了，方在似信不信，却有一客鼓掌大笑，昂然趱去。原来此客便是太祖，因闻得那壮士的形貌，便知是田兴了。

当时太祖回到宫中，便亲写手书，遣人赍向六合山中，去召田兴。书中大意是：恋恋故人，约不以爵禄相涸，如光武之与子陵。并言如不肯出山时，则将效绵上焚山之举。使人奉命去了，太祖还恐田兴跑掉，便即日驾幸山中，距田兴所居还有半里之遥，却见那使人赍书而回。原来田兴已知得太祖将遣人见召，竟又自超然高蹈了。于是太祖爽然若失，驾至田兴所居，但见寂寂草庐，辉映于四围山色之中。所闻见的不过流泉作响、野鸟惊飞罢了。当时太祖慨然返回，便饬人具畚，亲洒宸翰，写了'田兴打虎处'五字，镌刻好竖碑于田兴所居。后来山中人思念田兴打虎之德，便为之立庙，每年便有一次庙会，却甚是热闹哩。

且说六公子既闻得田兴的英风高节，起敬之下，不由想去觇觇那英雄遗迹。于是趱回店来，匆匆饭罢，即便逐队入山。但见六合山虽不甚高峻，却尽有幽情深窈之致。行过一程，已望见田兴庙前游人填咽，并有许多赶庙小贩并江湖杂艺人等，一处处作场叫卖，十分热闹。游人们向庙中出出入入，蚁儿相似。公子不暇细瞧，先寻那碑石瞧时，却已非复太祖笔迹，不知是哪个村学究，写得五个恶劣字儿。公子一笑，逡巡入庙，只见里面松柏夹道，高覆殿檐，中塑着田兴的像，却幅巾缓带，做处士装束，长眉细目，穆然若有深思。身旁又塑着伏虎一头。

公子正在觇望，却当不得背后的游人只管拥挤。公子信步趱入后殿院中，只见松荫下有几处茶摊儿，又有个说评书的场儿，围拢了一班人聚听。公子走得口燥，便坐向茶摊吃茶歇息，却正值那说评书的说到汉高祖兵困田横岛，田横和五百人同时死义的一段故事。那说书人口齿清俐，指手画脚，很有精神。不但听得众游人都不肯动，便连公子也自连连暗叹，倾耳不已。须臾，醒木一响，回头剪断。大家唱声好，向场中抛钱如雨。

这里公子站起，付过茶钱，随手将余钱向场中一抛的当儿，却闻庙后门外一声唱彩，公子趄向门外张时，只见一处松荫下围拢了许多人，走去挤向人背后向内一张，不由惊唤道："李云鹏，你如何来在这里？"

那人听了，望见公子，也便登时收场，直抢过来，一把拖住公子，却登时面色大变。正是：

> 客子行未已，故山事已变。
> 相逢各一惊，斜阳何淡淡。

欲知后事如何，且听下回分解。

第十三回

黄天佑阴谋除白教
辅善堂鸷鸟现凶征

且说六公子当时挤向人背后，向内一张，只见一个破衣拉撒的卖艺汉子，蓝布乌头，额上还戴了个遮阳儿，正在场中上托天下跺地地打起一套花卷。公子一笑，正要趄去，恰好那汉子一路拳打罢，啪的一声一跺脚，收住步势，取下遮阳。公子望时，再也意想不到那汉子便是毓崑手下的李云鹏，于是一声惊唤，直挤入去。

那云鹏望见公子，也便惊耸耸跑来，拖住公子道："怎的公子也来在这里？难道还不曾向北京去吗？亏得公子你有神气，离得缑山。不然……"

公子惊道："怎的？难道缑山中有什么变故不成？如今你家刘爷……"

云鹏顿足惨然道："咳，别提刘爷了，公子现寓何处？此间非讲话之所，咱且到寓细谈吧。"

几句话闹得公子心头便如十五个吊桶打水，正在七上八下。云鹏已从场中掮起一肩行李。这时公子只好纳闷，匆匆地前行引起，却忍不住问道："云鹏，你出山来是刘爷所遣吗？"

云鹏有气没力地道："是是。"

公子又道："你来时，刘爷等都好吗？"

云鹏却没言语，半晌方说道："大概都好在那里。"

公子听了，越发纳闷，便索性不再问他。须臾，下得山进得客店。那云鹏也不暇问公子的行踪，竟望着公子扑簌簌两眼落泪，说出一席话来。公子不听犹可，听了时不由剑眉倒竖，虎目圆睁，两点热泪只管在眼眶中乱转。少时，却顿足道："竟有这等事？如今俺便向缑山中寻那黄天佑，与你家刘爷报仇就是。"

云鹏忙道："公子不可冒昧。那黄天佑现已就东西寨中布满帮众。公子便有通天本领，一个人儿如何能料理得他？依俺看来，公子只好俟异日再做道理。此时咱白教人们被官军杀掉许多，余者四散。公子虽然英勇，也就难和那厮争胜了。"

公子听了，颇觉有理，不由浩然长叹，双泪顿落。

看官你道怎的？原来自公子离却猴山为日不久，那山中便恶狠狠起了一场血战。至于这发难的原因，却是黄天佑用的狠心辣手。原来天佑为人阴鸷，颇有机谋。自帮教两家衅起，燕娘死掉，调回洪金城之后。天佑便一面不动声色，一面暗探白教中的举动作为。那毓崑时向教众们讲报国大义等事，早被他探知。为日不久，又适值朱文秀假托明裔，倡乱事作，天佑便思量趁此机会，向官中告发毓崑，说他是文秀一党，在猴山中借办白教为名，希图聚众谋叛。原来天佑极有深心，他思量着借此除去毓崑并教众，帮众们便可以独占猴山，却比和毓崑赌气打降强得多了。

当时天佑主意虽定，还在踌躇。却又有机会凑巧，红帮中却有一人名叫任镶，是个吏员出身，知县前程，一向在省候补，这时却得了偃师县的缺分。帮中规矩，有什么荣耀事都须去谒见大首领。当时天佑一见任镶，不由眉头一皱，计上心来，便笑道："任老弟，你这一去，若思量升官发财时，俺倒有个计较，只要你有胆气便成。"

任镶听了不解其意，及至向天佑问明语意，不由骇然摸项道："好叫首领得知，俺还要留这脑袋去喝粥哩。刘毓崑那只大虫岂可拨撩得？刻下稀松的官兵们济得甚事？没的惹翻了他，先杀掉我。"

原来天佑是叫任镶到县后，密禀上宪，就说毓崑是文秀一党，请即酌发兵马，前来剿办哩。当时天佑见任镶之状，便大笑道："你不要害怕，俺叫你摆布姓刘的自有道理。俺当酌率教众，先到山中西寨，和毓崑假意修好。一面踏明他东寨形势并路径，以为引军进攻之地，俟俺布置好，你便飞禀上宪。待官军到来，便里外夹攻，一齐动手，有俺帮助于你，你还怕毓崑做甚？"

漫表当时两人议定，那任镶匆匆赴任，单候天佑到西寨布置好，即便如计行事。且说毓崑在东寨料理教务之暇，也时时向各教会处查看一切。见教众们日益加多，心下甚喜。一日闻得新官任镶到任，却是红帮中的人。毕方因结怨金城之事，便嘱咐毓崑小心一切，毓崑也没在意。过了几日，那西寨中却来了个红帮首领，名叫郭少堂，领了些帮众，接管西寨。自称是被大首领黄天佑派来的。毓崑知得了，正要命云鹏去探探光景，恰好郭少堂领了几个帮众前来拜望毓崑。这一来，几乎将东寨人们嘴都笑歪。因为少堂生得干枯瘦小，一些精神也没得，见了毓崑只会足恭，却是个老世故模样。所领帮众休要说有勇健气象，并且都破衣拉撒，竟是一群穷无赖的光景。

当时，毓崑过了两日，前去回拜少堂。只见西寨中七乱八糟，通没整理，帮众散居，随便饮博，有的在街上横躺竖卧，喧哗诟詈。毓崑直走到少堂宅前，通没人理。那宅前尘垢多厚，人影也没得，只有个长毛瘦狗卧在那里，见毓崑到来，却有气没力地叫了两声。待了半晌，里面方走出个仆人，问明毓崑来意，便没精打采地引客入内。毓崑到得厅内，只见桌椅歪斜，几榻尘生，壁角矮案上还放着些残肴剩酒，又有一柄短剑明晃晃地杂置案上，剑锋上却油腻狼藉，似乎是切肉所用。毓崑见少堂如此怠懒，正在好笑。那少堂已肿眉塌眼呵欠连连，从屏后转出，似乎是盹睡初醒。一见毓崑连忙奉揖让座，见椅上积尘多厚，便拉起衣袖，一阵乱擦，却向毓崑笑道："刘兄不要见笑，小弟的精神委实不济，所以敝帮人们也都跟着小弟怠懒，此后敝寨中一切事体，都望刘兄见教，咱们就如一家人，不要见外才是。"说着，一阵哈腰逊客就座。

这里毓崑方要客气致辞，少堂却直着脖子喊道："茶来！"喊了半晌，通没人答腔。毓崑却听得厅院外仆人们说笑跳闹。这时少堂竟转入屏后，自去取茶。毓崑呆坐一会儿，起身闲踱，却见壁上悬有长刀，抽出一段瞧时，端的是锋芒犀利。正这当儿，少堂从屏后捧茶趸来。毓崑因笑道："郭兄，此刀委实好的，此刀想是郭兄日常练习武功用的吗？"

少堂听了，一面让座用茶，一面笑道："什么武功？俺这把刀只是挂在此摆样儿的。不瞒刘兄说，俺家大首领就因洪金城性气暴躁，自仗能为，动不动便得罪人，所以把他调回，派俺到此。派俺来的意思，便因俺不会武功，免得恃能为去得罪人哩。"说罢，哈哈大笑。

毓崑听了，正在暗笑。恰好有个仆人歪戴帽子，敞披大衫，嘴内哼着小曲儿，一脚踏入。少堂便骂道："你这狗才，哪里去闲荡？怎的连客来都不晓得伺候泡茶？还须劳动我自己。"

那仆人一抹眼儿，通如不闻，却就壁角矮案上去取残肴剩酒，一面嘟念道："剩这点儿东西，都割舍不得给人吃，却会挑人的邪眼儿，你劳动干我鸟事？"说着，一溜歪斜转入屏后。妙在少堂殊不理会，只向毓崑一阵价胡拉八扯。

须臾，毓崑告辞，趸回东寨。一说少堂颠顶光景，笑得佩瑷一张小嘴儿只管合不拢来。毕方却道："郭少堂这人却怠懒得令人可疑。莫非他故作此态，暗有奸诈不成？俺料那黄天佑须忘不掉咱和洪金城厮斗之事。咱还当一切小心才是。"毓崑听了，点头称是。从此便暗暗留意。

哪知过得数日，那少堂越发离奇，漫无规法，除了在西寨一无事事之外，便是不断地来寻毓崑吃酒。有时醉了便睡，有时毓崑不得暇陪他，他便寻教众们酣嬉终日。并且嘻天哈地，漫无仪节，久而久之，教众们便拿他当个玩物，一任他在东寨内外自在游行。这时西寨内帮众们虽越来越多，却甚是安静。毓崑见此光景，便放下心来，除酬酢少堂之外，仍然按期摆斋，料理教务。毕方虽终觉少堂惫懒可疑，但是见帮众安静，并那县官任镶到任后，并没什么举动，也便渐渐释念。

光阴迅速，转眼间，少堂到西寨已是两月余光景。那李云鹏也恐黄天佑遣少堂来有什么诡计，便不断地向西寨暗探，却也没甚消息。

一日，又当教众摆斋之期。那摆斋地面却距东寨四五里之遥，在一处村头大庙中。这摆斋之地，一向是逐期轮转，为的是山中教徒奔走赴会，势均劳逸。这日毓崑饭罢，在辅善堂上和毕方谈了些教务，又彼此猜测一会儿六公子的游踪。正要起身结束，前去赴会，忽然庭前唰啦啦卷起一阵怪风，尘埃四飞，吹得厅上窗牖唰唰作响。毕方正在愕然，却又闻庭中泼啦一声，便有两个大小黄影儿直抢进来。毕方一望，不由大惊。正是：

> 白虎当头处，苍鹰下击时。
> 嗟哉凶兆见，破败在须臾。

欲知后事如何，且听下回分解。

第十四回

战猴山双侠同死难
游燕市一客托行踪

　　且说毕方忽见庭中怪风发作，正在愕然，便又闻泼啦一声，一个山麻雀没命地直撞入堂，随后黑影一翻，却有只黑鹰矫翼追入，啪一把抓住那雀儿，健翮一翻，竟自冲户而出，和了那风埃之势，轩轩鼓翼，直入霄冥。闹得毓崑正在瞩目堂外，毕方大惊道："了不得，刘兄且莫前去赴会吧，占书云：'鸷鸟入室，堂生荆棘。'方才这鹰抟小雀，殊非吉兆。莫非咱寨中将有什么变动不成？"

　　毓崑听了，还未答语，恰值佩瑗从内院与毓崑送得佩剑来，问知缘故，便笑道："毕先生就是这样婆婆妈妈的，一个鹰抓雀儿什么稀罕，也值得气急败坏地大惊小怪？若这样地信占书，便连个屁也不敢放了。今天一早晨，俺也觉得只管眼跳，被我就眼皮子上狠狠地撕了两把，也就没事了。如今斋坛上大家正在等候，却只管蝎蝥怎的？"说着亲手与毓崑系了佩剑。毕方在一旁怔怔的，却只顾心下怙惝。

　　漫表毓崑前去赴会，且说毕方送得毓崑去后，仍就辅善堂中料理些寨中事务。一时心头只管摆荡不已，便信步出得堂来。本想是向寨外散步拨闷，逡巡间抬头一望，不由又是一惊，只见那正午的日轮边却晕起一层鲜红的光气，日光暗淡，便如罩了一层绛纱膜一般，并且光气条条，正临东寨。

　　原来这种光气名为血光尸气，所照处其下定有流血之祸。如两军对垒，某军上面若现有这光气，一定要全军尽没的。当时毕方大惊之下，越觉那鹰抟雀儿殊非吉兆。但是一时间，又想不出怎的便起厮杀之祸，只好匆匆地踅回堂中，取了一把短刀，带向身边，且赴会去瞧毓崑，再做道理。

　　方跑至中途，忽闻那大庙摆斋的所在隐隐地喧呼不已。毕方骇然之下，连忙紧跑，刚踅得里把地，却忽见李云鹏捻着口朴刀，由岔道上大踏步抢来，一见自己便大叫道："不好了！如今黄天佑业已引了官军并帮众前去击取东寨，东寨四外官兵业已合围。苗沛、少堂领了人众已围住大庙，正在动手，咱快去助刘爷吧。"

毕方听了，俨似闻晴天霹雳，正在心悬两地、进退不知所从的当儿，大庙前喧呼之声越发大作。那李云鹏举步如飞，早已直奔大庙。于是毕方随后赶去，距那庙还有百步之遥，早望见帮众如林，一色的长刀短斧，正追逐教徒们大杀大斫。可怜教徒们都是空手，有的奋拳抵御，有的提了柴棒，又有提了菜刀木案脚在那里奋勇冲突的。想是变起仓促，连斋厨中的器具都把来做兵器用了。

这时李云鹏舞动朴刀，意欲闯入庙去寻毓崑，恰好有两个帮众挺矛抢到背后，毕方从后面望得分明，刚喊得一声"小心暗算"，忽闻自己背后脚步响动，急摆刀回身望时，不由惊得言语不得。只见背后来人却是毓崑，虎也似两眼都竖，浑身浴血，一手仗剑，一手提着颗血淋淋的人头，便是苗沛。一瞥之间，径从自己身边抢过。慌得毕方不暇喊唤，料毓崑是去奔东寨。正要抛掉云鹏拔步赶去，不好了，只见郭少堂业已领了百十名壮健帮众如飞赶来。这时少堂却精神炯炯，不同平日，浑身劲装，手提一柄背厚刀薄的鬼头刀。但瞧他步下趋风之势，便知是个劲敌。毕方至此，不由暗想自己所料不差，这郭少堂果有奸诈。于是急忙隐身，闪向道旁丛树之后向外偷张时，却见毓崑又已虎也似杀转来，先用苗沛首级向少堂打去，即便挺剑而上。两人这一交手，毕方不由又暗暗吃惊，只见郭少堂刀势使发，上下翻飞，端的是神出鬼没，竟和毓崑堪称对手。这时别队帮众们又已从四外价围拢来，一色的长矛短刀，密密丛丛，只大喊"休走了刘毓崑"，但见毓崑转怒，一片剑光泼开来，便如风驰电掣，一面抵御少堂，一面乱斫帮众。那帮众们虽是当之者仆，血雨横飞，无奈四外帮众越来越多，加以少堂缠住毓崑，步步逼紧，哪肯半点儿相让？

毕方大骇，正要挥刀抢出去助毓崑，忽闻东寨方面一声号炮飞上半天，接着便喊声大举。毕方料事不妙，正在惊心，便见少堂忽地精神百倍，用刀一挥帮众，却大叫道："刘毓崑，你的巢穴都已没得，还只顾逞强怎的？你是好些的便当随俺到官，既是铁铮铮汉子，就当敢作敢当，没的只顾逞强，倒连累许多教徒。"于是帮众们一齐大呼，便趁势刀矛齐举，先将跟毓崑的数十名教徒尽数杀掉，大家一声喊，矛锋如林，正要来攒刺毓崑。

这里毕方在树后忽地眼前一亮，急望那东寨方面，不由魂惊千里，虽是树前少堂、毓崑等酣斗如雷，自己竟模模糊糊有些不大觉得了。原来那东寨方面这时已火光烛天，一片人众喊杀口号之声直然地上薄霄汉。毕方料事体已急，方要舍命去助毓崑，再做道理。不好了，但见那东寨来路上尘头大起，早有一班人旋风似直卷将来，当头一人生得虎背熊腰，威风凛凛，一张淡金色凹面脸子，衬着剑眉虎目，顾盼间精神四射。那装束又甚是别致，头裹黄巾，额前却簇起个巾角结就盘蛇，上插一朵颤巍巍的红绒花儿，赤起双膊，只穿一件敞胸背心儿，露着胸前青郁郁的洒刺花纹，腰束板带，系一件虎纹漆布短裙，下露毛森森黑腿胫，踹一双登山越涧的多耳麻鞋，打扮得便如鬼怪一般。随他后面，却是百余名帮众，一色的黄布裹头，各执刀盾，趋走如风。

毕方见这班人们并非西寨里的帮众，正猜测当头那人便是黄天佑，领了新来的帮众杀到的当儿，便见帮众后面尘头又起，接着便鼓角喧喧，旗帜开处，早闪出一彪官军，当头大旗飘起，现出偃师县正堂任的字样。望得毕方又是发征，又是料东寨业已不保，略一逡巡，方要摆刀抢出。说时迟那时快，便见一骑马从官军中泼啦啦地跑将来，上面一人手执长矛，却挑起一件花绿绿的衣服，径向毓崑周麾大呼道："刘毓崑，还不快快受缚？如今你的巢穴已破，姜佩瑷业已被诛。你且瞧这件衣服是哪个的？"说着，摆动那衣服，一阵价周遭驰骋。那乱窜的教徒们望见，喊一声越发如惊猿脱兔的当儿，这里毕方仔细一瞧长矛上的那衣服，真赛如劈破两片顶门骨，浇下一桶雪水来。原来那件衣服正是佩瑷所常穿的一件团花女袄子。这时袄上面血迹淋漓，好不可惨。

当时毕方正望得两眼发黑，耳内似乎铮的一声，便见毓崑猛望见那衣服，登时大吼一声，跄踉踉倒退数步，恶狠狠一摆长剑，方刺向少堂肋下，那黄面汉子早已舞动手中的一柄单刀夹攻将来。三人这一交手不打紧，这当儿却苦了四窜的许多教徒，但见那帮众官军各逞威风，官军是四外兜截，帮众是分头追杀，便如鹰拿燕雀犬追狐兔一般。还没转眼之间，但见漫山遍野价一处处白刃横飞，血雨四溅。那教徒们奔走哭喊之声险不曾将东峰震倒。倒望得毕方正在如醉如痴，忽见那黄面汉子一柄刀裹住毓崑，端的是令人可惊，一路价钩拦劈剁，都非寻常家数。饶是毓崑那等剑术，却休想讨半点儿便宜，再加以郭少堂刀势纵横，力为助战，三个人吆吆喝喝，丁字儿杀过数周。说也不信，只见毓崑剑法竟有些散乱起来。那毕方大骇之下，却自料本领平常，逡巡之间，恰好那黄面汉子，转向树前。毕方见此机会不敢急慢，便挺动刀锋，缩身作势，刚喝一声，要猛地蹿出直刺其背，给他个冷不防的当儿，哪知少堂眼快，早已抛掉毓崑抢到树后。毕方不及抵御，左肩上早中一刀，登时大叫栽倒，当即昏去。

漫表这里少堂一摆刀，仍去夹攻毓崑。且说毕方模模糊糊卧在树后，也不知经历若干时，方醒转来。且喜刀伤还不甚重，连忙裂襟裹好创口，举目望时，业已日色将落，方才那片战场上业已静悄悄没得一人。逡巡爬起，向四外望时，但见尸横遍地，乌鸢乱噪。遥望那大庙并东峰方面，却已灶烟四起。毕方料是天佑并任镶等还在搜山未去，只得索性抛掉那刀，并脱却长袍，只装作山民模样，且去向人家求宿，以便俟明日探明东寨情形并毓崑的生死消息，再做道理。

当晚，毕方宿在一处山家，但闻得满山中人喧狗叫，终夜不绝。次早谢别主人，走向村坊，却见有几个官中人正在那里张贴告示，许多村人都围拢着观看。毕方走去瞧时，不由痛彻心脾。原来那告示便是任镶搜捕白教余党，并安慰居民的一纸官样文章，大略是说朱文秀死党刘毓崑、姜佩瑗等均已伏诛，其余在逃人犯并被胁从之教徒等，本县体上宪宽大之意，一概不究。尔居民等当各安生业，勿得自扰等语。

当时毕方一阵恍惚，便如做梦一般，正直着两眼，还在众人背后乱望，忽觉肩上有人拍了一掌道："你老哥这时节还不快去捡粪，只管瞧这没要紧做甚？"毕方瞧时，却是李云鹏，打扮得一如自己，并且提着粪叉粪箕。于是毕方会意，和云鹏走向僻处，问起他昨日的情形，方知云鹏为帮众所困，幸得不死，便藏匿到一处山家，改了衣装，连夜到东西寨探听一切。却探得官军这时业已出山，那黄天佑方在西寨，一面向两寨中分布帮众，一面摹取东寨的金资粮米，并籍录牲畜田产，为独霸猴山之计哩。毕方听了，只有连连跺脚，便也一说自己昨日所见的情形。

云鹏流泪道："那时变起仓促，东寨中只剩姜娘子一人。怎当得天佑领了许多官军并帮众前去攻杀？她力战死掉自不消说。俺探得她力战之时，也杀却不少的帮众，后来被天佑逼得跃登高楼，还镖杀十余人。最后一镖，差些儿不曾打中天佑。及至见事无可为，这才抛了刀，堕楼死掉。如今黄天佑也敬她勇烈，方命人从厚装殓她，准备就山中择地，和咱刘爷合葬哩。"

毕方惊道："如此说，咱刘爷现在哪里？"

云鹏道："我的毕爷，刘爷昨日里因力尽自刎死掉，如何还会现在哪里？"

毕方听了，不由怆然泪下，从此和云鹏遮遮掩掩在山中勾了几日，却尽探知黄天佑这一番阴谋毒计。两人俟毓崑、佩瑗合葬在东峰之下，便悄悄去哭祭一番。当即出得山来，各自分手。云鹏本是江湖卖艺出身，只好且去吃旧锅粥，便信脚流转，来到江南六合地面。这日来赶田兴庙会，不想却巧遇六公子。

且说公子当时浩叹一回，不但痛良朋遭难，并感念天意难知，只管使满人兴旺，偏和这遗民志士等人做对头。自己三两年来在缑山中所经营的一番苦心却又付于流水。慨然之下，向云鹏问起毕方的行踪，却是回转广西，寻邝湛若去了。公子听了，心下少慰。便也向云鹏一说自己访友的情形，并刻下将赴北京寻曼华之意。当晚公子置酒，和云鹏吃了回闷酒儿，一面感叹毓崑，闷闷相对，好不颓气。公子见云鹏光景落拓，便酌赠金资，方才罢酒，各自安歇。

不提次日云鹏拜别公子，自行去了。且说公子送得云鹏去后，只得闷闷地付过店资，结束登程。一路上山光水色，无非反增公子感时怀友之叹。又因历访腾蛟、魏耕等不遇，便觉得人事无常，朋友聚散，都有定数。曼华虽说是托迹北京，又焉知没得变故不他去呢？一路思忖，只是心头闷闷，但是能稍拨闷怀的，便是乍到北方，耳目一新。

当时公子取路山东，一径地渡过黄河，迤逦北上。虽有孔林泰山之胜，却不暇去一拓眼界。一入直北地面，却又是一番光景。但见川原开阔，山势雄厚，人民朴健而沉实，市井少年辈往往带刀歌呼，掉臂游行，居然还有燕赵慷慨悲歌之气。却有一件不妙，便是天气干燥，雨泽稀少，田野间往往裂如龟坼，偶值斥卤之地，便白皓皓的寸草不生，道上黄尘被车马蹴踏腾起就有丈把来高。每至落店，先须从脸上洗掉一盆黄泥汁。道上客店大半是灰扑扑的土壁草房儿。问起饭食，只有白酒牛肉、干馍锅饼。话虽如此说，但是大道上，各店口却惯有许多串店娼妓，一个个打扮得油头粉面，画眉描眼，穿起大红大绿的衫儿袄儿，又着直桶硬绉的裙儿裤儿，挺着笔直的脖儿腰儿，脚下迈动半大金莲，笑嘻嘻抱面琵琶，便来涠客。昔人有几句词儿，单道这北方土妓的光景，说得好来，是：

> 门前一阵骤车过，灰扬，哪里有踏花归去马蹄香？生蒜生葱嚼满口，难当，哪里有夜半私语口脂芳？开口便唱冤家调，歪腔，哪里有春风一曲杜韦娘？行云行雨在何方？土炕，哪里有锦衾绣枕销金帐？

当时公子一路所经，虽是开了许多眼界，却也吃了许多闷气。又沿路上浏览地势，未免又叹从古及今，都是得北方地势者足以控制天下。看来要铲除满洲，还我汉土，此事正自不易。一路上胸怀郁结，奔走劳碌，又加以初到北方，水土差些儿，不知不觉，竟自病在一处山村客店之中，起居饮食，既一切不便，偏僻所在，又没得什么医药调理，只好任其自愈。还亏得那店翁多情，尽心照料，又不知从哪里讨了两剂仙方儿，公子服下药去，方才霍然而愈。虽是小小抱病，却也耽搁了个把月的光景。于是谢别店翁，依旧登程。

这日，来至通州地面，只见那靠运河的一道码头长街，足有七八里长，端的车马水流，商贾云集。望到河下，那直通南北的粮船客船泊的船桅便似麻林一般。这时，日方将午，正是客人们落店午尖之时。街坊上各店里，许多店伙都在那里大呼小叫地招揽来客，又腰攘臂，便如一群打手一般。有的便带住骡车，愣向里拖，有的便拉住御者，满脸赔笑。店的门灶上是刀勺乱响，传呼不迭。店主人也腆起胖肚皮，嘻开肥嘴，向客人只管客气。百忙中又有些串店的姐儿们夹在里面，出入乱挤，有的向主人屁股上愣拍一把，有的从店伙肘下钻入。就这一片扰攘之中，公子却来至靠河一处客店前。抬头望时，只见左中墙上写着"张家老店，专收皮货"的字样。望向店内倒还清净，只有几个客人在店内踱来踱去。于是公子趑入，自有店伙来接了行装，引入客室。却见隔壁一处客室门儿倒锁，从支的窗子望向里面，却见有许多兽皮挂在壁上。公子料是贩皮货的客人所居。当时也没在意，便就室中安置歇坐下。一面唤得茶饭来用，一面问起店伙从此到京还有多远。店伙望望日影，却笑道："远倒不远，从此到京只有四十里的青石板路。你老若图爽快，最好雇个对槽驴骑了去，因为刻下秋潦方涨，运河的水有些漫溢出来，那石路上泥泞多深，脚打地走去，且是吃力哩。少时饭罢，你老到河沿上寻寻，见树上拴着驴子，便去牵拉，自有人来和你讲价，那便是放对槽驴的老哥儿们。讲好价，他得钱自去，一任你自己骑去，且是便当哩。"

公子笑道："那么他不怕丢掉驴子吗？"

店伙笑道："好叫你老得知，他们这种驴都是费了老大功夫练习出来的。譬如你老雇他到京门子上的脚力，他便给你选一头驴来，那驴到那所在，你便是把它打杀，想它再走半步，也不能够，难道你还能捐了他的驴子去不成？"

公子听了，正在扑哧一笑，却闻门外有人娇滴滴地笑道："什么好笑哇？也等俺们拾个笑儿。"声尽处，便有花绿绿的一团光彩滚将进来。公子望去，登时眼光一亮。正是：

　　　　游踪来北地，闻见感怀多。
　　　　客邸春风起，闲情可奈何。

欲知后事如何，且听下回分解。

第十五回

闹土妓北地春光
遇猎友西窗夜话

　　且说公子当时望去，只见人影闪处，却趄进两个串店的姐儿，都有十八九岁光景，生得长脖圆脸盘儿，喜眉笑眼。拖着个大髻子，鬓角都乱，滚得衣襟都皱，却从敞襟斜缝中露出个灰白色乳头儿。嘴上胭脂想是被人吃去，只剩个黄隐隐的圈渍。斜抱着一面三弦，一面走一面拨动。后一个却生得黑而且矮，歪腰拉胯，拖着懒龙似一条大辫。行动间乱晃屁股。手拿一面八角鼓儿，入得门来，便向店伙屁股上一戳道："喂，老三哪，你快行行好，给俺弄壶水来。俺姐儿俩串了三个店口，却没摸着口水吃，真他娘的丧气。这些鸟客人，就像都不长那个的。"

　　店伙见了方在攒眉，前一个却向公子飞个眼风儿，回头笑道："死妮子，什么那个这个的？你便可着口地胡呲，当着客人，俺就替你怪臊的。"说着，回身举手，意思是想去掩那后一个的嘴。哪知这时她脚下正有个癞猫，乱啃弃骨。被她一脚踏了爪子，于是尽力子吱的一声，吓得她身儿一歪。说也凑巧，却正歪向公子怀中。那后一个见了咯咯一笑，也要跳过来。却被店伙拖住辫子，顿足道："你俩个真不睁眼睛，若是住的客你们来厮缠还倒罢了。如今人家打完尖就要上路，难道有工夫和你……"一语未尽，却被前一个跳过来，一把掩住嘴。于是三人就室中撕扭一阵。

　　望得公子正在好笑，那店伙却已跑去。这里公子正要去取钱文打发她们的当儿，那前一个已抿抿乱鬟，向公子乜着眼儿道："讨厌的狗，还说人家不睁眼睛，谁家客人们没个儿嫩？他却不快滚去。"说着，向那后一个一努嘴儿。那后一个见了，登时漆黑的脸蛋上似乎一晕，望望公子，这才咬着小指儿，转向壁角木几旁，一面抱起几上茶壶，嘴对嘴便灌，一面却撮唇作响，打了一个哨子。闹得公子正在莫名其妙，便见窗外人影一晃，忙望时，却有个肮肮脏脏的短衣汉子由马棚里嘻着嘴跑将出来。那汉子头戴瓜皮便帽，掩到眼皮，肩搭一件三弦布套，腰系一块代手似的蓝布，布上面还有些白渣渣的，又有一个王八皮酒壶便耷拉在屁股后面。一手端着个瓦盆儿，那一手却屈伸作势，似乎是计算什么，一面笑眯眯奔向门灶，一面却自语道："全该咱少时又得二十文，却不愁这壶儿空了。"说着身形一转，屁股后的酒壶一悠。公子望他背上，却有个纸剪的小王八贴在上面。

正在招得好笑，那前一个姐儿却跑来附了自己耳低低数语，一面却瞟着那后一个姐儿道："如今空口说白话不算数。少时，你就晓得是便宜了。他连这遭儿才是第二次，你破着有现的钱，不就像梳拢个……"于是哧地一笑道，"如今事不宜迟，你们两个不要驴的朝东，马的朝西，简直的，就快着吧。"

公子至此，这才恍然一切，惊笑之下却只管乱摇两手。这一来不打紧，却望得那两个姐儿只管发怔。少时公子忍笑道："你们不要胡说，快都与我出去。"于是从行装内撮出一把钱，方要俱与她们，却恰值店伙走来。两个姐儿见了，这才接了钱，快快而出。却听得院中有人啐了一声，公子望时，却是那短衣汉子方从门灶上端了一盆水跑将来。一见那两个姐儿趔出客室，却撅了嘴，将那水泼在地下。公子至此不觉又恍然那短衣汉子便是跟局的龟奴。

不提那店伙和公子笑了一回，敛具自去。且说公子饭罢，逡巡间步上街坊，刚趔过几家店面，想要转向河沿去雇驴子，却闻得岔巷口内有人叫道："公子慢走，俺于数月前，曾听李云鹏说你已赴北京，俺在京卖货耽搁好多日，却不曾寻见你。如今你在这里，莫非还不曾进京吗？"说话间，趔来一人。公子望时，一时间竟自怔住。

只见那人长袍马褂，衣履修洁，手提一个很大的黄包袱，似乎是个商人模样。公子暗想：这是哪个？他如何认得李云鹏？又知俺前赴北京呢？及至那人近前，公子仔细一瞧，不由做梦一般，猛地想起毓崑等人来。原来那人非别个，却是那猴山蜡烛峰下住的猎人贺姓。他所以到此，却是因猴山变乱之后，他存了许多皮货，一时间没处出脱，只得仍赴北京，发卖与皮行中，剩点儿货物却到通州兜售。不想无意中却遇着公子。

当时公子猛见贺姓，也不暇寒温客气，便顿足道："贺兄，你几时出山来的？没受惊恐吗？"

贺姓诧异道："噫，难道公子你业已晓得山中的变故吗？"

公子听了，便将得遇李云鹏之事一说，并略言自己的行踪。贺姓听了，十分叹息，便也一说自己来京售货并到通州的光景。说也凑巧，那贺姓也寓在张家老店中。公子听了，正要和他回店去畅谈一会儿，却被他拖了便走，道："公子赴京且不要忙。如今北京两月前却出了一件惊天动地的事儿，刻下九城中巡缉人们，还正在盘查旅客。公子去时，却要多加小心。少时，咱到店细谈那件事儿，端的热闹。俺在京左右闲着没事，尝到酒楼茶肆中去消遣，听大家讲起那件事，真比听评书还有趣哩。如今公子且随俺去售些货，歇歇脚吧。"公子听了，不解所谓，只好跟他走去。

不多时转弯抹角来至一处大店门首。公子向里望时，只见店院中正有一个客人在那里试练拳脚，旁边围了些人们观看。那客人生得高大白胖，意态间颇为爽快。这时公子跟贺姓趱入店，刚站向一旁，却见那客人一摆身段，登时来了一套太极拳，但是手脚生硬，那周旋排荡的筋节儿又有些忘掉的所在。他便模糊糊打将过去，招得公子正在暗笑，贺姓却悄指那客，低语道："公子你瞧那客人，便是买俺货的主顾。他姓吴名佩，广西人氏，在家乡开着京货店的生意。每年都到京通两地收买杂货，如今不久也要南去了。他为人很是爽快，好酒之外，便没命地好拳脚。咱们且就店柜房歇坐罢，不要打他的高兴。"

说着拖了公子刚要转步，却早被吴佩张见，便唤道："贺兄快来帮个场儿，你昨天那套猴拳委实不错哩。"说着一步赶到，便来拖拉。

慌得贺姓放掉公子，却摇手笑道："不成功的，昨天俺是玩耍罢了。如今敝友在此，却是拳脚行家，俺却不敢圣人门前来卖字哩。"在贺姓之意，原是借此抢去吴佩的歪缠。哪知合该公子驿马星动，又有南天万里之行，无端的萍水相逢，竟搭了个壮游的良伴。

当时公子听了，正暗怪贺姓多嘴多舌，那吴佩早笑吟吟蹭将过来，向公子抱拳执手，展问邦族。公子还礼之下，只得托言姓班。正在逡巡客气，那吴佩却啪的声搭住公子手腕，猛可地便是向外一推，哪知却如蜻蜓撼石柱一般，不但公子还是挺然直立，倒闪得吴佩几乎一跌。于是吴佩大悦，便坚请公子下场试练一番。公子无奈，只得略为扎拽走下场去，随便价打了一趟拳脚。这一来不打紧，只乐得吴佩抓耳挠腮，却猛可地向贺姓肩头一拍，道："了不得，贺兄，俺是要罚你的。你有这样好朋友如何不早给我指引？如今是没得说了，俺赶快认老师就是。"说着，扑地跪倒，向公子纳头便拜，招得贺姓并众人正在哈哈都笑。吴佩却跳起来，一面拖了公子，一面向店人道："今天晚饭你有什么好酒好菜，只管拿来。"

这里店人方才高声笑应，吴佩却一摆脑袋，向公子道："班兄，哈哈，如今咱闲话少说。少时，你若不肯赏脸儿吃俺的酒，没别的，俺只好是个大乌龟了。"说着，更不顾贺姓，拖了公子竟入客室，一面让客就座，一面乱唤泡茶。正在鸟乱不迭，贺姓随后趱入，一面打开包袱，抖出皮张，一面道："吴兄，你左右在此还须耽搁些日，你瞧俺这皮货若不中意，咱再向京中皮行中将存的货取些来，你道好吗？"

吴佩忙道："好的好的，你只谈这没要紧做甚？"因向公子道："班兄，不瞒你说，小弟生平就好的是拳脚，但是通不中用，如今得遇班兄，真是三生有幸。便请……"

贺姓道："你只含糊说货好，不成功。俗语云：货高价出头。如今皮张又缺庄，俺昨天说的那价儿已是十分克己。你瞧瞧这皮货，咱就照原价定局如何？"

吴佩听了通不回头，便道："班兄，便请你……"

贺姓道："俺这价儿并没多说。你不信只管打听……"

吴佩向背后一拄拳道："不多，不多，便请班兄……"

贺姓道："如此说，咱就原议定局了。"

吴佩道："由你由你，便请班……"

一言未尽，却闻店人在院中喊道："吴爷，如今有新上网的鲜鲫鱼，可要用吗？只是价钱贵些。"

吴佩道："用用，难得班兄你到……"

店人道："吴爷快来，如今有位京货客人在店柜上等你说话哩。"

公子和贺姓听了，正在相视而笑，那吴佩却顿足跳起道："真他娘的啰唆。"于是向公子道声失陪，匆匆跑去。

这里公子仔细瞧那室中陈设，除货物堆积之外，便是酒具棋枰杂乱横陈，又有一把七宝镶鞘的宝剑挂在壁上，榻头上横七竖八乱丢着几本书。公子走去翻着时，却是寻常《易筋经》《八段锦》等类。中有一册钞本，上题"达摩坐功"四字。公子以为是秘本，连忙细阅时，不由好笑。原来上面画着几页坐功的图形，旁边的注解都是江湖说法。于是公子置书于榻，方要趁空儿和贺姓谈叙数语，那吴佩又已趱回，却不向贺姓交代贸易，只顾向公子没头没脑地畅谈起武功。一会儿跳起来抢拳舞脚，一会儿又取过那本《达摩坐功》，照图练习。

公子虽觉好笑，但是自己生平不会虚伪客气，又见吴佩殷殷请教，不知不觉地也便就吴佩所能略为指点。这一来吴佩大悦，便以拧股糖似的只管黏住公子。这时日色业已转西，公子累次告辞，吴佩哪里肯依？不多时，由店伙端到晚饭，果然丰盛异常。公子见吴佩虽然粗鲁些，倒是个爽快人，料是推辞不得，即便欣然就座。

漫表吴佩殷勤款客，直吃到日色将落，方才留了贺姓的皮货，送客出门。且说公子和贺姓回得店来，业已掌灯时分，当由贺姓开了那锁的室门，两人入内。店伙跟入，掌上灯烛，一面送进茶水。这时秋阴天气，却飘飘飒飒落了几点细雨。冷风一吹，刮得窗纸儿忒忒地乱响。偏那盏油灯只管昏沉沉地往下矮焰。少时，却啪啦一声爆出个灯花儿，青荧荧紫漆漆，便如鬼眼一般，照得满室中人影幢幢，颇觉令人毛悚。

贺姓一面剔掉灯花，一面斟茶漱漱口，噗唧声喷在地下，却叹道："这光景若在缑山中，大家又疑惑是要闹鬼了。因为黄天佑那厮杀的教徒太多，事过之后，山中人们往往闻得鬼哭，更以东寨左右为甚。夜深时群犬乱叫，望那四外磷火儿都一串串的。俺由山起行时，还闻得一桩怪事。便是黄天佑每晚必见姜佩瑗仗剑披发前来现形。有一次天佑出去射猎，夜晚回头，方行近东寨，忽遥见圩墙上灯火大明，剑戟如林，似有许多人在上面指挥奔走。天佑大惊，以为是他处的教徒等前来复仇。忙领人飞马跑去张时，竟吓得大叫一声，跌落马下。原来他们人马到时，圩墙上灯火都灭，许多人众影儿也都化作轻烟薄雾，却恍惚见佩瑗在上面，仗剑瞑目而视。从此黄天佑那厮只觉得精神恍惚，坐立不安。俺来的时节，那厮在山中竟自稳不住屁股，要将帮众的一切事宜交与郭少堂，领众出山了。"

公子听了，正在愤慨。贺姓又笑道："公子亏得你真是有福的，怎的不早不晚，山中事变未起，你便去出山访友？也是刘爷夫妇该晦气，倘若那时你在山中，恐怕黄天佑还未必得手哩。但是公子你这趟向北京去，俺只听李云鹏说，你是访一位好朋友。如今缑山东寨中，你既回去不得，只好就你那朋友暂住了。你那朋友是哪个？可知他准还在京吗？"

公子听了，略做沉吟，便叹道："不瞒贺兄说，俺那朋友便是那年和俺大闹南京的一个人。俺们分手后，她便赴京，俺便托迹在缑山中。只三两年的光景，料她不会他去。至于她的名字，却叫谢曼华哩。"

贺姓听了，不由蹦跳起来，却张了大嘴，作声不得。正是：

　　客窗夜话，秋风秋雨。
　　名同荆聂，惊闻斯语。

欲知后事如何，且听下回分解。

第十六回

游燕市初恋姓名
刺名王先求索线

　　且说当时贺姓猛闻谢曼华三字，不由登时跳起，忙问道："你说的这谢曼华是男是女？"

　　公子见他惊耸之状，不由也愕然道："怎么，这谢曼华俺一向不曾向你说过，你今问她是男是女，难道你在北京时会见过她吗？不瞒你说，她却是个女子哩。"

　　贺姓顿足道："真的吗？如此说，却是坏了。俺那会子曾说北京于两月前出了一件惊天动地事，那便是谢曼华做的，如今她已死掉，你还赴北京做甚？"

　　公子听了，便如焦雷轰顶一般，呆了半晌，方缓过一口气来，便忙忙向贺姓问知缘故，那两眼热泪不由夺眶而出。偏这时一阵秋风和着几点细雨沙沙地打上窗纸。两人相对灯前，便觉似有灵气恍惚一般。

　　看官不要着忙，且待作者转笔述来。原来曼华自临海镇和诸侠分手之后，携了红术、香云，便一路取道直奔北京。在途中只托言是南省的官家家眷，避乱北上。这时南中大户本来北来的甚多，加以曼华的容光服饰，举止阔绰，俨然大家之风，每逢落店，大家都望如神仙中人，哪里还敢去盘诘？但是曼华一入直北地面，却暗含着受了些小罪儿。因为掩人耳目，不但飞行功夫施展不得，便连马匹也不敢骑，只好局促在双套骡车中，任它颠簸拉去。可掬得黄尘扑面，并骡子屁也不知吃了多少。有时风沙太大，还须放下车帘儿装新媳妇。好容易落店歇住，往往大店客满，只得转向小店，柴门土炕，室门上挂个半截苇帘儿，便算是堂客客房。如逢阴雨，店院中便如泥塘，客人们就院中随便拉屎撒尿。又有些讨厌的串店捎客，只管川流不息地在客房门外向人兜搭。闹得曼华既已昏头奔脑，及至用起饭食，无非是切面大饼。便是如此光景，一站站挨去，虽有许多名山胜水，曼华也不暇登涉，却于近畿之间，见了几处高大村堡，堡中往往有所很阔大的城宅，都是鱼鳞门墙，磨砖照壁，黑漆大门前门凳上坐着几个横眉溜眼打手模样的人，门首还挂着标朱的虎头牌，上写"公务重地，闲人免进"字样，又有藤鞭马棒等挂在那里。曼华以为是村中保甲公所，及至向店人们询问起来，那城宅却是皇粮庄头的宅舍。什么叫皇粮庄头？便是满洲诸王勋贵从龙入关时，跑马占圈，愣占了许多民地，又愣派本业主做了他的佃户，按年交他租钱若干，这庄头便是他们所用的收租人。虽是一个庄头，他狗仗人势，那气焰可就大了。不但奴视官府，苛待佃户，甚至于窝匪分肥，抢男霸女，至于扰搅地面、起哄打降等事更不消说。都各立绰号，任意横行。他所以敢这样的，便是内倚诸王勋贵，外仗当地的驻防旗兵哩。当时曼华听了，好不长气，未免愈坚博浪椎秦之念，豺狼当道，安问狐狸？只得且忍了鸟气，一路行去。

这日行抵北京，果然是帝王之都，不同寻常，但见天门骀荡，九衢宏敞，红尘紫陌，车水马龙，阛阓列四海之精英，士女萃五方之秀异，一处处楼台金碧，一行行舆盖飞扬，香尘匝地，不识何处飞花；歌吹沸天，哪辨谁家弦管？真个是万派朝宗辇毂地，五云深护帝王居。那一番壮丽气象，便是研京练都之笔也难描写其万一。当时曼华乍到北京，虽觉耳目一新，但是愈深铜驼棘荆之感，暗叹之下，仍托言是南省官家的宅眷，更名华鬟，自称华夫人，便和红术、香云且就僻巷僦居下来。一面时时易装，出游市廛，一来暗勘摄政王的府第居址，并他左右人都有何人物，二来探听北京有什么人物可以交结，以便就他们身上做索线，再去迫近勋贵等人，为谋刺摄政王之地。因为这时顺治皇帝还未成年，所有国政大权都操于摄政王并皇太后吉特氏之手，所以曼华想先刺杀摄政王，为擒贼擒王之计。

若说起这摄政王来却也非同小可，真是文武兼资，天生雄杰。生得身长八尺，力大无穷，少年时在满洲部落中是数一数二的勇士。他曾随太宗出征蒙古诸部落，仗一柄铁槊，连破敌人十二道坚垒，使壮士各捐长矛，随马左右，割得蒙古名王的首级，便挑注在矛头上，远望之，便如人头堆得旒纛一般，所以敌人望见他，无不股栗溃走。太宗在关外吞并各地，也是他的功劳最多。他又曾随太宗出猎，手搏犯驾的人熊。因此他在诸亲王中最蒙太宗宠爱。他名多尔衮，便是太宗之弟。太宗在奉天建国称号之后，不久便殁，太子福临还在冲幼，太宗临殁时托孤于多尔衮，命他辅政，所以一切的军国大权均落其手。及至入关以后，顺治即位，那摄政王不消说是出入宫禁，带剑上殿。顺治呼以皇叔父而不名，他便成了站着的皇帝了。但是摄政王虽如此专权，却没得不轨的异志，并且真能擢用贤材，理国治军，凡所作为，颇有开国气象。却有一桩不好，便是不脱毡裘粗犷之气，不但喜怒无常，并且漫无仪节。在朝中和诸王大臣议事，喜时便嘻嘻哈哈，怒时便箕踞谩骂。有时怒极，便掐住那人的脖劲儿一顿乱打。至于在宫闱内，更是随随便便。除了在皇太后跟前或者还拘些礼貌，其余所在便任意游行，如命酒歌呼、宫人侍寝等事都是免不掉的。好在顺治帝既没法处置这位皇叔父，那皇太后吉特氏虽是颇有权谋，毕竟是个妇人家，只求他不没人样到自己跟前也就是了。

话休烦絮，且说曼华在僻巷僦居了两月余，虽将摄政王府第的前后左右处处踏遍，却不敢造次入府行刺。因为府内道径不谙，并且府门外护卫森严。至于摄政王左右有何人物，一时也难探得。曼华寻思一回，只得且求索线，再做道理。果然为日不久，被曼华探得北京中有几个响当当的人物。

你道这几个人物都是甚等人？说来却不伦不类。原来这时北京有两圣三怪之目，都是交通勋贵、宫禁知名的角色。两圣是哪个？一个是范阁老文程，他本是滦州诸生，真是学问渊深，一肚子文韬武略。当崇祯中叶时，他曾入京应试，夜间在小寓里偶听得谯楼鼓响，他便叹道："鼓音衰竭，一往不复，明祚已尽，俺还奔这腐鼠功名做甚？"于是仗策出关，说太宗以王霸之略，相从经略关外诸部，直至顺治登极，都是他翊赞谟猷。人家因他博物多能，所以呼为圣人。

那一个却是谛慧禅师，现住持法源寺，端的是道行高洁，精通佛理。他本是浙江杭州儒家子弟，趺跏而生，异香满室。及长，不茹荤酒，唯好静坐，读书过目不忘，却不去应试。父母亡后，便披剃在灵隐寺中，师事戒闲长老，每逢梵诵，数致驯猿之异。及至戒闲示期圆寂，将传衣钵，众弟子中却有一人嫉妒谛慧，将加危害，亏得谛慧跳而走免，便自挈瓶钵，飘然行脚，渡江北游。一路上参山朝岳，末后却来至辽阳千山，爱其山水深秀，便结茅楼栖止下来。梵诵之余，只是耽研内典。一日摄政王领了数骑入山射猎，时值雪后，又当天晚，逡巡间不觉迷道。摄政王马快，走了一程，便与从骑相失，举目四望，但见乱山合沓，一白无际。这时一钩新月初上，映着山径约略可辨。摄政王策马踌躇，正思忖去投山家，且宿一宵，忽见山坳丛树间却隐隐透出一点灯光。趁月色奔将去一瞧，却是几间草庐，四外并没墙垣。从马上遥望庐内，灯光下白木榻上，却坐着个中年僧人，正在那里打坐入定。庐内除一支禅杖、一具棕拂并瓶钵外，略无长物。摄政王暗想道：这个和尚倒好大胆子，孤单单独处草庐，连墙篱都没得，莫非他有些道行，能伏虎狼吗？怯慄间下马入去，将灯剔亮，却不去惊动那僧人，只就榻旁拱手而立。原来摄政王虽是个马上英雄，却颇好佛法，今见谛慧神观超然，不觉起敬。

须臾，谛慧张目下榻，却合掌道："将军想是迷路至此，且从贫僧煨芋一谈何如？"

摄政王假意喝道："你这和尚，休得称我将军，俺便是江湖好汉，要借你这所在做落脚之所。少时，弟兄辈就到。"

谛慧大笑道："辽东地面，谁人不识将军？何得以此相戏？"

于是摄政王亦笑，便和谛慧对坐下来，略问谛慧的来历，却猝然道："俺是个粗鲁汉子，长生兵间，多所杀戮，不知于佛法上亦有碍吗？"

这时谛慧正拈起棕拂略拂榻上的微尘，因用拂向摄政王当心一指道："将军若问有碍佛法与否，但问此心如何？若心在安民定国，则杀戮无碍慈悲；若心在残民以逞，佛法虽广大，却容不得这等毒龙。今将军下问及此，莫非因战阵杀戮心感不安吗？"

几句话不打紧，听得摄政王如闻狮吼，便知谛慧非同俗僧。原来摄政王自佐太宗削平诸部，屡寇明边以来，杀的敌人固然是不可胜计，便是自己部下士卒死掉的亦复无千无万，以致近日来颇感异梦，只要一合眼，便见许多断头残臂的士卒只管攫拿缠绕，闹得摄政王往往累夜不寐，竟似得怔忡之疾。所以一见谛慧，便以杀戮有碍佛法与否为问，不料竟被谛慧一口道破自己的心事。当时摄政王越发起敬之下，便一说自己所梦，请谛慧为设醮超荐，以安士卒亡魂。谛慧欣然允诺，便自起扫叶煮茗，并出干粮供客。摄政王饮啖之下，听谛慧略谈内典，真是前所未闻。正这当儿，忽闻草庐外马路殷动，却是骑士们寻将来。于是摄政王别过谛慧，跨马归去。便就沈阳延寿寺中准备好水陆道场，请得谛慧来，大作醮事，讽经超度。果然佛法有灵，七日醮毕之后，是夜摄政王宿于寺中，居然神清梦稳，怔忡之疾竟自痊愈。从此便留谛慧住持延寿寺事。军事之暇，便就与谛慧论佛理。那谛慧随机说法，暗含着也不知消了摄政王多少凶骛之性。

及至明将吴三桂乞兵事起，当时摄政王虽知机会已至，却还有些踌躇不决，正要使人走告谛慧，取决行止，忽报谛慧的行童赍书到来。摄政王拆书瞧时，上面只写着"此行大吉"四字，于是摄政王入关之意方决。及至一切底定，便迎谛慧入北京，使居法源寺，敬赍有加，号为谛慧国师。但是谛慧却不像姚广孝一般，当和尚不了，只管预人国事。他在法源寺还只是精研内典，参修净业，所著经论甚多。间以余兴，托咏篇章，好和文人学士往还。摄政王这时机务既多，又复富贵熏天，终日里留意于声色狗马、珠玉玩好还自不迭，也就没许多工夫去寻谛慧论谈佛法。不过偶然想起，还遣人存问罢了。人家见谛慧道行高洁，学问渊博，也便号之曰圣人。

至于那三怪，其中也有个和尚，其余两个，是一个娼妓，一个富户。娼妓姓张，人称凤眼张仙娘，生得矮矮的身材，黄黄的脸膛，眉目虽颇清秀，腮颊上却有许多雀斑。伸出手臂来，也不甚滑腻白嫩。下面是双胖胖的半大脚儿，不但姿色平常，并且年逾花信。不过谈笑间语音娇嫩，行步间势若游云，倒还挂些媚态。仙娘姿色虽如此，然而她却能名动京师，弄得些走马王孙堕鞭公子无不颠倒异常。凡与她交接过的，她那件宝贝东西就像吸魂瓶一般，嗖的一声，便将你灵魂吸入，是再也离她不得的了。因此那仙娘艳帜之下，端的是门庭如市，朝朝寒食，夜夜元宵。她在内城中宝钞胡同住起了高房大舍，里面各房间铺设得锦天绣地，便如天宫一般。招了些莺莺燕燕分处其中，仙娘只自居房老地位，遇着得意之客，方才肯现身说法。那宅门外气象阔绰，便如王公府第，一时间京师豪贵趋之若鹜，甚至于亲王贝勒等人也往往去微服寻欢。若问仙娘何以有此迷人伎俩？便是因她精于房术。据说起她那内视盈肌之术并床笫风情端的不同寻常。能以随客人的精力淫具与之婉转，使人恰到好处。至于她所以以仙娘名，便是因她这房术而起。说起来，倒也是段诙诡趣闻。

原来仙娘十几岁时，也是个平常姐儿，在一家娼家搭住。人家因她姿色平常，也就待遇草草。仙娘每每揽镜自叹，殊无如何。一日却值月老祠的香会，仙娘自伤境遇，便想寻个郎君，脱离苦海。于是持了香到月老祠内祝赞一回。闷闷地方趑出祠，却见个少年褴褛乞丐踞坐在树荫下，捋裤扪虱。望他胯下，却光溜溜的。仙娘诧异之下，正在悄悄注目，那乞丐却抬头向着自己哧地一笑，仙娘有些不好意思，便将剩的几文香钱抛给他，逡巡趄回。不想方到娼门前，那乞丐已在门首横卧，仙娘以为他脚步快，偶然撞到这里，当时也没在意。但是从此后，那乞丐时时在门首乞讨，惹得娼家人们骂来逐去。唯有仙娘不以为厌，自己的茶饭但有余剩，便都把与他。一来二去，那乞丐竟就娼门旁僻静所在庋了个小窝铺住将下来，只要仙娘出门，便尾追乞讨。便是如此光景，直过得数月，那仙娘却终不厌烦。但是仙娘的皮肉生涯却一日不如一日，因为仙娘姿色既是平常，又没得余钱修饰，再加以胸怀闷结，所以越发弄得煺毛鸡子一般，虽间有客人来点缀，却也无解于困乏。

一日，仙娘被同伴索取欠账，彼此吵了一阵。仙娘赌气子去站巷口，想拉个客人来争这口气。哪知起更后站起，直至街柝三下，一个可拉的客人也没得，倒被些青皮街痞们打趣了个不亦乐乎。不是你上来摸摸髻子，便是他趸过拉拉衣襟，末后，好容易来了个酸子模样的人，仙娘一把拉去，却被他推了一跤，竟自摆开了四六句子谩骂而去。于是仙娘一阵伤心，止不住泪下如雨，只管趱趄了脚儿，不敢转步起来。原来这姐儿站巷口拉生意，最为不堪。仙娘恐同伴们晓得了见笑，所以竟闹得进退维谷。但是毕竟当不得那街坊上凄风冷月，当时仙娘没奈何掩泪趑转。刚走近门首，却被一人从后拖住。仙娘回身望时，不由大怒。正是：

　　街头踽踽，冷月凄风。
　　时来运转，仙客忽逢。

　　欲知后事如何，且听下回分解。

第十七回

剑气隐一廛侠女托迹
京尘混十丈三怪潜踪

　　且说仙娘忍了一肚子气，刚趑近娼家门首，却被一人从后拖住，回头望时，便是那乞丐。因怒道："你这厮真不睁眼睛，这会子哪里还有剩茶饭把给你？便是俺跑了半夜，还没用饭哩。"

　　乞丐笑道："娘子不要发怒，俺这次却非乞讨。皆因俺久蒙娘子周济，心下过意不去，今观娘子厄运已退，旺运来临，所以来和你商量，报你恩惠。"

　　仙娘听了，不由失笑道："你这花子没的惯胡说，瞧你这嘴巴骨子，拿什么报俺恩惠？不要歪缠，快些滚吧。"

　　乞丐正色道："俺报恩惠，不费什么，是有个妙法儿教给你。你若会了这妙法，便登时变成一棵摇钱树，哪怕北京中这些王孙公子不挤破门地都来叫你作妈妈？你只须跟我来宿过一宵，便知分晓。"说着，便笑嘻嘻揽住仙娘脖儿，意态间十分可笑。

　　仙娘暗笑道：这花子可要作死，穷得要掉腔，他还思量那件事儿，横竖这会子那些蹄子们都等着奚落俺，且向他窝铺中躲过一宵，再做道理。好在他胯下是没得什么的，便不愁他要胡闹了。想罢，便由那乞丐拖入窝铺。

　　只见里面点着一盏昏沉沉的壁灯，草铺上破衾堆拥，尘土狼藉，一股霉秽之气，令人欲呕。壁角破矮几上堆着些残剩食物并一个黑砂酒壶。仙娘见此光景，直然地插脚不得，正要返身奔出的当儿，忽见那乞丐一指壁灯，登时光华大放，异彩缤纷。这里仙娘眼光一眩之下，再瞧时，哪里还是方才所见的光景？但见身在一处香闺绣阁之中，室内是锦天绣地，案上是红烛高烧，一张草榻也变作象床鸳帏。矮几上食物也化为兰馐蜜醴。再瞧乞丐时，直惊得仙娘言语不得。原来那乞丐已化作个玉树临风的翩翩公子，笑吟吟便携仙娘就座，抱置膝头，只管大杯价斟过酒，送到香唇。仙娘恍惚之中，只疑是梦。须臾酒罢，两人携手登榻，共效于飞。这时仙娘虽然恍惚，还想起他胯下没得硬则上台、软则下野的大头子。哪知探手摸去，却触腕崩腾，便如那暴发户暴得多金，就要出头露脑了。于是仙娘只得由他摆布，却还不知他怎的教给妙法。当时但觉那要紧所在爽俐异常，真是生平未经之奇趣。仙娘模样虽平常，枕席间本有些冶荡之致。这时未免摆开阵式，和乞丐来了个旗鼓相当。须臾，两人神采融会，栩栩欲化。仙娘这时云鬟堆枕，星眼微饧，正摆动腰肢如迎风弱柳之间。那乞丐却稍停驰骤，只是款款做去，却一面附了仙娘耳朵，教给她许多开阖擒纵的妙法。仙娘至此方晓得自己本有不老婆婆的那件宝贝，皆因一向死杀在胯下，就将它淹没了。今经金箍棒一指点，只须活起来，哪怕不压倒群芳？于是欢喜之下，尽情地心领神会。不多时云收雨散，仙娘疲极，不觉沉沉睡去。正在软梦迷离，只觉一股霉秽之气直熏鼻观。睁眼瞧时，不由大诧，先时所见一切都杳，自己却赤条条卧在破草铺上，衣裤堆置于旁。寻那乞丐时，早已没得，唯有晓色朦胧，映入窝铺。当时仙娘诧异之下，只好忙着衣裤，趔回娼家，只托言被客人拖去。

就店中开了小房间儿，当日晚间，恰有客人来宿，仙娘新得妙法，自然要卖弄卖弄。这一来不打紧，那客一连数月不离仙娘寸步，大把的钞票只管流水价送将来。那衣饰簪珥之类更不消说。月余之间，仙娘的芳名大噪，无数的狂蜂浪蝶都要来采撷这枝阆苑仙葩，巷里端的是车马盈门。于是仙娘辞故枝，觅新巢，却就内城中宝钞胡同定居下来。当时一辈客人们和她欢好之下，便问她这房术是怎的习得的。仙娘慨然不讳，便一述得遇异丐之事。大家猜度那异丐或是什么仙人，仙娘既是过了仙气的人，和她交接，说不定也许间接着得些仙气。那时仙娘还叫作凤娘，于是大家拟议，共上尊号，曰凤眼张仙娘。至于凤眼两字之为义，说是夸美仙娘的秋波也可，说是夸美她下面那眼儿如凤毛麟角之可贵亦无不可，这也就无须深考了。以上所述，便是三怪之一。

至于那富户，亦以怪名。乍听来似觉奇特，因为富户大半都是看财奴的角色，双眼如瞎，一身铜臭，将那钱都串在脊梁骨上。上炕认得白脸的，下炕认得黑脸的。便是他爹，也休想花他一钱。这等庸鄙，有什么怪处？哪知这个富户却大大不然。诸公阅至此，大概还记得上文中从朱异嘴内吵出的那北京富豪周浔吧？这个富户正是此人，至于他有什么怪处，皆因他的性儿，黠也黠到极处，痴也痴到绝顶。任性儿抓寻钱，挥霍钱，只这样离离奇奇地做将去，就像佯狂玩世一般。当时北京人们都说他是散财童子转世，生下来便是戏弄金钱的。因号之曰周散财，又呼为周痴。他生的模样闷浑厚重，人莫能窥其际。有时便服饰都丽，高车驷马，有时便破衣拉撒，行沽市上，专寻那街卒厮养等人闹一盅儿。

他本是津沽地面的一个农家子弟，靠着海河汊有百余亩腴田，到他手中，便一任那田荒废下来，他却只顾饮博酣嬉。有人劝他治田的，他却笑道："土里刨食的勾当，俺还不耐费心去理会哩。"其时，他邻人某姓也有百余亩田轩在海河汊旁，却是地居洼下，十年九不收的所在，及见周浔呆气可欺，便思量图他那腴田。于是先借与周浔钱财，供其挥霍，料他不能筹还，便向他商议道："你那田左右是荒在那里，如今俺不索你借的钱，便算是找给你的腴田地价，咱们将田地彼此换掉如何？"

周浔听了，欣然应允。哪知人算不如天算，那某姓谋腴田到手，只得了一年的利。次年恰值海啸，河汊水溢出，靠河的田亩都变故态，某姓所得之地已成斥卤河滩。周浔的地不但被游泥所壅，变为膏壤，并且河道改易，凭空地添了若干的肥地，连那旧田，约计着就有数顷。这一来，苦杀某姓，乐杀周浔，从此便大招佃户，竟以农业起家。俗语云：人的时气来了，城墙也挡不住。当时周浔凡有所营运，无不利市三倍，钱滚钱，本已发的财沫沫渍渍。偏又有个养海船的南省客人因病死掉，剩下了孤儿寡妇，要将十来只走海的商船出脱了，携资回南。这泡大交易单是那捎客的回扣中用钱就是上万的银两。不消说，自有些人来给周浔说合。周浔买了这十来只船，也没在意。

哪知老天也是势利眼，单会溜财主的沟子。那周浔船只放海不过数月，却得了百余万金的邪财。因为有一只船遇了海盗，那海盗们正劫夺了一只寻常商船，是个贩油漆的客人。客人被杀后，群盗搜括中只是漆桶油篓并些衣服银两，不过数百金的光景。群盗正在懊丧失望，恰好周浔的船到，于是群盗分人，跳上船来，一见那船中货物充牣，船又宽大，大喜之下，便索性将船上的水手客人等一概驱上那寻常商船，竟自扬帆而去。这里船长只好将这寻常商船开回津沽，客人都去后，便来见周浔，具言一切。周浔只好命将船中的漆桶油篓搬向住宅内闲院中，以便俟机会卖脱。一日，因需油漆用，打开两个桶篓向盆中倾泻，只听当的一声，有一布麻缠裹的东西落在盆底。取出破裹瞧时，却是一束百只的蒜条金，历观诸桶篓皆然。原来那被海盗杀掉的客人是广东香港地面的一个巨商，携巨金回家，却假作贩油漆的小客人，藏金桶篓中。本为的是掩人耳目，以防意外，却不道给周浔送了一注大财。当时周浔借这项巨资从事营运，真是财源滚滚，没得几年，早已富堪敌国。但是他却一反寻常富户的行为，专以交结权贵人们，矜财使气，又多为义举，每出资就上千万。他曾独力修筑

237

河壖，又发数十万石谷赈济饥民，那银钱如泥沙地用去，所为善举不一而足。但是说起他的彪劲呆气来却又可笑。

一日，他易装闲游，偶经屠肆，见鲜亮亮新挂的肉，想要买些，肆主见他衣履敝陋，便笑道："依我说，你少吃肉吧，这肉却贵哩。"

周浔嗫嚅道："贵吗？那么你给我少割些。"

这时肆主正忙着奏刀恚然，应付生意，未免心下不高兴，便喝道："俺这肉不零卖，你若有钱，便捐一扇白条去。"

周浔笑道："如此也好，要吃肉就须够，你且与我准备一百扇白条，过午后，俺便领人来取，这是定钱，你收下回头再算。"说着，取出一包银两抛在柜台上，竟自踅去。肆主揣揣银两，虽觉此客好大肉量，只得如言准备。忙多叫伙计由猪行中赶了猪来，就肆后院中，大家操刀动手，一时间猪叫人喧，烧汤燖宰，闹了个人仰马翻。及至一切停当，肆门外堆出一百扇白条，端的赛如肉山。那肆主遇这大宗生意，心下高兴，便腆起油晃晃大肚皮坐向门首，专望周浔。哪知一等也不来，二等也不来。直至日色挫西，通没影儿。时当暑月，那肉山未免渐渐地臭气发越，颜色也变，招得无数的绿豆蝇只管嗡嗡。肆主这才慌了手脚，懊丧之下，向街坊们一言所以，便有人笑道："你这不消说一定是得罪了周破败了。我教给你一个法儿，他最好吃糟猪舌，你只将这五十条猪舌糟好送去，说不定他肉都不要，还如数与你肉价哩。"肆主如言，果然得价之外，倒白落了许多肉。

又有一日，周浔溜向娼家，却正值一个白胖妓女和一个急色客人大天白日里便关门儿。周浔就窗眼里偷瞧良久，见他两个光溜溜地闹出了许多花样，端的是有声有色，觉得好玩得紧，比自己登场还有逸趣。于是立唤鸨母商量，愿出多金，令诸妓都要当场现彩。鸨母一来贪他多金，二来思量他断乎寻不出这样厚脸的客人来，白落他这项钱，岂不甚好？于是欣然应允，便将诸妓都唤到一处宽大房中，一个个都脱得一丝不挂，现出一身白肉、两片精皮。周浔见了，大笑走去。这里诸妓和鸨母你瞧我我瞧你地笑了一会子，以为周浔寻不到客人，正要穿衣之间，只听他在院中吵道："你等不要客气，就在院中脱光就是。哪个要客气的，却须交还俺的工钱。"大家望时，早见周浔在窗外指挥，有五六个短衣壮汉业已都脱得山精似的，每人胯下挺着个播捣似的物儿，在那里静待号令。吓得大家一个妈字没喊出，众壮汉已自抢将入来，一言不发各捉一个，哪管他榻上地下、炕沿椅上，顷刻间以矛陷盾，成双作对，并且都是水牛般的气力。一时间满室中春光扰乱，逸趣横生，真是竖看成峰，横看成岭，闹得诸妓正在呻吟相属，连那鸨母都看呆的当儿，周浔却拍窗大笑。原来周浔方才到街上却雇得一班脚夫。

他这彪劲既然如此，至于呆气更是稀奇。他曾出千金购得一对白螳螂，以为异物，张筵召客，夸示于众。酒至半酣，将白螳螂用金盘托出。哪知螳螂在盘中乱爬良久，肚儿下已露出星星黑点，细瞧时却是用白粉染就。又一日，他花园中忽然撞入一只文采辉煌的大雀子。他的下人们更向他致贺道："此鸟名为鹭鹭，是稀世珍禽，若非主人福大，不能至此祥瑞。"正说着，人家雀主寻了来，说是从陕西岐山上寻得此鸟，将以馈送都中权贵，简直地是无价之宝。周浔大悦，登时要买，经门下人和那雀主好说歹说，方才以三千金成交。哪知到手不久，那鹭鹭毛彩渐次褪落，顶上本有极文采的花冠，至是却整个地脱下来，现出个灰渣色的毛顶。仔细瞧时，却是他妈的一只秃鹜，花冠是用翠鸟毛安装的，毛彩是色泽假饰的。原来是他门下人串通出雀主，将秃鹜抛入周浔园中，做的一场骗局。但是周浔殊不理会，越发地离奇自喜。

一日忽作奇想，便召门下人等商议道："你等谁能想出个妙法，在一个时辰间，散掉万金，又要爽快，又要有趣，俺便另以万金酬劳。"此语一出，大家都瞑目沉思，只觉眼前元宝乱滚。须臾一人鼓掌而起，却不说怎的散掉万金，只向周浔索了万金，自去筹备。届时，那门客在大街酒楼上包了座位席面，替周浔折柬邀客，不多时，宾主咸集，欢呼畅饮，却不见那门客有什么动作。直至主客尽醉，那门客方命人舁过一具风匣，上安机巧风扇，一面置向临街楼栏，一面向周浔道："如今主客都醉，且待俺与诸公醒酒何如？"说着走向栏边，按了机关，鼓动风扇，但见一片金光，漫天四飞，便如万蝶齐舞，都飘飘摇摇落向街心。顷刻间布金满地，招得许多观者，不但喝彩如雷，并且跌跌滚滚搅作一团，就街上大抢起来。于是周浔大笑，立赏那门客万金。原来门客是用金页剪成蝴蝶形儿，果然一瞬间便散掉万金哩。周浔的呆气事儿诸如此类，不一而足。

但是他肚内并非通没分晓，遇了大事，且是黠性。当李闯潜位时，他正在北京，他的富名远著，人都替他危虑，他却如没事人一般。那时把守京城的便是一只虎李过，不但不去抢夺他，反倒酌派贼众去给他守门。事后人方探知，他是趁一只虎在某处缺粮的当儿，却去送了一注饷银，只费了两万来银便保了自己身家，及至摄政王入京，他仍用故智去助了一批军饷，又夤缘交通豫王，借与豫王南征的军资，因此他虽多藏，却安危无恙，倒成了个点缀京华的怪物。

至于和尚亦以怪名却是怎的？原来那时北京雍和宫有一个兴佳大喇嘛，生得赤面卷鬓，形状伟异，博辩善谈。并且多能异术，如咒龙取雨、履水呼风，以及吞刀吐火，一切禁敕之术，靡不通晓，并擅房中术、剂合媚药等事。不但以此遨游公卿间，并且名动九重。便是皇太后并摄政王也时时到雍和宫中，随喜降旨，和他谈论经典。至于他以何因缘邀此宸眷，其中还有段逸闻。正是：

> 京华软红尘，中乃藏三怪。
> 鱼龙何曼衍？巨壑收万派。

欲知后事如何，且听下回分解。

第十八回

雍和宫大起慈福阁
华夫人盛饰荟芳园

上回书说到兴佳大喇嘛得邀宸眷，其中有段逸闻，你道怎的？原来清宫中有个祭堂子的祭典，若问祭的是什么神通。其事甚秘，传闻异词，可以不必深考。每值除夕半夜时，方举行这祭，帝后亲临。击鼓歌唱以侑神，并预选宫女，扮作天女魔女诸相，就祭筵前婆娑而舞，就仿佛跳神一般。歌舞既罢，又熄灭灯烛，帝后默息一回，方才礼成。

有一次，有个宫女跳舞方酣，忽地似着着祟一般。其时摄政王也在堂子内执事陪祭，那宫女却向他乱道道："如今二和尚已到雍和宫，你这大和尚怎不瞧瞧他去？却这般没些香火情？"说罢仆地，良久方醒。问她方才所语，却一些不知。于是摄政王心以为异，又暗忖自己或是生有自来。遣人到雍和宫探询，果有个新来的喇嘛，名叫兴佳。当时摄政王和他晤语之下，不由大悦，便命兴佳做了住持。

这雍和宫本是专驻西藏喇嘛的一座大庙，国家为羁縻西藏活佛并藏人起见，建筑的那庙异常宏丽伟大，里面的殿阁楼台能容数百人，又有秘殿，塑着些秘密佛像，号为欢喜佛。自兴佳住持那庙，便越发踵事增华。又在后殿旁跨院中起了一座五层杰阁，说是为皇太后祈福，名为慈福阁。端的是飞檐画栋，高矗天半。里面是曲室秘房，无所不备。又因其中庋藏珍宝，为防宵小夜行人等，便就阁内外酌设机括数处，如假门伏弩、悬刃滚板之类。兴佳暇时，便逍遥阁上。或值摄政王来时，便相与屏却从人，饮宴其上，谈笑之外，有时便纵谈房术。这喇嘛僧本分黄衣、紫衣两派，紫衣喇嘛不甚通经典，专讲邪异法术，如咒人变物，役鬼戕人，诸凡诡幻事皆能之。黄衣喇嘛却只讲经典，其中也很有精通佛理、具大善知识的。这兴佳秃厮便是黄衣一派，他为人聪慧，既能剿窃些口头禅，自炫深通佛法，又会些惊动愚众的幻术并寻常武功，再加以世法纯熟，善于逢迎酬应，因此北京权贵豪华之辈无不与他往来，比那潜修净业的谛慧名气却大

241

得多了。人家因他终日里和权豪人们饮食游戏相征逐，绝无蔬笋之风，但有酒肉之气，并且与人做成关节，说合贿赂，便有些热衷巧宦们奔走其门，简直不像个出家人，所以也号之为怪物哩。

当时曼华既探得这几个人物，两圣且抛过一旁，却思量从三怪身上入手，以便谋刺摄政王。因知周浔时在摄政王府出入，便思量先结识周浔，再做进步。但是要引致震动周浔这怪物，非弄些出奇手段不可。于是留神数日，却探得周浔和凤眼张仙娘好得如一个人一般，便是因为仙娘房术绝伦，那周浔有时兴至，不论昼夜，便去踏脚。那仙娘特为他设备一所精室，不怕正在狎客如云，只要周浔到来，仙娘便登时重新打扮，澡牝熏香，前去伺候。因为周浔怪性，兴会一到，是片刻不容耽搁的。并且和仙娘云雨起来，殊不避人，更好招院中诸妓加入当场，以助兴致。诸妓大半是搭伙住院的，其中腼腆些的，只好辞掉仙娘，另搭他处。

当时曼华既探得周浔如此光景，沉吟一回，便得一计。一面遣红术、香云假作初到京的姐儿，投向仙娘院中，搭班居住，以便偷学她的房术，一面却大出金资，赁得某大姓的一处别墅，移居其中。这所别墅名为花荟芳园，某大姓远官在外，只留园丁看守，所以出赁。园址距江亭不远，便在锦秋墩畔。既地接繁华，又有旷朗野景。春之日夏之夜，既有桃李花繁，芰荷香远，秋冬之交，又有水木清华、风雪萧闲之趣。至于园中的一切的亭轩池沼并厅堂阁室都华而不俗，自不消说。

曼华移居既定，便置酒大会街众，大家见这位华夫人这般气势，都不敢平视，纳头饮酒。唯有一人谈笑如常，并且屡目曼华，似现诧异之状。席散后，曼华探知那人名叫小霸王俞保三，便是地面上第一个青皮头儿，跺跺脚四街乱颤的朋友。统领着许多无赖，专以吃私窠、搅赌坊，人因他练得一只铁胳膊，和人角力曾一臂打折一株树，所以都不敢惹他。当时曼华听了，暗想这等人正自有用，且待红术、香云归来，再做区处。

在曼娘计算，她两人在仙娘处总要有好些日耽搁，哪知只过得十来日，早已双双趱回。不但尽得仙娘的迷人伎俩，并且由周浔口中探知摄政王手下现有两名勇士，一个名马元杰，是回教人，生得黔面虬髯，真有拔山扛鼎之力。并习得好体面铁布衫法，将那话儿置在石砧上，令人用铁杵捶打，通不理会。他曾与人赌戏，分布四肢，横卧地上，手脚上各系犍牛一头，令人竭力鞭牛，他只手足一拳，那牛便登时退走。但是他性儿好酒，却不为摄政王所喜，只命他当个护卫，看守府中。那一个名叫国兴，却是辽东人，生得短小精悍，捷逾鹰隼，走及奔马。他本是辽沈一带的著名捷盗，不怕数十丈高的崇楼杰阁，只消一耸身，登时便超越而过。他为盗居山，不甚出去扰民，却专以盗各部落的马匹为事。各部落养的生马都以谷计圈计，一圈马便是数百匹。那生马性儿便如狞龙，见了生人便蹄啮。因此养马的圈卒等不备偷窃。那国兴的偷法且是妙相，便是拣那最生劣的马，冷不防地飞跨上去，便如老膏药一般，那算是粘牢了。只用两股一夹，任是怎样生劣的马，也就贴耳就羁。当时他便呼啸生风，不须去理会余马，马自然跟走。诸部落中，往往于半夜间听得万蹄蹴踏，如风雨之遽至，便知是国兴又在那里盗马。及至齐合了人众火器前去追赶，已自剩了个空圈了。诸部落虽甚以为苦，却没奈何。

那时叶赫部落最强，养马最多，久被国兴所扰，本已想捉获于他。一日，适值叶赫某酋长要结欢某部落，合攻某姓。准备了金珠皮帛、美人名马，要遣使馈送。那马通身如墨染，却是四只白蹄儿，名为乌云盖雪，端的是匹千里名驹。当夜，某酋长宿于屯幕，吃起羊羔美酒，拥了如花胡姬，夜半时分，飘飘地落起漫天大雪。某酋长兴起，命胡姬拨动琵琶，弹起一套边关调，正在毳幕生春，快活到十二分的当儿，忽闻幕外一军夜喧，火燎之光直达幕外。某酋长方在一怔，早有人来报，乌云盖雪业已失掉。于是大怒，这才设计捉获国兴。却爱其才，不忍加诛，转厚加赍赐，命侍左右。即命其去扰诸部，甚得其力。

及至摄政王辅佐太宗，灭却叶赫部落，国兴却逃入深山。摄政王外闻其矫捷可畏，便一面派人去搜寻其踪迹，一面分兵穷追叶赫余人，欲尽歼其姓。这日，摄政王领军大进，正趄至一片森林丛莽间，忽地心动，命人入林去搜时，却于深草中发现一个披发毁面的死尸，于是军士回报情形。摄政王觉得可疑，便自入林去看了一回，方要命军士拖尸焚掉，不提防那死尸挺然跃起，抽匕首便奔摄政王。众军士一拥上前，捉下那死尸瞧时，却是国兴。当时摄政王见国兴光景，料他是要学豫让行为，为叶赫氏复仇，因叹道："国兴好男子，叶赫氏反复无常，屡结其党部，兼引明军，以害俺部，故诛之以儆他部。汝为之尽力如此，堪称义士。汝能从我，难道怕我待你不及叶赫氏吗？"

于是国兴泫然流涕，却谢道："俺蒙将军不杀，极佩大德。将军若能就此回军，赦却叶赫氏余众，国兴便当执鞭辔，随侍马前，万死不辞。不然，俺当下报故主。"说罢奋身，方要撞向大树，却被摄政王亲手拖住，仓促之间，遽应道："既如此，俺便回军，为汝赦却叶赫氏就是。"

一句话不打紧，那爱新觉罗氏虽入主中夏，传统二百数十年，归根儿暗含着竟被叶赫氏所灭。你道怎的？原来清之末叶那位慈禧老太后，人称西佛爷的，便是叶赫氏遗族所出。自他老人家垂帘听政以来，方闹得清祚日衰，以致宣统帝逊位亡国。哪知当初却因国兴一言，才留得这点儿祸水呢？这默默中，似乎还有些天道。因为清太宗灭叶赫氏时，杀戮极惨，长平坑卒，陈陶泽血，殊未能仿佛其万一。据故老说起来，那叶赫氏旧居之处，有一座很高大的红塔，便是当日太宗战胜后，烧取被戮的敌人骨灰和了土所建筑的，至今那所在还名为红塔沟哩。

当时摄政王既得国兴，宠爱异常，自关外转战以至入关定鼎，都是国兴随侍左右。这时国兴却为北京的步军统领，办公之暇，仍时向摄政王府中去趋候。因是爱将，有时还预后房曲宴。

当时曼华听得红术、香云述说如此，也没在意，及至问起她两人所得的房术情形，彼此不觉好笑。原来红术、香云性极黠慧，自到仙娘院中，不数日间便将个仙娘奉承得乐不可支，每逢周浔来到，共登淫席时，便命她两人伺候左右。原来仙娘唯恐诸妓窃其妙术，一向和周浔云雨时尽屏诸妓于各室，不许窥探，只令粗婢等伺候。今见红术、香云是初到京的怯姐姐，料她不晓得什么，所以不加防范，哪知只十余日的工夫，已被人家将妙法偷走。因为红术、香云本谙媚工，只须就当场略一留神，早已尽得其妙了。

于是曼华大悦之下，便盛设酒筵，单请得那俞保三，却命香云、红术进酒伺候。须臾酒酣，曼华却笑向保三道："你瞧俺这两个妮子，比凤眼张仙娘如何？"

那保三本是个老猾棍，心快眼亮，当见曼华携了香云、红术移来时，便疑惑是要做私门头营生的，今闻此语，便一撑铁臂，向曼华大笑道："俺俞某在北京保护行院，是大行大市，童叟无欺，你只按年交俺两千金就是。"

曼华笑道："这点儿把子，不足尽俺谢意。老实说，俺每年奉送此数就是。"说着，骈起三指，向那铁梨案角上轻轻一削，那案角登时碎掉一块。于是保三大骇，料曼华不同常人，连忙辞却谢金，力任保护，竟至终席不敢仰视。但是曼华却当筵赠他千金。原来曼华此举一来借他挡住众青皮前来扰闹，二来要借他口语哄传，引致周浔。从此曼华居然就荟芳园做了香巢，红香两人既靓丽如仙，又加以曼华豪华异常，不数日间，荟芳园华夫人的大名早已传遍九城，一时间，车马盈门，好不热闹。曼华又索性招致美妓数人，分处园中，以应寻常来客，遇有豪华之辈，方命红、香接应。又一面大饰车马，广求名庖，务极豪侈，以餍客意。曼华有时领诸妓出游，自跨骏马，艳装如仙，诸妓或乘小驷，或坐香车，都扎括得神仙一般，一时间兰麝从风，香溢衢路。那豪华之辈得与红、香相接的，便如吃了迷魂汤一般，不是你来觞客，便是我来摆酒，闹得荟芳园中酒肉熏天、笙歌达旦。曼华都不去理会，只在园中独处一室，任房老之职，指挥一切。来的客人们偶得一见，便惊为天人，诧为异数，被曼华容光所慑，休要说是动手动脚，便连句轻亵话儿都不敢说。

自荟芳园热闹以来，只月余光景，那张仙娘门前竟自大为冷落。你想周浔是何等角色，闻得有这样有趣的所在，他怎肯不来瞅瞅？当时和红术、香云相接之下，方知人世间除仙娘之外，又有这两个尤物。于是正眠倒睡，左拥右抱，恨不得立时再长出个那话儿，方惬心意。竟一连数日不出荟芳园中。曼华且不去和他深谈，只和他赌酒猜谜地闲闲酬酢。

也是合当遇有机会，一日，周浔偶然感疾，药味中须用老茯苓，寻遍九城都没得。曼华忽忆起抢得慧通的那块茯苓，便与周浔用将下去，果然仙药，非同等闲，那周浔竟自霍然而愈，从此两人日益款洽。一日，恰值摄政王寿辰将到，先期府中大事铺张，并扫除房舍，府门前添加的卫卒并执事人等，既已热闹非常，又有些先期送寿礼的人们络绎不绝。那条街坊上直闹得车马云屯，行人避路。那日可巧曼华和周浔偶步街坊，趆过府门，曼华见状，不由心中一动，便笑道："你常说你出入府中就如到自己家内一般，俺每闻人说，王府中有成堆的金砖、斗大的明珠，厅堂前又有一只宝玉琢的望天狮，足有一人来高，天阴时便会喷云吐雾。俺虽是也见过大世面，却等闲没开过这样眼睛，你怎的领我去瞧瞧才好。真的他府中便有这些宝物吗？"周浔听了，不由哧地一笑。正是：

> 未向府中趋，先装门外汉。
> 个中巧机关，痴黠殊难辨。

欲知后事如何，且听下回分解。

第十九回

小侠女探路乔装
莽护卫值宿醉卧

当时周浔听了曼华的话，并见她娇憨之状，不由笑道："怎的你这样一个人倒信这些老妈开嗙的话？他府中房舍华美，一世阔绰是有的，哪里有什么宝物？你要进去瞧瞧，也自容易。"

曼华欣然道："既如此，咱们就去。"

周浔道："啊呀我的妈，你说得好轻松话儿？你就这样花不溜丢地走进去，怕不被府中护卫们抢香饽饽似的一顿抓烂吗？别人还不打紧，那个马元杰见了你，若撒起酒疯，可没法摆布。如今咱这样办，恰好明日俺正想去送寿礼，你屈尊些扮作跟我的书童，倒可以进去瞧瞧。他府中有个老仆王胡子和我最好，并且为人嘻嘻溜溜，十分和气。我叫他领了你，便可处处逛到了。其实他府中不过是阔绰华丽，若称雅趣，似乎还不如你那荟芳园哩。"

正说着，忽见府前众人呼啦一闪，周浔赶忙将曼华拖向照壁后。向外张时，正是那马元杰横着眼儿从府内掉臂而出，一径地大踏步转向街坊。周浔因悄语道："你瞧这厮，歹毒得紧，他便住在府后园东跨院中，专管值夜。不醉时还像个人，醉了时，简直地便是夜叉。不多日子，他还作了桩孽，便是府中有个使女，偶向园中去采花朵，却正值他吃得大醉。那使女被他一顿摆布，没过得数日，竟自下体崩漏死掉。因为他那物既伟大异常，又习得铁布衫法，所以那使女竟致殒命。明日你虽是改装进去，也要诸凡小心哩。"

曼华笑且嗔道："你没得胡说，那厮在府中如此无状，难道摄政王还能容他？"

周浔道："摄政王哪里晓得这些事？并且元杰凶横，没人敢惹。只有现为步军统领的国兴还能折服他，但是国兴又不常在府中，所以元杰醉后竟敢如此无状哩。"

不提两人说话间，逡巡逶转，行至岔路，匆匆分手。且说周浔次日早饭后，先命人将丰盛寿礼送入府中，坐了车子到荟芳园瞧时，只见曼华早已结束停当，身穿青衣，脚着小靴，活脱便似个清秀书童。于是两人笑了一回，即便同车直奔摄政王府而来。

说也凑巧，恰值那王胡子在府门照壁前衔了一根毛竹旱烟筒，一面吸得烟气腾腾，一面瞧着许多扫夫在那里洒扫甬路。望见周浔车到，便笑嘻嘻跑将来道："周爷快来吧，那会子王爷见了你的寿礼甚是欢喜。临出门时吩咐在西客厅中准备酒筵，请你陪几位客人便酌。少时，也就快坐席了。"说着，瞭了曼华一眼，却一咧嘴儿。

曼华方由车辕上跳下来，服侍周浔下车，王胡子又笑道："周爷你这个小管家是新来的吗？这么漂亮的小脸蛋儿，你留在身边是玩的吗？"

周浔笑道："不要取笑，俺今正有点儿事托你。俺这书童是乡下孩子，没见过什么。少时到府中，你领他到各处逛逛如何？"

王胡子忙笑道："当得当得。"因向曼华道："兄弟，你跟老哥哥只管逛，逛饿了，有你吃的；逛渴了，有你喝的；逛困了，你便陪老哥哥睡一觉。如今你新来乍到，老哥哥无以为敬，你且闹筒关东杆吧。"说着，用袍袖抹抹烟筒嘴子，直递过来。

这时曼华仔细一瞧王胡子，不觉好笑，只见他身材高大，一张赤红脸膛，衬着一部卷毡似的白胡子，倒也颇有胎貌。秃着头儿，露着亮澄澄的脑门。穿一件灰布长袍，下面是长筒高袜，跶着双挖云福履。胸怀上却滴溜嘟噜挂着一大串，光怪陆离，只管闪闪放光。细望时，串儿上除牙签胡梳之外，还有珊瑚枝、翠圈儿、古钱、象牙刻的指顶大的小猴儿。又有个极小的压葫芦拴在串底。但是那筒烟，倒却把曼华吓了一跳，不但那烟气臭辣，噎人气息，便是那烟嘴早招得曼华心头作恶。原来一支白子玉烟嘴，已被他口气浸熏变作灰黄颜色，上面的多年牙腻，俨似鳞叠。闹得曼华正在连连摇手之间，恰好有个华服小厮从府内跑将出来，冷不防从后面照王胡子秃顶上便是一掌。大家一阵笑乱，这才将那筒烟给混过去。于是王胡子转身引路，一面走一面却向曼华笑道："兄弟，你总算有点儿眼福儿，来得真巧，今天恰值府中仆人们扫除后花园，你可以混入瞧瞧。那花园便在王爷内院的后身儿，除了马元杰在园的东跨院中值夜之外，平日价一切闲人是到不得园中的。"曼华听了，暗喜之下，连忙唯唯。

漫表周浔逶入府门，自去向西客厅中吃酒陪客。且说曼华跟了王胡子，一路留神，就府中各处游逛一回，但见院落层层，轩堂连延，加以花木深邃，楼阁掩映，一时间虽记不得许多道径，但是大概望去是七层院落。须臾趱入一条箭道，却又见靠箭道西边有一层院落，从很高的垩字围墙外，便望见里面屋宇耸然，十分峻丽，并隐隐闻得有妇女们笑语之声。曼华见那层院落越发气势，便料是摄政王所居之院，因漫问道："王伯伯，你瞧这靠西的院落多么整齐，莫非是处大庙吗？"一句话，不但王胡子笑得打跌，便连箭道中来往扫后园的仆人们也都笑嘻嘻驻了脚步。

王胡子抹抹眼泪，方说道："呆兄弟，你倒会说怯话。王府中会钻出大庙来吗？这院落便是王爷住的。此间不是乱吵的，快些走吧。"正说着，恰好有人来寻王胡子，王胡子因向众仆人道："这个兄弟是跟周爷来的，你们便领他到后花园中逛逛，你们登高爬下的，却不要领他上去，吃了跌，不是要处。"说着，匆匆自去。

这里仆人们都是些好玩的，见曼华怯生生的，正好凑趣，于是哄然向曼华道："兄弟你逛了这等花园，也好回家向妈妈说古去了。如今俺们正要扫园中的平台，快来逛吧。"

曼华听了，连忙唯唯，跟大家趱了百余步远，已入园门。抬头望时，里面端的是繁花如锦，亭轩池沼，幽靓窈窕。一处处苔径透迤，一带带曲栏掩映，说不尽的繁华富丽。靠北向却有一座高台，上面轩室翼如，杂植花卉，台额大书深刻着"延禧"二字，便是摄政王燕息登眺之所，对南向一带雕墙，十分高峻，便是摄政王所居的内院后墙。

当时曼华跟大家直奔那台，却一面走，一面留神道路，故意愕怔怔地东张西望，招得大家都笑。须臾来至台下，便有一仆人道："方才王胡子说得不错，这么高的台跌了人家不是要处。"因向曼华道："兄弟，你在此坐牢，不要走动迷糊了，少时同俺们出去就是。"

曼华笑道："这么矮的台，哪里算高？俺在乡下上山攒树，都不会吃跌，只管坐在台下怎的？"

众人笑道："既如此，你就跟俺们来到上面，却不要害怕。"

说话间大家登台，那曼华且是走得煞溜，众人都笑道："看不出你倒是个伶俐鬼儿。"须臾到得台上，众人自去扫除，这里曼华且不暇瞧台上光景，先向四外张时，但见全府房舍豁然在目。园北墙之外却是一片空草地，并有好多的树木，便是王府的后身儿。那所在早经曼华踏看过，便不去理会。转向南望时，雕墙内的许多房舍并天井甬道等，也都约略可辨。其中一层主房，尤为高大宏丽。曼华料那房便是摄政王的寝室，凝眸间端详好入去的路径。再向园东向瞅时，却有个掩着的角门儿。角门那边是一跨院，也十分宽敞。曼华想起王胡子说的值夜的话，料那所在便是马元杰的住处。怙惙一会儿，转向园西向望时，却见一般地也有处宽敞跨院，其中一列房舍，较为低矮，门儿上都包铁页，又是密柱铁窗。院中悉布平沙，十分净洁。

曼华正要向众人问那西跨院是何所在，恰好王胡子踅将来，望见曼华在台上哩，连忙招手，曼华趋下。王胡子一面拖了她便走，一面道："你好大胆，那雕墙里面便是王爷的住院，倘有人望见生人在台上，还了得吗？一到夜间，除了值夜的马元杰，便是府中人也不敢到这园中哩。"说话间，来至西客厅前，只见酒筵业已将散。

漫表当时周浔领曼华出得王府，又到荟芳园中小坐一会儿，方才踅去。且说曼华既踏明王府中的一切路径，心喜之下，只待届寿辰夜间，趁府中轰饮热闹，疏于巡逻时，便去行事。于是托言抱病，便是周浔来时也不出面。

及至摄政王寿辰之次日，北京中忽地哄传昨夜王府中进去捷盗，连护卫马元杰都被人家缚在椅儿上，并险些不曾烧掉那话儿，大家都说他是淫恶之报，却亏得守夜的五虎将军赶出捷盗。刻下摄政王震怒，正严谕步军统领侦缉捷盗哩。

原来王府后花园西跨院中却是狗槛，里面养着五只吉林猛狗，那狗都有牛犊大小，细腰长腿，捷疾如飞。并且毛色各异，有的长毛毰毸，赛如狮子，有的虎纹遍体，便似山君。其中有号为照夜雪乌云豹的，更为猛鸷，数丈的高墙，一跃便登。却更有一桩异性，扑搏时绝不吠叫，便如蟋蟀般斗胜时，方才大叫。那狗都是吉林异种，摄政王在关外时选购得来，以备打猎之用。及至入关，仍有人来献这等狗，摄政王便命人养在狗槛中，白日牢闭在室内，入夜方放出守夜。

当时周浔既闻得这哄传，便来告诉曼华，并笑道："俺想那捷盗定是和马元杰有仇，缚他在椅，想割掉他那话儿。想是未及动手，便被狗搅散。但是这捷盗竟敢夜入王府，真也是个角色哩。"曼华听了，只好咯咯一笑。

这捷盗不须作者来废话，诸公自然晓得是曼华了。但是她入府行刺，是怎生光景呢？原来曼华当摄政王寿辰之夜，起更以后，即便结束伶俐，带了利剑并镖囊应用之物，外罩一件黑色女衫，假作跑街卖婆模样，出得荟芳园便奔内城。

这时街坊上还自灯火如画，车马如沸。曼华晓得时候尚早，便一路从容行去。不多时，到得王府那条街坊，遥见府门前灯火都熄，已自静悄悄的，只有几个下夜的卫兵还在那里晃来晃去。再听府中优戏亦止，唯微闻更柝响动，已交三记。曼华料得府中人静，便取路直奔后花园的后墙。方踅到拐角之间，忽见眼前篝灯一闪，旋复黑暗。曼华忙伏向墙角黑影中，趁星光偷张时，却是两个更夫，各提铃柝并篝灯，从后墙边踅将过来。一个便道："喂，老二呀，今天真倒霉，看着人家大吃二喝了一天，自家连口剩汤水都没呷着。休要说是寿桃寿面，那管厨的王八蛋，连撤下的席面都折了去送他小妈儿去了。还亏得那会子被我冷不防偷了他两壶子酒，灌得我这会子还有些肚胀，又有些驾云似的，两只鸟脚也作怪，迈出去就画圈儿。你且慢走，等我歇息一霎。不然，大黑夜里，栽倒跌杀了，好歹也是个苦性命。"说着，一溜歪斜便奔墙角。

慌得曼华一矬身，正在黑影中手按剑柄。后面那更夫却推了醉更夫，一面走一面道："你瞧你这没出息样儿，那会子马回回在后园东跨院中，醉得乱耍大刀，直撒酒疯。你这光景，倒好和他凑对去了。"曼华听了，暗喜机会凑巧之间，两更夫已自踢踏而去。

这里曼华倾耳园中，唯闻风鸣树动并秋蛩乱叫。原来这时为初秋之候，天气郁热，正是秋虫当令哩。当时曼华不敢怠慢，逡巡间踅到墙后，一面倾耳一面端详那墙的一处，里外价恰有两株大树，上面枝柯茂密，都接连作一处，隔墙对峙，相距约有丈余。曼华暗笑道：看来府中护卫人们也都是没用的角色，像这墙内外的两株树，不分明是夜行人的阶梯吗？想罢，就墙树下略一矬身，哧哧地爬上树去，就枝叶浓处隐住身体。

向园内张时，但见星光动地，静悄非常。唯有东跨院内尚自灯光隐隐，上浮檐际，望向西跨院中，却黑洞洞的不见什么。曼华一面张望，一面暗想道：马元杰这厮虽是更夫说他吃醉了，倒也不可大意。且待俺先到东院中张张光景再做道理。

想罢，一径地从树上跃落墙头。一伏身儿，施展出飞蹑能为，便似一道烟由墙上飘落东院。先瞧那角门，都是虚掩的，夜行人讲的是入去时先备出路。当时曼华奔去，轻轻地开了角门，方要转身，却闻靠北正室内啪的一声，有人跺脚，吓得曼华一面按剑准备，一面转身听时，不由好笑。原来这时正室内灯光明亮，并且鼾声大作，曼华料得马元杰是果然醉卧，于是放下心来，奔向那正室门一瞧，可巧那门也是虚掩的。曼华一面留神，一面悄悄地推开那门，方要入去，忽见门槛边亮光一闪，低头瞧时，却是一柄绝好的折铁钢刀丢在那里。曼华伸手去拾，不想倒粘腻腻闹了一手酒秽，气得曼华踢开那刀，向门框上抹去酒秽。暗想更夫的话果然不虚，马元杰真个是舞刀醉闹。这厮既醉得死狗一般，不如乘势缚牢他，免得他万一醒来，来碍手碍脚，俺只取凶王的首级，要他这狗头做甚？想罢，拔剑在手，蹑入室内，先剔亮外间案上的灯，用剑锋挑落东里间的软帘儿，一个箭步蹿入去瞧时，不由登时倒退两步，百忙中反倒没法摆布起来。正是：

　　　　未探龙渊，先入虎窟。
　　　　彼何人斯，厥状迷目。

　　欲知后事如何，且听下回分解。

第二十回

斗猛犬夜探王府
颁上谕下嫁奇文

　　且说曼华蹿入东里间，一瞧马元杰醉卧的光景，反倒没法摆布。原来元杰并没睡在床榻，却四脚哈天地仰睡在一只光漆宽凳上，并且因天气郁热，脱得精赤条条。别的还不打紧，唯有那件不雅相的物儿，因醉后昂然峻作，好不眯人眼目。凳边高几上明烛高烧，壶樽盘箸之类还没收拾。又有一条很长的丝腰带拖在凳下。

　　当时曼华乍见此状，又气又笑之下，就要挺剑去斫。又一想，他若嘶叫起来，反误了正事，略一沉吟，便忙去拾起腰带。这时也顾不得那物儿眯目，便将元杰连凳儿束缚停当。可巧束到那物跟前，还剩了二尺多长的腰带，曼华随手向高几上一抛，趄转身匆匆便走。方一脚踏出东院角门，来至那延禧台上，正要拾级登台，先听望雕墙内的动静，不好了，但闻背后嗖的一声，便有一条老长黑影如飞扑到，曼华忙回望，摆动那剑，亮光一闪，趁那来物向后略退，方瞧清是只猛狗的当儿，忽闻背后声如豕突。曼华未及转身，对面那狗一个悬跃式又已扑到。曼华略闪身影，飞起一脚，正中那狗颔下。那狗一个后坐儿，退却数步，正在那里抖起毛尾巴，团团地打了个旋儿。这里曼华已觉似有几只毛手乱糟糟地抓向臀背，忙侧身旋步，用剑斜掠去，一面急瞧，却又是两只猛狗扑到。曼华骇怒之下，忙舞动一片剑光，托地卷去。原想斫杀一只，惊走其余。无奈这等敌人便如而今的杂牌军队一般，对敌虽不足，捣乱则有余。当时三只猛狗横蹿竖跳，大闹良久。曼华一面挥剑，一面又恐它们狗仗人势，乱叫起来，惊动人众。正思量登台去暂避其锋，恰好来至台阶之旁，曼华用一个风扫落叶式，一矬身泼开剑光，拨退三狗，急转身方要登台，忽见那台的石雕栏边似乎蹲着两只石狮子，便如踞高观阵一般。曼华暗想那日跟众仆人上台时，并不见这对狮子，莫非是近日添设来以壮观瞻的吗？百忙中不暇理会，方要拔步，忽见眼前黑影乱窜，不但那退却的三狗又已抢向身后，便

252

连那台上蹲踞的两物也如飞驰下。曼华瞧时，却又是两只猛狗，并且越发凶实，一个是长毛披拂，一个是通体雪白。那长毛的还项系短链，驰走时哗啦作响。闹得曼华急忙返步，一面团团抵御，一面趋向后墙边高树之旁。正想且跳出墙去，再做道理。哪知雪白的狗且是狡猾，竟自先趋墙边，人立作势，来了个留客住的光景。曼华大怒，一面就树下抵御四狗，一面正想掏镖打去。不好了，忽闻东跨院内硪啪磕撞，似乎是马元杰醒来，挣扎捆缚的光景。这一来曼华料得势不可留，逡巡间即便跃登高树。从那接连的枝柯方才蹿到墙外树上，早闻得五狗齐吠，声如潮涌。这一来不打紧，但闻府中人众递呼有警，顷刻间火燎光影已自四起。于是曼华不敢急慢，只好叹口寡气，忙下树，悄悄趱回荟芳园中，业已将交五鼓时分。

这里王府护卫们各抄家伙，灯笼火把撞入后园，大索良久，却没人影。及至趱向马元杰室中瞧时，不由大骇。只见他连凳儿倒在地下，几上烛檠翻倒，倒有一条烧痕，直到几沿。那条丝带还在烧着。说也凑巧，恰烧到那物儿根下，已自焦毛烂皮，那元杰兀自沉睡未醒。原来这日元杰饮酒过醉，自被人捆缚，以致刮倒烛檠，直烧至所以然上，他一总儿都不觉得。但是睡梦中也觉痛，所以连凳挣跌。当时大家七手八脚与元杰解缚，唤醒他问他园中大闹之事，他一概不知，唯有那五只猛狗还向着园后墙外汪汪乱叫。大家料是有捷盗入府，便去禀知摄政王。所以次日北京中便哄传起来。

当时曼华见举事不成，只得另寻机会。有几次想混身入府，于中取事，却又恐太为冒险。过了些日，曼华因闻得摄政王往往到雍和宫中与兴佳盘桓，正思量同周浔到雍和宫游逛一回，踏踏道路，再做理会。事有凑巧，一日，周浔却笑嘻嘻地跑来，说是今晚要请一位贵客，立命曼华整备盛筵，并命红术、香云靓妆以待。

入夜时，荟芳园中万灯齐明，一处处铺设得锦天绣地，就一处广厅上摆下酒筵，红香两人都凝妆等候。周浔见一切停当，便坐了车子，亲去邀那位贵客。这里曼华准备接待之下，只认周浔是请什么权豪贵客，正和红香等相与笑语，忽闻园外车声辚辚，须臾报客到，便见两盏纱灯，引着周浔并一个身着黄衣、面蒙纱巾的客人进来。这里曼华领了红香等方才迎下厅阶，那周浔已笑吟吟抢行两步，与那客揭去面巾。曼华瞧时，不由喜动颜色，原来那客非别个，正是兴佳那秃厮。因为周浔久与兴佳厮熟，偶和他说起红香等房术之妙，兴佳虽久闻荟芳园的大名，却不晓得内有会房术的尤物，及听周浔夸说，又自家恃有房术，所以便来取个乐儿。

当时大家彼此厮见，入厅就座。笑语一回，茶罢后即便开筵，曼华有意拉拢兴佳，便嘱红香等殷勤招待，自己奉过酒，客气两句，即便踅回静室。这里周浔和兴佳左拥右抱，开怀畅饮，直闹至莲漏三下，方才各抱一枝，去寻乐趣。只苦了红术为兴佳所得，竭力抵挡之下，又施展出双刀杀龟的一套妙法，方才将个硬挣挣小兴佳弄得蔫头耷脑。从此兴佳也遮遮掩掩，时向荟芳园踏脚。曼华却随意应酬，不即不离，便从容向兴佳一说欲往游雍和宫之意。原来这雍和宫自修起那慈福阁为皇太后祈福之后，因为是奉宸重地，便不许闲人游逛。男子都不许踏脚，何况妇人家呢？当时兴佳欣然应允。

过了两日，曼华跟他入去瞧时，只见里面一切的庄严建筑果然雄丽非常。曼华一切都不理会，只暗暗记清里面的曲折道路。须臾，来至后殿，只见盘花石础，殿柱五楹，那座殿修得好不壮丽。但是雕漆各门深深掩闭。曼华听得兴佳说过，那后殿便是什么欢喜佛的秘殿，便不去理会。逶巡间和兴佳踅入那殿旁的跨院中，只见里面花木幽静，房舍窈曲，又是一番光景。兴佳的方丈后面，便是那座高矗天半的慈福阁，端的是辉煌耀目，便如蜃气吹成一般。曼华暗喜得此机会，便想趁势探明阁中的光景。因为常听兴佳夸说摄政王每到庙中便在这阁上和他谈天儿，将来遇有机会，大可就此行事。当时曼华留神行去，眼观阁后面，不远的便是一带高墙。墙外面有些树木，树木尽处，便望见人家的房舍，料那高墙外便是庙后，且喜道路颇为方便。又见阁后有几架绿叶翠梗的西藏葡萄，又有几色异样花卉，料是从西藏移植来的，都开得红红紫紫，花山一般。于是曼华逶巡间趋向阁后，略一沉吟，却一面掐了一朵花儿，簪向鬓边，一面却笑道："这花儿开得好俊样，且待我到阁上去照照镜儿。"说着，拖了兴佳转向阁前。

兴佳却笑道："你要照镜子，且到俺方丈中歇坐，这阁门寻常不开，只有王爷来时方才启锁哩。"说着，便奔方丈。可笑曼华憋了个透鲜的巧招儿，想要上阁去探探光景，却被兴佳一语轻轻拦住。

当时曼华跟兴佳入得方丈，不由好笑。只见里面铺设得锦绣眯目，壁衣藏毯，灿烂生辉，不但经卷蒲团皆所不具，并且案有棋奁酒具，壁挂琴笛笙箫，靠北向，一张螺钿描金宽榻，上面是流苏高揭，衾枕灿然。靠东向是复室的门儿，绣帘窣地，且是幽靓。也是曼华活该又白费一番手脚，却于无意中，得了个行刺的机会。

看官你道怎的？原来当时曼华就方丈中落座，正要设法撺掇兴佳去开阁门，却闻得人报步军统领国兴到来。这一来便是兴佳也未免慌了手脚，因为维摩室中，天女在座，似乎有些不成体统，于是一面匆匆出室迎客，一面令曼华闪入复室。那曼华刚一脚迈入，早闻得国兴在院中大说大笑。忙从帘隙向外张时，只见国兴业已雄赳赳地踅入方丈。曼华虽久闻国兴勇名，却不曾见过。这时见他精悍之色溢于眉宇，果然名不虚传。正这当儿，便见国兴和兴佳相与落座，侍者献茶退出，两人即便高谈阔论，无非是些寻常酬酢的话。

曼华正听得有些不耐烦，忽闻异香沁脑，曼华以为是外间焚的香，也没理会，哪知那香气且是作怪，钻入鼻孔，便令人浑身软洋洋的，有些春心缭乱的光景。曼华诧异之下，寻觅复室内，却见靠窗扉几上焚着一炉藏香，忙走去熄灭了。正在暗笑兴佳作怪之间，却闻国兴在外面耸起鼻儿，只管咻咻地嗅，少时却笑道："和尚，你这种香赶紧地多制些，准备进御吧。俺今天听得一个稀奇消息，说是皇太后老兴发作，要下嫁俺家王爷，业已命内务府大臣并礼部官员准备下嫁的典礼。过几日，皇上还要亲下诏谕，以重其事。俺又听说下嫁那日普天同庆，宫内铺设便如万寿的光景，并且摆出全副銮驾去迎俺家王爷入宫成礼。你这香寻常价不过奉承俺家王爷，如今把去奉承皇太后，岂不甚好？再者和尚你还有件兴头事儿，俺又闻得皇太后嘉礼告成之后，还要命俺家王爷躬赍御香，到这里来替她老人家祈福，单是这次的香资，也就够你快活些时了。"说罢，哈哈大笑，即便告辞而去。

这一来，听得曼华又气又喜，气的是满洲人们举动乖理，叔嫂之亲还不足意，居然还要亲上加亲。喜的是机会可乘，如能俟摄政王入宫成礼时，就道中刺杀他，岂不爽快？沉吟间出得复室。须臾，兴佳送客踅转，便向曼华笑道："你没听得国将军说吗？如果摄政王真个来替太后祈福，这庙中定有一番热闹，可惜你一个女人家不便来瞧。"

曼华趁势道："那国某的话俺就不信，难道皇太后和摄政王都这样的悖晦，不顾伦常吗？"

兴佳笑道："人家皇家自有制度，你哪里晓得？"

不提当时两人说笑一回，即便各散。且说曼华一路怙惚回头，虽可惜没探得慈福阁内的光景，且喜闻得太后下嫁的机会。方入得荟芳园经过红术房前，却见红术送出一个客人，那客人虽生得形状猥琐，却服饰甚都，身穿箭袖长袍，脚着皮靴，行步间十分伶俐，似乎是个京营军弁模样。望望自己，又回头向红术一笑，即便匆匆踅去。曼华一向见了寻常客人都不去理会，当时也没在意。

过了几日，周浔踅来，曼华向他问起自己所闻国兴之语。周浔道：

"不错的，刻下宫中为准备太后下嫁的典礼，业已忙得人仰马翻，并有大礼成后大赦天下的消息。若说此事诚然有点儿不大合理，虽是太后摄政王龙心已定，授意朝臣，可笑那个范圣人也模模糊糊，跟着大家胡闹起来。前些日俺听人说，他和洪阁老等，大家斟酌，连上了两道本章，第一本先说摄政王功高望重，德迈伊周，皇上宜以殊礼相报。第二本便开门见山，说摄政王自负扆而朝以来，总揽国政军事，费尽心力，以报皇上。既待皇上如子，皇上亦应事之如父。况叔父古称犹父，今摄政王新赋悼亡，皇太后又寡居无偶，宜请父母合宫同居，晨昏定省，以尽我皇上以孝治天下之道，庶阴阳化洽于宫中，而怨旷迹绝于天下。这道本上去，你猜怎么着？皇上批下来，居然准了。俺闻得过两日，皇上还要降道上谕哩。"

曼华听了，只剩了咧开小嘴合不拢来，便唾道："也没见皇太后这样的老没正经，俺就替她发愁，她和摄政王真个那么着了，舒眉展眼的怎的见那皇上儿子呢？"

周浔笑道："自古以来，帝王家惯出这些被窝里耍铁锹乱铲的事，这又算什么呢？倒是俺听说迎接摄政王入宫成礼之日十分热闹，咱只等开开眼儿就是。"说罢趱去。

这里曼华一面探听消息，一面自做准备。过了几日，周浔笑吟吟趱将来，却袖出一纸抄的上谕，以示曼华。那上谕道：

朕以渺渺之身，托诸兆民之上，抚有夷夏，以承天麻。内赖圣母皇太后之训迪，外仗皇父摄政王之匡扶，得免陨越。唯是开基践祚，皇父功多，而皇父至德让国，功成不居，朕衷弥切不安。然崇德报功，古有明训，况以皇父德迈周召，功轶桓文，诸王贝勒、六部九卿等合词吁请，咸谓父母不宜异居，孝亲尤贵养志。其言合道，深惬朕怀。谨择于某月某日，恭请皇父母同宫合居，恭行典礼。着礼部鸿胪寺，敬谨将事，勿负朕诚心孝奉之至意。钦此

说到这里，作者有几句平心之论，却不知对也不对。像太后下嫁摄政王这件事，据说着曾载入《东华录》中。到了乾隆年间，有位大臣是个理学先生，以为这件事不可以载笔，经他上疏，方才删去。由此观之，下嫁的事并非出于野史无稽。揣情度理而论，或是满洲人初入关时，犹未改部落粗犷之习俗，于伦常男女间不甚分别，以致有些悖礼谬举。再不然，或是吉特氏因世祖冲幼，摄政王跋扈，欲坚国基而杜乱源，遂有此不得已之

作用。不然，太后欲宫中行乐，岂少面首之人？何必这样筛锣打鼓，一定要个老小叔子呢？至于摄政王，枕席间又岂少如花少艾？又何必冒大不韪，甘去当这陈平呢？这其间，总是因国局的关系，才不顾伦理，模模糊糊便被大家搞了这么一下子。但是因此事却惹起许多野史乱谈，有的说吉特氏娇艳无伦，有满洲美人之目，在关外，便曾幸侍卫邓侉子。又说是洪承畴之降清，也多亏了吉特氏去诱惑他。还有可笑的，竟说摄政王久存叔带窈后之心，皇太后怕闹穿了不好看相，所以委委曲曲下嫁于他。此等无稽之谈，大概是清初的遗民故老，一肚皮亡国之恨，无可发泄，随口地丑诋满洲，这还可以说是心有隐痛，故作丑言。不料阅世二百几十年，还有个自命熟于掌故的老先生，写些个短篇小说，专以丑诋满洲宫闱为事。不是说这个皇帝扒灰，便是说那个皇后养汉，说得有头有脑，就像他老人家亲眼见的一般。其实他祖若父，早已做了大清的百姓，他又有什么隐痛？不过那时节革命排满的热气方冒得比天高，他为迎合一时人的心理起见，拿着很好的一支笔，甘为老和尚骂街，也可谓尽文人无赖之极致了。

闲言少叙，书入正文。且说曼华见了这纸上谕，只剩了咯咯的笑，因见摄政王入宫成礼之日为期不远，唯恐周浔前来厮混，不便做事，便仍然托言抱恙，独处静室，却时时易装潜出，探听一切。正是：

鸷鸟欲奋，先须戢翼。
博浪椎秦，在此一举。

欲知后事如何，且听下回分解。

第二十一回

驿路伏桥再击不中
梵宫值夜三刺称雄

漫表这里曼华准备着届时行刺，且说那太后下嫁的上谕一下，登时轰动偌大北京，谁不想瞧这空前的热闹儿？凡摄政王入宫经过的街坊，都要悬灯结彩，由王府直至朝门，一概地净街洒道，并由步军统领派京营兵弁分段巡察，因是喜事，特许军民人等纵观不禁。这一来不打紧，凡临街的楼房高阁，不要说茶馆酒肆，观众们都先期去订座位，便是人家和商店的临街楼阁也都出赁，以容观众。有的便呼朋啸侣，预邀宾客，先一日价便满街上大事扫除。又有些銮仪卫的人众，并京营兵弁们来来往往。至于宫中和朝门外的一切铺张，都用万寿的典礼。不过所题的匾对等，将寿词改作婚词。先一日，宫中朝外便悬起几万盏奇巧彩灯，便如鳌山烛龙一般。及至婚期，百官人等凡在执事之列的，起五更便整冠束带，趋入将事。至于摄政王府中，一般地异常热闹，自不消说。

你想这样有趣的大热闹，那周浔如何还稳得住屁股？本要携曼华同来观看，无奈她在病中，只好自己选了一处高大楼房且去观看。那楼却靠近一座街桥，颇得地势。当时周浔上楼去，早见街两旁挤挨的男女观众业已人山人海。遥望摄政王的来路上，但见人骑纷驰，红尘四沛，大概是些接迎大驾入宫的官员们。这当儿时当正午，赤日当空，扬辉吐彩，晴得连点儿风丝也没得。不多时，先踏过两队净街的兵弁，一色的明盔亮甲，身披红绸，徐驱而过。大家晓得摄政王业已起马，不由都趋向桥旁，想据高地，一阵价你拥我挤，其中又夹着些妇女们。周浔眼光四瞟之间，却恍惚见曼华身影一闪，以为是相似的妇女们，也没在意。

正这当儿，便闻远远的画角悠扬，夹着一派的笙箫细乐，便有八对压街的对子马徐驱过来。上面都是摄政王府的长大护卫，一色的红青马褂，箭袖长袍，翎顶辉煌，胁下佩刀，胸前是十字披红。大家见了，不觉拥挤势定，正在相与翘首，只见日色昏晕，却簇起一天风气。大家相与议论道："看来钦天监的官儿，要寻晦气。这等大礼，如何诹择这等日子？"便有笑的道："今天倒是天月二德绝好的黄道吉日，但是今天龙虎会合，自然要起些风云哩。"相与笑语之间，便见桥那面来路上尘头大起，先是迎驾的许多官员并诸王贝勒、宗室人等，按辔驱过，随后便是步军统领国兴领京营将弁摆队趱来。一时间，寂静无哗，但闻马蹄蹴踏之声，流水似方都过桥，后面的全副銮驾仪仗业已如火如荼云片似直盖过来。就这一片扰攘之中，却见有数十名黑衣卫士，一色的短衣劲装，由王府护卫马元杰率领着，步行趱来，就桥上巡视一番，然后扬刀领众，大踏步趱过。原来这等卫士是王府中养的扑跤健队，都是捷逾鹰隼力拉牛象的角色。

这时，楼上周浔并众观者正在翘首凝神，目无旁瞬，便徐闻警跸之声并一阵价仙乐缥缈。须臾，乐官人等并鸿胪寺执事人员一档档过去后，又是十六名跨马的宫监各执提炉，焚起了水沉龙涎，端的是香溢衢路，一片氤氲。宫监过后，却是两辆极华丽的大鞍车，车上面结满彩球，又有四名小宫监步行跟车左右，望向车内，却坐着两个白白胖胖的满洲妇人，都有五十多岁，很有个气度儿。大家见了，不由又悄悄议论道："王爷带的这两个老妈儿，倒也颇有气度。"即有笑的道："老兄，你别说怯话了。这是宫内的掌家婆，单伺候皇太后的，想是因大婚盛典，遣她去接王爷的。这掌家婆便是保姆之义，在宫内好不气势，便是帝后那档子事儿，也须她允准了，方才行得哩。"大家听了，正在都笑，早又望见翠华摇摇，和鸾锵锵，有数名宫监拥定一乘金装玉裹的行辇徐驱而来。大家以为辇内定是摄政王，不要说桥旁观众肃然无声，便连楼房内的观众也都只剩了伸长脖子，目注桥上。这时，行辇前后还有数十名蓝翎侍卫，正拥了行辇趱至桥前。

众观者因为都要瞧瞧摄政王的仪容，不由你挨我挤，稍稍嚣动。慌得众侍卫连喝肃静之间，这里楼上周浔方才眼光一瞥，说时迟那时快，忽地唰啦一声响亮，登时由桥下冲起一个灰扑扑的大旋风，挟着尘沙，着地一卷，便如七级浮屠一般，轩轩然怒鼓有声，一径地扑向行辇。接着便风头一摆，扶摇直上，顷刻间大风遽起，尘埃四塞，连行辇并桥边人众都漫入一片风气之中。那街坊上高楼中的观众正在连忙掩面闭息之间，那桥上行辇业已一拥而过。及至风息大家睁眼瞧时，只剩了跟行辇的銮仪人们，一个个戴着鸡羽帽，披着绣花衣，有的还敞胸露肚，一溜歪斜，眯着眼直撞过桥。于是众观者都喊晦气，当即纷纷各散。

这里周浔也便兴致嗒然，方趱下楼，步上街坊，却闻后面有人呼唤。

回头看时却是曼华，由游人丛中有气没力地趔将来。青帕包髻，鬓发都乱，穿一身家常青衣裤，却闹了一身尘土。一见自己便笑道："你这人怎的毛脚？瞧热闹来便不等等我？"

周浔笑道："你真属猪八戒的，惯会倒打一耙。你说你病了，却又嗔我不携带你。"

曼华叹道："咳，不须说了，都是这阵浪风叫我白跑一趟。俺因你去后，怪闷闷的，所以也随后趔来。立得人脚跟发酸，正要瞧瞧这摄政王，却被一阵浪风给捆过去了。"

周浔笑道："不打紧的，过些日，他还要到雍和宫降香。那时咱们再瞧吧。"于是两人厮趁趔转，至岔路各自分手。那曼华却一步一叹，快快然趔回荟芳园中。

看官你道怎的？原来这日曼华一早晨谢却周浔来瞧热闹，便忙忙地换了装束，携了一柄药淬的匕首并药淬毒镖，一径地伏向此间桥下。本想是一击成功，哪知天意难测，当摄政王行辇到桥之时，却正值怪风发作，当时曼华两眼被尘沙所眯，睁都难睁，哪里还顾得行刺？这也不能说不是天意了。

漫表当时摄政王入宫成礼，自有一番热闹风光。且说曼华自那日趔回园中，懊恨气闷之下，不觉真个的病将起来。一连数日，只管啾啾唧唧，心神恍惚。越是惦念着摄政王降香之事，那病势偏时轻时重，总不霍然。虽不至一头病倒，却自觉精神大减。偏那周浔又时来报说摄政王将要向雍和宫降香之事，并言兴佳喇嘛怎的在庙中准备一切。说是降香之日，入夜后方和摄政王共登慈福阁，由兴佳诵密宗经典，为太后祈福。白日里还有打鬼的热闹，满庙僧众都须分班将事。这两日间，皇太后颁赐的香幡宝盖、御厨供品，都已一档档舁入庙中，好不热闹得紧。

原来这打鬼之说，是喇嘛教中的一样佛事，便是令僧人们扮作许多奇形怪状的厉鬼，就经坛前跳跃攫拿，坛上多设面食饽饽之类，群鬼做狰狞抢食之状，便又有一班僧众，都扮作天神韦陀并伽蓝护法等神，金盔金甲，执戈扬盾，由后跳跃而出。于是神鬼驰逐，闹得经坛前烟尘抖乱，然后神追群鬼，纷纷各散。这大概是仿古来大傩驱厉祓除不祥之意，这便叫作打鬼。虽是可笑，但那喇嘛僧们却很重视那坛上的面食糕点，以为这等糕点经佛法保护，人吃了是得神气的。事毕之后，便用以馈送相识人家。得着的，也便视为珍品。如今茶食铺中，有一种糕点名为喇嘛糕，便是仿照坛上面食做的哩。

当时曼华听了周浔的许多报告，虽是心下着急，也没奈何。又过得几日，且喜病势渐愈。这日傍晚时分，自在静室中用了一回趺坐静功，颇觉精神如常，便走下榻来，舒舒筋骨。逡巡间，就镜台旁瞧瞧面庞儿，似乎清减了好些，不由暗叹道：光阴真快，俺自临海镇和祁六公子等分手之后，满打算入京之后，不久定能得手。哪知凶人反得天佑，俺所行之事，一败于猛狗，再败于狂风。如今凶王降香，眼睁睁又是机会，偏俺又病得面庞儿都清瘦了。却又不知近些日凶王降香有无确信。早知刺杀凶王如此费手，当在临海镇分手时应当嘱咐六公子，回家葬事毕后，即便赶赴北京，俺好歹也有个帮手。不省得俺一个人儿跳独角戏吗？一时间想得怔怔的，只管对镜发怔。

看官须知，人的思绪一起，是不易剪断的。当时曼华因想起六公子，不但联想到伯通、跃鲤并魏耕、腾蛟、陆香儿等人，都一一回溯心头。便连那普陀山慧通长老临别赠偈之事也猛可地想将起来。不由暗诧道：那老和尚好古怪，怎的他那偈语中便有锦秋墩三字？俺今又居近锦秋墩，俺还记得临别时，大家都嘱咐俺到北京不要鲁莽行事，唯有六公子更为切切。话虽如此说，难道俺谢曼华北行一趟，便如此罢手不成？好歹的也要给汉人出口鸟气。但不知这时六公子现在哪里，倘得他来，便大有商量了。

一时想得没头没脑，正闷沉沉地瞧着榻头挂的佩剑支颐呆坐，只听室外有人笑道："你这次可不要怨我不携你去瞧热闹了，今晚上摄政王便在雍和宫祈福，真是热闹到云端里去。不要耽搁，快随俺坐车同去吧。"说话间那人跳入来，却是周浔。

于是曼华闻知所以，不由蛾眉一挑，登时觉精神暴涨，却软哈哈地仍坐下来道："俺认是什么热闹，便吓人这么一跳？你白日里瞧够了打鬼的热闹，只剩了兴佳秃厮念经，有什么好看的？俺便不去。"

周浔笑道："你瞧瞧，这又是我的不是了。这个热闹正在晚上，满庙中都点得烛山一般，你要去咱就快走。不然，摄政王大驾到庙，侍卫满街，咱就混不进去了。"

这时曼华一双水灵灵眼睛只顾乱转，目注壁剑，却良久不语，少时却笑道："不成功的，俺今天稍觉病好些，熬不得夜，你自己去瞧，明天俺听你说热闹吧。但是那摄政王几时才到庙呢？"

周浔听了，一面转身就走，一面道："大约也须三鼓左右，因为他今夜便宿在慈福阁上，所以他发驾甚晚哩。"

漫表周浔匆匆趱去，且说曼华既闻此信，不由精神大振。便连忙用过晚饭，方才掌灯时分，正要就榻少息，蓄足精神，恰值那俞保三跫来闲坐。原来俞保三虽是个青皮角色，为人却甚是伉爽热性，自被曼华折服之后，颇为恭敬尽礼。人家说得好来，光棍老了，便如久窨的烧刀子，火气都尽，颇复蕴藉可喜。所以曼华也便假以颜色。当时俞保三一阵价胡拉八扯，东一榔头西一杠子，直坐至将交二鼓方去。

这里曼华不敢怠慢，先将红术、香云叫到跟前，嘱咐几句言语，然后结束停当，穿了一身夜行青衣，佩起镖囊宝剑，对镜沉吟一会儿，不知怎的，只觉心头像忘掉一件事似的，就室中逡巡瞧望，却又坐在榻上。这时红香两人也不知不觉只管恋恋，有的去与曼华斟杯茶，有的去拉拉衣襟。三人一时间怔怔的，正在相对忘言，忽闻园中肃肃飒飒，飘起一阵夜风，吹得庭阶落叶只管窸窣。曼华忽地一笑站起道："是时候了，少时俺就回头，你们但准备酒脯，与俺贺喜。夜深了，恐还有大风，你们且将廊下的珍珠兰花盆儿移向室内去吧。"红香两人听了，忙要唯唯，但是不知怎的，喉间似有物噎住一般。

正这当儿，忽闻铮的一声，眼前白光一闪，急望时，却是曼华所佩的宝剑自跃出鞘寸余。两人见了，不由都倒抽一口凉气，忙劝道："娘娘两次去刺凶王，已经冒险，此次匣剑自跃，莫非不吉？还请娘娘慎重才是。"

曼华慨然道："这正是凶手授首，俺的宝剑渴饮国仇项血之兆哩。"说罢，纳剑于鞘，挥手便走。

不提红香两人送得曼华去后，且自惊惊耸耸静听消息。且说曼华出得荟芳园，趁着苍茫夜色，施展开陆地飞腾的能为，唰唰唰一路奔去。道经锦秋墩下，忽见上面丛树上似乎人影一晃，曼华略为驻足，忙拾石子打去。但闻啪啦一声，接着便桀桀大笑，即有一片黑影直刷过来。曼华忙闪，鬓角间早已挨了一翅膀，却是个老大的夜猫子，闪动两只碧莹莹的眼睛，由自己头顶上直蹿过去。这一来，闹得曼华颇为踌躇。仰视天空，但见疏星联动，却闻墩下草窝铺中有看青的人们掷骰作赌，一人便噪道："你瞧我这一下子，是一顺百顺，舍不得孩儿，打不得儿狼。要干，便是一家伙，只管三心二意怎的？"

曼华听了，恍如梦醒，正在咬咬牙儿拔步疾趋，却闻当啷一声，骰落盆内，众人哄然道："好了，你这下子真干着了，自己倒闹了个血鼻子。"

曼华听了更不去理会，不多时进得外城，直奔向雍和宫那条街坊。但见肆店都闭，行人亦静，只有几个下夜的老军将麻绳扎的破枪乱叉柴似的丢在肆檐角。大家却聚拢着席地而坐，一面谈天，一面却盹得呵欠连连。

曼华都不管他，就墙阴黑影中一路遮掩，先到庙门前，就斗竿石础后隐住身体。向外张时，只见庙门前灯彩都下，只有门洞内悬着一盏昏暗暗的莲花式的璎珞角灯。却有十来个长大护卫，歪歪跨跨分坐在门凳上，相与谈笑。

一个便道："喂，老威呀，今晚王爷是宿在慈福阁了。少时咱怎样打算呢？这么长的夜，白耗着却不成功。咱不要饶过兴佳秃厮，他庙中弄的好体面的鸡汁素面，咱大家扰他两壶子，消个夜儿，你道好吗？"

即有一人笑道："你老哥真是小庙神道受不起大香火。只这样扰那秃厮，却不便宜他？他地窖室内藏着些花不溜丢的小媳妇，都是一掐一股水的嫩人儿，小嗓儿跌在地下就摔三段。咱不会叫他领咱们到地窖中放放眼儿色、听个唱儿吗？"

众人听了，都各道妙。便又有一人道："你们不要胡闹，少时马爷就许趸转。他是个酒魔，听说咱大家吃酒还了得？倒是等会子消停些，咱扰他两碗面，还罢了的。因为王爷听说是住在阁内，说不定高起兴来，马上就要转去，咱吃饱肚皮，便不怕跑路了。"

众人哄然道："你没的说，王爷有甚高兴，便连夜转去，难道怕太后久候见怪吗？"

曼华听了，正在又气又笑，那人便道："你晓得什么？俺是听人家说，昨天王爷偶到谛慧那里闲谈，谛慧却说王爷面现晦气，须防惊险，并嘱王爷小心一切，三五日间不要出门才好。今天是为太后祈福，不得不出，所以俺怕王爷连夜转去哩。"

曼华听了，诧异之下连忙转步，一径地奔向庙后墙外伏听动静。墙外道路好在都是久已踏熟的，就着脚之处倾耳良久，但微闻那阁的跨院内还有人来往走动。须臾，也便静将下来。却遥闻阁内梵音徐作，甚是凄清婉转。一片灯光从第三层阁内射出，那第四层阁檐上却挂起一碗红灯，光不甚亮，却红得如赤日一般。阁窗里面，也微见灯光隐约，其余诸层阁内却黑黢黢的。曼华先拾石子抛入墙内，听了听没动静，便一耸身跃上墙端，两手攀墙檐，向内张时，但见后殿院内甚是静悄，却有一片灯光从殿内映出，照得满院中花木摇摇晃动，便似人影一般。于是曼华略一定神，翻落墙内，刚要直奔跨院，却又闻院里面有人走动，阁内梵音也便暂住。于是曼华一矬身形，转向后殿之旁。一面见那殿大开大敞，里面是灯烛辉煌，百忙中望不清爽，一面却暗想道：这会子跨院内人还未静，不如且待少时再为动手。周浔曾说今晚凶王在阁上听兴佳念什么密宗经典，想是还有一会子耽搁哩。逡巡间蓦入殿门张时，不由吓了一跳。正是：

诸天色相，不可思议。
无遮大会，皆大欢喜。

欲知后事如何，且听下回分解。

第二十二回

探经坛喜觇九龙帐
走高阁镖打马元杰

且说曼华入得殿门一瞧，不由吓了一跳。原来这殿内却塑着一堂欢喜佛相，一个个赤身交媾，备诸秽亵。都现出驴马似的淫根，并西方破烂莲花，有的卧交，有的立媾，最奇的还有魔女兽类等相互相连接。又有狰狞牛鬼，俯视一个姣丽魔女，方和一佛交接，自己却抚具嘻嘴，做垂涎之状。真个是千形万态，色相非常。此等欢喜佛相不知何所取义？有的说佛法秘密，如此装点，是本诸经典。有说藏俗好淫，喇嘛教尤多幻怪，西藏中的大庙宇内，如此等相，不一而足。国家为柔辑远人起见，所以雍和宫中也许设此等佛相以从其俗哩。

当时曼华唾了一口，正要转身出殿，忽闻跨院角门砰的声关了，接着便有人走动，忙伏身佛相后张时，却见两个小喇嘛揽肩抱背地趄入殿来，一面去剪烛花，一面呵欠连连。少时，一个道："真他娘的晦气，如今连王爷都快歇息了，咱住持还只管卖弄精神，南无摩诃地念藏经。依我说，咱们就此歇困一霎。少时，也快天亮了。"那一个道："这所在是睡不安生的，那马元杰讨厌得紧，咱快躲他远些吧。"说着，一路踢踏，相与趄去。

这里曼华也没在意，忙倾耳阁内，又闻梵声大作。于是逡巡出殿，到跨院墙边一瞧角门却是关的。料得角门内不远的便是兴佳的方丈，或有侍者等人，诸多不便。于是转身，沿院墙北向奔去，径从那阁的后身儿站住脚步，倾耳良久，然后一跃入院，就阁旁丛花下隐住身体。先向方丈中望时，但见窗际微闪灯光，间以鼾声。趄去就窗隙一瞧，只有两个侍者已在外间禅榻上睡得七颠八倒。于是放下心来，扑翻身便奔阁下。抬头一望，不由又略为踌躇，因为素闻周浔说起这阁的内外藏有机括，并说有个总机括，做得甚是巧妙，只要不去触动它，其余机括便不活动。

当时曼华就疏星光中仰望那五层高阁，但见檐列层层，窗排面面，便如一座玲珑宝塔一般，唯见第四层阁上那碗红灯形似火珠，因风徐动，任你有什么神眼，哪里去寻什么总机括所在？怙怩一回，却忽地暗笑道：我好发呆，他这机括大概是设在阁内，防备有盗窃潜入，这阁外窗檐栏楣之间，想也只如平常。今只须上得阁去，窥见凶王，由窗中飞镖入去，便可成功。倘窥不见他时，到上面再为相机行事。难道这小小机括，便难住俺谢曼华不成？想至此，雄心陡起，更不踌躇，便向后略退数步，嗖一声，用个轻燕斜掠式跃上第一层檐端，只用脚尖略为点地，觉得平稳，方才稳住身形，晓得是没得机括。于是层层上跃，直到第三层阁檐，刚要拔剑掏镖，恰好阁内梵声又住，忙鹭行鹤步，就阁窗灯光射处瞅时，倒险些儿笑将出来。原来里面阁正中，设有一处小小经坛，坛上灯烛辉煌，供起一轴欢喜佛相，画着个赤身魔女和一个青脸红发的怪菩萨，这时坛上香烟迷漫，有如云雾。兴佳坐在位子上，似乎是诵经疲倦的光景，亮澄澄的秃头上只顾滴汗。却有两个小喇嘛侍立于旁，一个给他捶背，一个却就坛旁面盆中绞起面巾，只管擦他那额汗。再望向阁内四壁间，但见陈设诡异，隐约的似有门户。曼华正暗忖那似门户的所在或就是设有机括的当儿，忽见壁间一轴画倏地自卷，登时现出个玲珑门户，却从里面趱出个绝俊的媳妇子，手捧茶杯，方迈出只尖尖脚儿，那捶背的小喇嘛连忙微笑，向她努嘴示意。于是那媳妇一笑却步，唰的声那轴画儿又自落下。这一来，招得曼华虽是好笑，却暗含着放了许多心，以为这等机括不过是藏贮淫娃，兴佳秃厮用以取乐的。好笑周浔，便说得十分凶实。不要管他，且去寻觅凶王了俺这件大事。

当时曼华想得得意，越发地精神陡长，便仍如前法，一径地跃上第四层阁檐。一路价轻身提气，先趋向那碗红灯下张时，只见那灯的大小不过寻常提灯一般，却用七八根精钢索链系在檐上很粗的横柱上。当时曼华也没在意，只顾了眼观四路、耳听八方，一径地巡檐趱去。那阁上窗子虽多，有的内安铜网，有的下了窗帘。直趱直阁右边，向一处窗内瞅时，不由暗道一声谢天谢地，连忙回手掏镖。原来阁里面高案上，华灯半明，金炉香烬，靠背面有张钿榻，上悬九华绣龙销金帐，帐帏半揭，望得分明。榻前地毯上，偎睡着两个小宫监，帐内却有一人，和衣而卧，秃着头儿，只穿一件天青色暗龙花纹的长袍儿，脚着黄皮挖云靴，却伸向帏外。又有一柄七宝镶鞘的宝剑置向枕函之旁。

你道此人是哪个？便正是那入主中夏、威凌盖世的摄政王多尔衮哩。原来摄政王自三鼓后即便到庙，因是清净道场，不便多带随从，只命军统步领国兴酌带兵弁，就雍和宫左近一带加班巡夜，以备不测。自己只带了十来个护卫，命马元杰领了，便到庙中，先和兴佳就前殿上焚疏通诚，闹过照例的礼数，又到后殿拜过欢喜诸佛，这才由兴佳引到慈福阁上，诵起了密宗经典。摄政王一路拜跪登降，未免劳顿，所以自到这第四层阁内盹息起来哩。

如今交代既明，且瞧谢曼华怎的刺杀摄政王吧。说到这里，便有明公笑道："不用瞧，摄政王是一百个不会死的。"作者笑道："你老先生真明白，请你不要给揭开这闷葫芦，还有好多的人来打闷葫芦。世界上事都要揭穿，便没趣一大堆了。"

且说曼华猛见摄政王真个是怒从心上起，恶向胆边生，一腔热血向上一涌，白亮亮钢镖在手，觑准摄政王的咽喉，方要从窗眼打将去。不好了，便闻背后脚步响动，唰一声便是个金刀劈风，好曼华，大惊之下更不回顾，只从斜刺里侧身拧步，趁势向风声起处便是一镖，可巧那人刀势收回，向上又举，当一声镖中刀头，火星乱爆，两下里各吃一惊。登时刀剑齐举，先自各护面门。这里曼华踏稳脚步，急瞧时不由大怒，原来来者非别个，正是那烧鸟不死的马元杰。这时却醉态跄踉，酒气可掬，手提一柄大环鬼头刀，只顾雪片似研将来。

原来马元杰跟摄政王到庙后，见没得事干，便自撞向街坊上吃酒，偏那酒肆中煮的羊腿肉甚是得味。元杰既醉且饱，又买了一包腿肉揣入怀中，跄踉趔回阁下。却见第四层阁窗外有个人影晃来晃去。元杰本是生愣性儿，没得算计，又在醉中，忽地想起自己被捷盗摆布的事，以为那人影定是那捷盗又来作闹。于是更不呼警，便绕向阁的后面，层层跃上，想冷不防地捉住捷盗，自己好叫个响儿。及至一刀研下，那人翻身交手，他方才瞧清那人竟是个绝俊的妇人哩。

且说当时曼华见元杰忽地撞到自己，所图的大事堪堪又要功败垂成，真是恨不得夹生地一口吞了元杰。于是挥动那剑，施展出平生本领，一团白气俨似闪电乱掣。哪知元杰亦自不弱，巧虽不足，力则有余，你看他撒开刀势，一路价纵横劈研，好不凶实。曼华见来势凶猛，不敢触他刀锋，只好以巧势制胜，便突地一变剑法，碎步趋风，只从元杰刀光中窥隙便刺。你想阁檐上能有多大所在，两人一路追逐盘旋，只好绕阁而走。妙在元杰酒气噎喉，一声不哼，只给他个纳着头哑干。两人堪堪地绕阁两周，又将到那红灯之下，这时却四外价一声喊起，不但阁下面火燎如昼，护卫都到，只顾用强弓劲弩攒射曼华，便连庙前后也都被京营兵弁围得铁桶一般，一片声大呼，只叫休走了刺客。原来当曼华和元杰动手之时，阁内摄政王与兴佳等都已觉察，便一面命人去知会庙内外的护卫兵弁，一面且躲向密室了。

且说曼华一面力战元杰，一面见众人都到，此时把心一横，殊无畏惧，便泼开剑势，拨得弩箭纷落如雨。那元杰见众人都到，却忽地放开喉咙，大喝道："呔！你这鸟婆娘，哪里走？那一日有人夜入王府，摆布我的鸟，想也是你这婆娘。如今休走，且吃我这一家伙。"说着唰一声打来一物。曼华急躲，随手接住瞧时，却是一包羊腿肉，膻腻腻地闹了一手。这一来不打紧，却忽地触动曼华心机，于是抛丢肉，向元杰虚晃一剑，回头便走。这里元杰愣怔怔地方向着红灯所在大步赶去，忽闻阁下有人大呼道："马老兄，莫放走刺客，俺国兴来了。"元杰略为注目之间，前面曼华忽地回身，左手一扬，这里元杰一声啊呀没喊出，早已撒手扔刀，往后便倒，顷刻咽喉间血流如注，两脚一蹬，竟自死掉。正是：

　　　　未犯龙鳞，先剪虎翼。
　　　　三刺功亏，嗟哉天意。

　　欲知后事如何，且听下回分解。

第二十三回

复国仇侠女埋壮志
验刺客军弁说真名

　　且说当时曼华镖打元杰，张得阁下众护卫越发地喊如雷震、箭似蝗飞。那曼华一面舞剑，一面退至红灯之下，便见国兴势如飞鸟，径由下层阁腾踔而上。曼华转怒，回手掏镖，方要觑准打去，忽一转念道：横竖已惊起大众，行刺不成，只顾和他们厮拼怎的？不如趁黑暗中逃走为是。想罢，仰首觑准，向那碗红灯便是一镖，这一来也是合当曼华捐躯报国，留下了不朽芳名。当时镖打灯落，阁檐上一阵黑暗自不消说。但是那系灯的七八根索链忽地哗啦啦一阵掣响，便如扭动什么机掞一般。曼华大惊，料是触了什么机括，方要纵身跳上阁顶再做道理。说时迟那时快，忽听檐的横柱上一声响，竟有老大的一面铜罩，由七八根索链系定，直罩下来。曼华脚下也便一沉，踏翻滚板，直由第四层阁上栽落在地。

　　说到这里，不必细述，因为细述来，不但诸公闹得眼泪鼻涕一大堆，便连作者也要泪随笔下了。总言之，一缕香魂返乎太虚，归之于浩然正气罢了。

　　且说当时乱定，便由国兴下得阁来，一面遣人去请摄政王前来验看，一面命手下人舁下马元杰的死尸，还恐刺客或有余党，仍命庙外的兵弁巡逻不息。正在闹得不可开交，摄政王和兴佳已自踅来。只见曼华仰卧于地，肢体稍损，面色如生，项下剑创，血痕犹溢。一柄血剑却抛于数步之外。料她是被跌力竭，自刎死掉。当时摄政王见这一个妇人家竟有如此本领胆气，敢来行刺，正在万分诧异，只见众护卫一个个瞧着那妇人尸身，不住耳语，便连兴佳也不住地手搔秃头，攒眉呲嘴地做出许多怪相。摄政王料是有异，便向大家一问所以，方知这妇人是北京第一名妓，豪华异常，人称华夫人，现住荟芳园中。手下还领着两个妓女，一名红术，一名香云，都有十分姿色。于是摄政王怒向国兴道："你瞧瞧，你当的什么差

269

事？辇毂之下，竟容有这等凶妓，不是她自家跌杀，不然我这脑袋儿恐怕还要戴不牢哩？"

国兴听了吓得脸儿都黄，正要命人去查抄荟芳园，只见由跟随自己的军弁中闪出一人道："这个妇人小人颇知底细，她并非什么华夫人，她是易名改装到京混迹，她便是往年时死守嘉定并刺伤豫王和祁六、魏耕等同伙大闹南京久经名捕的侠妓谢曼华哩。"

一句话刚说完，听得满场人众鸦雀无声，一齐注视曼华，便连摄政王也只顾仰天摸项，百忙中张开大嘴，言语不得。这时国兴忙向那军弁问明所以得识曼华之故，正要向摄政王自谢无状，只见摄政王忽地哈哈大笑，却一掌拍到自己肩上，道："哥哥儿，不要闹了，你瞧人家汉人妇女如此英雄，不愧杀咱满洲男子吗？俺虽颇闻她大闹南京之事，却不道她又敢到这里做这荆聂的行为。虽是不自量力，她这番殉义报国倒委实令人可敬。如今这尸身不要作践，可备棺木成殓，暂停庙中，便着她所领妓女红术、香云前来领取。荟芳园免其查抄，红术、香云不许逗留在京，听其适人自去。"国兴听了，连忙唯唯。

你道那军弁是哪个？怎的便识得曼华？原来那军弁便是上文书中所述的神偷侯明，自那日被胡伦一棒打昏，惊醒转来，只好自叹晦气，便一路流转来至北京。本想仍干偷摸营生，无奈北京大班上的人们都是眼明手快的角色，侯明一来不敢尝试，二来人地生疏，未免渐渐地混得墩了，只好委缩在一处破庙中，行乞度日。那破庙颇近街口，每日有好些载柴草的牛车来往，侯明早晚间便去捡拾遗柴。

一日傍晚时分，侯明又去趑脚，见柴车走过，正要动手，却见一个衣冠阔绰的男子摇摇摆摆，从一处横巷口走出，径从柴车后抽取了一段柴草，便入巷口边的公厕。侯明见了，不由心下好笑，便料这男子是个黑道上的朋友，因为用柴草拭秽是下游无赖人们的习惯，断没有衣冠体面人肯这样的。当时侯明只做不见，一面捡取遗柴，一面暗暗留神。便见那男子从厕内出来，四下张张，却低着头趑入一条短巷中。侯明忙蹑去张时，却见他走向一家草房前，回头瞅瞅，方才引手叩门。须臾，从里面趑出个妖娆娆的媳妇子，两人一见，即便各自微笑，那媳妇却猛伸一指，戳到男子额上，咬着牙儿道："你只管白来打搅老娘，老娘这里没开鸡毛房，你快剥下人皮，钻鸡毛房去吧。"说着，笑嘻嘻两手叉门。那男子却一低头儿，径从她胳膊窝下钻将入去，不容分说，翻转身拦腰便抱。两人一路厮逗之下，关了门儿。这里侯明不由越发心下恍然，暗料那媳妇一定是个窝盗的烂污女人。这时天光已有掌灯时分，侯明且不去理会，先到破庙中放下柴草，用三块断砖支起燎灶，将一天乞得的残羹冷炙并半壶子酸酒都煨热了。一面吃一面却盘算道："干鸟吗？原来北京也有这样的笨贼，只披件阔绰衣服，便瞒过行人的眼目。早知如此，俺为甚不施展手段，却来破庙里装这样穷孙？少时说不得，俺去走上一趟，给他个贼偷贼，抓个彩兴儿再讲。"想得得意，不觉酒到杯干，那灶内余柴烧出，他也不管。

可巧他所堆的余柴也在灶旁，不知不觉，竟自延烧起来。恰又在殿廊之下，殿槅上的破窗纸一时引火，也便都着。侯明这才慌了手脚，正丢下酒壶，跳起来乱扑那火，却被一人从背后一把抓牢，便喝道："你这贼花子，俺日常里周济你钱，你却把来吃酒，又半夜三更的引起火烛，真正该死。"侯明回望时，却是庙左近住家的贾老太。原来这贾老太也是在街面上耍胳膊的朋友，却在步军统领衙门内当了一名暗侦，专任侦踏盗窃的事。平日可怜侯明，往往把给他数文钱，近些日，因有两件窃案侦未得手，所以夜里出来巡望街坊，从庙墙外望见火光，于是忙忙趄入，却正见侯明在那里乱扑柴火。

当时侯明忽见贾老太，惶恐之下，也是他时来运转，忽地灵机一动，便赶忙扑灭了火，然后垂手道："小人一向不敢吃酒，今天却因瞧见一个黑道上的人，心下畅快，所以闹两盅儿。俺这正想去报告于您哩。"于是一说所见的男子情形。当时贾老太便命侯明引路，齐合了手下人到那媳妇子家，将那男子一索捉来。拷问之下，果然是个积年窃盗，自己所值的两件窃案正是他做的。于是贾老太大悦，便命侯明在自己手下当个伙计。过了些时，恰值步军统领衙内门暗侦缺人，当由贾老太将侯明荐入去。侯明神偷的本领本来可以，一旦用之于正道，那侦踏能为自然是出类拔萃。过了两年，竟被该管长官擢升了个军弁的职分。

一日，却从友人酒筵上遇见红术，红术虽料不到这个阔绰军弁便是侯明，侯明却瞧透红术便是一娘。当时酒罢，侯明便到荟芳园中和红术谈叙起来，红术方才恍然，因见侯明今非昔比，也便不念旧恶，照寻常游客一般接待。言语之间，不觉将自己被曼华所救并曼华的来历等情，随口说出。侯明方晓得这位自称华夫人的，便是那大闹南京的谢曼华。但是因事不干己，也便不去理会。及至曼华行刺自刎，这才说出曼华的来历哩。

不提当时摄政王吩咐已毕，又看了马元杰的尸身太息一番，命人厚棺殓，即便启驾回宫，并那国兴和兴佳一面命人棺殓曼华，一面命人传红术、香云前来领尸。一切忙碌，都不必细表。如今且说红术、香云当晚见曼华一去不回，本就怀着鬼胎，及至次晨方起，忽见当地公人大踏步趑进来，一说曼华行刺自刎之事，并说摄政王恩免查抄荟芳园，即着人前去领尸之谕。红香两人听了，直惊得真魂都冒，百忙中款待过公人，正要去寻周浔同赴雍和宫的当儿，只见一人，忙忙地直撞进来。正是：

> 浩气返太虚，傲骨委弱草。
> 何处可埋香，锦秋墩畔好。

欲知后事如何，且听下回分解。

第二十四回

锦秋墩一杯酹墓草
通州寓万里订游踪

　　且说红术、香云一时间又惊又痛，正要去寻周浔同往雍和宫前去领曼华的尸身，只见俞保三匆匆趋入，便顿足道："俺再没想到你们华夫人竟是这样的一个人物，如今闲话少说，咱快去领得尸来。她的葬事都由我办理。你两个在这园中是一刻也住不得了，你们既没得靠山，怕不就有人来胡闹吗？只好且搬向俺家，再做区处就是。"

　　这时红香等已如掐头螟一般，又知得俞保三为人直气，能挡风雨，于是唯唯之下，当即和他去领得曼华的灵枢，就荟芳园中设起了停枢的灵位。红香两人想起曼华当年收救的恩情，不由都哭得哀哀欲绝，俞保三却不理会。当晚便催促红香两个搬向自己家中。至于曼华的箱笼物件，不消说都跟了去了。

　　不提红香等在俞保三家过得两日，不敢逗留，即便各寻得意郎君，携资从良。为日不久，便从她两人口中张扬出曼华三次去刺摄政王的许多情节。且说俞保三救了红香，又白落了些红香携不尽的财物，自然是高兴异常。又心敬曼华是个侠女，埋葬之事倒也不肯草草，便就锦秋墩旁相妥一块墓地，先就墓四外栽植树木，又杂植辛夷凌霄桃李等花树，然后修筑起矮矮茔垣，将曼华埋葬其中。从此便深深葬玉，千年崇马鬣之封，郁郁埋香，五夜啼杜鹃之血。偏那墓地土色赤如丹砂，和那片青葱葱墓树相映成趣。锦秋墩本是京都人士登眺舒怀之地，每当春秋佳日，大家载酒来游，见了曼华之墓，无不敬其义烈，唏嘘凭吊。便有文人骚客形诸歌咏，因当道忌讳，不敢直咏其事，只好做些个美人香草的句子以寄遐思。又有轻薄些的好写风怀，便侪曼华于真真、小小之列。一来二去，那好事者见来游的妇女们都好向曼华墓上采花踏青，每当桃李花开时，一片粉云红霞，灿烂如锦，妇女们都靓装艳服，徘徊其间。有的瓣香下拜，有的设行幄和歌，一时间莺娇燕姹，骇绿粉红，那芳原碧野间，花光欲笑，人面呈妍，便如一群仙女都来集会一般。于是那好事者便点缀风光，就曼华墓旁筑起一座朴而不华的幽静小庙，里面为曼华塑像，翠羽明珰，云裳霞帔，做女神之状，四壁上倩名工画手精绘百花，便题庙额曰"花神庙"。这本是好事者高兴点缀，哪知岁月一久，竟成胜迹。花神庙春秋两节一般地有了香会。进香的妇女尤以青楼中人为多，因为这位花神当年真给她们贵行露脸争气。每当香会时，真是香车宝马，粉黛如云。这小小一座花神庙，竟和那陶然亭同称胜地。此是后话漫表。阅者诸公，凡到过北京的，大概都逛过这花神庙，却不知其中藏着这段侠女的事迹。今日作者因肚皮饿，挣稿资，没法儿，嚼蛆似的将这侠女事迹整个儿嚼将出来，虽不无表彰义烈的功劳，却也挣出了几身大汗。作者费如许气力，不过博诸公酒后茶余翻开书来哈哈一笑。看着好呢，多看两遍，不好呢，丢过一旁，只当听了一阵蛙鸣蝉噪罢了。

且说俞保三葬罢曼华，还觉着过意不去，便又请谛慧禅师亲来诵经，与曼华超度一番。周浔至此却愣怔怔地向人说道："原来荟芳园华夫人竟是这般角色，怪不得她身上就像有瘆人毛一般。她一般地和我说说笑笑，耳鬓厮磨，她有时酒困或浴后，尽弛亵服，大样样地卧在榻上，索性连帐帏都不落，灯光之下，真是黑个的是头发，白个的是肉，尖个的是小脚儿，但是我却不敢去拨撩她，原来她竟是这样角色哩。"于是也便广请僧众，又邀得兴佳喇嘛就曼华墓所大做超度。这一来，那曼华三刺摄政王之事自然是轰动九城，又加以国兴怕有曼华余党潜伏，各城门置有兵弁，严诘盘查，闹得好不凶实。所以贺姓在京尽闻一切哩。以上所述，便是曼华到北京后的一段事迹。

如今且说六公子当时闻罢贺姓之语，洒泪一番，对着黯黯秋灯，听着潇潇细雨，真觉天意苍茫，委实难测。一时间又想起同志诸人，隐去的隐去，死亡的死亡，自己不过北游一番，便经了这许多变故。如今只剩个邝湛若远在广西，又不晓得他行踪何处。想到这里，便觉天地虽宽，竟不知置身何所，一时又想起慧通长老赠曼华的偈语，其中便有"记取锦秋墩上月"之句，看来曼华是数由前定，但是死者虽成名已去，这生者却越发难报国仇了。想至此，只得长叹一声，又向贺姓略问刻下北京盘诘客人的光景，贺姓只认是六公子也要到北京做什么手脚，便骇然道："俺劝公子简直地不要去惹是非了，如今北京巡逻人们甚是厉害。"

公子道："俺入京并无他意，不过想到谢娘子墓上哭奠一番罢了。"

贺姓道："既如此，公子须痛在心里，改了衣装，到墓上瞧望瞧望还可以的。因为那墓上也常有巡逻人们踅脚。俺明日便入京收取货账，那么

274

咱就同去吧。"

不提当时两人议定，公子回到自己客室，一夜价思前想后，何曾睡稳？且说贺姓次日收拾停当，和公子各锁了室门，一径地便赴北京。四十多里地，不消上午时分，早到都中客寓。贺姓自去收取账目，公子略为歇息，扮作个贫士模样，也便一路逡巡，直望锦秋墩而来。这时，帝里繁华，许多风光，公子见了，却如身临墟墓一般。不多时，蒲柳萧疏，江亭在望，那锦秋墩畔早现出茔垣一角，其中墓草芊芊，深掩着三尺孤坟，有一盘凌霄花，上面集着许多翠雀儿，见有人来，都扑啦声飞了。这时，日色转西，金风徐拂，天色是半阴半晴，却有一缕白云隐含雨意，飞扬空中，笼罩得墩上树木都沉郁郁的，另有一番萧瑟秋意。墩旁是秋草甚茂，野花乱开，一路蛩声迢递不断。却有些小儿女们在那里提着小竹笼儿寻寻觅觅，大概都是捉捕蝈蝈促织的。

当时公子乍见此景，又想起曼华生前何等的豪侠意气，而今却一棺附身，万事都已。再想到自己，此后落落一身报国的情怀，那眼泪不觉如珍珠断线般直滚下来，便一径地趄向墓前，徘徊踌躇，本想大痛一番，却又恐为逻者所闻。正这当儿，恰好那群小儿女望见公子，便忽地趄来道："你这先生，要捉蝈蝈儿须向别处去，不要在此作践。俺听人家说，这墓子里躺着的这位娘娘生前义气，死后是要成神的。你作践了神道，管保回去睡觉时，她就要入梦吓你的。俺又听说这娘娘生得青脸红发，巨口獠牙，脚儿虽不大，蹬出去便能踢杀老虎，所以有气力敢去刺什么王爷。你梦中见了她不害怕吗？"

几句话不打紧，倒招得公子破涕为笑，但是一腔悲痛越觉得忍不得。因见去墩不远便有酒家，便向群儿道："俺的胆子最大，却巴不得这娘娘入梦来吓我哩。你们哪个去与我买些肴酒，回头咱便大家同吃如何？"群儿听了，只喜得一阵乱蹦，纷纷地许多小手儿便来接钱。须臾，都从酒家跳将回来，各擎肴酒，只顾嬉笑。于是公子先取酒醑墓罢，然后和群儿趄登墩上，席地而坐，命群儿都坐于旁，登时围了个栲栳圈儿。群儿不待吩咐，一齐动手，各把肴物只顾乱吃，却向公子道："你这先生，明日早些来吧，俺们还都在此等你。"公子听了，一面笑，一面望着那曼华墓所，连连点头，便举杯向墓地遥做酬酢之状。群儿哪知就里，都笑这先生有些呆气，便一面吃得快活，一面拍手唱道：

　　红心草，绿叶多，
　　听我唱个痒痒歇。

天地生我，爷娘养我，
吃粮穿布，日月经过。
一朝大限到，
气还天地，骨肉锁磨。
爷娘爷娘奈我何！

一片童音远振林木。正这当儿，晚风徐起，吹得曼华墓前许多花草一阵价纷红骇绿、招摇作态。望得公子正在如痴如醉，一面举酒狂饮，一面细聆歌音，慨然泣下之间，恰好那西北角上堆起一片乌云，随风疾驶，势如奔马，接着便轰轰怒响，雨势将至。于是群儿一阵大乱，登时各自跑去，公子都不管他，便趁着隐隐轻雷，只管向曼华墓所举杯狂吸起来。恍惚中，业已醉卧草间，却闻耳畔有人道："你这先生还不去吗？少时怕要落雨哩。"公子睁眼瞧时，业已云气都散，残阳在树，映得曼华墓草闪闪灼灼，好不光景凄凉。自己身旁却伛偻着个老头儿，来捡酒具，便是酒肆中的店翁。于是公子跄踉站起，下得墩去，又就曼华墓所徘徊一会儿，这才转步回寓。

当晚贺姓收账回头，公子向他一说曼华墓所的光景，贺姓便道："谢娘子已是死掉，公子悲痛也是无益。这北京终究是是非之地，公子不可在此耽搁。如今俺正想向关外走走，为的是探探关外的皮货行情，以便下次来京时，多弄些皮货，顺便到关外销售。那么，您便跟我到关外逛逛，倒也有趣。"

公子听了，随口唯唯，于是两人对榻，各自安歇下来。贺姓是眼望屋梁，以指画被，口内是三下五除二地嘟念账目。公子是大睁两眼，听着窗外风声、秋虫乱鸣，却再也睡不去。一会儿如置身锦秋墩畔，一会儿又如到了猴山中，但见群峰合沓，风景不殊。仔细望时，又非故境，但见那片山势云气飞扬，气象万千，竟如在虚无缥缈之间，闹得公子正在心神恍惚，却闻耳畔啪的一声，公子张目望时，却是贺姓不知从几时又爬起来算账，捽得那算盘乱响哩。

漫表当时两人各有心事，一夜价胡乱歇困。且说公子次日里和贺姓踅回通州客寓，贺姓又收齐了通州的账目。因为由通州出山海关正是东西大道，专有一种双套骡儿车兜载客人，贺姓因公子跟随出关，便命店人叫到一个车夫商议车价。正这当儿，只见吴佩衣冠齐整，后跟一个仆人，手捧拜匣，兴冲冲地踅来。一见公子，不容分说，纳头便拜，随即由拜匣中取出老大一包贽敬，便笑道："俺是个粗鲁人，不晓得什么拜师礼节。"因掂着银包道，"这物事人家叫作贽敬，你老便好歹收下，随后一席酒就到，咱且痛快喝一场子吧。"

公子听了，不觉好笑，一面摇手，一面还未答语，贺姓忙笑道："吴兄，你这老师拜不成了。人家班爷这就要跟俺去出关游历，并且你也就要回广西，你两个一个向南，一个向北，越走越远，你拜这老师怎的？"

吴佩道："你没得说，班爷左右是没事游历，既能向北，便不能向南吗？"因向公子道，"你老别听他的话，那关外是穷山恶水，冻杀人的冷，一点儿风景也没得。左不过是睡马粪坑，吃牛羊肉，时气一背，撞着红胡子老哥们，可了不得。俺广西地面，第一样好的便是山水，名公画手都画不出。第二样，天气和暖，真是四时有不谢之花，八节有长春之景。不要说那红嘴鹦哥翠毛孔雀只如寻常鸡子一般，便是没影大的真凤凰，也都有在那里。放着那好所在不去逛，却不是痴？如今闲话少说，你老便跟俺到广西玩玩，且是妙哩。"

正乱着，那仆人逡巡趄出，须臾由店外领进两个壮汉，抬着一架食盒，里面是很齐整的酒馔，便就案上摆设起来。当由吴佩执杯，逊公子和贺姓就座。公子难却其意，便一面逊谢，一面却笑道："吴兄，既如此好客，俺跟你去游广西倒也使得。但是这师生客气却要免掉。"

吴佩大悦道："由你，只要教给俺些长劲头儿的功夫，就再好没有。不瞒您说，俺委实因挨俺老婆的捶打不过，所以想长长劲头儿，准备捶打她，出出鸟气哩。"大家听了，都各大笑。

原来公子本是萍踪无定，既见吴佩邀游广西，不由打动去寻邝湛若的念头，并顺便见见广西哥老会的光景哩。当时公子行程既定，又见吴佩爽快可喜，便就杯酒之间略谈武功中增益气力之法，乐得个吴佩不觉抓耳挠腮。须臾，酒至半酣，三人只顾了衔杯说笑，却闻院中有人倔声丧气地嚷将起来。正是：

　　耿耿一片心，宁惮万里路？
　　黾勉求同心，炎荒聊涉足。

欲知后事如何，且听下回分解。

第二十五回

结客南游公子伤乱
荒祠题壁湛若留诗

且说六公子等正在饮酒畅谈，只听院中那车夫嚷道："好奇怪，你们雇车却白不赤地将人丢在这里。这一耽搁，俺少拉两趟短车买卖，没别的，谁雇车谁须包赔俺哩。"

便有店人道："你这老赶真没有的，买卖不成，哪个叫你在此呆等？难道你没出过门吗？"于是两人一阵乱嚷，慌得贺姓连忙跑出，当即一口价雇妥那车。

漫表当时酒罢后，贺姓和公子送得吴佩去后，即便收拾一切，准备明日起程。且说公子次日送得贺姓去后，便搬向吴佩寓所。那吴佩又忙碌了几日货物，雇好船只，即便由运河扬帆南下。一路上无非是饥餐渴饮，晓行夜宿。公子在舟中无事，有时向吴佩问起广西的哥老会来，他却一概不知。不多几日，渡过大江，便入浙境，直趋湖南。从此或水或陆，虽是劳顿异常，公子却江山在望，心目一豁。却有一件煞风景，便是吴佩克期趋程，不晓得什么登临游赏，公子有时局促舟中，或落店道。一时间诗兴发作，想要吟咏纪程时，那吴佩不是随路购货，便是向公子乱谈家常，并且提起他老婆来，便笑得抹蜜似的。公子以为他老婆是个善作家的娘儿，因没得话儿搭趁，便随口夸赞两句。这一来，吴佩大悦，从此无事时便和公子谈他老婆怎的伶俐、怎的模样，有时形容不出，便嘻着嘴只管憨笑。公子见状，以为他老婆或有几分姿色，所以他得意到十二分，虽被他搅乱诗思，却也解了许多旅闷。便是这般光景，直走了数月，方才到得广西边界。

自秋时由北通州起程，至此已是残冬时候。原来吴佩虽不事游逛，却有些沿路贸易并收卖货物的耽搁，每值冲州过府，或经繁盛镇聚，他便勾留些时。公子闷在店中，只得就左近略为游览。有时散步街坊，从人家询些风土人情，偶然问起广西的哥老会来，大家却其说不一，有的说那会已被官中禁止的，有的说又已改了什么名称的。听得公子十分闷闷，却于询问闲谈中得知广西各省一带的乱状。

原来这时鲁王以海、唐王聿键奔走监国的局面都已破败无余。两王手下的诸臣诸将又拥戴了一位藩王，在广西地面监起国来，国号永历，人称桂王。桂王又收了流贼部下的骁将孙可望、李定国、刘文秀、艾能奇等人，一时间声势大振，便遣他们攻取四川、湖南、广西等处。清帝亦遣亲王贝勒并吴三桂、孔有德等人，分头价去攻打各处。各处既乱得一团糟，那广西桂王监国的局面亦复不成体统。因为桂王昏懦，通没主张，诸臣诸将既猥杂不堪，只知争权夺利，互相忌猜，又加以孙可望等人还都是流寇面目，哪里晓得什么大体？不过拥兵自娱，挟桂王以自重，遂其劫掠地面之意。于是你要桂王驾幸这里，我要桂王驻跸那里，正闹得桂王无所适从，那清军往往地忽地将到，于是桂王便携了宫眷官属一路好跑，只这样奔走各处，随地都是行在。

话虽如此说，但是桂王在广西还能暂时立脚，却因他手下有两个忠正大臣、一个骁勇大将，大臣是瞿式耜、张同敞，既有谋略，又怀忠赤，端的是颜常山、张睢阳一流人物。大将姓焦名琏，跃马横槊，可称为万人敌。曾与清军搏战，一条槊就敌阵中三出三入，马踣于地，便提剑奋突，及至出围，甲裳都赤，清军万余之众，竟眼睁睁看他虎吼去掉。桂王仗此三人，所以能在广西勉强立足。

当时公子既略知敌状，只剩了心怀郁闷，只好俟寻见邝湛若时再做道理。一入广西地面，耳目所及，不由又风景一新。但见山似翠屏，水如碧玉，一处处奇花异木，一样样怪兽文禽，并且土人等装束诡异，稍染苗猺之风，便如到了殊方异域一般。这时吴佩却不暇说他老婆，只顾了一路上指点风景。公子随处瞩目，倒也解了许多旅闷。就路上询知吴佩家下却在柳州府属柳城县地面，行过两日，都是崎岖山路。那山又接接连连，有时夹着一段险滩，远近奇峰，随处拔起，真有万笏朝天之概，并且森森然利侔剑戟。公子至此，不由又暗叹独见山水之胜，却乏朋友之乐，只有个邝湛若，却又不知他现在哪里。

这日行抵柳州府，吴佩因至此须换驮骑载货，又在府城小有贸易，便就客店中住下来，自去料理一切。公子就府城中游玩一回，但见府治虽大，却空落落的十分萧条，大概是兵乱之后，市面不兴的缘故。又有些高门大第，也都破坏不堪。满街上只见些光着大脚的蛮婆儿肩挑贸易，或抬着二人竹轿，就那青石板地上跑得脚底呱唧怪响。却都梳得苍蝇滑倒的光头，穿着新洁光光的面衫，勒起两条雪白的胳膊，一面走一面说笑，就像不知时方兵乱一般。公子见了，又叹又笑。逡巡间趔向城北门，但觉足下愈走愈高，遥见北城楼高矗于群峰苍翠之中，并有一段雉堞蜿蜒高下，便如北方长城一般。并且披萝带荔，虽是残冬时分，因地气特暖，那萝荔蔓叶却青红不凋，如张锦屏。原来这柳州府城是随山势高下修筑的哩。

公子一路徘徊，正想到北门外见见山景，恰好趔过个卖熟菱角的大脚贩婆儿，公子随便买了些菱角，一面剥吃，一面道："这北城外可有好玩的所在吗？"

贩婆听了，登时满面是笑，便凑上前低语道："你老要玩，只跟我走就是。人家那娘儿们都是水也似的人儿，并且干净不过。你老不须担忧着过癞，你老若要欢些的，咱就向北门外周小脚家去，不然，石二娃家也倒罢了。"说着，扭头折项地向四外瞅瞅，乜起眼儿，竟要来拖公子。

原来广西烟瘴之地，有这过癞的说法。那女儿们长到十七八岁上，往往得了癞疾，便须寻男子交接，将那癞毒过于男子。凡得癞疾的女儿，那容色越发娇艳，远客不知就里，往往便上其大当。那种癞俗又称为大麻疯，甚是厉害。说到这事，其中也有一段佳话。曾有个女儿，一片好心，竟得好报，说来正堪警世哩。

便是有位公子哥儿家住广东某县。一日奉了老母之命，向广西某处去探远亲。回途行经一处繁盛镇聚，天色已晚，见街坊上没得店道，那公子踌躇一会儿，只好向一大宅第前叩门求宿。须臾，主人出见，十分欢喜，登时将那公子让入宅中，不但盛筵款待，并命妻女出见。那女儿年方二八，名叫丽姑，真有沉鱼落雁之容、闭月羞花之貌。大家就座吃起酒来，那女儿虽是羞答答的，却只管向那公子流目送睐。那公子虽然心动，也只好故作矜庄。少时酒罢，由一俏俊小鬟引那公子入一客室，里面铺设华美，衾枕灿然。那公子剪烛掩门，坐在榻上，思量起主人厚谊并丽姑的姿容，正在颇涉遐想，却闻莲步细碎，那丽姑已自翩然入室，并随手关了室门，一径地偎入自己怀中。只附耳数语之间，竟闹得那公子恍惚如梦。便一面自幸艳遇，一面给丽姑解带宽衣。那丽姑虽随人婉转，态有余妍，却一面握住那公子的乱摸乱探的手儿，微叹道："你且不要着忙，今晚俺虽是私奉枕席，却也想百年合好。你的家乡姓氏俺虽得知，但你家中还有什么人？可还有兄弟吗？"

那公子这时见丽姑赤体横陈之状，端的赛过醉杨妃一般，只顾了提撮得一身火热，哪里还顾得说话？正分开丽姑玉股，就要云云，却被丽姑止住。那公子没奈何，只得一说并无兄弟，家中只有老母。一句话听得丽姑慨然坐起，珠泪双抛，但又附他耳朵低低数语。这一来只惊得那公子呆在那里，良久良久，却感激得向丽姑拜个不迭。于是丽姑起着衣服，搵泪入内。这里公子惊惊悚悚，恨不得立刻天明，好容易晓色甫分，便唤集仆马匆匆而去。原来那丽姑之父是当地豪士，杀个把人不算回事。因女儿正当过癞之期，恰值那公子登门求宿，豪士大悦之下，定的主意：如果公子觉察丽姑有癞疾，不从过癞时，即便杀却。丽姑却因公子是孤子奉母，恻隐心动，不愿嫁祸于他，所以说明缘故，竟自放他去了。

　　且说那豪士见丽姑欣然就那公子宿过，私心自幸癞疾已去，正兴冲冲想与丽姑择一佳婿。哪知丽姑癞已发作，发落肤裂，好不可怜，没过得月余光景，画中人的俊人儿竟变成丑八怪了。豪士诧异之下，向丽姑问明情由，不由怒道："你这呆妮子好生没福，你这疾能传染人，家中留你不得，为父与你金珠一囊，你便好生去吧。"

　　当时丽姑听了，直哭得死去活来，没奈何拜别父母，携了金珠惘惘出门。一路零涕，真是肝肠寸断。暗想既和那公子有一宿之缘，虽不能成其夫妇，总算是他家人了，今只好寻向他家，暂延残喘。横竖自己有一囊金珠，也不至衣食累人。主意既定，便问途前进。话虽如此说，但是一个未出闺门的女儿家，跋涉这等长途，鞋弓袜小，其累可知。只趱出十余里地，早已委顿不堪，远望前途，但见川原迢遥。恰好行至一道深溪旁，丽姑掬饮了两口水，忽照见自己发癞的面目，不觉大哭一场，就要投水自尽。

　　说到这里，阅者诸公莫笑作者也来弄神怪之笔，因为传闻如是，只得如是云云。当时丽姑举袖掩面，奋身欲下的当儿，却闻背后有人唤道："你这姑娘，有甚为难之事就要轻生？何妨向老夫说说呢？"

　　说话间，趱过一人。丽姑望时，却是个布衣草笠的老头儿，生得童颜鹤发，十分矍铄。身背行装，并有一支铁箫，似乎是个行客。于是丽姑泣述所苦，并言自己去寻那公子之事。老叟大笑道："如此说你是我甥儿媳妇了，我便是那公子的舅父。如今我正还乡，顺便送你到他家如何？"

　　丽姑见老叟一团正气，料非歹人。于是泣谢之下，并要到前途镇聚少换金珠，以资旅费。老叟道："不必如此，俺已将你和那公子的遭际编了一支歌儿。沿路上你唱起来，我吹箫相和，咱便不愁旅费了。"

　　当时丽姑记了那歌儿，两人即便相偕就道。每过镇聚州县等处，丽姑歌声凄恻，老叟箫音呜咽，听了的都为泪下，各与金钱。

不一日，到得那公子家的村头上，老叟道："你且去寻向他家，唤我甥儿前来迎我。"说罢，歇坐石上。

丽姑步入村中，询问到那公子家，恰值那公子从外回头，两人相见之下，真是恍惚如梦。丽姑自惭形秽，便言不敢望匹敌，只求寄居此间，生奉箕帚，死埋坟垄。那公子泪下道："俺蒙你德爱，至今不忘，你一日生存，俺一日不娶就是。"

说着，引丽姑入拜老母，并述缘故。老母慨叹之下，便向丽姑道："媳妇你只管放心安居养病，天可怜见，若好起来，你们再为成礼。"

丽姑听了，重复拜谢。老母便叹道："媳妇你单身行如此长途，端的不易。"

一句话提醒丽姑，便言所遇相送的老叟，现在村外，并言老叟容貌。老母惊喜道："如此说你夫妇合是天缘，你这舅父自幼好道，十余年前却出外云游不返，人都说他仙去，今日却引你至此，好生奇怪。"

说着，命那公子搀扶了，自向村头上瞧时，哪里还有那老叟的影儿？当时大家惊叹一回，自不必说。从此丽姑且喜安身有处，虽是那公子母子相待甚好，丽姑恐癞疾染人，便自请居后园一处闲房中。除在园洒扫之外，便长斋念佛。那闲房中是积庋杂物之所，农具之外，又有两只很大的酒瓮。

光阴如箭，转眼过得年余，丽姑癞疾不但不愈，却越发加剧。一头青丝既已根根脱卸，加以溃烂得疮瘢重叠，终日抓搔，偶然引镜自视，不由便痛哭失声。但是公子母子却毫不厌恶，百般地劝慰她。丽姑至此，真是恨不速死。

也是丽姑合当灾满，一日夏夜里，丽姑睡在闲房中，夜半时，疮瘢痛起，直从梦中痛醒来。暗叹自己得此恶疾，何苦久耽延人家的婚事？倒不如寻个自尽，一来那公子得以另婚他家，二来自己也免得受罪。想至此，正要爬起，只听窗外苏苏地只管响动，就残月之光张时，却是一条乌梢蛇，长可丈余，有碗口粗细，径从掩的门外爬入。丽姑这时既有死志，即亦不惧。逡巡之间，便见那蛇缘案而上，径用头拱开一只酒瓮的瓮盖，将身儿探入半段。丽姑见了，正暗诧这孽畜也晓得吃酒之间，只见那蛇嗦啰一声，竟自堕入酒瓮。原来那瓮口瓷质，甚是滑溜，所以那蛇竟滑入去。这一来，却触动丽姑寻死的事。暗想饮此毒蛇浸的酒，定能毕命。于是起去，寻了瓢子就瓮间尽量地饮了一回，即便回卧榻上，单等毕命。哪知吃下那酒去，只觉凉渗渗的十分自在，并无痛苦。次日一觉醒来，倒觉清爽异常。丽姑诧异之下，以为是吃的酒少，毒气未发，便又大瓢价吃下酒去。

话休烦絮，便是如此光景，过得数日，半瓮酒都被丽姑吃尽。说也奇怪，丽姑癫疾竟自霍然而愈，没到月余光景，绿发重生，疮瘢脱尽，依然是玉雪肌肤。偶然照镜，长眉掩鬓，笑靥承权，居然又是画中人了。原来那种乌梢蛇却能疗癫疾哩。从此丽姑竟和那公子百年偕老，子孙繁衍，世为望族。你说这不是过癫中的一段佳话嘛。

且说当时六公子素知广西有过癫之说，情知贩婆是误会自己的语意，便笑道："你胡吵的是什么？俺是问你有什么风景好玩的所在？"

贩婆笑道："哟，既这样，俺这一岔可打到爪哇国去了。北门外不远便是柳公祠，祠旁便是钴鉧潭，潭里生一种绿毛乌龟，且是好玩哩。"说着，嬉笑自去。

这里公子料那柳公祠便是柳子厚的遗迹，不由暗念昔贤，慨然一叹，便信步出得北城门，缘山椒行去。这时残冬天气，缘山草木不过稍作枯黄之色，如棕榈橘柚等树还都青枝绿叶。又有些不知名的山雀儿向阳飞噪。公子一面观玩，一面思量柳子厚柳州山水诸小记，为蛮徼山川生色不少，如钴鉧潭便说得那么妙相，想来定有可观哩。思忖间，遥望前面竹树深处，果现一座老大的祠宇，高踞山腰，十分气势。公子一路穿林拨草，先寻向那钴鉧潭瞧时，不觉好笑。原来只是亩大的一片污泥潭，四外连延着便是稻田，并没什么可观的风景。于是公子一笑，逡巡间踅向柳公祠前。只见祠宇虽然高大，却已颓败不堪，门前松栝等树，下半截树皮都脱，料是兵马作践之故。公子太息一回，步入祠内，先向正殿内张时，里面是尘埃狼藉，神龛中只有柳公的木主。殿东西壁下杂置庙祝种田的器具，满壁上游人题的歪诗却倒不少。公子没精打采地略瞧一回，忽见西壁角上大书一片字，丰伟淋漓，十分精神。近前仔细瞧时，却是写的柳公的诗道：

> 城上高楼接大荒，海天愁思正茫茫。
> 惊风乱飐芙蓉水，密雨斜侵薜荔墙。
> 岭树重遮千里目，江流曲似九回肠。
> 共来百越文身地，犹是音书滞一乡。

当时公子忽见那题字，不觉心头勃地一动，暗想道：这字体分明是邝湛若写的，难道他的踪迹便在这一带吗？

沉吟间，正在反复审视，只见神龛后人影一闪，趄出一人，正是：

萧寺闲游处，行行日已斜。
故人书在壁，足迹尚天涯。

欲知后事如何，且听下回分解。

第二十六回

吴商人下榻留宾
马氏妇铄釜逐客

且说公子正在审视湛若的笔迹，却见从神龛后趱出个朴实实的老头儿，便是庙祝。公子因问道："老道兄，你可晓得这片字是哪个游客先生写的吗？"

庙祝笑道："那写字先生去年时曾在这里寓居数月，为人和气不过。没事时便弹琴与我听，他自称雪海先生，俺怎的不晓得呢？"

公子听了，知果是湛若，欣然之下，忙问道："你可知那先生现在哪里？"

庙祝道："这个却不晓得。他去年临去时，曾说到桂林省城去访一个什么姓何的朋友，但是如今的年头儿，兵荒马乱，可不晓得他曾去不曾去。"说着一指殿前东厢道："去年他便寓在那屋内，壁上还有他胡抹的字哩。"

公子曾听毕方说过，那代领哥老会事的何姓便住在桂林城内，不由暗喜稍闻湛若的踪迹。于是和庙祝趱入东厢瞧时，只见里面蛛网尘封，壁上果有湛若题的两首诗句，无非是伤乱怀人的词义。公子见了，不由顿深室迩人远之感，便惘然别过庙祝，慢步回寓。

次日，和吴佩匆匆就道，便赴柳城。一路所经都是崎岖涧谷，有时过丛菁密蒨，橘苗竹林，往往就有数里之遥，极诘曲处，还须觅土人引路。每宿山店，土垣竹篱外，时有虎踪纵横。又时有苗猺男妇种田负戴，出没于烟岚林麓之间，或结椎髻，或着桶裙，一面走，一面或唱起苗歌，倒也靡靡入听。又间有跨马带刀的，便是苗峒酋长。公子一路赏玩，随便向人问起哥老会来，却都道不知。

一日，行抵罗城县地面，黄茅白草，一望荒凉。当晚宿在一处山村中，只有数十户人家。忽见许多驮货入店，大家便奔了来，就店外指手画脚，互相耳语，又都是些彪形健汉。吴佩不由心下怙慢，便要赶赴前途稍大的镇聚，却被公子止住。晚饭后，命吴佩等只管先歇睡，自己却佩了宝剑，就店外巡逻一切。须臾二鼓以后时分，村中夜舂并纺绩之声一概都静。公子就星月下踅过各处，见静悄悄的，正要转步回店，只见一家矮篱内，纸窗上还自灯光睒睒，又听得步履响动，并有人语道："你要干便快着些，早些完事，大家得些好处，也好各自歇息。不干便罢，没得叫人从头到脚都收拾停当，你这会子把起家伙儿，却又松搭松哧的，只管蝎螫。少时天光一亮，咱还须各干各的。你去胡撞尸，还倒消停，俺还要收拾这里哩。"

公子听了不由吃惊，以为是什么窝主家合伙盗商量去劫驮货。于是放轻脚步，跃入矮篱，就窗隙向室内张时，不由好笑。原来那家儿却是开豆腐坊的，小两口儿室内热腾腾的，看光景似乎是方做毕豆腐，锅担等具还都横七竖八。因室内热，男女两个都精赤条条，女的斜卧在榻沿上，业已云鬟偎枕，微张两股。那男的却凑向她两股间，手握胯下，正做出蜻蜓点水的光景，一面嬉笑，一面前却哩。

当时公子暗笑之下，忙悄悄跃出矮篱，一径地踅回店内。只见吴佩正睡得扎手舞脚，公子一面剔亮油灯，一面也要就榻歇息。因巡了半夜，忽又觉泛上饿来，起瞧那室内，榻头几上却有几具长长的木匣儿罗置在那里。公子以为是店人藏庋的果饼等物，便随手取过一匣，方才启盖，忽地眼前紫晔晔光彩一闪，却有一条尺许长的黑紫蜈蚣从里面索索爬出。亏得时方冬月，那蜈蚣不甚欢蹦，慌得公子忙用匣盖掀它入内，仍复盖好，正在十分诧异，恰好吴佩醒来，因笑道："班兄，你动这救命虫怎的？俺广西地面山店内，都蓄此物，保护旅客。因为春夏间便有各种毒蛇，夜出伤人，这蜈蚣专吃蛇脑而制伏它。客人到店，主人便各与一匣，令置榻头。毒蛇来时，便有风声，蜈蚣在匣内，便响动报客，以便启匣。如今冬月，用不着它，所以罗置在案上哩。"

公子听了，不由啧啧称奇。吴佩笑道："这不足为奇，俺广西永康州宁明州一带，地杂苗猺，都是些土司官儿。那所在瘴疠之乡，什么毒虫异兽都有。旅客们若春夏时走到那里，更须小心一切哩。"说话间，各自安歇。

次日起程，不过日西时分，已到柳城地面。公子举目一望，方晓得柳城命名之意。原来那县治并没得城垣，只是一圈土阜，上栽了无数的柳树，遥望去，万绿参天，倒也是个奇景。及到城内一瞧，那荒凉光景略如罗城，不过街坊上人烟商店稍为热闹些儿。原来吴佩开的商店，只是坐庄，大宗贸易全仗着行销各处，所以他那商店虽在城中，却坐落在一条很僻静的街道上。

当时吴佩先命人去报信，叫商伙来接迎驮货，自引公子到了家下，就一所跨院中安置下来。公子一路上听吴佩讲说他老婆，只道是个俏俐妇人。哪知那老婆马氏出见之下，倒将公子吓了一跳，暗笑吴佩说挨老婆捶打的话果然不虚。原来马氏生得身高膊健，便如山汉一般，一张苦瓜脸，衬着吊梢眉、三角眼、血盆似大嘴，下面是两只里钩外连蹬山倒的鲇鱼大脚。说话声音赛如破锣，好不凶相。但是吴佩见了马氏，却乐得眉欢眼笑。当时大家乱过一阵，次日吴佩自去料理店务，公子闷在跨院中，却听得马氏在正院中吱吱喳喳，跑前跑后，只管吩咐家事，并令家人等准备饭食。一会儿哗哗地沥酒，一会儿说精道肥、掂斤播两地称肉，又夹着攉鸡叱狗，两只大脚跑得一片山响，一个人儿便闹了个锅滚豆烂。须臾，由仆人端到酒饭，倒也丰盛盛地成个礼数。公子一面用饭，一面暗想马氏定是个把家虎似作家娘儿，所以虽没姿色，也能令吴佩欢喜。

当晚吴佩趄转。公子因急欲教会他些寻常武功，便去料理自己事。于是催他即日从学，吴佩道："且不要忙，俺在店内料理两天，还须去行销新货。并且年关已近，又要向各处收讨账目，咱索性过了年再学吧。"公子听了，只得由他。闷极时，只好去出外散步。无奈隆冬之时，又在荒凉地面，却没得可以游瞩消遣的。倒是那马氏常来跨院中趄脚，夹七杂八地向自己胡拉一阵，又屡问行程。

转眼间残年已过，又到春初。公子跟着人家爆竹龙灯地热闹过元宵佳节，正要催促吴佩开手学艺，不想吴佩因连日劳碌，又因过元宵节，和马氏高起兴来，酒醉之后，两口儿便就躺椅上弄耸了一场。合当吴佩晦气，正在吃紧当儿，忽闻厨下人声乱喊，红光腾起。原来是过年时，人家送了两只鸡，因是年礼，鸡脚上系有红布条儿。这时鸡子偶向灶门前去啄遗粒，却烧着了布条儿。鸡子惊飞上窗，所以一时火起。当时吴佩猛惊，丢下马氏两只腿子，拔脚便跑。虽是一面跑一面系腰带，那要紧所在业已受了风寒。及至火救灭，那吴佩直挺挺的腰却已弯得大虾一般，竟得了缩阳伤寒之症，顷刻间一头病倒。马氏没好气自不消说，这期间却闷坏公子，只好耐着性等候吴佩病好，略教他些武功，再赴桂林，去寻访何姓，以便踪迹湛若。

不想吴佩的病势既一时不能痊愈，百忙中却又闻得桂林地面大乱起来。原来这时桂王永历被清军所逼，出走南宁。桂林省城只命大臣瞿式耜、张同敞并大将焦琏留守。清军郑亲王方屯兵湖广之间，却遣孔有德率领了一彪军马先去攻取桂林。柳城虽是僻地，也有些从桂林逃难来的人们

287

过往，所以公子得闻。当时公子闷在那跨院中，除出外散步，便是探听桂林乱的消息。无奈远道传闻，其说不一。也有说瞿公等得胜的，也有说孔有德已入桂林的。公子听了，因急欲去物色湛若，未免心下焦躁，有时闷极，便从人家借些书史，诵读消遣。往往夜半时还书声朗朗。但是马氏在正院中，也便打鸡骂狗，刮铄得锅釜响成一片。每至日过午，方才有个邋遢丫头猱头撒脚，拖着老长的黄鼻涕送到早饭。只是粝饭一盂、咸菜数茎，有时连粝饭都没得，只是一盆子苦菜糊涂粥。公子是直性大量人，也不理会小节，以为马氏服侍病人，没心情整治酒饭，理亦有之。于是并不为意，依然地读书消遣。有时去瞧吴佩，那马氏便绷得脸子笛膜一般。

转眼间，已到仲春时节。那吴佩病势依然绵延床榻。公子无奈，正要将武功节要略为录出，令吴佩病愈后自习的当儿，不想当晚却听到马氏的逐客令。原来当晚公子读了会儿书，就院中墙下散步，却听得马氏嗔仆妇道："你这等拨米撒面地作孽，老佛爷和你计较起来，怕不叫你生噎食症哩。"

仆妇道："哟，你老真是不发财怨命。这是米泔水，占盆占桶的，留它做甚？"

马氏道："阿弥陀佛，你还说这样作孽话。人家说得好来，碗中一粒米，农夫一点血。这泔水用笊篱淋淋，怕不有两碗米？咱们嫌肮脏不吃，留着喂跨院中那只猪子也是好的。"

公子听了，正在又气又笑，只听那仆妇哧地一笑，又说出几句话来。正是：

> 饥凤失竹实，鸡鹜测其量。
> 久客主不欢，此语信非妄。

欲知后事如何，且听下回分解。

第二十七回

去柳城卖字奔前程
入桂林写书闻友耗

且说那仆妇咴的声低笑道："你老快悄没声的，隔着墙叫人家听了，什么意思呢？"

马氏道："怎么？他听了去更好，老娘却不怕他割舌头。我看他落落拓拓，便是个晦气脑袋，谁家着他谁家倒灶。自他到来，便妨得人闹病。费了许多米粮还不算，又须酒酒肉肉地伺候他，真是老娘死爹早，如今却孝敬这份干爹爹。你瞧他吃得满面红光，坐在那里喘粗气，不就像猪子吗？也是你主人不干好事，山南海北的却拉个穷倒卧供养在家，可是指望他会屙金尿银哩。吃饱了，还不安生，又半夜三更地唱痒痒腔，念牙痛咒，老娘委实受不得了。你瞧着，再过几日，他如再自称合得着，向人装大麻，老娘便要给他几句听听了。人也要自家忖量，谁家白养个大爹呢。"说着，啐的一声，似乎是赌气子泼翻泔水。

这一来，闹得个已怀去志的六公子竟自呆在那里，寻思一会儿，又自好笑。于是当晚便挑灯命笔，草草录出武功节要。次日只做瞧吴佩之病，又指点他些武功口诀，即便告辞。那吴佩自料病重，一时习不得武功，也只好怅惘相对。又要馈送盘费，却被马氏趑来，一阵向公子客气，将话头拦住。

不提马氏送客回头，顷刻觉头清眼亮。且说公子负装佩剑，趑离柳城，一路问途，直奔桂林。这时春暖花开，沿途所见山川风景却与残冬时大不相同。但见远峰耸翠，近水拖蓝，一声声犵鸟鸣春，一处处蛮花带笑。天色是半阴半晴，气候是忽凉忽暖，所经名胜，有绿珠井、杨妃楼等处，至于英雄胜迹，却有狄武襄卜钱占胜，并韩雍兵取大藤峡誓师之处。虽是后人附会为多，却也动人许多儿女英雄之感。公子一路觇玩，倒也消了几多旅闷。

不一日，将次阳朔，恰值有兵马过境，就人询问，却是清军郑亲王的兵马。一时间铁骑如云，旌旗招展，虎也似的满洲健儿黑压压地过了半日方尽。后军中车拉驮载，都是俘虏人众并大箱大箧等物。又有些愁红惨绿的妇女们，连连串串，也有坐车的，也有骑马的，一个个掩面涕泣而过。公子见此光景，恐是桂林有失，从人询问起来，果是桂林已被孔有德雄兵攻入，瞿张两公死节甚烈，大将焦琏也巷战被难，桂林省垣中死人无数。孔有德报捷与郑亲王，所以王爷提大军赶赴桂林，以便再分军追击永历哩。

公子听了，好不嗒然气索，又挂念湛若倘在桂林不知是何景况。当晚宿在旅店中，没奈何将酒排闷。只顾吃得口滑，及至店翁来算饭账，却直了眼儿。原来公子这时的客囊已自羞涩起来。于是公子沉吟一会儿，只好且做秀才生活，便以所剩余资购买纸笔，写出两副对联儿，烦店翁去卖掉，居然了却饭账。

次日起行，经过阳朔百丈滩、乱峰峡等处，但见峭壁嶙峋，一处处凌空拔起，便似万朵青莲涌现海面，加以滩声雷吼，飞珠溅雪。公子从山径间遥望那滩中抢险的船只，一只只便如野兔浴波一般，一片纤歌，迤逦相属。公子山行半日，已趱过几重峰岭，忽地远瞩前途，却又有一峰阻路，那峰势负气争雄，便如颓云怀山。就土人问起来，方知那峰名驻马峰，过得峰去，便是阳朔县城。公子瞻眺之下，暗想粤西地势不但山水甲于天下，并且险阻可守，又有土官苗众等堪资结合，倘能据此地做个中兴之基倒也甚好。俺想邝湛若一定有见及此，只好俟寻着他再做商量。一时间想得高兴，却慨然得句云：料得地邻阳朔近，眼前又见怪山来。

当晚宿在阳朔城外近郊山店中，但闻夜间一处处野祭巷哭，问起来都是被兵祸的人家。次日起行，趱过兴安县，便是近桂林省垣的大道。所经镇聚，虽多繁盛，但是兵燹后的光景处处可见。父老们谈起省垣失守并瞿张等死难情形，还都流涕被面。公子不暇细询，草草地宿过一宵，次晨又卖了几幅字儿，然后起程。数十里光景，未及日午，已行抵省垣近郊。但见各处里颓垣烧壁，闾里萧条，连个鸡犬都稀稀的，只有些妇孺们破衣褴褛，就野田中去挑苦菜。那要隘之处却安着兵卡，不断地试马吹角。又有些满洲游骑各处乱跑，都是孔有德部下等人。当时公子一路留神，恐遭盘诘，便将宝剑束入行装中，将作就的对联插了草标，只做个卖字的先生。行近西城门张时，不由吓了一跳。只见城门洞内号令着十来个血淋淋的人头，又有一班雄赳赳的兵丁各执兵仗，在那里盱睢作态。公子不便只管觇望。便趁人众往来中逡巡入城。

只见街坊上各人家还一半儿关闭门户，想寻店道偏偏没得。末后，却望见一处草店，奔去瞧时，不由又颇为踌躇。只见店门首清锅冷灶，只有个半老婆儿低着头坐在门凳上补缀旧衣。这里公子略为徘徊，恰好那婆儿一抬头，望见公子，便置衣站起，却笑道："你这位先生敢是要住店吗？"

公子道："正是哩，俺因妈妈这里又不大像店道，因此踌躇。"

婆儿听了，不由眼圈一红，便叹道："不瞒客官说，俺因兵乱后，房舍家资都被人抢占了，没奈何领了俺小儿子胡乱开这店，糊口度日。您瞧瞧，连个店招都没得，才是笑话哩。"说话间，引公子趱入店，一面唤道："二小哇，你放了学只顾淘气，快去泡茶，伺候客官吧。"

即有一十来岁的小厮从厢房中跳出，却笑道："俺只顾瞧俺哥子的信，所以还没上学去。娘这就嘀咕起来了。"

公子见了，正欲说话，店婆却笑道："你老莫见笑，这是俺的小儿子，上了几年学，只认得赵钱孙李。下学时，便帮俺些手脚，终究比只狗儿强些哩。"

于是大家趱入客室，公子自去安置一切，店婆母子也便趱向灶下，忙碌茶饭。却闻那小厮道："娘，瞧这个客人雄壮壮的，倒好像俺高大叔。"

店婆唾道："你提那死鬼做甚？若不是他，咱还不至于这么晦气。你倒是怡愓怡愓你肚里的字是正经。今晚上，还须与你哥子写回信哩。"

公子听了，也没在意。须臾，酒饭到来，公子一面吃，一面想起毕方说的何姓住处是在巡抚衙后身儿钟楼街上，却不知距此远近。因向店婆问明那街道，且喜距此不远。饭罢后，即便整衣出店，转弯抹角，趱到那何姓门前张时，不由一怔，只见很高大的一所房舍，却为满洲兵所据，门首挂着军营教练处的字牌，虎头肃静牌、黑油大军棍分挂门左右，好不气势。正有几个带刀满兵在门首趱来趱去，见有人行近，都瞪起眼睛。公子见光景不对，便就左近街坊人一询何姓，好不心头怡愓。原来桂林兵乱时，何姓家人不知逃向何处。这宅舍早被满兵占据了。当时公子闷闷趱回，只好俟明日慢慢访寻何姓再做道理。

当晚公子就灯下小坐一会儿，正要就寝，却闻店婆在厢房中道："你这孩子，真是显道神流鼻涕，越大越没出息，念的书都就饭吃了。给你哥子写封信都不能，等我请那卖字的客官去写吧。"说话间，店婆趱入公子室中，先将笔墨笺函置在桌上，然后从腰中掏了半晌，掏出十余文老钱，置向公子面前，却笑道："你老休要嫌轻，便将就着劳劳大笔给俺大小子写封回信吧。"说着，深深地道个万福。

慌得公子一面让座，一面笑道："写封书子不消给钱。妈妈的大相公叫什么？您要写些什么呢？"

店婆拍掌道："您真是识文断字的，开口就在行。写些什么却是啰唆。那么我说一句，你写一句吧。"

公子一面提笔在手，一面笑道："也好吧，妈妈你就快说。"

店婆沉吟道："俺那大小子，名叫住儿，那么还写姓不写呢？"

公子道："信函外才写姓，里面不用。"

店婆道："如此好了。"于是说道：

住儿娘字示住儿知道：

　　你的信我已接到，你在外学生意，不要惦着我。咱家今非昔比，从先向咱家来往的人们如今连影儿也不傍，咱只好隐姓埋名地过穷日子。为娘身子好，不要惦念，但盼你挣钱回家就好了。

当时公子写毕，折叠起信笺，装入函中，又提笔道："妈妈贵姓？如今却写信函了。"

店婆道："俺便姓何。"

公子听了，忽触起去访何姓之事，因笑道："今天俺向钟楼街，便是去寻访一位姓何的朋友，不想他宅子被兵占据，人也没影了。"

店婆听了，失惊道："那宅子便是俺家的，你先生到那里去访哪个？莫非去访俺当家的吗？可叹他兵乱时便死掉了。"

公子听了，不由也是一惊，料这店婆便是那何姓的浑家，于是放下笔，一说自己的姓名来历并远来相访之意，兼问湛若的行踪。听得店婆只管流泪，便一说近两年中哥老会的变故并湛若的去向。

原来湛若自到广西，寻着何高两姓，便帮他们料理会务，一面游历各处。高姓住在梧州府，那时永历还在桂林，却遭了招降的一股流寇到梧州去防守驻扎，首领叫李回回，既凶且淫，做惯了流贼的人们，哪里晓得什么军纪？一窝蜂似抢到梧州，占据民房，劫夺资粮，既已闹得当地人怨入骨髓。那李回回又纵令部下，劫掠美妇，拣好的献上来，由他快活。被劫的家拿大包的银前去赎人，还被乱棒打出。

也是合当闹事，哥老会中有两个小些的首领，一个叫颜树德，一个叫卜维吉，住家在荔浦、昭平两县，都是响当当的角色。因两县土寇作闹，两人便将家小搬入梧州府城。时值中元节，便有好事的人们大设盂兰盛会。树德的妻子徐氏和维吉的女儿鸾珍，都是年轻的妇女，好俊的性儿，自然是扎括得花枝招展去看盛会。那李回回手下的人们早如鹞鹰般瞧准这两块肥羊肉了。徐氏等还没走到会所，早被那班人抢将去，献到李回回跟前。此事一做，慌了高姓，因素知树德、维吉性如烈火，怕不因这事体闹起大乱子？于是急遣人一面去报树德、维吉，一面多持金资，火速价去赎徐氏等。及至树德等连夜赶来，那徐氏等也便被李回回放回。但是两人都已花憔柳悴。徐氏妇人家还可强勉行步，可怜鸾珍，只有十四五岁，经李回回一番作践，只有卧床哭泣的份儿了。

于是树德等大怒，当夜便赶回荔浦、昭平，分头价齐合哥老会众。高姓见事已至此，也只得登时移家出城，一面驰书于何姓，令他领众来助，一面火速价齐合自领的会众。方才就绪，那树德、维吉已领了两路会众，五马长枪地杀将来。会合了高姓之众，就有万余人，登时将座梧州府城围得水泄不通，口口声声，只喊将李回回捉出，碎骨分尸。当地人们本恨李回回入骨，今见哥老会出头发难，大家攘臂一呼，登时城外又添了几千人，锄头闷棍一概都有，真也十分气势。那老贼李回回通不理会，只令部下坚守城垣，以消会众的锐气，却一面遣人到桂林省垣告变，一面分派部众，伺隙出击。当时哥老会众就城下喊得口干，跳得气促，久而久之，肚皮饿是真的。树德等横矛勒马，正在指挥大家，更番回队，且去饱飨战饭。只听城上一声鼓起，城门大开，早有两队兵大刀阔斧，分燕翼冲去，且不对敌，竟去包抄会众阵后。这里树德等一面分人去挡，一面正要率众抢城。那李回回早领了一队健卒由内冲出，长矛起处，先将维吉挑落马下。于是树德、高姓一齐大呼，即便挥众接战。你想哥老会众和当地的乌合之众哪里敌得过李回回手下的百战健卒，况且阵后已被人包抄，当时一场混战。说也可怜，树德、高姓都死在乱军之中，会众们竟死掉数百人之多，余者便尽行逃散。于是李回回耀武扬威，得胜回城，一面出示严禁哥老会，一面驰书到省垣报捷。但是永历手下的人们方在苟安不迭，也便不去瞅睬那哥老会众。

那何姓虽窃幸自己没事，但是经此一番变故，也便心灰意懒，不欲再领哥老会众。便暗集会众，大家商议一番，将代领之职让给一个姓冉名元礼的。此人却住在永康州，还是个土司官儿，知州职分。当时邝湛若恰向南海省墓去了，及至回头，得闻哥老会的变故本要急寻何姓问个详细。无奈桂林屡经清军去攻，只是乱得一团糟，只得且向他处游历。后闻永历他去，瞿式耜留守桂林，颇能延揽贤士。于是湛若即便赴桂，寓在安泷桥畔一个卖酒的董翁家，先寻着何姓，询知哥老会的变故，并冉元礼代领会事等情，甚为太息。正想前赴永康，觑觑冉元礼之为人并土司们的光景。恰值瞿公虚己受言，颇延接条陈时务之士。湛若寻思机不可失，于是便上书于瞿公，候了些日，殊无动静。因为那时孔有德攻取桂林的兵马业已将到，瞿公等只顾了准备军事，便无暇去瞧条陈了。湛若至此便决意且赴永康，当时告别何姓，兼述自己之意。那何姓送得湛若出门，只过得一日，不料孔有德的兵马竟自长驱而至，登时合围，何姓惦念湛若，想到那董翁家瞧瞧湛若去了不曾。无奈孔军攻城甚凶，满街上都是焦琏防御的兵马。何姓逡巡之间，只顾了将妻子寄顿向僻处，便不暇去瞧湛若了。那何姓妻子藏向僻处，直至孔有德入城，出榜安民，方敢出头。何姓已死于兵乱，宅舍亦归满兵住了。母子们无处栖身，还亏得身畔稍携金资，便就那藏匿处开了个草店，胡乱度日。不想因写家书，却遇着六公子。

当时公子听店婆说罢，虽暗叹哥老会遭此变故，却喜又闻湛若的行踪。正劝慰了店婆一回，将书函写好，低头沉吟之间，只听厨灶下沸的一声。正是：

> 人事云浮幻，行踪萍转多。
> 同心人不见，搔首一长嗟。

欲知后事如何，且听下回分解。

第二十八回

访故人遍历瘴疠乡
走穷山忽遇江南客

且说六公子正在沉吟，只听厨下沸的一声，店婆忙取起书函道："如今灶下水开了，待俺泡茶来，谢谢先生吧。"说罢趄去。

这里公子思前想后，暗想两广云贵一带，土司官的势力颇为不小，湛若是有心人，他前赴永康去觇元礼，或者别有用意。想至此心下稍慰，即便安歇。次日，趄向董老家，本想就董老询问湛若的行踪。哪知董老那里家毁人去，只有丝丝嫩柳拂映于安泷桥头。公子只好就桥上徘徊怅望，瞧着桥下的潺潺流水，出了一会儿神，然后嗒然返步。即便定了主意，赴永康去寻湛若。

漫表次日里店婆送客回头，且自苦度日月。且说公子负装佩剑，趄离桂林，问知永康一带，地杂苗猺，道径险恶，所属州县大半都是土司官儿。原来这土司官儿都是世袭其职，各据其地，当地的财赋军务都归其手。那土司官一般地养兵自雄，每出入鸣笳建旆，从者如云，便如小国诸侯一般。每年交朝廷家有限的地亩税银，便算了事。朝廷因其地非他们抚治不可，所以便从事羁縻，不去苛求他们。饶是如此，那土司官们还屡次蠢动闹乱子，往往勾结了苗猺等人便称兵起事哩。当时广西土司官中，有冉蓝云奚四大姓，尤其桀骜不驯，这也不在话下。

且说公子一路问途行去，仍以卖字自给。因大路上往往有过路的清兵并李定国手下的溃兵等，便取行山溪小路。只行过三两日，一路所见却与由柳州赴桂林时大不相同。因为时当春暖，草木丰茂，烟瘴发生，那山溪险恶还倒罢了，最惊心的是毒虫恶兽怪鸟异木之类。虽没见玄蜂若壶，赤蚁如象，但是那遮天的大雕、黄风似的蜂阵也不知见了多少。至于含沙短狐、吐云蜥蜴更是随路便见。更有那异样毒蛇，千奇百怪，方蛇、红蛇、量人蛇、七步紧等，不算稀罕，还有接蜕蛇、变头蛇。接蜕蛇能爬树，从上面自掷下，跌作数段，须臾接作一条，索索而去。变形蛇俗又呼为鳖蛇，能就泥水间盘结着化形为鳖。人若当鳖烹食了，骨肉立化为水，只余头发。

公子一路觇望，处处留神。每宿山店或借宿人家，便先询前途路径。又趱过两日，所经之地益发险恶，并且屡经苗猺的砦寨。时当春月，正当苗猺男女跳月期，跳场中男女分曹。男的是椎髻钻天，女的是桶裙扫地，都插花满头，带着刀弩，唱起苗歌，吹起芦笙，彼此地携手揽肩，跳到情不自禁的当儿，男苗负女便趋向深林密藋之间，登时云酣雨腻。

公子随路觇玩，倒也消了几多旅闷。每晨行道上，往往遥见瘴母堕落山谷间，其色灰黄，形似绝大弹丸，斯须间瘴气如湿云，布满天空，总须日光大上时方才渐灭。公子所经险地，有李白岩、龙女峡、鬼门关等处，都是从鸟道悬空中盘纡一径。又有一处更为奇险，十来里的山径都是乔林大竹，荒草没胫，仰望不见天日。左是峭壁插天，群猿哀啸，右是深涧雷鸣，望向下面，阴风飒然，但见些怪石纵横，有如乱尸。公子问起土人来，地名人鲊瓮。据说着是明初时苗人作乱，被官军剿杀，将尸骨悉投此涧，岁久竟化为石。过此，便是龙州厅境了。

当时公子惴惴行过人鲊瓮，只见道路稍为平坦，弥望价都是棕林青草。却于一处山岩间见有一座很大的破庙，虽是颓破，里面却悬的匾额不少。大殿中，塑着一个奇诡神道，金盔亮甲，一手仗剑，尻处却露着蛇尾巴。问起庙祝来，却是什么蛇王庙。公子见了，付之一笑。当晚借宿一处山家，因问起前途道径。主人道："前面路途还算好走。但是这两日间却行不得。客官在来途上没见那蛇王庙吗？因为这两日间，恰值蛇王蛇母交合之期。蛇王一出，众蛇从行。人若触犯他，可了不得。"公子听了，不觉哈哈大笑，哪知边徼炎荒，真有异事。

公子这一笑不打紧，却大大地经了一个险。原来公子宿过一宵，次晨上道，果见路无行人，并且沿路上植有木标，上写"蛇王忌日，行人止步"的字样。公子见了，颇觉好笑，依然大步前进。半日路程，只经过两处山村，并且都关了门儿，任你喊唤，也没人答腔。公子只得忍饥前行。须臾日色渐西，却趱过一重岭峰，举目四望，但见乱峰合沓，万木参天，身旁偏西向却有一处极狭的山口，远望山口边，草树稍稀，似乎是人常往来的小道。公子以为山口内或有人家，正想去奔去求食之间，不好了，忽地眼前异光一闪，接着腥风吹处，竟由山口内蹿出一条翠色怪蛇，浑身白斑点，灼灼有光。那蛇长只数尺，扬起上身，却有三尺多高，便如尾巴着地一般，挟着风沙，势如悬缒。公子吃惊之下，料是异样毒物，恰见身旁有几株桄榔高树，便连忙跃登树上。方就横柯密叶间隐住身体，便见山口边竟如乱抛彩练一般，有无数的各色怪蛇，各挟风势，从四外蜿蜒而来。其中极大的长可数丈，好不怖人。那来势极猛的竟蹿至桄榔树下，但见所过处，荒草都倒。有的便盘向树半身，乱摆头尾。

公子大骇，连忙抽剑准备之间，却闻身旁一株高树上只管簌簌作响，又似人影一晃。公子不暇去瞅，正目注树下诸蛇搅作一团，却闻山口内怪响发作，尖厉到绝顶。即有一条异蛇徐徐而来。那蛇长亦数尺，通体赭黄色，一颗头甚是异样，便如野鸡脑袋，金碧闪闪。细望去竟是茸茸短毛，更衬着血红肉冠。望得公子正在浑身起栗，只见那条翠色蛇见那蛇到来，便做迎迓之状。于是两蛇纠结，诸蛇尽伏。须臾两蛇愈缠愈紧，竟似个异样彩球儿，就地上旋转如风，一径地滚入山口。这里诸蛇也便昂头都起，一时间风声大作，一条条投入山口，刹那间，一切都杳。

望得公子神摇目骇，逡巡间提剑下树，百忙中连肚饥也便忘掉，正要拔步趱去，只见身旁深草一阵起伏，便如浪头发动，突地有条赤练蛇，长可数丈，从里面直蹿出来，一摆脑袋，也要奔赴山口。公子忙闪向树后，正见它水桶粗的尾巴，在自己足旁蠕动作势，便闻身旁咕咚一声，却从高树上坠落个赤体披发的女子。恰值那蛇尾巴一抖，竟将那女子缠个结实。那女子一声惨叫，白亮亮两只腿子正在乱舞。公子大骇，不暇细瞧，一个箭步赶将去，即便用左手力拔蛇尾。本想将女子抖落，再做道理。哪知那蛇负痛回首，登时吐出一股腥臭毒气，直扑公子面门。公子不暇躲闪，忙趁它张口之势，手起一剑，直舂入去。那蛇痛极，向前一蹿，这一来不但那女子摔落于地，便连公子也登时撒手扔剑，几乎栽倒。那蛇已蹿出百步远近，翻掷良久，方才屋梁似的死掉。

公子惊定，忙瞧那女子，不由倒好笑起来。原来却是一个山中野女。你道这野女是什么物儿？原来广西深山中有这稀罕物儿，介乎人兽之间，大概如木客山魈之类，生得面目姣丽，披发裸身，活脱似个大闺女，土人因名之曰野女。她肢体阴乳等都不异人，只有小腹间垂下生就的皮囊，皮囊里面有块晶莹小玉印，便如石首鱼脑中那块小石一般。她若被人捉住，便两手牢护那玉印，至死不脱。其性警黠，却不害人。每出行便十数为群，连臂跃舞，腾踔如风。秋收时，便向山家去窃谷果。人都不肯伤她，只放爆竹惊她令去。但是她若春气发动时，却有力如虎，不但狂走山中践踏田禾，倘遇着男子，即便抱去求合。人家有两句诗说得好来，是"深山有野女，群荫不见夫。晶莹姝且好，裸袒无衣襦"。可见是天地生物不测，深山大泽中无奇不有了。

当时公子因素闻广西地面有这野女，于是惊笑之下，便去拾起宝剑，正要趱去。忽觉面上奇痒彻骨，少时便隐隐痛起，忙趋就溪水一照，竟肿得黄胖起来。情知是中了蛇毒，正没做道理处，那野女却赶将来，拖住自己一阵唧啾，并举手向一处岔路上乱指。公子见她善眉笑眼，殊无恶意，忖度她乱指之状，是请自己到她巢穴之意，虽在面目痛楚之中，却又未免好奇心起，于是点点头儿。那野女大悦，一个狮子滚地式，即便蹲向公子面前，以示背负之意。公子见那婀娜之状，以为她力不胜载，哪知爬上她背去，她便轻松松背将起来，竟自绰有余力。公子这时面痛越剧，只好任她缘山过洞，一路跑去。不多时转向岔路，公子面痛得睁眼费力，便索性闭了眼睛，但闻耳畔飕飕的风鸣树响，恍如腾云驾雾一般，顷刻间，似已越过一重岭头。正闻得溪流淙淙一片声响，那野女却已蹲身驻足。公子跳下来，勉强张目望时，却又是一番光景。只见已来至一片山环之中，弥望价都是幽兰芳蕙，正当做花，奇香彻脑。一处峭壁下，现出蜂房似几个土洞，并有一道清溪横于洞外。溪岸上都是寸许高的芊芊翠草，草根下结着些火齐似的颗粒，红翠相间，甚是鲜艳。各洞口内正跑出五六个野女，望见自己，都喜得跌跌乱跳，即便涉溪奔来。却被这边的野女迎上去，向大家唧啾数语。于是众女都各扬手顿足，以示欣忭之意。这里公子方在怔望，早被大家七手八脚地架撮起，即便涉溪而过，径奔向一处土洞。

这时公子毒痛大作，被她们放置于地，竟自昏沉晕去。恍惚之中，但觉面上如敷冰雪，顷刻痛止，神思一倦，即便睡去。及至醒来，业已其苦若失，却见众野女都偎在自己身旁，有的还用石块就地下乱捣翠草。公子料这翠草能解蛇毒，正在十分诧异，众野女却伸手来拖，一面乱指溪中。公子会意，便同她们走向溪边，一面洗掉面上所敷的草叶，一面拔了一丛草，揣入怀中。这一来招得众野女都各欢跃，便趁势跳下溪中，兴波作浪，互相顽皮起来。这时夕阳将落，照着水中光溜溜的一群野女，张得公子便如猪八戒到了盘丝洞一般，一面好笑，一面四望山径，不免又是心下踌躇。只见来路已迷，更不辨什么方向。但是众野女却似会意一般，即便跳上溪来，复拥公子，趱向土洞，却一面指指口，示取食物之意。公子没奈何，只得趺坐洞中，且自闭目养神。不多时，觉得洞中大亮，睁眼瞧时，众野女已就洞中燃着松明，并有许多果糗堆在自己跟前。公子至此，不由暗叹野女多情，亦知报德。于是取起果糗，欣然一饱。当晚，公子趺坐终夜，却累得众野女跑进跑出。公子侧耳洞外，但闻四面价儿狼嗥虎啸，直到天明，方才少静。再瞧众野女，已都散去，只有被蛇缠的那野女还偎在自己足下。见公子醒来，即便指向洞外。于是公子跟她出洞，直行过数里的佶屈窄径，方才合着稍平的山道，望向前面，却隐隐见有人家。

公子感叹一回，便向野女握手，命她止步。那野女见了，居然似有恋恋之意，又向前路指指，方才转步跳跃而去。

这里公子叹诧之下，行过数十里钻山小径，却又得一山口，山口边也插着蛇王忌日的木标。过得山口，却是一片丰草长林。遥望四外，稻田高下，都就山的坡坨一层层种植上去，势如梯叠。公子一路延望，又趱过十余里，却又见前路陡起一座怪山，群峰耸峙，烟岚郁郁，甚是气象险恶。公子四顾踌躇，正想觅个山家求食歇足，恰好从岔路深草中趱出个负薪老者，年可六十余岁，尚自精神炯炯，一般地椎髻草履，状似农夫。一见公子，便惊道："你这汉子好大胆儿，单身至此，敢是从蛇山来吗？"

公子听他语音，竟是江南人。这一来，心下一喜，便如见了甚亲人一般，忙趋近拱手道："俺正是从来途上山中来的，今听老丈语音，似乎是江南人，却怎的流落到此呢？"

那老者一听公子口音，也是江南人，喜极之下，却慨然道："此间非讲话之所，且请尊客到舍下一叙如何？"说着，转身前导。

须臾来至一处山村中，只寥寥有百余户人家，村头上一般有一所东倒西歪的社庙。当由老者肃客入内，公子望时，却见后厢室中便是老者的住处。里面除草榻木椅几之外，案上却横七竖八堆着几卷残书并煤墨败笔等物。榻头壁上还挂着一柄缺锋长刀，刀头虽缺，却冷森森的锋利异常。宾主施礼落座之后，公子正要向老者展问邦族，只见从外面趱进七八个短衣村童，每人手持一本《论语》，排墙似的向老者一站。于是老者按人各授一字，诸童各从怀中掏出一文钱置在案上，即便肃揖而退。张得公子正在不解是怎么回事，那老者却望望壁上长刀，慨然一述自己的姓氏来历。原来这老者是江南常熟县人，姓沈名必昌，击剑任侠并好捭阖纵横之术，久随瞿公式耜戎幕，颇建奇策。桂林兵败，必昌力战得脱，始而还想招集瞿部溃众，拟有所为。后闻瞿公等殉节，只得窜迹此间。因欲归不得，便就社庙中流落下来，拾橡负薪之外，只好授字村童，借以糊口。正是：

战余落日黄，后败鼓声绝。
孰意瘴疠乡，乃逢江南客。

欲知后事如何，且听下回分解。

第二十九回

黎姥山公子觇野苗
伏波崖宝珠惊夜叉

且说公子听必昌说罢，不由肃然起敬，因也一述自己的姓氏来厉并前赴永康之意。必昌惊喜道："原来足下便是山阴祁六，老夫虽久离故乡，却也闻得足下大名。便是贵友邝湛若当上书于瞿公时，俺也曾和他见过一面，如今却不知他是否游历永康。但是那永康土司冉元礼却不是什么纯正人。贵友便到那里，想也托迹不久哩。"

说话间，自起炊粟供客。宾主谈论间，十分款洽。公子因问起他何不遄归故乡，必昌叹道："俺一个败军之将，羞归故里。将来遇有机会，能去省先人坟墓，亦未可知。"

公子听了，太息之下，又说起来途遇怪蛇并野女等事。必昌道："那座山名为蛇山，虽然多毒虫异物，还不算十分险恶，此去前途那座大山，名为黎姥山，不但毒虫猛兽一如蛇山，并且中多生苗居峒，惯能伤害行客。足下到山时，端须仔细一切。若闻金鼓之声，便须躲避。因为金鼓响起，不是山民驱兽，便是生苗们寻仇厮杀。那山须两日光景方能行过，无处求食，还须自备糗粮。过得那山，便是崇善县境，恶险山溪虽是渐少，却多土司们的砦寨。这等荒乱时，他们在要路上都置汛卡。土司官们大半是喜怒无常的性儿，足下沿路上也要当心一二。"

公子听了，深谢指教。须臾饭罢，即便起辞。那必昌又殷勤嘱咐一回，并略取干糗相赠，引公子到大路上，方才挥手别去。

且说公子一面感念乡人多情，一面直奔前途黎姥山，也没把必昌嘱咐小心之语搁在心上。哪知方进得那舍岈山口，行过三五里，却又遇了个小小险儿。因为这时已是四月下旬光景，广西天气早已热得火也似的，且喜山径间榕蕉高荫甚多，足避炎日。公子只顾纳了头就荫凉深处走去，逡巡间抬头望时，却已岔入一条僻径。但见丛菁深草间以山田高下，距身旁不远歧路口边，却插着青葱葱一根树枝。公子只顾了高瞻远瞩，想寻人问途，也没理会那树枝。逡巡间趱入歧路张时，不由猛然一惊，回身便走。原来那歧路深草中正有男女两苗赤体交媾，身旁插着明晃晃的苗刀。还亏得那男苗那当儿涎流目瞪，只顾了按住女苗风驰雨骤。公子悚然却步，忽想起那树枝是插青的标记的当儿，男苗背着脸子虽没理会，却当不得那女苗望得分明。当时公子返奔至歧路口边，那男苗早已赤体挥刀，从后面虎吼赶来。公子猛惊，正在拔剑，却又闻得那条僻路上金鼓大作。这一来，男苗惊走。这里公子张慌四顾，方闪向一处高坡大树后，便见僻路上尘头大起，先是一队野牛，两角上都系红彩，并绑着明晃晃利刃，队旁夹护着一班生苗，一个个椎髻裸体，只用苗布遮掩了前阴后臀，各持标枪，火杂杂直撞过来。随后却铜鼓震地，角哨大鸣，又是一队刀牌生苗，漆黑的裸体上也不知用什么药草染得青青红红，便如鬼怪一般。直过了炊许时，却又见个长大老苗携了一个姣丽苗女，一面跃舞，一面用长刀指挥前队，似乎是酋长模样，那老苗头束金箍，白发乱披，碧闪闪凶眼有如磷火，生得灰渣渣一张瘦脸，绝类僵尸，但是两颊之间却栽着几处人骨。原来这等生苗名为栽骨猓子，凶恶无比，好斗嗜杀，每杀仇人，便挫其颅骨，栽颊示勇，越是栽骨多的，众苗方凛然詟服哩。

当时公子见状，骇然之下，方知必昌之话果然不虚。料这群苗众定是向哪里去寻仇厮杀。沉吟之间，那老苗拥了苗女，也便跳跃而过。于是公子下得高坡，寻觅半晌，方得大路。又趱过数十里，但见些丰草长林，惊禽骇兽，且喜还没得猛鸷之物，只是日色向西，天气越热，偏偏这段路又没得高树荫翳，扑面热风，简直着体如炙。仰望那西北角上，却涌起一片乌云，似有欲雨的光景。公子不敢怠慢，只得拔步疾趋。这一来未免闹得喘汗相属，好容易望见距道旁不远有一株异样大树，霜皮铁干，却直挺挺没得枝柯，从根到顶，都是芭蕉似的毛茸茸厚叶，每一片叶足有两丈多长。这时虽微风不生，那叶儿都自家招摇不止，并且叶的着树处又生出些老长的柔蔓，便如藤条一般。公子见了，颇觉诧异，但因急于就荫歇息，便抹抹额汗，正要直奔那树，却闻对面深草中有人喊道："客官且住，那怪树是近不得的。"声尽处，趱来两个持枪负弩的猎人，因指那树道，"此名食人树，吸力甚大，且是怪气得紧，人若走近树身，那蔓叶便能将人缠卷起，叶的毛儿能刺入人毛孔，立时吸血都尽，只存骸骨哩。"公子听了，好不骇然，因向两猎人谢过指示，即便匆匆前进。

这时天空阴云布满，虽遮了骄阳，却郁热得越发难堪。公子又行过一程，不觉饥疲交萦。暮色苍然，衬着黑沉沉欲雨的天气，阵阵归鸦早已远投林表。公子一面觇望空山暮景，一面寻栖止之处。须臾来至一处歧路口上，却见立有纪程界石，一路通安平州，一路却通永康。又有一所破残庙基，业已片瓦无存，墙垣都圮。深草中，横着当年的庙门石额，上露"伏婆神祠"四字。公子见了，不由顿起英雄逝水之感，即便驻足肃拜。徘徊一番，向庙基后张时，不觉暗喜得有宿所。原来那庙后墙基，紧靠一处穹隆土壁下，却现出个老大的穴口，口外稍有草树，足可隐身。于是公子伛偻入穴。只见里面宽绰绰的，颇可歇卧，不过稍为阴湿些儿。因走得汗热，即便放下行装，打开来取出一件汗衫更换停当，随手将怀中的翠草并必昌赠的糗粮都置向行装一旁，踅向穴外，乘凉一会儿。须臾，四山暝色，早已黑压压地盖将下来。一时间万籁都静，但闻夜风微动、草木萧瑟之声，并有潺潺溪音，似乎是近土壁左右。公子就穴外石块上静坐良久，心思一沉，不觉万感岌起。自念一身漂泊，又想起曼华等人，再想起此后自己报国的情怀，真觉天壤茫茫，厕身靡所。冥想既深，躁热亦息。

约莫有二鼓后光景，公子正要入穴歇困，忽觉浑身无力，百不自在，良久方悟是肚皮饿了。公子至此不觉又深感必昌多情，于是踅入穴，摸索干粮，尽量一饱。俗语云：食困食困。当时公子既饱，精神颇倦，一个呵欠，即便将手下行装略为移置，沉沉盹睡。哪知不久时光，直从睡梦中干渴醒来。向穴外望望，真是暝黑得伸手不见指，虽听得溪流甚近，想去饮水，却没做理会处。公子沉吟一会儿，只好趺坐起，用起咽华池玉津的功夫，想去止渴。哪知精神一奋，干渴愈甚，喉咙里便似冒出烟来。这时溪声到耳，直引得公子再也耐不得。沉吟一会儿，忽然有触，忙从行装中摸出那颗宝珠，撷在手内，还未褪去珠衣之间，却听得土壁旁訇然一声，溪水乱响，便似有人跳入溪中一般。接着便稀里哗啦，激水如雷。公子听了，只疑是什么野兽，正在一手擎珠，一手去乱摸宝剑。便闻咕唧咕唧一路跣足声响，似又有人从溪中跳上来，便奔土穴。这一来公子大骇，料自己这不速之客，无端的占人馆舍，有些稳坐不牢，这来的物件不是人熊，也定是什么生苗野番之类。百忙中不暇再摸宝剑，正想蹿出，再做道理。不好了，便闻穴口边哼哧一声，先掷过个老大的石块，接着便腾踔跳掷，直闹得沙石乱飞，呼呼风响。一面价吻动舌鸣，咻咻有声，并且良久哞的一声，其声沉闷奇怪，更不辨是人是兽。闹得公子正在发怔，却好穴外声静下来，但是又闻得咕嗫嚼物，并投骨于地之声。少时，却又咻咻声作，只管就穴口外盘旋来往。虽在深沉夜色中，公子由穴内运目力望去，却恍惚见个魍魉似的长大黑影儿，只管就穴外踅来踅去。这里公子越忙，却越摸剑不着。正这当儿，却见那黑影横不椰子，就穴外十余步远近，颓然便卧。少时又坐起来，从身旁抓过一物，垫作枕头，方才重复卧倒，顷刻间鼾声大作。

公子从模糊中见状，料非兽类。虽是心下少安，却当不得口渴欲死，便觑觑那物件，再做道理。于是手擎宝珠，趄出穴口，就短树后隐住身体，原想是稍褪珠衣，略露光明。不想百忙中，手势略颤，哧一声竟将珠衣全褪，珠光腾处，顷刻间大地光明。公子忙向那物张时，不由骇绝，哪里是什么生苗野番？却是个丈余长的大夜叉，正在那里枕着半段血淋淋的人腿，仰面价睡得快活。赤发狞狞，衬着靛面血口，獠牙森森，如排密刃，通体如靛染一般。瞧那胁腹之间，竟似乎隐起鳞甲。卧在地上，虽不及防风氏身横九亩，却也似拱起一条土龙。当时公子见状，更不暇韬起宝珠，正要回身取剑，那夜叉早已惊醒，但是被珠光所慑，跳起来，竟自大吼跑去。

这里公子方觉诧异，却闻四下里鸟噪兽窜，良久方定。当时公子惊定，方悟这宝珠真是绝世奇珍，竟能以震慑百兽并凶鸷怪物。窃幸之下，未免又想起当日曼华赠珠的光景。怙惚一回，先回身取起宝剑，然后以珠照路，寻向土壁旁的溪流，掬饮了几口水，方才口渴立止。正要转步，却见溪岸上刀光一闪，趄去瞧时，却是绝好的一口苗刀。公子至此顿悟那夜叉所啖的定是什么生苗。看来这黎姥山中，果然险绝，必昌之语委实不虚哩。于是拾起苗刀，趄回土穴，便索性地以珠代烛，将打开的行装整理停当，然后拿起那珠，佩在身上，安然一觉好睡。次晨就穴外细瞧，不由又顿起后怕。只见那夜叉的脚印足有二尺余长，穴口外掷的那块大石，少说着也有磨盘大小。公子至此不由又顿感神佑，便向伏波庙额肃拜过，然后负装佩剑，并提了那口苗刀，这才拔步前进。

方趄过一处高岭，却见一群山民们各执刀械，约有三二百人，一面鸣钲开道，一面吆吆喝喝，直从林影中转将出来。一见公子，便喝道："你这汉子，敢是什么神道吗？瞧你来路，像从伏波崖来的，那所在近些日间忽来了一个凶夜叉，不断地出啖人畜。俺们昨夜里，又望见那崖所在忽起异光，并听得夜叉狂吼，所以齐合了人众，想去张张哩。"公子听了，不由哈哈大笑。正是：

> 深山大泽，乃逢不若。
> 履险如夷，壮哉此客。

欲知后事如何，且听下回分解。

第三十回

祁公子高阜观打猎
相思寨大侠做名医

且说公子当时大笑之下，便一述自己所见夜叉之事。众山民听了，好不吃惊道怪，却又噪道："如此说，昨夜的异光定是伏波神道显圣，方能惊走那夜叉。咱们快去瞧瞧，应该把那庙宇重新整理才是。"公子听了，只好暗笑，便向他们一询前途，方知过得这黎姥山，便是养利州相思寨的地面。

不提众山民闹嚷嚷直奔那伏波崖，且说公子行过一日，又见了多少的险阻所在。经过观音崖、鬼脸峡等处，又有一处名为松桥涧，都是虬龙似的偃蹇老松，飞柯纠结，搭作一条天然桥。远望去，苍然跨涧，真似有太古土色。至于所见的奇禽异兽，更不一而足。公子至此，不由又暗叹漂泊之余，倒也开了许多眼界。

当晚，歇在一处土崖上，取食干粮，却已剩了无多。少时月光微上，公子胡乱吃罢，少饮泉水，因思不如连夜行去，早出此山，以便觅食。于是取宝珠褪却珠衣，置于帽檐，即便前进。这一来不打紧，公子顶上便如猛现毫光一般，奇彩腾起，光射里余，映照得峰峦林木都成异色。一时间，四外的鸟噪兽窜，好不热闹。及至天明，公子已趱过百余里之远，抬头望时，且喜已近山口。趱出山口里余，却闻远远的鸣鼓吹角，似乎有兵马往来。前面道旁不远，又庋着一处屯幕，似乎是汛卡模样。幕外有几个佩刀持械的人，虽是汉人兵丁的装束，帽儿上却都插一支鹬翎儿。一见公子趱近，便有两人奔来，喝道："你这汉子，行至前途须要仔细，今天俺家寨主行围打猎，你若撞入围场，却不是耍处。你但见中竖绣旗，四外插些小红旗的所在，便是围场哩。"公子听了寨主两字，以为是当地据雌砦寨的豪民，也没在意。唯唯之下，向那两人一询这所在，却已是相思寨的地面。

不多时，趱过一程，却见稍有人烟村落，各岔路上也便有肩挑小贩之辈纷纷往来。又于道路平野间，见有碉楼深树大溪间，往往有骑象人众出没。瞧那象的光景，竟如北省的骡马，一般地负粮载货，并且行步迟重，十分驯顺。有的被个小小童儿牵扯了，它便绵羊似的。更有红裙绿袄的媳妇子抱了娃子，四平八稳地坐在象背，便如跨驴子一般。那碉楼都有数十丈高，铜墙铁壁，赛如大塔。上面有弩孔炮眼，十分坚固。楼顶上并设有瞭望台，台四面都是雉堞，正中插一面大红旗。公子四顾，平川大野间，但见红旗乱飐，云气苍茫，再加以前途的鼓角声动，便如身临什么异样战场一般。

正在觇望之间，恰好从对面趱来一群贩食物的小贩，趱就树荫，释担歇脚。公子因正走得饥渴，便趱就他们随意购用食物，一面指那碉楼道："你们这所在设置这些大楼，做甚用处？"

小贩道："你客官是外乡人，住惯了安静地面，哪里晓得俺这里的光景？这大楼便是土司官们修筑的，为的是一朝有警，兵乱事起，他们便据这楼屯兵坚守，一面对敌。将所有的民众粮柴牲畜等物一概都归入楼中，不怕数百里远近，只剩光溜溜的地面，那敌人从远道路上，跑得饥饥渴渴地到来，想抓个人毛草毛都没得，这守御之法，好不歹毒哩。"

公子听了，点头之下，又恍然于土司官们所以能称雄之故，因漫问道："你们这里近两年还安静吗？"

小贩皱眉道："哪里能够安定？今年清兵占了桂林，分兵去徇下各处，乱得一团糟，自不必说。俺这一带又有冉姓、云姓两个土司官儿，因为人性不同，便彼此猜忌，面对心不对。说不定何时便起厮并的纷乱，如何能安定呢？"

说话间，公子食毕，及至取钱，不由却暗自好笑。原来公子此时业已属张铨进监的，致叹于一文钱在哪里了？当时公子踌躇一会儿，只好把那柄苗刀递给小贩道："你瞧此刀，倒也能值几文，便抵你的物价如何？"

小贩一面接刀，一面喜道："当得当得，客官你不带这刀倒也不错。此去前途十余里，便是俺这地面寨主的猎场，你留下这刀，不省得被人盘查吗？"

公子听了，正要问这寨主是何角色，恰好从对面又有一群行客趱来，争就小贩乱购食物。不提这里众小贩接应生意，手忙脚乱。且说公子拔步前进，一面沿途瞻望，一面留心什么猎场。不多时趱过十余里，果见篱笆地外聚拢着许多人众，一行行，一簇簇，似乎是布置猎场，并有些小红旗分插四外林麓之间。居中一面坐纛式的大旗，隐隐现出径丈的大字。公子料是什么寨主的猎场，因要息足，正好且瞧个热闹。行临切近，恰见猎场边有一处崇峻土阜，并且上面草树甚茂，足可隐身。于是公子蹑登其上，就丛树短草间歇坐下，向那猎场中望时，但见那片猎场，方圆大可数里，其中颇有林阜坡垞，四外价草树森翳，甚是幽邃。极目红旗插处，都有人队列立，似乎是备驱兽之用。靠公子所登的土阜不远，却有一处杏黄色的行幄，幄上面描金绣凤，甚是华丽。幄外面，摆设着许多仪仗，旌旗戈戟一概俱全，便如督抚的卤簿一般。又有四只驯象列在那里，都披红挂彩，分驮着朱红漆棍。幄前却竖起一面流苏走缘的大绣旗，上缀金铃，微风一吹，琅琅作响。旗上横书"相思寨"，居中是老大的一个"云"字。幄外四面聚拢着许多短衣健卒，衣分五色，各持弓弩标枪等器械。又有十余名赤手壮士，额裹杏黄巾，身穿虎纹短衣裤，在那里摩拳擦掌。大家都翘首南望，似乎是静待号令。这时四外红旗插处，角声断续间以铜鼓，擂起缓慢的花腔儿。又有吹苇哨，呦呦做鹿鸣引诱野兽的人。

张得公子正在暗诧这寨主毕竟是什么人，便如此气势的当儿，倏见场中诸人一齐肃立。接着便闻正南向马蹄声动，便似一片彩云般直奔行幄。公子料是什么寨主到来，忙望时，却又好生诧异。只见来者数骑，都是花嫣柳媚的女子，前列两队，似乎都是侍女，一色的高髻蛮靴，锦衣佩剑。有的带着轻弓短箭，有的手捧令箭令旗，坐下各跨小川马，都是雕鞍丝辔。望得公子正在诧异，只见香尘起处，最后一骑驰到，公子猛见，几乎惊唤起来。原来马上那女子又是一番气象，生得圆姿替月，润脸羞花，眉带秀而含威，眼横波而蕴媚，昐睐间娇气可掬，却又挂些严肃之态。头梳麻姑髻，身着云绡雾谷之衣，足下是六寸圆肤，踹一双远游文履。便这等从容缓辔，直临幄前，下得马，向场中人们嫣然一笑，竟颇似曼华的神态。望得公子猛然感触，正略披草树想要觑个仔细，却当不得众侍女纷纷下马，一阵彩云般竟将那女子拥入幄中。

这时，红旗处的角声越发吹起。场中人众也便一阵价列队奔走。正张得公子眼花缭乱，便见那十余名黄巾壮士就幄旁高坡设了行椅。须臾，众侍女复将那女子拥出行幄，便就高坡上落座下来。这时公子望得分明，但见场中众队一齐列定，秩序井然，便如小小阵式一般。即有一个长大壮士趋就绣旗之下，取出海螺，哇哇地吹得数声。就这声中，场众大呼，声如雷震。便有持令旗的侍女就坡上举旗一挥。这一来，但闻场四外砰訇乱响，火器齐发。顷刻间燔柴四起，火焰弥空。其中鸟飞兽窜，加以场众奔走呼喊之声，便如翻转地轴一般。一时间，羽箭纷飞，场众驰逐，已闹得如火如荼。又有那轶群惊极之兽，没命地四处乱窜，引得众健卒忽聚忽合，那各队也便渐渐散乱。须臾，执旗侍女又复举旗一挥，公子料是罢猎的号令，正在稍转眼光之间，却见一头豪猪，猛地从西面跑来，后跟两个持叉的健卒，那猪被迫性发，竟自人立咆哮。这里截路的人们，正在喊一声，标枪齐上，但闻坡上弓弦响处，一箭飞到，登时将那猪射一个翻白儿。于是场众一齐欢呼，那坡上也便有人咯咯地娇笑起来。

公子望时，却是那女子正在将手中轻弓递给侍女，一面秋波慢闪，竟自注向这边土阜。慌得公子一缩脖儿，且就短树自蔽之间，便见众健卒纷纷地献兽坡前。乱过一阵，各将所获依然列队。却又有一群健卒，由远远草地内抬过两只铁笼的槛虎。于是那十余名黄巾壮士赤手直前，从笼内放出虎来，人兽交搏一回，这才驱虎入笼，抬过一旁。须臾，那女子下得高坡，入幄少息。这里公子方在稍息倦眼，早又闻得海螺声动，只见场众们一齐整队，匆匆便发，随后是绣旗仪仗，一切移动，直由幄前摆出老远。然后众侍女拥出那女子，大家纷跨鞍马，滔滔便走。公子从树影中望去，但见一行人众，鼓角喧喧，旌旗招展，更衬着那女子扬鞭抖辔，顾盼生姿，端的赛过一幅异样图画。这里场中却只剩少许人众并几匹马，似乎是候着收拾行幄。

公子因想待他们走尽，再下土阜，正想歪倒身，少为歇卧，却闻耳畔渐渐有声，忙从树后向声作处张时，不由好笑。却是两个没走的侍女，不知从几时趸上阜来，这时却对面价蹲在草地上，脱出白致致的臀儿，正尿得起劲。其中一个胖些的颇为顽皮，一面尿，一面晃动臀儿，不但冲流各处，并且就草头上搽抹余沥。那一个便笑骂道："死妮子，可是没得蹭痒儿了。少时钻出个长虫，咬你一口就好了。"

那胖女道："真个的，你说起长虫来了，俺再没想到今天她还扎挣着骑马，你说怎的那么巧？一下子正闹到她屁……"

正说着，恰好嘣的一声，慌得公子正悄悄掩鼻，那个侍女却笑道："你这妮子，越发人样上来了。快出脱完了，夹着走吧。"说着，两人站起，一面结束腰带，一面咯咯地笑。

那胖女又向左右乱望道："不知怎的，俺只觉这里有些生人气，待我搜搜再说。没的你那心坎上的人在此等你说体己话吗？"说着眼光一瞟，竟注短树。忙得公子正在缩身不迭，那个侍女竟推撮了那胖女，一阵嬉笑，匆匆跑去。

不提猎场中转眼之间人马都去，只剩静宕宕一片空场儿。且说公子下得高阜，就猎场中徘徊一回，但见些人马踏迹，望向前途，早已鼓角声静，旌旗影没。寻思那女子不知是何人物，竟有如此气概。思忖间趋向前途。约莫趱过数十里之遥，经过两处山村。公子虽在来途上购吃了食物，既经观猎耽搁，又奔驰了一程，这时未免又泛上饿来。没奈何，只好将行装中书就的对联向村人求售。哪知这等山村的人连识字的都没得，谁肯出钱来买这白纸黑道的把戏？公子无奈，只好忍饥行去。日色将落时光，却行抵一处大镇聚。但见长圩屹然，上面是楼橹备俱，街坊上商肆云连，行人络绎。又有些佩刀的兵丁们歌呼往来。公子不暇细看，就街坊上踯躅一番，却好望见道旁有两家客店，于是公子奔向一家。方一脚跨进门，那店伙却一伸大手道："拿来，咱交柜后再寻房间，俺这里是每位客人二钱银的房饭钱。先要付过的，你老却莫见怪。"公子见了，只得退步。

须臾，到那家客店，那店伙也是一样说法。于是公子就街上徘徊行去，只好仍去卖字，再做道理。不想一条长街踅尽，也没得买主。公子寻思一会儿，反倒心下好笑起来。正怙惙去典质衣衫，以便食宿，恰好望见街头尽处却有一群人，在一株大树下围拢着，指手画脚。公子走去张时，只见树身上贴着一张黄纸榜文，树旁有个老苍头模样的人，合着眼儿，石佛似坐在一块大石上。榜文上写的是：

> 本宅主人因蛇伤发溃，势颇重剧。不惜千金，广求名医。如有能治蛇毒者，便请揭此榜文，移至本宅，赐治是幸。

那榜文末尾，还押着一颗长方的印信，只是篆刻模糊，望不清爽。公子见了，不觉心中一动，忽想起自己被蛇毒后所获的翠草来，暗想虽是蛇类不一，此草未知有效与否。但是至不济总可以去骗顿饭吃，宿过一宵，不省得去典质衣物吗？想至此，即便排众而前，唬一声揭下榜文。这一来，众观者望望公子，登时乱吵起来。正是：

> 客子何彷徨，日入安所息。
> 觅食太无聊，中乃得奇遇。

欲知后事如何，且听下回分解。

第三十一回

祁公子醉闯绣闼
云弹娘喜谢嘉宾

当时众观者忽见一个外路客人揭下榜文。大家愕然之下，便有人吵道："你这毛脚客人可要仔细。这挂榜文的主人须比不得别个，你若治她不好，她怕不将你乱棒打杀。"

公子听了，尚未答话，那老仆早欠伸而起，一面喝散众人，一面向公子笑道："你先生休听他们胡说，俺家主人且是大量待人，只要你先生真有手段就是。"

公子至此，也只好端起名医先生的大架子，便略一点头，跟了那老仆匆匆便走。暗想那主人也不过是个寻常人家，只须到那里吹回大气，骗过食宿，明日走清秋大路便了。

哪知到主人宅前望时，不觉自悔猛浪，原来那主人宅势气象潭潭，十分阔绰，雕墙峻宇，便如显宦府第一般，许多豪奴健仆出入不绝。一见自己到来，都垂手一站，更有先跑入宅去报信的。这一来，闹得公子心头好不怙悕。暗想这等宅第的主人，既被蛇伤，必定经过多少名医诊治，可见是个棘手症，他才悬榜求医。少时若吹气不灵时，休说是食宿，还恐被他抢白一顿都未可知。想至此，不觉直抹额汗，跟定老仆也不知趄过几重院落，少时，却闻老仆道："先生且在此落座吃茶，咱还是先瞧病人，先用饭呢？"

公子听了一个饭字，不由精神陡长。举目望时，却已来至一处潇洒书斋之内。但见图书插架，摆设整齐，看此书斋便知主人不俗。公子至此，越发怙悕，只好仍叠起吹大气的主意，便一面释装就座，一面向老仆道："既如此，快些来饭。少时俺还须整理药物。须知俺这药物传自仙人，非同小可。整理时，就有六丁六甲诸神道降临监护，你等都须躲避，只寻一具药杵药臼来就是。"说罢，正色危坐，以为这几句开门炮总还可以。哪知肚儿给泄气，只管辘辘地山响起来。

公子正在暗自提气，老仆却惊道："原来先生得的是仙方儿，既这样，待俺去吩咐厨下，快来桌素席。您先生整理仙药，一定是忌口吃素的哩。"

一言方尽，慌得公子直站起来道："俺这仙方是传自张邈邈仙人，却不忌酒肉哩。"

老仆听了，真个的神色悚然，匆匆趋出。这里公子得意之下，又思忖会儿吹气的言语，一面就室中踱来踱去。却见壁上挂着一幅广西全省地图，山川脉络，朗若列眉，并有详注细字。仔细看时，却是彩丝绣就的。公子正暗赞这等针黹好生工巧，那老仆已就书斋外间摆下酒饭，端的是兰馐蜜醴堆满春台，并有蛇羹蜜唧等各色异馔。于是公子大悦，即便据案大嚼，一阵价狼吞虎咽。却见室外仆人们奔走耳语，并提灯来往。公子料是大家都觑名医先生，恰好一壶酒尽，便向老仆喝道："你家主人直怎的惜酒慢客？少时，俺用酒不足，精神不起，治他不好时，却莫怨我。"

老仆赔笑道："酒是有的是，只恐您先生吃醉了便……"

公子道："不要多话，你只管取酒来，且自退出，我先生是吃不惯瞪眼食的。"

老仆听了，一面唯唯，一面取酒来自行退出。这里公子却索性起身掩门，从行装中取出翠草，就药臼中捣成胶条似的稠汁，又恐主人家讨取丸药，便取出少许稠汁，加入少许从慧通处所得的茯苓，捻搓成丸，揣入怀中。然后取个杯子，盛了草汁。一切停当，这才饮酒御肉，大吃大喝。

要说公子真也可怜，走了一座黎姥山，只用必昌所赠的干粮充饥。及至出山，又老是空了半个肚皮。这时，猛可地骗得酒肉到口，自然须多贪一杯儿哩。当时公子一阵价开怀痛饮，酒意微醺，只顾了慨念身世并思量湛若的行踪，哪里还将医治主人之事放在心上？须臾酒意八分，这才投箸，一个呵欠，不由伏案盹睡起来。模糊中却只觉有人摆撮肩头，睁眼瞧时，只见案上酒馔都撤，烛已见跋，那老仆却拎着提灯，正在手推自己。公子欠伸道："老人家来得正好，敢是扶我去歇困吗？"

老仆失笑道："您先生吃饱喝足，倒又想困觉了？您自想想，还大小地有点儿事体哩。如今您那仙药在哪里？快把与我，并请说明服用之法，俺家主人因困卧不能出见先生，特命我来取药哩。"

公子听了，这才恍然。暗想道：只如此便给他药，未免显得药儿不珍重，那先生的身份也就有限了。人家卖切糕丸的先生，还要掮起老大的药幌子，这其间总须再吹两句，方像回事。因正色道："按理说，你家主人若用这等仙药，须亲自来焚香顶礼才是。如今他既困卧，也说不得。只好启动我亲手去与他敷治伤溃，并且俺们医家，第一讲望闻问切，总须我瞧

310

瞧他那伤溃才好用药哩。"

老仆忙道："您先生省些事吧，您若去瞧倒老大不便，只须给我药就是。"

公子道："岂有此理？敷搽这药都是有筋节的，你哪里晓得？"说着踮起，即命老仆端了那药杯子。

老仆见公子执意亲去，只得一面提灯引路，一面回头道："少时俺家主人若不许你敷药时，你却不可发拧性。俺家主人的性儿是没准的，好了就似菩萨，不好了就似金刚哩。"

公子听了，也不理他，只一路留神逛去。出得书斋院门，但见各处里壁灯照耀，轩室连延，又有些仆人小厮们来往忙碌，倾耳宅四外，铃柝不断，大概是巡夜的人们。少时，逛入老长的一条箭道，四面是雅宇雕墙，十分精致，隐约见里面灯光上浮，并有妇女们说话走动之声。公子料是主人的内院，正在越发留神。略一拐弯，却已来至内宅门前。抬头一望，不由略怔，只见壁灯光下，门左右站着十来个雄赳赳的健卒，一色的帕首佩刀，挺然不动。公子见了，正在暗想这主人究竟是何角色，便用健卒值夜的当儿，恰值从门内跑出个妖娆小鬟，一见老仆便吵道："你怎的这样颠预？如今主人急等用药，你却只管老牛似的慢。"说着，接过老仆端的药杯，就要跑入。

老仆道："慢着，人家先生亲自来了。"

于是将公子要亲自敷药的话向小鬟一说。小鬟听了，登时两颊一红，咯咯地笑，却一面瞟着公子，一面向老仆唾道："你这老货也是老悖晦。从我这里说，咱主人一定不许先生敷药。如今一客不烦二主，你便送先生转去吧。"

老仆没好气道："这是人家先生情愿效这份劳，干我甚事？主人许不许且自由她，你只传禀先生的话就是。"

小鬟听了，越发瞧着公子笑不可抑，便道："先生须要仔细，少时俺主人若许你敷药时，你可看我眉眼行事。我嘴儿一歪，你便退出。不然，你只管敷擦她，却怕她恼哩。"

说话间，转身前导。公子跟入内院瞧时，却又是一番光景。但见壁灯错落，光明如昼，奇花异卉，衬着各室的珠帘绣幕，好不富丽辉煌。正北向，内室五间，一色的雕梁画栋，茜窗掩映，廊檐下却聚拢着一群丫鬟仆妇，都俏生生扎括得花鹁鸽一般。有的相与耳语，有的侧耳窗内，悄手蹑脚，似乎是怕病人惊动。公子暗想：这家主人一定是个少年多财并且好色的人，所以内院中如此光景。思忖之间，已由那小鬟引入内室，便就外间金漆高案旁落座下来。

这时，廊下的众妇女早已肉屏风似的都偎了来，有的拂座，有的献茶，又有水灵灵眼儿注定公子半晌不瞬的。闹得公子眼前正在花枝乱颤，那小鬟却将公子欲亲与主人敷药的话向大家低低一说，这一来不打紧，众妇女有的扑哧一声，有的掩口就跑，又有一面忍笑，一面向同伴屁股上拧一把的。张得公子正在不解其意，那小鬟已擎了杯子，向自己微微一笑，即便微掀东里间的软帘儿，侧身入去。便闻里面又有妇女语音。公子以为是伺候病房的仆妇等人，也没在意。须臾，小鬟踅出，笑吟吟道声有请。公子跟她入去瞧时，却不见什么主人，但见里面的那一切铺设越发华美，并且壁悬宝刀，案有书籍。靠东面设着钿榻，锦帐深垂，略闻里面有窸窣之声。榻旁茶几上是明烛高烧，篆烟微袅。

公子料是主人卧在帐内，正要命小鬟钩起帐门，以便先望望主人病色的当儿，那小鬟已笑嘻嘻置杯于几，一面手搴帐门，一面道："俺家主人说来，说是病不避医，你先生既肯新手敷药，是再好没有。如今伤溃痛得紧，便请你先生快些动手吧。"说着，帐门启处，便有白腻腻一团光彩曜将出来，并且有一股非兰非麝的幽甜香气直扑鼻孔。公子定睛一瞧，不由暗道晦气，登时呆在那里。

原来帐内面朝里卧着个长身婀娜的女子，上面是云鬟偎枕，斜覆罗衾，隐约透出玉雪香肌，下面竟赤裸裸露出一张粉臀，衬着两条白生生的腿儿，端的是搓酥揉粉。靠着臀沟处却斜束红巾，仿佛似有月事一般。榻里向还坐着两个侍女，见了自己都羞得小脸儿粉棠花似的。当时公子呆了良久，只觉恍惚如梦，更不暇暗恨自己吹气多事，没奈何低下头去，且寻伤溃。这时心头乱跳，两眼有些迷离。但见靠红巾处有些异样肉色，但是这等所在，哪里敢用手去揭？正回顾小鬟，想要说话，那榻里的两侍女倒也机灵，一个便附那女子耳朵低低数语。那女子嘤咛一声之间，那个侍女手儿起处，即便揭去红巾。这一来，不但两侍女登时含羞转面，便连公子也只好且闭眼睛。方知吹大气的人们应该受这点儿小罪。原来那女子的伤处恰在臀阴之间。这时阴沟渥丹，未免稍露些儿哩。

当时公子仓促无计，百忙中因急欲脱身，却想起小鬟的歪嘴来，忙瞧时，不想人家的嘴还是端端正正，并且笑嘻嘻一手拿了鸡翎儿，一手端过药杯。公子至此，也只好把心一横，且充这名医先生到底，一面取药敷毕，一面从怀中取出丸药，嘱咐内服毕，即便匆匆退出。

漫表这里小鬟等且自伺候主人服下丸药。且说公子仍由那老仆引入书斋之内，思量一番，颇觉好笑。须臾，老仆退去，公子起身，掩门就寝。

却又另起了一番怙惚，心想今晚虽骗得食宿，明日药若不灵，未免受人羞辱，倒不如悄悄走掉是正经。想至此，倾耳宅外，铃柝之声越发不断。踟躇一会儿，只好俟天明再做道理。因心绪一起，却只管睡不去。直至四更以后，方精神大倦，沉沉睡去。及至醒来，业已红日满窗。公子料得天气不早，忙起结束，正要喊唤老仆引自己出宅的当儿，只听院门外一阵价妇女嬉笑，接着那小鬟匆匆跑入，道："你这先生真好灵药，俺家主人伤溃都愈，如今却亲来谢先生了。"

公子听了，惊异之下忙道"不消"之间，书斋门外，早有一群侍女簇拥了昨晚卧病的那女子翩然径入，即便款折纤腰，喜盈盈拜将下去。慌得公子一面还礼，一面仔细瞧时，不由又是一怔。原来那女子非别个，便是公子所见的那打猎寨主。

说了半天，这女子毕竟是何人物？料诸公都欲一知其详，且待作者略为述出。原来广西养利州、永康州并佶伦、龙英一带分据着四大姓的土司官儿，都是世袭其职、拥兵自雄的角色。到后来，累次勾结苗人，叛服不常，也不在话下。四大姓，一个姓蓝，驻佶伦州。一个姓奚，驻龙英州。那一个便是驻永康的冉元礼。这养利州相思寨地面驻的这大姓，却姓云，便是这女子的上辈。四姓之中，冉云两姓最为强盛。冉元礼那里仗着地势险恶，又笼络着两处苗峒。但是冉元礼为人蛮横淫邪，却不为众望所归。最为大家詟服的便是云姓。因为云姓上代有个叫云天骥的，不但仗义疏财，为人正直，能以安抚地面，并且武功出众，善使一条梨花枪，端的有七十二般变化。那时，恰值地面上生苗作乱，汉官们领兵去剿，却被人家引入重地，一声炮响，埋伏四起，兵弁们正冲围不出。却有一彪土司官的兵马大刀阔斧杀入重围，当头一将，一条枪便如神龙戏海一般，直从血雨纷飞中救出了汉官兵将。那将官便是天骥。事平之后，当道大吏叙功，并奏闻天子。天子大悦，即敕命大吏就近酌加赏赉，并颁赐天骥"维国之翰"的匾额。从此云姓便世为众土司所推服。天骥殁后，又传数代，也能世济其美，并有世传的梨花枪法。到得这女子世代上，却因其父没得子息，所以她便袭了世职。

土司袭职，本不论什么男女，这倒不足为奇。奇的是这女子不但姿容出众，并且武功了得。十几岁上便跨马领众，替其父巡行各寨。原来云姓手下管辖着二十八家寨头。那寨主们都是金刚似的大汉子，不知怎的，见了她都驯羊似的。她每逢出巡，是用四名壮士跟马前后，马前是一面绣旗、一杆梨花枪，马后是两条朱红漆棍。每有责罚的事，即便就马前用棍行法。原来土司官的这朱漆棍就赛如八千岁那条凹面金铜一般，处置手下人，可以打死无论哩。这女子名叫婵娘，虽是土司家尚武家风，却又颇好文事并琴棋书画等事。每有文人过境，知她好接宾客，来访谒的，她便欣然款待，相与觞咏盘桓。其时，冉元礼既雄踞一方，又适值丧妻，一日因些事体来访婵娘，既惊其姿容绝世，又见那婵娘手绣的那幅地图儿，不由诧为针神，十分爱慕。回得永康，即便遣媒来，欲联秦晋之好。在元礼自以为门当户对，人家女貌，自不消说，自己这份郎才，也将就着说得出。正怙惙好事必谐的当儿，却不道闹了一场扫兴。因为那婵娘素鄙元礼之为人，便向来媒一口拒绝了。那元礼从此恼在心里，却也不敢发作。过了些时，适值有一文人过境，婵娘既据了这等势位，本打就坐门招婿之意。当时爱那文人满腹才学，即便将他招赘进来。夫妇之间倒也十分美满。但是那婵娘究竟是土司家的女儿，稍挂蛮性，未免面首有人，在贞节上不大理会。那文人见此光景，只好干生闷气，过了数年，也便殒于消渴，从此婵娘索性地不再招赘。及至清兵入广西，一时大乱，她便逐日里整练手下兵马，并联合那三姓土司且自镇抚地面。因出猎之前偶被毒蛇所伤，虽经治得伤口收敛，一经鞍马劳顿，不觉又溃破起来，所以才悬榜募医，不想却遇着六公子。正是：

南天聊浪迹，回首感中原。
不道悬壶客，翻成入幕宾。

欲知后事如何，且听下回分解。

第三十二回

大阅合操弹娘耀式
人亡琴在公子伤怀

　　且说六公子一怔之下，只得一面谦逊，一面和弹娘彼此落座。既至听弹娘述出姓氏家世，方知她便是这相思寨的寨主。于是惊异之下，也便将自己的姓氏来历，并欲赴永康去觇冉元礼之意一说。弹娘惊且喜道："原来先生便是那四海闻名的山阴祁六公子，俺今天得识英雄，好生侥幸。但是那冉元礼何劳先生屈驾访他，如今且慢提去的话，且在敝寨盘桓些时如何？"

　　说着，盈盈站起，竟携了公子手儿直入内院。便命左右就正房外间摆设早饭。宾主落座，一面吃，一面畅谈。那弹娘言辞豪爽，全无巾帼之气。少时，听公子说到奔走国难之事，不觉眉飞色舞，却笑道："俺虽是边省女子，却也久闻公子大名。但是如今世局已定，公子欲独手回天，却也不易。依俺之见，公子不如且屈居敝寨，慢慢地沉几观变，再做道理。公子如今虽还被官中缉捕，不是俺说句大话，你只要在俺这里，试问什么三头六臂的人敢来讨没趣？再者，你赴永康一节，依我说竟可不必。因冉元礼那厮放僻邪淫，无所不为，他又晓得什么结纳英雄？倒是佶伦州的蓝土司和龙英州的奚土司还不失为纯正之人。俟暇时，公子倒可以与他们认识认识。如今公子既到此处，也要叫敝处人们瞻仰一番。俟过几日，俺当召集二十八家寨主合操一回，一来叫他们都识英雄，二来还求公子指示阵法哩。"说罢，嫣然一笑，亲与公子斟过酒来，忽地略皱眉儿，一摆纤腰，又笑道，"俺昨晚蒙公子亲手敷药，好生过意不去。如今只觉那所在，还有些干辣辣的，不知公子还要瞧瞧吗？"说着，翩然站起，两手抄入襟底，竟要来个波斯献宝。

　　这一来，闹得公子脸儿一红，忙道"不消"之间，却又心下好笑，暗想道："此女光景，倒是个伉爽巾帼，但是她的言语也未可尽信。俺仍须前赴永康，寻着湛若，再做理会。想罢，便回敬婵娘一杯，却笑道："俺蒙寨主不弃，本当托庇宇下，但是俺远途跋涉，既到此间，仍须赴永康一行，只好俟回时再承尊教了。"

婵娘听了，摇着头儿笑道："公子，你不听人好话，便由你去白跑这趟腿。如今且请在此盘桓些日就是。"

说话间，用饭已毕。公子辞出，仍就书斋。当晚婵娘又盛设酒筵款待公子。次日便陪了公子巡览相思寨各处的卡要。公子见设备得都不得法，便随意指点了一回。婵娘听了，越发欢喜。话休烦絮，便是如此光景，过得三五日。公子婵娘出则并辔，入则接席。每至更深，婵娘方矗回内室，从容之暇，更及文字弈棋等事。至于谈到武功剑术并行军战阵之法，婵娘更喜得不可开交。公子至此，不由暗暗称奇，便稍为倾吐肺腑。

又过得两日，公子正要辞去，恰值那二十八家寨主闻得婵娘唤召，都各领手下人众陆续到来。婵娘便命就野外空场中摆操场，自和公子并辔临观。但见帜分五色，阵列八门，一簇簇剑戟凝霜，一行行旌旗卷雾，标枪队、斫刀队居然兵气冲霄，藤牌队、连弩队又复军容如火。每一队前便是各家寨主。有的结束威武，有的衣饰奇丽，就阵云乱抖之中，大家穿插来往，便如一群山精天魔一般。更加以角声低昂，铜鼓赴节，端的是好一场合操阵法。这时婵娘是头戴金冠，身披软甲，坐下是千里嘶风桃花马，腰横合欢双绦鸳鸯剑，便是公子也换了全身劲装，和婵娘并肩立马，好不英风凛凛。须臾操罢，公子向各寨主称赞一番，又略言阵法之要。

大家正在一齐欢呼，婵娘却笑道："如今操演都罢，俺却要班门弄斧了。"说着，从身旁侍女手内绰过那杆攒花销银的梨花枪，突地一抖，早已寒光四射，乐得各寨主越发欢呼，赶忙和公子呼啦一闪，让出场儿之间，这里婵娘就马上一袅纤腰，撒个身段，即便泼啦啦放马跑去。须臾，按辔横枪使个旗鼓，遂即嗖嗖舞起。但见乱飐梨花，横飘白雪，猛起处怪蟒翻身，急收时银蛇入洞。须臾，舞到酣畅处，但见一片错落银花，随着她马足香尘滚滚飞走。望得公子正在连连喝彩，却不提防婵娘笑嘻嘻地飞马跑来，唰一声，枪锋闪闪直奔面门。慌得公子就马上斜身一闪，恰好婵娘收转那枪，因马势走发，却直撞到公子身旁。两人彼此地噫了一声的当儿，公子情知婵娘这一枪是试探自己的胆气，并且外挂着抖个小漂儿。于是更不怠慢，便趁她身近之势，一伸虎腕，掣出他所佩的鸳鸯剑来，双手一扬，明晃晃当头便盖。这一来惊得婵娘哟了一声，一提辔头方才闪开。

316

这里公子纵马舞剑，早已光动满场，看起来真是棋高一招，艺高一等，是强勉不来的。当时各寨主见婵娘枪法，已然目定口呆，及至见公子这场舞剑，直然地连大气儿都忘掉出了。这其间却喜坏婵娘，瞧得兴发，便跳下马来，亲援枹鼓。于是各寨主齐声喝彩，势如雷震。须臾，公子收剑，跳下马来，不觉掷剑大笑。这时，早有左右人等拾剑拉马，乱过一阵，再瞧婵娘时却累得莲脸微红、粉汗涔涔，一抛手中鼓槌却笑道："公子你若再舞一霎儿，俺这手腕就要累脱了。"大家听了，都各大笑。于是各寨主，自命手下头目领队散讫，便随了婵娘公子，大家都步行到得云府。一时间，就广厅中列坐下来，饮筵之下，听婵娘说起公子的来历行踪，大家只剩了赞叹不绝。

不提各寨主直饮至日色西斜，方才尽欢而散。且说婵娘知公子将于明日便赴永康，即命左右取出千金相赠。公子哪里肯受？推逊之下，便将自己偶得翠草并前来骗食之意一说。这一来招得众侍女都抿嘴而笑。婵娘至此方才恍然，因笑道："如此说，公子更该取此财物，不省你走向前途再去骗人吗？但是俺料你在冉元礼处，定然驻脚不得，且留此金，待你回头也一样。"说着，命左右收去千金，只取一包盘费相赠。公子不便再却，只得谢了。

当晚婵娘就公子书斋中殷勤话别。红烛既剪，乳茗初烹。这时婵娘又换了一身雅淡晚装，越显得丰姿如画。公子见了，忽触念到曼华当日的丰姿。正在暗自慨然，婵娘却笑道："俺是属笨大姐的，却好在人前显个巧手儿。不瞒公子说，俺闲暇时颇好弹琴消遣，一来弹不好，二来也没得好琴，不想自桂林兵乱后，俺这里常有逃难的人们过往。俺却从一个姓董的老头儿手中购得一张古琴，弹起来，那音韵倒还罢了。且待俺献技一回如何？"

公子听了，连忙称谢。须臾一个侍女取到那琴。公子但见琴台精雅，果然像个古琴。及至那侍女脱却琴囊，置向婵娘面前，却惊得公子直跳起来。

看官你道怎的？原来这张琴正是邝湛若所宝之物。那卖琴之人便是桂林安泷桥畔卖酒的董翁。因为当时孔有德兵马进城，一阵杀抢，湛若见兵马塞途，出城不得，便投向安泷桥下，登时毕命。当时董翁在后面，替湛若抱了那琴，眼见他身赴清波，正在悲痛之下各处乱钻。恰好孔有德封刀令下，董翁这才得脱性命。但是大乱之后，家资都尽，只得抱了那张琴，逐队逃难出城。因自己有个亲戚在永康地面，便扎挣着一路奔去。老头儿也会想主意，他虽不会弹琴，每到人家门首，胡乱地抓上两声，居然就有人给他食物。董老竟仗了那琴，迤逦来至相思寨地面。见䄂娘宅势阔绰，便去抓琴乞食，不想却被守门人一阵叱逐，董老不服气，于是喧闹起来。适值䄂娘郊游回头，见了那张琴，十分喜爱，又见董老灰扑扑的模样，不像伶工，又不像蓄琴的人，及至向董老问明得此琴的缘故，不由十分叹息。因为邝湛若久有诗名，䄂娘也自闻名。当时便以善价购得此琴哩。

且说公子猛见那琴，还以为湛若有了踪迹，惊喜之下，忙问得琴的来历。及至䄂娘说出来历并湛若死掉之事，公子听了，真赛如高楼失脚，一阵凄然，不觉痛泪直下，便叹道："俺此去前赴永康，虽说是觇冉元礼之为人，却为的是寻访湛若。不想他竟殉难死掉。如今俺同志愈孤，天意苍茫，真是不可测了。"

说罢，取琴拂拭，忍不住浩然长叹。正这当儿，窗外微风飒然，烛影为摇。一时间，宾主静默，倒闹得个活泼泼的云䄂娘，只好用水灵灵的秋波注定公子的悲痛脸儿，欲慰无语。少时，忽嫣然道："生死有命，邝先生既成名而去，公子也不必只管伤痛。如今人亡琴在，且待俺抚弄一曲，以纾公子哀思何如？"

说罢，轻舒皓腕，慢调冰弦，泠泠地回音转调，试过一回手法，即便凝眸敛气，略为沉思，将湛若殉难之意谱入琴曲中道：

雪海畸人死抱琴，朱弦疏越有遗吟。
九嶷泪竹娥皇怨，字字离骚屈宋心。

当时䄂娘端坐垂鬟，手法如雨，本想是借此丝桐以娱公子。哪知公子听到深微婉转之处，既有人琴之感，复触身世之悲，天心暗暗，已知独力难回，四海茫茫，又觉侧身靡所。一时间，忧从中来，哪里忍得住浟浟泪下。正这当儿，戛然一声，琴音顿止，䄂娘却推琴而起，便笑道："这是哪里说起？如今因这琴倒把公子伤痛坏了。料想你今夜睡不着，咱索性连床抵足，说一夜话儿。明早送你上路，你道好吗？"

说着，便命侍女去抱衾枕。这一来，倒闹得公子破涕为笑，忙止住那侍女，便叹道："俺此去本为是寻访良友。如今他既死掉，俺的行止只好再议了。"

318

弹娘道："公子，你这样一个磊落人，怎也会粘皮带肉地叫人不快活起来？俺就不会尽憋着。如今简断截说，俺这里正缺一位书记先生，且请公子屈就下来。咱大家关了门儿，且过几年快活日月，还再议什么？再者俺听你讲说起想联络什么哥老会来，如今代领的人既有冉元礼，那会事管保越弄越糟。公子你不如死了那条心，且在此徐俟别的机会哩。"一席话说得公子竟自连连点头。

　　漫表当时各散，一宿无话。且说公子从此落在云府，竟为入幕之宾，当起了翩翩书记。帮弹娘料理寨务之暇，两人或连辔纵游，或吟诗对局消遣，说不尽的许多风光。又于从容间得知弹娘和冉元礼不睦之由，是因为元礼当年来议婚事。公子因弹娘虽然伉爽英武，究竟是个骄恣已惯的土司官儿，恐她性气无常，一时间，也未便深说以报国大义。只好且以兵法指示弹娘，教她部勒手下寨众。又以暇时，和蓝奚两姓土司官相联情谊，以备有机会时可以互相联结。

　　公子这里只顾深心布置，哪知这时的满洲天下业已稳如大山，不但永历帝被吴三桂追入缅甸，用一条绳子早缚将来。并且四方的殷顽抗命者流也都被诸王贝勒们扫除净尽。原来这时公子在相思寨托迹，转眼已是数年。那摄政王早已死掉，顺治帝亲政已是十三个年头儿了。这时，两广云南却分镇着三个藩王，便是耿精忠、尚可喜、吴三桂等人，朝廷又特简重臣如范承谟等人，巡抚广西等处。地方既定，也便渐渐地以休养生息为事。

　　漫表公子这里一时无机可乘，只得渐遏雄心，且从云弹娘逍遥栖迟。且说那永康土司冉元礼因闻得相思寨众日益精锐，细一探听，方知弹娘得了山阴祁六公子为书记，经他指示教练，所以才壁垒森然，精彩一变。元礼暗想道：好嘛，不想你也有短处落在俺手，祁班孙他是经官家名捕的人，你窝藏要犯，这还了得？俺既拿住你这把柄，且待俺遇事拨撩你一回，看你怎的？想罢，便暗暗留意。

　　事有凑巧，恰值弹娘派人就上思罗阳等县卖了数百匹好马，路过永康，竟都被元礼夺下，并且面叱押马的头目道："你家寨主既敢擅留朝廷要犯祁班孙，俺区区留你们这几匹马还不算什么大罪过哩。不然，咱大家就当官去讲讲。"

　　说罢，便喝左右将那头目直叉出来。当时弹娘得报，自然是怒气冲天，便要火杂杂大起寨众，向元礼问罪。

公子却道："这冉元礼之为人究竟怎的？俺且去索要那马，看他是怎生说法。没的便为这点儿小事伤了彼此的和气。"

一言方尽，只见婵娘摇得两只耳环只顾乱荡起来。正是：

才度安闲日月，又起缭乱风波。

从此行踪又北，长白山势嵯峨。

欲知后事如何，且听下回分解。

第三十三回

探山长白清祚始昌
遁迹空门英雄末路

　　且说蝉娘见公子要去索马，忙摇头道："公子毕竟是被官中名捕的人，去了却恐不便。冉元礼那厮诡计多端，恐他捉你到官，便费手脚了。"

　　公子大笑道："凭俺一身本领，怕他怎的？俺到那里且看风色行事就是。"说罢，竟结束跨马，领了两个寨卒，直赴永康。

　　这里蝉娘毕竟放心不下，便请了蓝姓、奚姓两土司来，想要请他们随后赶去，看机调处。正在寨中连日价款待蓝奚一面商议之间，那跟公子去的两个寨卒业已匆匆回报，果然六公子竟被元礼捉付官中。那永康州官儿因是要犯，竟连夜酌派兵弁将六公子解赴桂林省垣去了。

　　原来冉元礼为人阴险多忮，诚恐相思寨寨众日益精锐了，未免于自己不利，所以想做翻六公子。当时他一见六公子之下，真是致恭尽礼，于一路溜哄奉承敬之中，又做出慷慨神气，不但立允还马，并且大排宴筵。他宅中本有的是歌童舞女，当时酒酬以往，歌舞齐作。元礼只管用大杯价斟过酒来，公子向来是不意诈的，又想趁势和元礼联些情谊，不知不觉早已计中牢笼。当时酒罢醉卧，及到醒来，已经身到官中了。

　　当时蝉娘得报，惊怒之下，便要立起寨众，寻元礼厮并。却当不得蓝奚等不愿事体闹大，便道："祁六公子不过是托迹咱这里，咱何苦因他一人闹起厮杀？今只须俺两人去索还那马，并令元礼来赔礼认错。你再遣人向桂林，多携金资，去打点六公子。倘能打点出来，固然是好。不然，咱也对得住他哩。"

　　蝉娘听了，觉得有理，只得按下一腔火气，且听蓝奚的话。

　　漫表过得两日后，蓝奚果然索得马来，元礼遣人来赔礼。并那蝉娘准备金资，并携了公子的行装佩剑，遣人赴桂林打点一切。且说公子既到桂林，被官中略讯一过，即便押入省狱，大家都晓得公子当年大闹南京、谋刺豫王一段事，当入狱之时，真是万众空巷纵观。便有那意气人们买通狱卒，与公子送酒送饭。过了几日，郸娘派的人也便来到省垣，一面照应狱内花费，一面想钻门路打点公子出狱。正这当儿，却又有些好事的人将公子大闹南京之事编成俚曲儿，到处里唱动起来。更有些闲得没干人们坐在茶馆酒肆胡拉八扯，有的说公子飞行绝迹，剑术通神，不定几时越狱跑掉，捎带着割人的脑袋。有的说相思寨的云郸娘要来劫狱。当时广西巡抚见谣言纷纷，正要将公子处决了以安人心的当儿，哪知公子命不该绝，恰好顺治帝龙驭上宾，康熙登基，赦书行到广西，大辟罪犯，皆减罪改戍。这一来，公子竟自要唱出《魏虎发配》。配所是哪里？便是辽东的西北方宁古塔地面。当时官中将公子提出狱来开了械镣，照例地叠好公文，给公子上了行枷，又派了两名解役，无非是董超、薛霸之类，即便当堂发遣。

两个解役手提水火棍，带了朴刀，一路上吆吆喝喝，押了公子方蝁出城，经过一处野茶肆跟前，只听肆内有人道："头翁辛苦了，可好借一步说话吗？"说着，蝁出一人，两解役望时，却是云郸娘派来的人。两解役料是彩兴到来，即便和公子入得茶肆。那人便道："头翁，你们都是晓事的人，俺们相思寨的小声望大略你们也晓得。如今闲话少说，祁公子在路上，凡事是一切仰仗。俺家寨主稍有敬意，你们不要嫌轻。"说着，从怀中掏出老大的一包银两。一个解役喜得接个不迭，那一个一眨眼儿，还要想些起发之间，不提防那人嗖一声由腿裹中掣出一把尖刀儿，却微微冷笑道："你们不要只管认得银子，还须认认这家伙哩。"于是两解役唯唯笑谢，连称不敢。

漫表那人向公子慰问数语，即便将公子的行装佩剑交与两解役携带了，然后回转相思寨，自去复命。且说两解役押了公子，一路长行。在路上无非是饥餐渴饮，晓行夜宿。直走了两月余光景，方到得山海关地面。公子抬头一看，端的气象不同，但见左带长城，右襟渤海，好一片雄阔气势。公子一路觇玩，未免又暗叹满洲发祥洵非偶然。行过数程，路经沈阳盛京，只见人物繁盛，规制阔大，又有满洲未入关时的宗庙陵寝，这时增修得好不辉煌壮丽。公子至此，未免又增些故国苍茫之感。从此取道折向西北，但见些荒屯古戍、白草黄沙并雄关要隘，那一番塞外光景，又不知增了公子多少的无端感叹。

不一日，行抵宁古塔地面，这所在有位将军镇守。其体制便如各省巡抚一般，兼辖军民，凡遣戍来的人们也归他收管。虽说是收管，那将军见戍犯到来，也不过点点名，注了册籍，便算了事。那戍犯随便寓住，很是自在。除月朔到官中应卯外，其余便诸凡自由。因为这宁古塔本是迁客谪官之所，那京朝大官们来得也很多，说不定过些日便赐还起用，所以将军只以宽大相待。当时，两解役押了公子，投向将军衙门，照例地交代过，领了回文，自行转去。这里将军也照例地略讯公子，注入成籍，一切繁文都不必细表。

且说公子当时寻了寓所，就将军衙门左近居住下来。只好仍以卖字自给，暇时便游览风景，或读书史，倒也十分快活。人家有慕公子武功，特来相访的，公子却绝口不谈剑术等事。因为这时公子累经患难，同志都尽，业已雄心略耗，看得世情有些雪淡，只有思量起父母坟墓，未免十分伤感。

转眼间过得年余，公子正思量卖却宝珠，稍置田庐，并纳一姬妾，为久居之计。不想一日里忽地遇着毕方。原来毕方自从猴山逃出之后，因闻得广西地面兵乱日甚，他便索性地且不回家，只在鲁豫各处漫游，后来却辗转到北京。他的堪舆术本来高明，因此多识京朝官员，混得旅况甚为不恶。及至康熙登基之二年，有个内大臣叫觉罗武的，却奉了朝命，去勘验长白山脉，兼致祭告。因为康熙帝以为长白山是满洲发祥之所，却一向不曾遣兵去验山脉并致祭告，所以有此一举。当时毕方听得此事，不觉心中一动，因为自己久有意去瞧瞧这长白山毕竟是何光景，倘能得手，破坏了满洲的王气，也算自己报国一场。主意既定，即便去见觉罗武，只言自己要随行游览，以开眼界。觉罗武正寻不出会堪舆的人随行以备顾问，听毕方要去，自然是喜诺不迭。便一面先遣人去知会宁古塔将军，准备舟车粮糗并乡导等人，一面携了毕方并属员仆从等，由京起程。不一日，到得宁古塔，那觉罗武领了一班人就行馆中住了，自去会晤将军，商量一切。毕方偶向街坊上游览，恰好遇着六公子。

当时两人相见之下，真个是惊喜交集，恍如隔世。于是公子让毕方到自己寓所，各言彼此的别后光景，好不相与太息。少时，毕方说起勘验长白山之事，却大悦道："如今好了，俺正愁此去破坏满洲王气没个帮手，恰值公子在此，正好同行。俺约莫着三两日间，觉罗武即便起程，待今晚俺向觉罗武说明，公子明日便向行馆去吧。"

公子听了，那久蛰的雄心不由跃然复动。于是喜诺之下，当即置酒与毕方叙旧。谈笑间说到猴山之变，并曼华埋玉锦秋墩等事，彼此又太息一番。

不提当时酒罢，毕方辞去。且说公子次日里结束停当，佩了宝剑，兴冲冲趱向行馆。当由毕方带领，见过觉罗武，次日大家即便起程。原来这长白山很是奇怪，据说着是在额赫纳阴地面，却毕竟没人登陟过。但遥见数十里外，有座郁郁苍苍的插天大山，其中云气甚浓，长日价岚蒸雾结，缥缥缈缈，便如海上三山一般，大有可望不可到之势。这时却有一个乡导，名叫布鲁，原系额赫纳阴地面的猎人，还能稍识赴长白山的路径，所以觉罗武特命他在前引路。当时一行人离得宁古塔，即便逐程前进。也不知经过多少湍悍河流、巉崃山道，那蔽天的森林、没地的荒草更是随处皆是。公子一路觇望，又开了一番眼界。

这日，过得敦敦山龙窝河等处，便是额赫纳阴地面。但见极天林木，一望无际。于是觉罗武命手下兵弁随了布鲁，伐木开路而行。行过一日之程，却见一条大河横截前路，问起布鲁来，却是佛多河，大家结筏渡过河去。但见草树连天，迥异人境。最奇的是这等所在却没得什么野兽，满地上野花乱开，真仿佛有些仙气。公子跟毕方正在暗暗纳罕，却闻前面大家欢呼道望见长白山了。忙望时，果见前途十余里外，隐隐现出极高的一座大山，却只露青葱葱的山顶，下面是云气拥护，有如絮海。山顶上隐有片片白光，被斜日所映，都做光怪之气。

当晚，大家就林木疏处扎下屯幕，入夜之后，公子和毕方话回山势之异，方才各自安歇。次日方起，却闻布鲁等喧嚷起来。公子等忙望那大山时，唯有云雾迷漫，竟不见山在何处。于是觉罗武惊异之下，正和大家遥望云雾，没做理会处，忽闻前途鹤鸣七声，嘹唳异常。布鲁喜道："这想是山灵来迓天使了。小人幸还略记得前面道路，且向鹤鸣处进发就是。"

于是大家整队行去。不多时，那大山下面的云气渐消，已露出山脚，却有一处，是周围林木，其中平坦，只有芊芊碧草，又些白桦木，行行列列，宛如人工栽植，香气甚浓，黄花璀璨。但是望向山腰山顶，仍是云迷如故。当时觉罗武随布鲁一路觇望，心知有异，便命大家就那平坦处屯驻了，自家便整理衣冠，设了香案，向山拜祷一番，并默宣朝廷祭告的德音。说也奇怪，这里觉罗武叩拜方毕，忽地长风遽起，还没转眼之间，那山上竟自云开雾散，峰峦尽露。公子自南北游历以来，虽见了许多名山，却没见过这等山势。但见龙飞凤舞，气象雄伟而浑厚，真有泰山岩岩的光景。公子见了，正在望着毕方慨然一叹。这里觉罗武行礼已毕，早见从山脚下现出一条盘纡磴道，遥望去，苍苍莽莽，直接山顶。于是大家都各欢呼。觉罗武便命布鲁引路，只带了毕方并公子等数人步上磴道。但见一带带苍松翠柏，一处处奇石流泉。行至山腰，方恍然先时所见的白光却都是峰岩间的积雪。须臾，趱过四五十里远近，方才到得山顶。大家瞧时，却又是一番光景。只见顶正中有处很大的圆池，碧水澄清，纤尘不染，池畔沙石明洁，却无草木。望向池四外，却有五峰环拱。

这时天晴气爽，微风不生，遥望五峰，隐隐地霏起一片祥光瑞彩。望得公子不由出神，正要拉毕方到僻处，商量怎的破坏此山气脉的当儿，只听池正中一声响亮，登时池水如沸，跳珠溅沫，却由里面跃起一尾丈余长的金色鲤鱼，摇头摆尾，向觉罗武做点头之状，少时方没。接着池中便白蒙蒙地冒起云气。大家略一转眼，那五峰已如浸在絮海之中。望得大家正在骇异，却又闻五峰间天籁徐起，如丝如竹，非金非石，直响了炊许时方静。公子至此不由暗叹满洲得国良非偶然。将来的一片雄心登时化尽的当儿，只听布鲁向觉罗武道："大人快些下山去吧，少时云气浓了，便寻不着下山的道路哩。"

不提当时觉罗武率众下山，仍循故道回至宁古塔，即便启程回京复命。且说公子和毕方彼此慨叹一番，匆匆分手。公子只好在宁古塔地面安住下来。便卖却那宝珠，稍置田庐，又纳了一个姬侍，因感云蝉娘周旋之惠，便取名忆云。从此寻山问水，寄怀篇章，更以余暇，游览佛书，尽觉得过眼前尘，恍如一梦。

转眼间已是十余年，这时公子鸢翮屡铩，龙性久驯，当年那柄宝剑只好与忆云做割肉切菜之用了。但是公子于酒后梦回之后，每想起父母坟墓，还未免中怀耿耿。一日，宁古塔地面却来了个行脚僧人，公子问起他来，却是从浙江普陀山来的。谈叙之下，公子问知祁公的坟墓无恙，那慧通长老早已圆寂，刻下的住持却法名昌道，俗家姓吴，颇有道行，已在普陀住持了七八年之久了。公子听了，不觉顿起霜露之感，于是略携行装，佩了宝剑，当即别过忆云，和那僧人径入关内。

不一日，行抵浙江地面，那僧人先回普陀，公子却取路到得山阴梅墅。只见青山如故，村落已非，大有丁令威化鹤归来之慨。当时公子不暇细望，便市了香楮，就商夫人墓前焚化了，伏地大哭一场。只见马鬣依然，松楸尚茂，心下稍慰。寻了半天，方寻到几个族人，大家见了，自然是悲喜交集。大家便主张着请公子接了忆云来，再整门庭。无奈这时公子万感攒心，世情都淡，便谢却族人，并出囊金，托族人们照料母墓，即便取路，直奔普陀。

也是公子合当托迹空门，便有机缘相凑。当时公子既到山中，先向祁公墓所展谒尽哀。及至去访那昌道住持时，不由一怔。原来那昌道非别个，便是公子在广西所遇的那吴必昌。原来必昌自和公子别后，不久地便回向原籍常熟，便在虞山破山寺削发为僧，勇猛精进，道行清苦。过了几年，适值有股海寇由海下连樯驶来，要窥掠苏松一带。当道久闻必昌高行，又知他曾参罾公的军幕，晓畅戎机，于是礼币到山，请他设计御寇，必昌慨然应允，便同了苏松太总兵官到海下要隘处防备停当。只一阵大破海寇，斩馘无算。从此必昌声名越著。过了两年，恰好普陀山住持乏人，由当地父老乞请，所以必昌才由破山卓锡普陀哩。

当时公子既见必昌，不觉心地洒然。又想起当年慧通说自己应归空门的话，可见是命由天定。于是一面寄书于忆云，令其守着田庐，好好度日。一面便从必昌，披剃下来，取名明林。从此剑息龙吟，书翻贝叶，从焰火场跳向清凉界，好不逍遥自在。但是初时皈依，哪里能诸虑净尽？有时忆起魏耕、腾蛟等，并毓崑、忆云诸人来，未免心头还现出前尘幻影。因此有那怀友忆内之作。过得数年，却值常州马鞍山定因寺住持死掉，继做住持的却是个酒肉和尚，于是当地人撵掉那和尚，却请得公子去住持那寺。

说到这里，本书完全结束。作者虽稍润砚田，却也耗几斛心血。知我罪我，尽在诸公。且请将去，做个酒后茶余的消遣吧。正是：

英雄末路礼空王，清梵声中剑气长。
奇好把情传侠隐，且留正气抵沧桑。

图书在版编目(CIP)数据

续编英雄走国记·第二部／赵焕亭著. — 北京：
中国文史出版社，2019.3

（民国武侠小说典藏文库·赵焕亭卷）

ISBN 978 - 7 - 5205 - 0936 - 7

Ⅰ. ①续… Ⅱ. ①赵… Ⅲ. ①侠义小说 - 中国 - 现代
Ⅳ. ①I246.5

中国版本图书馆 CIP 数据核字（2018）第 276220 号

点　　校：袁　元
责任编辑：卢祥秋

出版发行：中国文史出版社
社　　址：北京市海淀区西八里庄 69 号院　邮编：100142
电　　话：010 - 81136606　81136602　81136603（发行部）
传　　真：010 - 81136655
印　　装：廊坊市海涛印刷有限公司
经　　销：全国新华书店
开　　本：720×1020　1/16
印　　张：21　　　　字数：376 千字
版　　次：2019 年 3 月第 1 版
印　　次：2019 年 4 月第 1 次印刷
定　　价：69.80 元